S0-DGK-099

杜拉拉2

李可◎著

中国白领必读的职场修炼小说 ● LALA Ⅱ:THOSE SHINNING DAYS

华年似水

【杜拉拉升职记】第二部

Another Bill Gates?No!
As a manager of a fortune 500 company,
she'll tell you more about survival & success.

陕西师范大学出版社

自序

杜拉拉2华年似水

LALA Ⅱ：THOSE SHINNING DAYS

一个人从25岁到40岁，有不同的责任和焦虑，而体能、经验和心态也大不相同。

刚毕业，一心想找份好工作，但到底什么样的工作算好，心里没底，也闹不清自己能干什么，喜欢干什么。

工作两年有点感觉了，发现具备某些优势的人才够格挑好工作，于是想搞明白并缩小自己的差距。等到自己也能挑好工作甚至被委以重任，28岁、30岁到了，挣的钱多起来，买房提到议事日程上，却发现房价涨得太快，通货膨胀让手中的储蓄贬值，挣得多可能还不如买得对，会理财。

有人见别人赚了，也跟着炒股，却把本儿都搭进去了，他一咬牙，谁再提理财就和他急！人到这个阶段会发现，不是什么人都能靠投资挣钱的。

28岁、30岁，正当主流城市人口的结婚高峰，女性很焦虑，是否马上要孩子？要，走势正漂亮的职业进程就会落后；不要，得拖到啥时候？超过35岁就不好了。

男人的35岁是焦虑的，经验和体力结合完美地运行到了黄金分割点，对总监以下的职位，如果能成这时候就该成了，到35岁还没升，有点急人了。

40岁以后，维和、求稳成了主旋律，升职就算了，但求不要压力太大，健康比什么都重要。有条件的人开始考虑退休。

首先需要了解自己是什么样的人？想要什么样的生活？处在怎样一个阶段？然后才谈得上将会怎么去做。WHY比WHAT更重要。

理想的工作有四个特性：

一、是你喜欢的；

二、是你擅长的；

三、能使你赖以谋得想要的生活质量；

四、合法合情。

另一个角度的归纳显得复杂一些——优秀的人才有一些共性：

敏锐的判断力；卓越的影响力；高效驱动业绩的能力。

判断力是对方向、机会的识别和把握。

中国人喜欢说，某某站对了队，跟对了人；又喜欢说某某错误地估计了形势，这下损失重了——这都是对判断力的一种评价。人的一生总在做出选择，审时度势，人无可免。

判断力好是什么意思？当别人都还没看出来是个机会，你就先看出来了；光看出来还不够，还得抓紧采取行动把握住机会；甭管情况多复杂，你都能很快就抓住问题的关键，说话到点，做事靠谱。

房价和股票从来没有像过去几年里那样深入而广泛地影响中国人的生活。小说中孔令仪劝沙当当把钱拿去买房，而杨瑞建议她买股票，这都是时代背景下普通人根据自己的见识做出的判断。

叶陶认为择偶是改变命运的第二次机会，他的择偶标准是，“漂亮的老婆不是他自己这样的穷人该想的，至于温顺，既不能当饭吃也不能顶钱使，如今啥都贵，男人要是自己没本事，就更该找个有本事的老婆，否则，就是对家庭、对社会都不够负责了。”叶陶在明确自己有几两本事、想要什么样的生活后做出的判断，抛开俗气高雅不谈，逻辑上他的判断过程是合理的，强于无根据的自信。

当人有了清醒的自我认知，对自己和世界的看法就能更加达观和明智，知道哪些事情要有毅力去坚持，哪些事情要有心胸去放弃。

什么是影响力？

我们会听到类似申明：其实，我还是没搞明白，但老王是内行，他说行，我听他的；我愿意跟着老王，他了解我，我想干啥不想干啥他心里有数，合作起来有默契；我是粗人，老张那酸不拉唧的德性，我没法跟他一块儿，人家老王也是文化人，就不像老张那样动不动就咬文嚼字。

老王明显善于施加自己的影响，说服他人和自己合作。此结果的原因何在？他明白人家心里担心啥、想要啥，而且，能根据对方的人际风格，调整自己的方式——这就是影响力好。

要说服观点不一致的人与自己合作，除了解决方案确实有效，还需要好的沟通技巧。

职场中的主流精神需求有：被尊重，被信任，安全感。小说中，当拉拉意识到李坤的影响力有问题时，向李坤详细介绍了沟通的技巧，诸如陈述客观事实而不给对方贴标签以免引起争议；聆听并且回应；表示理解，但理解不代表同意等——这些技巧乍一看有些复杂，使用多了也就习惯成自然人剑合一了。

关于驱动业绩的能力。

小说中，杜拉拉在评价大区经理陈丰的时候，曾提到他"永不满足现状"，这是驱动力好的一个典型表现。

当销售经理抱怨工资没有竞争力，杜拉拉明知道薪酬经理王宏不好讲话，还是主动找王宏商量，为了说服王宏，在很忙的情况下，她愿意承担薪酬分析的任务，她清楚周酒意对此有意见，但仍不同意应付了事。这个过程中，拉拉有一个明显的特点——积极主动地推进目标的实现，即使这样的行为意味着给自己找事儿甚至可能有风险——这是驱动力强的另一个标准特征。

作为小说，《杜拉拉 2 华年似水》展示了 2005—2006 年中国一线城市 25 岁到 40 岁人群的职场。同时，职场无法孤立于时代和生活，投资和住房作为黄金十年这场浩大的经济盛宴中尤为强悍的两条主旋律，被先知先觉者和后知后觉者或畅快或愤怒地演绎着，与各种经典剽悍的职场规则缠绵交织在打工者的思想中，成就一幅主流城市生活的画卷。

中国不是福利国，房子、教育、医疗和养老问题的解决，对大部分人而言，是通过打工的收入实现的，同时，理财和身心平衡越来越需要引起重视。

希望这本小说，能够对人们的生活有一些超越职场规则的现实意义，使我能回报市场和读者的知遇于万一。

目录

杜拉拉2华年似水

LALA Ⅱ：THOSE SHINNING DAYS

齐浩天

DB中国总裁

TONY林

商业客户部销售总监，向齐浩天报告

江　波

大客户部销售总监，王伟接任者，向齐浩天报告

曲络绎

HR总监，李斯特接任者，向齐浩天报告

朱启东　HR组织发展经理，向曲络绎报告

师　其　HR培训经理，向曲络绎报告

童家明　HR招聘经理，向曲络绎报告

王　宏　HR薪酬福利经理，向曲络绎报告

陈　丰　商业客户部南区大区销售经理，向TONY林报告

孙建冬　大客户部南区大区销售经理，邱杰克接任者，向江波报告

董　青　大客户部东区小区销售经理，向东大区销售经理报告

王海涛　商业客户部南区小区销售经理，向陈丰报告
施南生　商业客户部南区小区销售经理，向陈丰报告
田　野　商业客户部南区小区销售经理，向陈丰报告，后离开
李　坤　田野接任者，商业客户部南区小区销售经理，向陈丰报告

张　凯　大客户部南区小区销售经理，向孙建冬报告
梁诗洛　大客户部南区小区销售经理，向孙建冬报告

周　亮　北京办人事行政主管，向杜拉拉报告
周酒意　上海办人事行政主管，向杜拉拉报告
海　伦　广州办人事行政助理，向杜拉拉报告

艾　艾　商业客户部南区销售代表，向施南生报告
王沛瑶　商业客户部南区销售代表，向王海涛报告
姚　杨　商业客户部南区销售代表，向李坤报告
苏浅唱　商业客户部南区销售代表，向李坤报告
卢秋白　商业客户部南区销售代表，向李坤报告

沙当当　原DB成都销售，向李力报告，后离开

1. 离开的成本

很多心情，当时没有释放，或者因为没有时间，或者因为无人可说。

过了也就过了，成了陈旧的心情。

上海 2005，夏未尽而秋欲来。

大客户部销售总监王伟离开了 DB，同时受累离开的还有大客户部南区的大区经理邱杰克。

王伟外形英俊，举止做派颇有教养，加上话不多，不管他本人情愿不情愿，离开前，在 DB 的人气排行榜上他一直是大热门。

杜拉拉则是 DB 人气排行榜上最新爆出的一个大冷门。因为人们隐约知道她居然和王伟有一腿，而且，关于市场部总监约翰常的离开，她在其中的作用也很可疑。

有点生活常识的都知道，特冷的和特热的一结合，制造出来的动静就特别大。

这太令人兴奋了。志愿者们热心地奔走相告。

当群众兴奋的时候，场面就难免有那么点混乱的意思，而一个人假如不幸处于兴奋漩涡的中央，你要么选择跑，要么选择熬。

杜拉拉选择了熬，因为她在心中反复地计算过王伟离开的成本，没有足够的产出，就对不起王伟，她已经不单是为自己的前程考虑了。

王伟走的时候不要 DB 任何赔偿，条件是公司停止调查以免影响到更多的人。DB 接受了他的主张，但一定要补助他五十万聊表心意，说是作为对他服务数年来出色业绩的回报，实情是假如他一个子儿都不肯拿的话，公司也放心不下。

但这五十万离正常的赔偿标准，其实差距还挺大。一般来说，大公司炒一个总监，都不会撕破脸皮的（除非不幸是由不够专业的或者性格不够理想的人物主持这样的事情），因为他知道的事情太多了——赔偿固然得按服务年份给足，保密费也要谈谈，通常，还会给足半年至一年的时间让当事人从容地离开。

除了面子上的考虑，也是因为总监属于比较高的职位，市场上的同等职位堪称稀少，要给人家足够的时间去寻找一个新的总监职位——而一年的缓冲是行业默认的江湖规矩。

在这一年里，有的公司会干脆让你挂个顾问的闲职白养着你，上班你愿来就来、不愿来就不来，反正永远不会有人真找你顾问；有的公司比较能体恤人，会在表面上给你保留着总监头衔，以方便你找下家，但实际上，后手已经暗中接过所有重要的工作了。

现实是，并非所有的当事人都在一年后当真离开，因为有的时候主张他离开的那人，自己倒先于他离开了，新老板千头万绪忙得大半年顾不上他，他就继续挨着，或者他运气好干脆咸鱼翻身了，还露出一口白灿灿的牙微笑，闹得先前欺负过他的人直犯怵也难讲，要不说世上还有“三十年河东三十年河西”这样的说法儿呢，这“一年”由此就更加宝贵了。

王伟认为自己理应尽到对拉拉最后的保护，再者他的心理也不是特别坚强的那类，脸皮不厚，他没有要求宝贵的“一年”，这对他本人的伤害很大。他不仅明摆着是一个被炒的总监，而且是一个未按江湖规矩来炒的总监，这给他的职业生涯打上了可疑的记号，找下家陷入了极大的困难。

拉拉级别不够，尚不知晓炒总监这活里的机关。在DB这样的大公司，炒人时，宽限个把月再离开的事情倒是常有，但那都是发生在经理以下的级别，拉拉万想不到炒个总监，这一宽限，能给到一年。

直到李斯特退休离开上海回美国前委婉地暗示拉拉，她方明白过来：王伟走得和别人不一样。她心里更加难过了。

拉拉去过两次王伟的住处，都吃了闭门羹，后来再去倒是有人了，却已经物易其主。至于王伟原先使用的手机号码，自打他离开DB后就再没开过机。但王伟没有去移动销号，甚至没有暂时停机。当固定资产被处置后，这一直有效的手机号码，成了杜拉拉失去着落的情感的唯一依据了，而这个依据是如此地不可控不可靠。这一切发生得太快，让人有时候似乎难以相信它曾真实发生，其实是难以接受。

“熬”是一种难受的状态，很容易令人联想到“煎”。你的精神总之得在通红灼烫的铁板上嗞啦啦地冒着青烟，而群众的好奇和兴奋，正是那块灼烫的铁板。

这不好怪大家，如此重磅的八卦不是年年都能遇上的，都市生活压力大，八卦好歹能给人们平淡而不得不日复一日的生活增添一点意外的愉悦或者兴奋，至少是消遣。至于传播这样的八卦带给当事人的苦恼，就不是大部分人首要关心的了，因为他们既不是那么好的人也不是那么坏的人，他们只不过想看看热闹罢了。

西方谚语说：“不问是美德。”

然而，世上总有些人不太关注美德，他们喜欢做出很熟络的样子，拉长了声调慢条斯理地当面来问：“拉拉，你知道王伟哪里高就去了？据说公司里有个和王伟要好的，不知道是谁？是你吧？”董青就是其中一个。

董青是大客户部东区的一个小区经理，也就是说，岱西离开DB前，她曾是岱西的下属。

说起这董青，是DB的老员工了，勤勤恳恳干了十年，前途却一直有限，到33岁上才勉勉强强升了个助理小区经理。

董青只有一纸不入流的专升本的文凭，这一号，人家不管你叫“本科”，管你叫“专升本”——在“纯种本科”遍地的DB，揣着这么一纸“专升本”的文凭跟别人拼职业发展就忒吃力了。有一回，董青参加公司在上海举办的一个活动，结束后忽然有多事的嚷了一嗓子“复旦毕业的一起合个影”，结果推推攘攘的一大帮子人，差点照不全进镜头里去，跟遍地的白菜一样又多又普通。自此，董青就越发地不愿意提母校的名字，免得招来别人疑惑的眼光：这是哪儿的学校呀？

董青的文凭不理想并非因为学习不努力或者家庭条件不好什么的，她天生畏惧理论性的东西，任何文字或者逻辑之类的都让她头大，越努力头越大。

董青有个长处，非常善于赢取客户的信任，属于典型的客情类销售（指主要依靠和客户建立良好关系来获取生意的类型），她拿单子全凭了和客户关系好，“勤快而缺乏策略，熟练而缺乏逻辑”，是主管给她打的标记，在王伟和岱西之前的东大区经理那里，董青都不讨喜，被看作“潜力到头”了，因此她干了一年助理经理还没有被扶正，一直负责着上海周边一些相对次要的区域。

直到岱西接了东大区经理的位置，见董青老实听话，一门心思扑在生意上，才把她扶正。岱西对董青，可说是有知遇之恩。追昔抚今，董青有理由不喜欢杜拉拉作为岱西情敌的角色。

说起来杜拉拉好歹是个“人事行政经理”，一般人但凡聪明点的，没事儿犯不着去主动招惹沾着“人事”二字的，但董青脑子里没那根弦——作为一个一线销售经理，除了顶头上司外，她很重视建立并维护和市场部、财务部的同志们的长期关系，前者手里有她垂涎的市场资源，后者负责审核一般销售人员都难免的报销疑点，而她在 DB 的失意或者快乐，向来似乎和 HR 没有什么关联，她只是本能地有些害怕王伟，等确定王伟走了，永远不会再回 DB 了，感念岱西知遇之恩的董青，就找个机会当面来向杜拉拉采访“王杜秘史”了。

在这么个一千来号人的公司里，杜拉拉和董青的关系，向来也就限于有些面熟罢了，她甚至连把“董青”二字和真人对上号也要花点力气，平日见面就算狭路相逢不打招呼实在说不过去了，两人最多含混地点个头算数。

今见董青动问，拉拉马上想到这人曾是岱西手下的一个小区经理，她本能地有些忐忑起来，暗自揣测着今番这董青只是“大嘴”出于八卦的天职，抑或“天使”为着复仇的使命找上门来了。

拉拉还是第一次认真观察董青，她是个中等个子，腰、腿、臀，无不适用“中庸”二字，一身铁灰色的西服套裙显得职业而标准，成功地从造型上掩护了她思想高度上的短板。

董青皮肤还算细腻，五官虽然缺乏摆得上台面的动人之处，但也没有什么说不过去的遗憾，何况局部的缺点和普通之处总使一个人显得更真实。她的瓜子脸轮廓低调而柔顺，和骄傲的胸部正形成了一种迷人的反差味儿——董青本人对这个特点并不糊涂。

拉拉不好开罪暗含引而待发之意的董青，只得赔着假笑道：“我要有那等好身手搞定王伟，何必还在这里自己干得苦哈哈，早跟着他过好日子去了，你说是不是？”

然而，不论是一个“大嘴”抑或是一个“天使”，绝对不是这样空洞无力的托词能打发了的，董青当下再接再厉道：“就是呀，拉拉，我也不相信——可是你猜怎么着？他们都在怀疑，那个和王伟一起的女的，明明就是你！他们说你现在是一味地在假装，死不承认罢了！”

虽然眉眼生得细长，并不妨碍董青说话的时候拿锥子一样锐利的眼神端详着拉拉的眼睛，她一面想起老电影里正义者义正辞严地对撒谎者说“看着我的眼睛”，一面期待着杜拉拉明知无望却仍要垂死挣扎辩解、然后被当场戳穿出丑。

拉拉耐着性子说：“哎，实在是高看我了。这事儿不是早有人找我DOUBLE CHECK（再三核实）过了嘛，我真没这好身手，至少还得再练两年。”

董青在业务上专业度并不高，但客户关系一直是她的强项，这主要基于她对人物心态把握得十分到位，眼下董青早看出对方不耐烦，她估计到杜拉拉虽然暗藏凶意，还是不愿意轻易翻脸的，就进一步挑战杜拉拉的底线道：“早有人来问过了啊？那你可得调整好自己的情绪，不要让这些人影响你。”

杜拉拉在EQ上果然不是客情类销售的对手，她气恼得牙根痒痒，稳了稳血气，才回道：“不好意思，我得开会去了，先走一步。”

董青笑微微地说：“好的呀，下次再找你聊！”

听董青这话竟含着预约的意思，拉拉心说有完没完，下次还来怎么的？她到底年轻，一个没忍住，这时候也咧嘴坏笑道：“哎，董青，是不是做销售压力太大，想改行做娱记啦？我跟你说，一个八卦娱记要成为一个名记，首先要明白一点，新闻本来无所谓对错，它不是用来维护真理和良知的，重点在于及时曝料、不断传播，只要不超出政府容忍的范围——丑闻若不为人所知，如何算得上丑闻？又如何达到娱乐人民的目的呢？所以，在这样的工作中，娱记不需要善良，也不必以为这种传播是多么的不善良，这只是一种职业的态度，要从技术的角度去理解。”

文字和思想是董青永远的痛处，这个她玩不过杜拉拉，加上杜拉拉说得飞快，她更加理解不过来这段有点书面化的文字到底啥意思，不过她明白杜拉拉是在骂她。

董青嘴角一翘，笑了：做销售的人，听得明白的骂人话哪天不听一箩筐呀，还怕这种似是而非的骂人话吗？

她听来听去只记住了杜拉拉似乎重复地提到“善良”这个词儿，做销售的最不当回事儿的就是“善良”,老板们在台上讲话,总说要把竞争对手打倒在地,再“碾碎”他们，一面说还一面来回碾着上万元一双的鞋子的皮底。

翻遍各大公司的行为准则也罢，公司核心文化也罢，你会发现跨国公司们总自命不凡地宣称他们的 MISSION(使命) 是让他们的产品对人类的生存具有独一无二的深远意义，他们崇尚正直，维护股东的利益，并且保证合作伙伴获得公平的利益分享，但是，你绝对找不到“善良”二字。

假如销售讲“善良”，各支持部门，包括 HR，指望什么发年终奖?

董青越想越要发笑，杜拉拉看来气得不轻，要么就是她并不像传说中的那么有才。

2. 知道不知道?

一大早和董青的遭遇战，让杜拉拉一整天都怏怏不乐，她机械地完成了一天的工作，独自一人疲惫地走出写字楼。

已经是晚上九点了，酒吧门口三三两两卖烟的小贩，脖子上挂着那种能合上的木盒子，里面装满了各式香烟，拉拉觉得，这些人不论是衣着打扮还是做生意的行头，都和电影里旧上海时的形象没有差别，连脸上的表情都看不出分别，就差没有吆喝“哈德门、老刀牌香烟”了。

一个捡破烂的老太太，独自坐在马路牙子上休息，她的身边放着捡垃圾用的编织袋。拉拉这两年月月都来上海，但凡天气不是太冷或者下雨，这个钟点，她曾几次在这个路段看到老太太捡完了垃圾，一人坐在马路牙子上休息。老太太身形适中偏瘦小，银白的发髻梳理得一丝不乱盘在脑后，看着总有七十出头了，她的腰背挺得很直，身子似乎还算硬朗，虽然干的是捡破烂的营生，却常年穿着白色的竹布斜襟褂衫，即使是夜色中，你也丝毫不会怀疑她的白衫干净齐整，连她捡垃圾用的编织袋也干干净净毫不邋遢。老太太休息的时候总是在静静地抽着一枝香烟，孤独、悠然而气派，正是她的超级水平的洁白和这副叼烟的气派，使得拉拉从来不敢试图给老人一点钱。拉拉曾猜想过老人的身世，或者曾是红极一时的交际花，或者曾是国民党军官的姨太太，可以肯定的是她过过挥金如土的生活，现在孤身一人，要靠捡垃圾帮补用度。拉拉发愁地想：老太太要是生病了该怎么办？居委会的人会及时发现，上门照顾她吗？

回到酒店，拉拉先洗了个澡，出来发现手机显示有一个未接电话，是商业客户部南区的大区经理陈丰打来的。拉拉望着手机屏幕上陈丰的名字发愣，虽说两人私人关系挺不错，但这么晚打电话的事情却很少发生，拉拉一时猜不透陈丰这个电话是为了啥事。

自从王伟离开 DB，拉拉情知免不了要被人议论，但又弄不清到底有多少人在多深的程度上知道自己和王伟的事儿，而她考虑得最多的是，高管们知道不知道？

李斯特显然是知道一些情况的。岱西走之前和他都说了些什么？他会不会和高管们说？这两个问题无数次千回百转地萦绕在拉拉的心头，但她实在没有勇气去问李斯特，她也不愿意贸然主动去捅破那层窗户纸，以免没有回旋余地。

假如高管们已经知道了，会如何对待她杜拉拉呢？比如是否会等她目前的劳动合同到期后不再和她续约？这样的情况如果真的发生，自己该如何应对？

或者他们会派人来谈话，求证是否确有其事？那自己是该矢口否认还是老实承认呢？还是要说这是私事，公司无权过问？

还有一种可能，高管层会装傻，但是从此对她杜拉拉不予重用，直到她实在自觉无趣主动离开 DB？

反复的猜测进一步加重了拉拉的心理压力，患得患失的焦虑中，她的下巴渐渐尖了起来。

作为商业客户部南区的大区经理，陈丰在日常工作中和拉拉接触甚多，两人的办公室挨得很近，几乎每周都有一些协同工作的安排。王伟走后，陈丰对拉拉的态度似乎没有任何变化。拉拉有时候心虚地揣度，陈丰到底是否有所耳闻自己的事情，他一直不曾明示或暗示这事儿，是出于绅士风度，还是仅仅确实一无所知？拉拉也想过，不要做自欺欺人的鸵鸟了，这样有趣又刺激的事情，只怕是早已尽人皆知——但她没有勇气向“包打听”海伦求证，而海伦大约一直在等着她开口。

在高层保持沉默的同时，群众却不像高管们那样行事慎重，而且群众的成分比较复杂，保不住总有那么几个当面来找女主角杜拉拉做面对面沟通的。

拉拉已经被各色群众问毛了，近来，只要碰上陈丰和她独处，她就紧张，生怕他下一句话就要提到王伟，于是她就急忙抢着拿话塞住他的嘴，空气中充满了她不自然的声音，显得热闹而慌张。

想到白天刚和董青因为王伟的事情发生过战斗，拉拉看着未接来电中陈丰的那条记录，很担心他这么晚打电话就是想问王伟的事情。拉拉正出神，手机响了，她一看，是陈丰又打进来了。拉拉感到很有压力，想不接，又觉得说不过去，拖了几秒，她想伸脖子是一刀缩脖子也是一刀，他想问的话迟早会开口的，便硬着头皮接了。

陈丰在电话那头刚温和地问了句"方便吗"，拉拉就硬邦邦地截断他说："什么事儿？"

陈丰没料到拉拉会这态度，愣了一下说："没什么特别的事。"

拉拉冷冰冰地说："那你想说什么？"

陈丰越发觉着不对劲，赔着小心说："怎么了？要不我先听你说吧。"

拉拉没好气地嗔怪道："是你打给我的，你让我说啥？"

陈丰解释说："我就找你随便聊聊天。"

拉拉话中带刺道："那你想了解什么呢？"

陈丰辩白说："我真没有什么想了解的啊。你今天怎么了？"

拉拉根本不信，她不耐烦起来，不觉地声音就像刀片划过玻璃那样刺人耳朵："你到底什么事儿吧？"

陈丰也急了："没事儿就不能找你聊天吗？"

拉拉怀疑地说："那好吧，你想聊什么？"

陈丰见不是个事，就说："拉拉，我怎么觉得你对我有意见？是我做错了什么？"

拉拉也怀疑是自己多心了，陈丰可能真只是找自己闲聊两句，以前他们之间也有过纯粹闲聊的电话，她只得放软声音，给自己找台阶说："谁对你有意见了！只不过见你晚上打来，以为有啥急事儿。"

陈丰叹气道："瞧你这态度！"

拉拉半信半疑地告诫道：“好吧，是我不对，给你赔礼了。不过，我很累了，你可别提我不喜欢的话题，回头影响我睡眠。”

陈丰追问道：“到底什么事儿呀？我哪里敢影响你睡眠。”

拉拉越发怀疑道：“你还装！”

陈丰的声音中传递着无辜：“你真把我说糊涂了，我什么时候在你面前装过了？究竟是为了什么，你不说出来，我都没法儿给你解释。说不定是你冤枉我了呢？”

拉拉听他语气像是真不知道那事儿，一时也吃不准了，只好含含糊糊地说：“好吧，就算我冤枉你了。总之烦人的话题，你别提就是了。”

陈丰保证说：“我真只是找你随便聊聊天，没想问你什么事儿。反正，你高兴讲的，我就听着，你不爱听的，我一个字儿不提。”

拉拉哼哼道：“你有那么好？”

陈丰用夸张的语气说：“我一直都对你这么好，你不知道吗？”

拉拉不信道：“销售之言，岂能当真？哄死人不偿命的。”

陈丰一本正经地说：“你看我这么老实单纯的人，哪里敢哄你？有这胆儿也没那效果，你多聪明的人呀。”

拉拉被他“老实单纯”的STATEMENT（宣称）逗得笑起来道：“做销售的还有老实单纯的？除非你是个新手，要么你就是个差劲儿的销售。”

拉拉一笑，气氛就缓和下来了，陈丰舒了口气道：“好吧，看你情绪也好转了，我就不打搅你了。早点休息吧。”

收线前，拉拉说：“对了，你到底啥事儿打电话，该说出来了吧？”

陈丰说：“咳！我今晚刚到上海，现在跟你住在一个酒店里，本来想问你有没有兴趣一起下楼去喝一杯，结果被你一吓，我话都说不出来了。”

拉拉这时也意识到大约是自己压力太大神经过敏了，先假设陈丰的电话一定是为了八卦王伟和自己的事情而来，因此直接摆出了战斗的姿态，她不由得也自觉好笑。拉拉的声带和神经一起松弛了下来，道：“怪我怪我，都市生活压力大，容易导致肠胃不适和精神失态。请你原谅。”

陈丰充分展示男人的大度和销售的职业，笑道：“没问题啦，做销售的承受压力的能力强，不差你再多给我加点。”

拉拉解释说："我换了睡衣了，不想出去了。咱们就这么说两句吧。我事先不知道你今天也来上海出差。"

陈丰说："过来参加个销售会议，明晚就回去。哦，对了，想邀请你参加我们南区三季度的经理会议，花一个小时给小区经理们讲讲'绩效管理'，时间定在9月下旬，地点是丽江。你有空吗？"

拉拉应允道："我和我老板打声招呼，应该没问题。"

3. 捍卫个人和职能尊严的经典

说起来，拉拉初学HR的时候，在招聘上教给拉拉最多的既不是李斯特，也不是李文华，而是商业客户部南区的大区经理陈丰。

陈丰和拉拉差不多是同期加入DB的。那时候杜拉拉是公众客户部的一个小小的销售助理，轮不到她和商业客户部南大区经理陈丰搭话。即使到了杜拉拉被升为广州办行政主管的那两年，两人也不过限于见面点点头，有事儿说事儿，没事儿八辈子也扯不到一处去。陈丰每日里来去开着他的银灰色帕萨特，随便一条BOSS的领带就得600来元，遇到重要会议，他会穿上剪裁考究的"阿玛尼"，杜拉拉则为了早日还清每个月4000元的房贷按揭灰头土脸地挤公车，年终奖之类的收入全加上，当时的拉拉在扣了个人收入所得税和房贷之后，每月手上能支配的现金也就3000来元了，还得多少存点以备不时之需，每年到了年底，当拉拉取出自己住房公积金账户上的一万二千块，总喜滋滋地觉得是一笔不小的数字，能在物质上和精神上都让她舒缓两个月，而陈丰，几年也想不起去查查自己的公积金账户，他的公积金存折随随便便地扔在抽屉的一角快被主人遗忘了。拉拉没有思考过陈丰对自己的看法，陈丰也没有闲功夫留意杜拉拉其人。

直到拉拉开始负责外围区域招聘的职责，两人的过从才密集起来，这一密集，杜拉拉的好处，陈丰就体会到了：聪明，遇到事情脑子特别好使，尤其逻辑不错，善于学习和总结，常让复旦的硕士陈丰暗中喝彩一声"深得我心"。

陈丰是个聪明人，多少耳闻了杜拉拉的晋升有钦点的成分；对区域销售而言，区域HR是个有一定重要性的角色。陈丰以为，在杜拉拉困难的时候关照她，总好过等她翅膀硬了再靠上去套近乎。陈丰的想法有他的道理，杜拉拉也确曾在当时的总裁何好德面前不落痕迹地替陈丰辩护过一回，这种辩护是自愿行为，并起到了一定的作用。

抛开工作需求，从纯私人感受的角度看，当时拉拉已经在上海历练了一年，让HR的组织发展经理朱启东来打分的话，拉拉的交际手腕仍然只能得个“不灵”，可假若以广州式的现实主义和平民风格为比对基准，拉拉的撒娇商数也算表现得很为“尚可”，举手投足已经出落得衬得起“味道”二字，博得了陈丰作为一个男性的私人好感。

当私人感受和工作需求能很好地结合的时候，也算是职场中的一种福气了，人们会因此活得更加愉快。

当年拉拉刚开始做招聘的时候，主要任务是和大区经理一起面试销售代表。但是，需要考察应聘者哪些方面的能力，她心里没底，就算知道了要考察的内容，通过问什么样的问题来判断出这些能力是否达标，她也摸不着门道。

当时的招聘经理李文华自己满腹心事，没顾得上替拉拉安排“TARGET SELECTION”（目标选材）的培训，HR总监李斯特更是个不过问具体事宜的，而杜拉拉本人并不知道世界上还存在着这样的招聘培训课程，况且李斯特已经和她说过，70%的知识最终都要来自于实践，所以她也没把心思放在要求培训上。

拉拉做过两年销售助理，指标和费用是她常常打交道的东西，但是仅限于在EXCEL中打交道，至于销售们要怎样才能在现实中达成这些指标，她并不确信自己系统地知道。

一个不确定考核标准的人，却要来负责考核，拉拉本来就没有底气，又担心销售经理们发现她的无知，闹得她就像以前做学生的时候，答不出考题，偏巧老师又站在背后看她做题那样的焦虑。掂量了半天，她只得去找李文华，装着不在意的样子问道：“文华，咱们有销售代表这个岗位的JD（岗位说明书）吗？”

李文华眨了眨眼睛说：“哎呀，要经理以上级别的岗位才有详细的JD，像销售代表这样普通的级别，目前还没有现成的 JD。”

李文华猜到拉拉八成是搞不清楚公司对销售代表在KEY COMPETENCY（核心任职能力）方面的要求，但是他自己正一肚子的烦恼事儿，没闲功夫理睬她的处境。

假如杜拉拉脸皮足够厚，说得出口她不了解考核指标，那李文华也有话准备好了：“拉拉你没问题的，你不是做过两年销售助理吗？就按你对这个岗位的理解去招聘销售代表，肯定行。”这是很容易的太极招式，随便两句捣糨糊的话就能兜头把菜鸟杜拉拉闷回去，让她找不着北。

什么问题可以问，什么问题不可以问，拉拉还是有判断的，你要做招聘，哪里敢说对公司最基本的职位的要求不了解呀。没奈何，她只得把公司过往放在 51JOB 和“智联”上的招聘启事拿来研究——上面列着岗位基本职责，以及最初级的任职能力要求——这么着算是初步地实现了自我扫盲，硬着头皮上阵了。

有一回，拉拉和陈丰都看中了一个应聘者，但是陈丰的下属、用人的小区经理施南生推三阻四的，明显不太愿意要。

拉拉找施南生交涉道：“哎，南生，给你招的那个，不是挺好的吗？又勤快，又聪明，销售经验也足，你干吗不肯要？”

施南生解释道：“她年纪有点大。”

拉拉不以为然：“人家还不到 35 岁，大什么大呀！我查过，30 ~ 35 岁这个年龄段的销售代表，是平均业绩最好的一组。我有数据依据的。”

施南生一摊手道：“我那边的客户就那个特点，喜欢小靓妹。所以我要招个小靓妹来，只要客户喜欢，到时候啥事都好沟通。”

拉拉不以为然：“你那都什么客户呀，还非得要我们的销售是小靓妹！我们可是跨国公司，你想让你的销售去施美人计呀你！这 35 岁的多好，生过孩子了，不会跟你申请休产假。我要真给你招个小美眉来，保不准过两天她就怀孕，你还担风险呢。”

施南生看和做 HR 的没法沟通，就凑近拉拉一步，撒娇道：“哎呀，姐姐，您说好的，我哪敢说不好呀！只是你也知道，我组里现在尽是些大小伙子，招个漂亮美眉来，男女搭配，干活不累嘛。”

拉拉翻翻眼睛道：“不早说，我都给你找好人了，你又搞这么多花样。”

天津姑娘施南生发扬哄死人不偿命的一贯作风道：“怪我怪我，回头您赏脸，给我个机会请您吃顿便饭，叫上海伦她们一起。”

拉拉事后找到陈丰，把施南生想招漂亮美眉的事情一说，完了问陈丰：“她说的是实情吗？”

陈丰笑了：“哦，这和她负责的产品有关，有些客户是有那个特点，适当招两个外表好一点的女销售进来也对，倒不是说要多漂亮，顺眼的就行。光漂亮不够，要善于和客户搞好关系，最好是酒量好的。”

拉拉担心地说：“但是南生想招的那个艾艾，漂亮是漂亮，性格却很自我，你看她面试的时候和咱们说的那话，‘工资达不到我要求的数字我是不会来的！’——要求工资很正常，可一般人哪里有要工资的时候说话那么没有礼貌的，好像我们求着她来似的。就她这个脾气，能和客户搞好关系吗？”

陈丰明白拉拉关于艾艾的评价有一定道理，事实上，他在面试后曾单独和施南生就同样的顾虑沟通过一次，但是施南生也有施南生的考虑：艾艾是DB的竞争对手的销售，她的火力挺猛，DB放在和她同区域的两任销售代表都拼不过她，所以施南生急红了眼，这次决心要直接挖墙角。

陈丰把这个情况向拉拉介绍了一下，又解释说：“拉拉，南生做过背景调查，客户对艾艾的评价都不错，有的人只是在公司内部和同事相处的时候脾气大一点，和客户相处没啥问题，艾艾的酒量很好，责任心也不错，是个杀手型的销售，这样的人也是可以考虑用的。现在行业扩张迅猛，找个好的销售代表并不容易。”

拉拉不说话了，暗自把这事记录下来，这可是在招聘启事上看不到的要求。这事儿启发了拉拉，联想到李文华说过，招聘中要特别注意直线上下级之间的匹配，她灵机一动，马上发了个邮件给所有的小区经理们，约定每次招聘前都先沟通一下本次招聘有什么特别的要求。

邮件刚发出去，就见陈丰下边另一个小区经理王海涛路过，拉拉赶紧拉住他问道：“海涛，你不是正要招一个销售代表吗？要不你说说你都有啥特别要求，你喜欢招啥样的人？”

王海涛摸了摸自己硕大的脑袋说：“拉拉，你看我负责的这几个品种吧，产品本身的优势并不明显，可替代性比较强，所以，竞争对手特别多，销售代表要是跑得不勤，我们的产品很容易就被人家给踢出来——所以，别的要求还有得商量，这勤快是必要条件。”

拉拉追问说：“那田野那组的产品，需要什么样特点的人？”

王海涛谨慎地说：“她那组，我觉得最好就要专业性很强的人来做销售，不然和客户都说不上话。这是我的个人看法，仅供参考。要不你还是问问田野本人。”

用了两周时间，拉拉通过与小区经理们的频繁沟通，获取了比较充足的信息，比如：

——根据所负责的产品的不同特点，对销售代表有不同的要求。有的产品，使用原理复杂，需要销售代表的专业知识非常强，才够分量去对客户施加影响；而有的产品，和竞争对手的产品相比在使用效果和价格上都差别不大，缺乏明显优势，可替代性强，就需要销售代表特别勤快，特别善于和客户搞好关系。

——根据所负责的区域的不同特点，对销售代表的要求也不同。重点区域是商家必争之地，外部竞争激烈且公司增长要求奇高，小区经理就很强调对销售代表综合能力的要求，准确判断目标客户的能力、与重点客户建立长期稳定的关系的能力，以及要求生意的能力，哪样都不敢放松要求；假如负责的是个小区域，产出潜力低，客户的要求也简单，对销售代表的要求就可以相对放松一些。

——比如，有的区域指标完成情况已经明显落后，小区经理就会非常强调新招的销售代表应具备快速提升销量的意识和能力。

——又比如有的区域由于商业回款问题不能保障供货，导致销售代表在年内可能拿不到奖金，就不能招有经验的老资格销售人员，招来了也留不住，因此宁愿要没有多少销售经验但潜质好的新人。

诸如此类的沟通显得很合理，也很体面，拉拉果然收集到各色要求，从中总结出一些共性的东西。

陈丰对拉拉的努力看在眼里，拉拉通过获取小区经理们的反馈，来收集对销售代表任职能力要求的做法，他觉得很机灵也很有效，既保住了杜拉拉本人和 HR 职能的尊严，又获得了她想要的信息。

陈丰认为，这个捍卫个人和职能尊严的经典案例，充分体现了杜拉拉利用资源的能力。

为了帮助拉拉，陈丰找来王海涛，交代他按产品线、区域等，系统地整理出对销售代表核心任职能力的要求，陈丰甚至自己动手，在王海涛的功课上做了修改补充，然后才发给拉拉，这下拉拉手中的信息就完善系统多了。

打那时候起，两人一起做面试的时候，陈丰就刻意让自己的提问线索清晰连续，并尽量避免跳跃，以便拉拉可以比较容易地观察到他在面试中的考察思路。

等拉拉提问的时候，陈丰也很注意观察她的思路，如果发现她的破绽，为了照顾拉拉的面子，他一般不直接告诉她，而是在接下来的面试中，有意针对她的弱点，反复地突出提问。聪明如拉拉，一般都能察觉到陈丰在重复考察的内容和方式，她没有辜负陈丰的体贴和好意，经过几个月的实战，提高很快。

不了解所招聘的岗位的薪酬市场行情，是当时拉拉面临的另一个尴尬。薪酬经理王宏在这方面看得很严，他和大区经理们都打了招呼，拉拉只负责看人，若她和大区经理都认为人合用，大区经理们应和王宏而不是杜拉拉来讨论该出人家啥价钱，说定后再由大区经理出面去和应聘者沟通薪资——等于定工资这个环节就没她杜拉拉什么事儿了。

没有权力的人，是很难有威望的。你说了不算，谁理你？这个道理拉拉明白。招聘过程中，定工资，对应聘者和用人主管都很重要，在这个关键环节上被排除在外，还不得不让大区销售经理知道自己被排除在外的狼狈，拉拉心里有点不是个味儿。

拉拉决定去找李斯特尝试一下扳回的可能性。王宏料到“倔驴”会来给自己找分，早半道上给她下好了套，他先和李斯特打招呼说：“老板，薪资这个东西很敏感，给高了不合适，给低了销售部有意见。拉拉刚开始做招聘，对薪资的了解掌握还需要一个学习过程，所以我建议，开始还是由我们 C&B（薪酬福利部）来定工资吧，这样比较安全。”

王宏说得有理有据，又上升到“安全”的高度，等拉拉找来，她发现李斯特完全没有反对王宏的意思。

为了安抚拉拉，李斯特做了一个小小的调停动作，他规定：出 OFFER（录用通知书，上面列有工资等信息）的时候，王宏应将 OFFER 先传真给杜拉拉，再由杜拉拉转给大区经理。于是这一轮，杜拉拉基本上算是 LOST（输），只是在形式上保持了一个战败者的体面罢了。

猜到几分内情的陈丰，往往很体贴地尽量淡化定工资这个环节，并且，关于这个秘密，他自始至终在他的小区经理们面前只字不提。

杜拉拉后来有时想起这一切，就唏嘘不已，十分感念陈丰对自己的好处。

当时，拉拉完全看不到薪酬福利的市场调研数据，她对王宏的分享已经不抱任何指望了，思来想去，还是得靠自己。

每次面试，不管应聘者合用不合用，她都要仔细问人家的现有薪酬福利情况，尤其是遇到大公司出身的应聘者，然后，她再把这些数据仔细分析归类，从中揣摩人家的 HR 是怎么给这些人定工资的。

渐渐的，从销售助理到销售代表再到销售小区经理，凡是拉拉在招聘工作中会涉及到的级别，DB 的主要竞争对手的薪酬福利数据就被她收集得八九不离十了，再到后来，什么样资历的销售代表，在市场上能值多少钱，她已稔熟于胸。每次面试完，拉拉就和陈丰谈论自己认为该出应聘者多少工资，两人基本都能达成一致。

拉拉觉得自己很有把握了，开始时不时地在李斯特面前谈谈自己对薪资的见解，一次两次，几次以后，老李也觉得似乎可以放心拉拉在这方面的见识了。

日子在心照不宣中流逝，拉拉负责区域 HR 一年后，李斯特终于重新定了规矩，拉拉算是名正言顺地负责给新人定工资了。而杜拉拉和陈丰的友谊虽说尚未经受过考验，也总算得上是与日俱增。

后来，拉拉经过正规理念的培训，方领悟到，原来这种“友谊”，它的学名叫作“信任”，是个很重要的东西。比如，信任能提高工作效率，倘若两人之间关系好，互相“信得过”，即使有不同意见也能很纯粹地讨论谁的意见更正确，因为你首先假设对方不会害你。

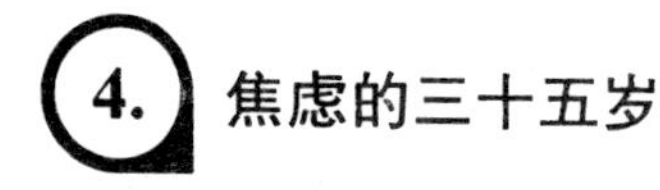

4. 焦虑的三十五岁

DB 市场部产品经理孙建冬的这个成都之夜睡眠艰难，他几次迷迷糊糊地醒来，感到周身疼痛，看来真是喝多了，酒吧摇滚乐手沙哑的拉歌在他脑子里不停地摇来晃去：

和漂亮的女人握握手，
和深刻的女人谈谈心，
和成功的女人多交流，
和平凡的女人过一生！

昨晚他送沙当当回家，车到楼下，沙当当却不肯下车，她伸出两只半裸的胳膊缠住孙建冬的脖子，把嘴凑到他耳根子边上说："和我一起上楼嘛，就坐一小会儿。"

孙建冬做 TOP SALES（销售冠军）那会儿，沙当当还不知道在哪儿玩呢，她使的这招叫"吹气如兰"，他早从不同的女性身上领教过，她心里想的是啥他自然明白得很，只是他实在没有兴趣，可毕竟这姑娘陪了他一晚上，他不好太过翻脸不认人。

孙建冬尽量不动声色，慢慢地却是没有商量余地地掰开沙当当的胳膊，嘴里假装体贴地低声说："太晚了，你早点休息吧。不然明天就不好看了。"

沙当当见他实在不肯跟她上楼，只好改了进攻方向，撒娇道："那我送你回酒店。"

孙建冬有点哭笑不得："这么远，你送我回去，我再送你回来，天都亮了。"

八十后沙当当不肯罢休，重新把胳膊绕上他的脖子，孙建冬只得赶紧哄她说："乖。"但完全没有用，这丫头是豁出来了，任你顾左右而言他，她咬定青山不放松。

孙建冬不好意思让司机等着，只好把车先打发了，随着沙当当下了车。为了安抚沙当当，孙建冬小心地接住扑将过来的她，暗中不落痕迹使个巧劲儿把她那要融化了似的身子撑开一点，又应承回到酒店马上就给她电话，混乱中，沙当当乘势在孙建冬的脖子上亲了几下，亲得又狠又响，要不是孙建冬机敏，双唇又闭得密实，她想了整个晚上的 FRENCH KISS（法式接吻）几近得手。

孙建冬在黑地里和沙当当周旋了好一会儿才勉强脱身，拦了一部的士逃窜了。路上他想，以后还是少招惹沙当当。

回到酒店后，孙建冬先站在酒店外面抽了枝烟才走进大堂，却一眼瞥见大堂沙发上噌地树起来一个人，正是沙当当，在冲着他得意地笑。孙建冬一愣，无奈地走了过去："搞什么嘛，你怎么又回来了？这么远！"

沙当当眉毛一扬道："我刚才说了送你回来，你又不肯让我上你的车，我只好另外叫了一辆车跟着你回来了。"

沙当当无所畏惧，孙建冬却还要注意影响，他一面用眼角的余光观察着周围，一面恼火地压低嗓子道："这都几点了？"

沙当当拿出做销售的基本功，大起胆子提议道："那我们就回你房间吧。"

孙建冬阴了脸道："你不觉得这样随便了点吗？"

这话很伤人，沙当当脸皮再厚，也难受了。她咽了一下唾沫道："我从不随便。"

孙建冬质问道："那你什么意思？"

沙当当清清楚楚地说："我想今晚和你在一起。"

孙建冬听了把脸往一边转开，"嗬"了一声，才又回过脸来冷冷地说："可我不喜欢你，没法和你'一起'。"

孙建冬的脸色令沙当当有点害怕，她没敢回答，但她把身子往沙发里埋得更深了一些，用实际行动表明：我就是不走。

沙当当本来姿色一般，虽说个子够高，但关键的胸部却偏于谦逊，还长了个男人一样的大方脸，脸上的皮肤也不够滑溜，这几点，对于孙建冬这个个体来说，都是不愿意将就的——可是沙当当的爱情纯真无敌，使得她的脸焕发出流光溢彩，她的眼睛熠熠生辉，流露出那种只有她那个年龄的人才会有的、不计成本、不图交换、敢死队一般的义无反顾和炙热，孙建冬心中一软，那一刻，他有点喜欢她了，就没再骂她，拉下脸来自顾自朝电梯走去，沙当当马上跟着他进了电梯。

进了房间，孙建冬把胳膊上的西装挂进壁橱，正眼也不瞧沙当当一眼道："你睡沙发吧。"

沙当当掠了一下头发说："我想洗澡。"

孙建冬没有说话，他打开行李箱拿出一件自己的 T 恤和一条运动短裤，默默地递给她，做了个请便的手势。

沙当当洗好澡，走出淋浴间，她侧耳听了听，孙建冬一点动静也没有。她用雪白的大浴巾把身子围上，并很花了点功夫把胸前勒得紧了一些，造出一条还算说得过去的隐约的乳沟，她一面低头研究着自己的劳动成果，一面想起来在销售们当中流传的那个说法："费用就像乳沟，只要用心挤，总还是能挤出一点的。"

沙当当盘算着是不是就这么出去亮相了，但一方面她对这个造型的力量有点信心不足，另一方面又担心这个造型太过直接，有可能让孙建冬马上翻脸，也就是说这个方案不是足够安全——沙当当犹豫了一下，还是撤下大浴巾，换上孙建冬提供的T恤和运动短裤。

沙当当在浴室的大镜子里端详着自己，孙建冬的T恤穿在她身上显得很长，几乎完全盖住了运动短裤，倒也让她别有一番妩媚，尤其是刚淋浴过，使得她脸色红润，明显给她的姿色临时加了分，她下定决心走了出去。

沙发上放着孙建冬从壁橱里拿出来的枕头和毛毯，孙建冬坐在那里心不在焉地看着电视，他还是整整齐齐地穿着白衬衫黑西裤，甚至脚上的黑皮鞋都没有松一点鞋带。见沙当当头发湿漉漉地走出来，他淡淡地问了一句："你还用卫生间吗？"

沙当当摇摇头，他这才换上拖鞋，拿了换洗衣服进卫生间去了。

沙当当老实盘腿坐在孙建冬划给她的地盘——沙发上安静地等着。孙建冬很快洗好澡出来，他已经换上了T恤和大短裤，虽然是便装，但不妨碍齐整严实。便装更充分而个性地展示了他匀称健康的男性躯体，长期坚持游泳使得三十五岁的他体形保持得几乎和他念大学时一样好，沙当当看在眼里哈喇子都快流下来了。

孙建冬望了望端坐在沙发上的沙当当，现在她显得还算安分，孙建冬犹豫了一下说："要不，我睡沙发。"

沙当当摇摇头，孙建冬不想和她游斗，简单地说了句："那就睡吧。"

他干脆地关了灯，自顾自上床睡了。

这一晚上两人喝了不少酒，红酒、啤酒、米酒在孙建冬的胃里混成一团，他的酒量不如沙当当，此时头钝钝地疼着，却不能入睡，脑子里乱哄哄的一堆事情让他不得安宁。

他有几个要好的同学，几个人聚在一起的时候，总说男人到了 35 岁，能成事的就成了，要是 35 岁还成不了事，多半是没啥前途了——这种计算方法让孙建冬压力很大，事实上，再过两个月，他就要满 35 周岁了。

孙建冬是个老股民，股龄超过十年，2001 年之前他一直是有输有赢，冷静下来一总结，发现根本没有挣到多少，尤其对比投入的精力，独处的时候自己想想，也要怀疑到底值不值。

在孙家，一应固定资产的添置均由孙建冬负担费用，小到冰箱，大到房子，叶美兰只是取巧地买些诸如卫生间里的毛巾、门厅里的拖鞋以及厨房里的碗筷之类，基本属于表表心意的意思；如果出现大笔的开销，如孩子上幼儿园的赞助费等，也一概由孙建冬掏钱。他每个月固定给叶美兰 2000 元补贴家用，至于水、电、物业、煤气、有线电视、宽带、电话费之类的收费，则每个月通过银行另从他的工资卡里扣除。而叶美兰的收入，基本就是她自己的私房钱，孙建冬向来不管不问，但其实叶美兰也有她的难处，她的娘家比较麻烦，父亲叶茂和弟弟叶陶都是好惹事不安分的主，她又是个孝女，自打嫁给了孙建冬，她那一份倒有点是为娘家而挣的意思了，自己身上的行头反而不如单位里的姐妹，跟孙建冬那些外企的女性同事就更没法比了。

孙建冬早先一直在做销售，收入还是不错的，他又几乎没有任何花钱的嗜好，除了应付家里的开支，所有的现金都砸进股市里去了，十来年，陆陆续续的，他前后投入了将近 100 万。炒股的人永远嫌本金不够，孙建冬牢牢地把发工资的存折捏在自己手中。经济基础决定政治地位，叶美兰因为自己挣钱不多，倒也不敢干涉孙建冬炒股，她偶尔关心问一声，孙建冬总是一句“你又不懂股票，问它干嘛！”就打发她了。

2002 年初，股市连续下跌。叶美兰有时也在《广州日报》上看看大市行情，发现情况不妙，慌忙偷偷查了一下孙建冬的股票账户，这一查不打紧，叶美兰的心都疼得哆嗦起来了！她清楚地记得，上一次自己背着孙建冬去查他的账户是在 2001 年刚入夏的时候，孙建冬是满仓的，股票价值大约 110 万。叶美兰向来不知道自己的丈夫居然拥有百万资产，这还没算上他们的房子，当下她的小心脏狂跳不已，充满了自豪和喜悦，她不曾对任何人透露过半个字，内心对丈夫更加崇拜得无以复加——这才刚过了半年，孙建冬还是满仓，账户上的股票市值却只剩60万了！不见了整整50万！这得顶叶美兰不吃不喝干十年呀！她感到自己的脑血管在剧烈地扩张，那一瞬间，她的视力模糊了，周围的人声也仿佛隔了一层棉花才传到她耳朵里。她深切地体会到什么叫五雷轰顶万箭穿心。

叶美兰是电信三产企业一个普普通通的出纳，她每天的早餐是一个茶叶蛋或者一个难吃的叉烧包，外加一盒香满楼的牛奶，中午的盒饭是六元一份的云耳蒸鸡饭或者咸鱼肉饼饭，从来不超过十元的规格，即使晚上加班，她也舍不得花钱打的。无论是她的想象力还是她的理解力，均不能承受50万元这样天文数字的损失。叶美兰是个滥忠厚没用的本分人，不敢像赌徒那样指望翻本，她很害怕剩余的60万再继续缩水。

2002年的春节，广州的天气暖得像初夏，孙建冬至今都记得那天中午艳阳高照，他只穿了一件衬衫还觉得热，叶美兰坚决明确地提出要求参与财政，两人大吵了一架。这一来，孙建冬发现，向来对自己言听计从的叶美兰居然不是第一次偷窥自己的股票账户，还企图干涉他的炒股事业。孙建冬怒了！他摔门而去。走之前，他问叶美兰："家用我没给你吗？这股票里的钱有一分是你挣的吗?！"

由于心态不好，孙建冬的操作甚至跑输了跌跌不休的大盘，那一段，正是他心理最黑暗的时期，他对自己强烈失望，非常希望能有人帮他一把。当这样的无助和失望无从排遣，他开始暗地里迁怒于叶美兰，他正式向自己承认了对这桩婚姻的不满，门不当户不对，人家都说财色兼收，他倒好，既没有得到财也没有得到色。不管在股市中或者工作中遇到怎样的困难，他都得负责维持家中的一应用度，这令孙建冬的心感到非常累，而且没有安全感。明明是两个人都在工作，但是这个家好像全指着他一个人的收入，叶美兰的那些表心意性质的购买，只能让他不屑。

但是老婆是他自己选的，没有人强加给他，也没有人欺骗过他，甚至没有人引诱过他。回顾历史，在这桩婚姻的起源，叶美兰甚至没有对他进行过任何像样的色诱,姑且不论她这方面的能力和水平。孙建冬没法把责任推给叶美兰，只能自己负全责，那两个月他在家中总是沉默地板着英俊的面孔。

叶美兰在这样的背景下和他的那场吵闹，让他对这桩婚姻更加觉得了无趣味。碍着孩子，孙建冬没有撕破脸皮，春节过后，他主动申请了公司在上海的市场部产品经理的职位，这一走，就是三年。

开始，叶美兰慌得六神无主，心都被掏空一样，后来见孙建冬基本上每个月都会回广州看看，并照常按月给她家用，家里遇到大事儿，该给的钱他都照给，不多啰唆一句，叶美兰才渐渐地安心一些，但是孙建冬一直对她很冷淡，有事说事，没事他能沉默上一整天，这样的冷战让她非常难受。

一方面，叶美兰因为丝毫不能给丈夫一点帮助而有些惭愧，另一方面，由于对未来充满了强烈的不安，她认为自己更加需要加紧储蓄——孙建冬把100万押在了股票上，股票是孙建冬的指望，而她则把自己押在了孙建冬身上，孙建冬就是她的前程，这个前程现在却充满了未知和动荡。

有一次孙建冬回广州探亲，都晚上十一点了，还有个年轻女人打他手机，正巧孙建冬在卫生间，叶美兰接了，问是哪里打来，对方说了句“他知道我是谁”就给挂了。这个电话仿佛在叶美兰心上扎了根刺，让她不舒服，她悄悄地记下了那个号码，事后一查，发现这是一个成都的手机号码。

孙建冬父母的家中雇着住家保姆，孩子平时都住在爷爷奶奶家，不需要叶美兰照顾，叶美兰在矛盾和犹豫中，能做的只有努力把家里收拾得窗明几净、一尘不染，甚至勉为其难地去考了纸夜大文凭，以期缩小与孙建冬的思想差距。叶美兰做了她力所能及的，但是孙建冬内心并不买账，他认为打扫卫生是每月花几百元钱就能请个钟点工搞定的事儿，是不值钱的劳动力，而关于那纸文凭，孙建冬认为从结果看，对叶美兰的思想水平没有起到任何提携的作用。

从2002年初到2005年夏这漫长的三年多里，股市不但没有丝毫转暖，而且愈发走向深渊。孙建冬无可救药地依然满仓，而他的股票市值已经缩水为43万，他觉得自己快撑不住了，在一个极度绝望的夜晚，他歪歪斜斜地在一张纸上写下了“远离毒品远离股市”八个痛苦的汉字。

有时候他想，或者叶美兰并不像自己认为的那样毫无用处，要是三年前听了她的，至少现在还有60万的本金在。但是，在十里洋场的大上海工作了三年多后，叶美兰瘦小的外形和普通的衣着越发让他喜欢不起来了。

眼瞅着自己一年一年奔四而去，至今仍住在那套仅有的不足一百平米的单元房里，心高气傲的孙建冬心里很不是滋味。这套房子还是当年他和叶美兰结婚的时候买的，位于一个朴素的小区，邻居都是些日子平常的人家，小区物业收取低廉的管理费，保安的模样多半不讨人喜欢，矮的矮瘦的瘦，说话的样子没有礼貌，他们的制服料子廉价做工粗鄙，小区建筑的外墙几年都难得清洗一次，到了冬天的晚上，楼道里摇曳着昏暗的灯光让疲惫的归人心中凄惶，每当这个时候，孙建冬心中就情不自禁地浮现出DB专业气派的办公室以及五星酒店电梯间里铮亮的四壁和柔软的地毯。他们的房子在9层楼，天天上上下下地爬楼梯，闹得叶美兰每次下楼来买东西，都要仔细想想是否还需要买些别的什么，而他的同学中有些人已经二次购房，住进了漂亮宽敞的电梯洋房。

除了个人资产上的失意，孙建冬曾经两次竞争大区经理的位置，均铩羽而归，至今也没能在公司里混上个满意的级别，六年来他一直停留在一线经理的层级上。这一切都令他的心中充满了焦虑。

孙建冬把双手枕在脑后，想着邱杰克走后空缺的大客户部南大区经理的位置，他一直在努力争取这个职位，这回，他模模糊糊地预感到似乎是有希望了。

一晃已经离家在外三年了，他暗自感慨着，这次如果真能得到邱杰克留下的那个空缺，终究还是要回到广州去了，莫非命中注定，他就该在法律上属于叶美兰，他赚多少钱都是替叶美兰赚的？

每次想到叶美兰，孙建冬总是一半儿抱歉一半儿厌烦。叶美兰似乎有无穷无尽的忍耐，从一而终是她的人生信仰。在叶美兰三年如一日的坚忍和追随中，这场由孙建冬发起的精神冷战，对他本人的折磨似乎甚过对叶美兰的折磨，他越来越感到自己的血气已经消耗得差不多了，有时他似乎不想跟任何女人一起过了，但求能自己一个人静一静。

孙建冬的大脑风车般转着，他忽然意识到几乎忽略了沙发上的沙当当的存在，这让他有点抱歉，似乎是为了弥补，他在黑暗中侧耳听了听沙发上的动静，沙当当的呼吸很轻，轻得让人几乎察觉不到，她一动不动地蜷缩在毛毯下面，似乎睡得很熟。

孙建冬太累了，他终于在一堆的混乱中迷迷糊糊地睡着了，隐约中一只饱含饥渴的手在摩挲他下巴上的胡子茬，一个柔软的身躯钻进了他的被窝贴上他的身体，他感到说不出的舒服放松，顺手搂过那个身子抚摸着，好半天，他闭着眼睛告诫意欲推动形势进一步发展的那人说："好啦，别得寸进尺了。"

沙当当沉默不语，过一会儿她说："孙经理，我不会向你提任何要求的，我真心喜欢你，什么都不在乎，我能照顾好自己。"

孙建冬听她表白情意，又保证不给他惹麻烦的意思，他叹口气道："我明白你的意思，但是我不想这样，不然对你不太好。而且，我做人的负担已经很重了——就这样吧，否则，要么你出去，要么我出去。"

这两人的年龄差了几乎十岁，沙当当向来不能彻底明白孙建冬的心思。越是不明白孙建冬的思想，孙建冬的冷漠和寡言，就和他性感的身体及英俊的眉眼一起，越发令沙当当心心念念地着迷。

当下，沙当当听孙建冬说得很绝，不敢造次，再说，此番近得孙建冬的身体，她已经喜出望外，就温顺地从了孙建冬的意思。各怀心思的两人一番有底线的温存后，沙当当到底年轻，先睡着了。孙建冬在黑暗中燃起一枝烟，吸了几口，伸手到枕边摸出调到无声的手机，屏幕上显示当晚有 23 个未接电话，都是来自同一个号码，其中最近的一次是十分钟前才拨入的。都几点了，她还拨！最近两个月叶美兰经常在晚上没事找事打他手机，弄得他不胜其烦，有时她自以为是地说一些关心和想念他的话，让他听了就掉一地鸡皮疙瘩。孙建冬一阵烦躁，索性关了手机。

早上不过七点钟的光景，床头的电话忽然响了，孙建冬向来警醒，他马上接起电话，有点预感地迟疑地"喂"了一声，对方在那头沉默了一下，幽怨地问道："你怎么会到成都去的？为啥不接我电话？"

听到这个再熟悉不过的声音，孙建冬的心一沉，怕哪样偏偏就来哪样，她还真查到他住在这个酒店。孙建冬有点担心地侧脸看了看身旁躺着的沙当当，她没有一点动静还在熟睡着，他这才背过身子，压低嗓子对着电话无奈地说："你能不能给我一点空间？"

电话那头叶美兰忍不住接着追问："你到成都见谁了？是上回半夜打你手机那女的吧？"一种誓与阵地共存亡的决心浸透了她的声音。

孙建冬下意识地看了看椅子上放在一起的他自己和沙当当脱下的衣服，有气无力地说了句："不关人家的事。"

那头忍不住压抑地哭了，孙建冬感到自己的力气仿佛一下全部流失尽了，他哑着嗓子疲惫地说了句："你不要总给我打电话，行吗？我被你追得都害怕电话响了。"

他说罢，不等叶美兰再说话，就挂了电话，然后把电话线拔掉。他转过身来，发现沙当当已经醒了，正睁大双眼凝视着他，目光清澈得像秋天的泉水。孙建冬无声地把她搂到怀里，一只手轻轻地抚摸着她乌黑的长发，像要给自己寻找一丝安慰。沙当当挺了挺身子迎合他。

过了一会儿，孙建冬有些失神地说了句："当当，你以后不要找我了，我也不再找你。你很聪明，销售做得挺好的，好好发展吧。"

沙当当坐直身子，睁大眼睛看着他，孙建冬有点不忍心，又感到一阵心累，勉强补充了一句："你以后要是有难处，只要我能帮得上的，你就开口。"

沙当当追问道："为什么？"

孙建冬空洞地说："我有家有口，累着呢，没那个闲功夫搞三搞四。"

沙当当揭发说："我压根儿没指望嫁给你，我也不会要求你特意在我身上花时间。这你都知道的。"

孙建冬耐着性子说："我是个单调无趣的人，也不善解风情。而且我们是同事，这样不好。"

沙当当跳下地去，认真地说："我辞职吧，这样我们就不是同事了。"

孙建冬不耐烦了："我昨晚就说过了，你不是我喜欢的类型，所以我没法和你上床。我本来不想说这话伤你，这可是你逼我的。"

沙当当咬了咬嘴唇说："那你为什么来成都找我？我本来也觉得你不会真的喜欢我，顶多不过顺便拿我调剂一下口味——我自己喜欢你，只要能有机会和你一起，我也不在乎。可你这次是特意到成都来，就为着找我，这才吊起了我的想头，否则我不会非到你房间里来。如果你不是出于喜欢我，那我就不理解了，你又不要ONS(一夜情)！"

"调剂口味"几个字像热带鱼吐泡泡似的从沙当当嘴里一个一个地吐出来，让孙建冬觉着特别刺耳，但也博得了他一点尊敬，他向来以为沙当当这号，乐观却头脑简单，炙热却未免轻浮，而且，一个出道不过四年的小小的销售代表，算老几呀，凭啥来钓他孙建冬?！虽说他现在还是一线经理级别，可说不准哪天二线经理的位置说到手就到手了。沙当当这号，实在没有任何特质能配得上他的理想，所以沙当当前面这话说得不错，逻辑清晰击中要害，要是他想拿她“顺便”调剂口味可以理解，这“特意”地专为了找她而来，就要让人费解了。

孙建冬没法再狡辩，他只得老实说：“是我不好，请你原谅。但是你要明白，我不喜欢你，这是真话。”

沙当当神色黯淡地点点头说：“这肯定是真话，因为这才是个能成立的理由——你有家不是问题，我们是同事也不是问题。”

孙建冬感到有点理亏，既然沙当当那么期望他解释为什么来成都找她，虽然他很不愿意再谈这个话题，为了弥补一下，他还是硬着头皮说：“沙当当，我真的不讨厌你。至于我为什么这次来成都找你，是因为最近我在上海压力很大，一直想离开放松一下，在我印象中，你乐观又好客，我就想找你一起喝喝酒聊聊天，好把烦心事都扔到一边——可公平地说，我本来并没想带你到我房间来。让你误会，我有责任，我再次请你原谅。”

沙当当无话可说，孙建冬所说基本属实，他确实一直不肯给她私下独处的机会。沙当当想想，实在舍不得孙建冬，逼他也没有用，只能走一步看一步，尽量争取多和他在一起，她就明智地放弃了“为什么不喜欢我”这个问题，转而笑嘻嘻地搂住孙建冬的脖子说：“好啦，我听你的就是了。你过来一趟不容易，多玩两天再走吧。”

离开责任和未来这样麻烦的话题，人就活得没有那么累，孙建冬也不好意思太寒了沙当当的心，就在成都又多盘桓了一日。

孙建冬回到上海不过两周，就接到通知说新近上任的大客户部销售总监江波和 HR 总监曲络绎要找他谈话，他惴惴地去了，出来的时候，只觉得满天云雾都开了，期盼了多年的大区经理的位置终于到手！

江波很快就发了任命公告，孙建冬高兴之余，有点担心敢想敢干的沙当当看了他的任命公告会不会起非分的念想，穿鞋的总是害怕光脚的，有钱的害怕没钱的，他有点后悔自己和级别这么低的员工瞎混，况且沙当当不论是姿色还是头脑都没有能让男人长脸的地方，给别人知道了没准鄙视他孙建冬品位低级。

孙建冬有点烦躁地顺手把一张纸揉作一团，心中质问自己为什么竟和沙当当扯上瓜葛，不仅没品位，而且有风险，想来想去，大约是数年的失意，使得他想从一个年轻异性的崇拜上找回一点良好的自我感觉吧。

这种过程叫 SELF REFLECTION，即反思，不论基于时尚的考虑，还是从实用出发，阶段性的及时反思本来是大有好处的，咱们中国人不是有句老话叫“失败是成功之母”吗？说的也是这个理儿。只可惜他这个反思持续的时间很短就稍纵即逝了。

孙建冬正掂量着要不要试探性地打个电话给沙当当，却意外地听西区的人说，沙当当忽然辞职了。他彻底放下心来，对沙当当少许添加了几分好感。孙建冬本来想找沙当当的经理李力问问沙当当为啥忽然要离开，又一想，还是多一事不如少一事了。

这边，杜拉拉打来电话和孙建冬说，已经吩咐广州办那头把他的办公室都准备好了。放下杜拉拉的电话，作为一个前途即将冉冉上升的男人，孙建冬的脑子里忽然蹦出一句毛主席当年鼓励知青上山下乡时说过的一句话：“广阔天地，大有作为。”

5. 野百合也有春天

沙当当向自己的经理李力提出辞职的时候，李力受惊了，不是因为沙当当要走，而是因为他事先完全没有料到沙当当会有这样的念头。

沙当当进 DB 以前，在一家非主流的公司做着一个非主流产品的销售，每月底薪加提成，统共就那么三千多元，还得上月的钱到下月底才有得发，再要论别的补贴或者福利啥的，更是连个影子也见不着。当初要不是李力看她天生是个打不死的小强，收了她，没准她至今还在傻呵呵地瞎混。

沙当当刚进 DB 那会儿，坐没个坐相站没个站样儿，平时在公司里，放着好好的椅子她不坐，偏喜欢往桌子上坐，一边说话一边两条腿抖个不停，因为她英文名 LILY(百合花)，人给她起了个绰号叫“野百合”。三年来，李力手把手地教，从销售技巧到业务计划，从穿衣打扮到身体语言，一些基本社交礼仪，诸如即使是相熟的同事，下班后要请教也得先发个短信问人家是否方便，不要贸然打电话之类的。李力更是百般操心，每隔一段还推荐几本相关书籍给沙当当看，连客户都笑李力，说他对沙当当是既当爹又当娘，用DB的话来说，李力确实做到了“为下属的成长付出心血”。

沙当当虽然有点没心没肺大大咧咧，但销售业绩还算交代得过去，李力分给她的区域不错，有一定重要性，拿奖金又有保证，每个月能挣万把来块，在成都这个号称最适合人类居住的城市，按照李力向来对她的了解，这么个富于热心而缺乏思考的主，抚今追昔，她应该对DB这份工作满意度较高才合乎常理。

李力弄不明白沙当当葫芦里卖的啥药，离开DB，她上哪里找这样的美差去?! 这三年来李力花了不少心思调教沙当当，如今总算是用她用得还算顺手，再找人，又得从头训练磨合，就是客人那头也不方便。他耐着性子问沙当当到底为了啥要走?

沙当当忸怩而自豪地道出实情：猎头公司找她，有一个在广州的销售经理的职位，已经通过了两轮面试，她要去做经理了。

沙当当生平第一次被猎，对于猎头毫无品位和鉴赏能力，她不知道猎头也是分为上下九品的，但凡能被称作“猎头”的找她，就能让她出现兴奋和自豪之类的症状。

李力手里正端着个水杯，听她一说，被雷到了，嘴里一口水没来得及咽下去差点喷出来，沙当当做经理不是不可能，世上多的是不入流的公司，慢说是个“经理”，就是“副总”人也敢给，关键是这家公司烂到何种程度。

李力为了挽留沙当当，只得耐心地做思想工作：“沙当当，不同档次公司的经理，完全不是一回事儿。一家皮包公司，下面就一个秘书一个司机外带一个阿姨，头也敢叫‘总经理’不是？可闹不好，他整家公司一个月的营业额，还不如你一个人一个月做出来的销售额。”

沙当当说那他不也有秘书有司机还有阿姨。

李力一听只得怪自己这个例子没举好：“我那就是打个比方，下面一个人都没有的老总不也有，俗称‘光杆司令’。”

沙当当连忙声明：“老板，那边和我说好了，我以后下面有人，我会管五个销售代表。”

李力一想，不能再在“下面有人没人”这个问题上纠缠下去，就转了个方向循循善诱地问她：“沙当当，你仔细想想，就你加入DB前那家公司，那儿的经理一个月能挣多少？”

李力这招，学名叫“启发”，就是通过引导被辅导者思考，让她自己发现问题所在，而不是直接告诉她结论，以利于被辅导者对正确思路的深刻理解和牢固掌握，属于辅导的基本技巧之一。

李力完成了启发的动作，就等着沙当当自己发现，去做小公司的经理，还不如她在DB做一个普通的销售代表收入高。但令他感到挫折的是，沙当当说她不知道。

李力说：“不知道确切数字，那还没个概念吗？”

沙当当睁大眼睛无辜的样子说真没概念，然后又诚恳地补充说，她现在对于李力的收入也没概念。

李力被她这二百五的混账比方噎着了，拉下脸一时没了话。过一会儿，沙当当挺有良心地逗李力开心，没话找话说：“老板，我昨天去电信拜访严科长，在他那儿又碰到YZ那个销售了，他还是那么傻呵呵的。”

李力爱搭不理地说：“他是装傻。”

沙当当恍然大悟道：“哦～原来是装傻，我都分不出来怎样是装傻怎样是真傻。”

李力没好气地说：“你这样，就叫‘真傻’，他那样，就是‘装傻’，我给你一举例说明，你就明白了。”

沙当当“嘿嘿”傻笑了两声想取得李力谅解，却又忍不住喜滋滋地和李力说，马上要带五个销售代表了，到时候还要向李力多请教怎么带人。李力下属的编制是七个人，沙当当一想，将来自己带的人和李力也差不多少了，言语之间喜不自胜，不自觉地就把“五”字给念得特别重。

李力看穿了沙当当的心思，苦口婆心劝说道：“你要带那么多人干吗？带的人多你就值钱了吗？劳动力密集型的工厂里，一个破小组长，带的工人没准就能有20个，给你，你干吗？”

沙当当不服道：“我带的是销售代表呀，我又不是去带体力工人。”

李力心想，一家公司，既然能干出让你沙当当沙小姐去做销售经理的这号事儿，那它就百分之两百不会有什么像样的销售代表。但这类明显有阶级歧视的大实话，李力还不好直说，只得兜了个圈道："不是我扫你兴，那样儿的公司，生意不会好做的，所以往往人员流失率很高，人都待不久，你去了就知道了——管理混乱，报销迟滞，员工素质和跨国公司没法儿比……哪能像 DB 这样的大公司，分工严密，策略清晰，费用充足，你走出去，就冲着公司这块招牌，客户也给你三分薄面。沙当当我今天把话给你撂这儿，你离开 DB 就会后悔的。"

沙当当避开李力话中关于公司工作环境的那部分，只抽取容易回应的部分说："老板你知道的，我的 VIP（重点客户）都很认可我的，你不是也总夸我客户关系好吗？建立客户关系我有信心。"

李力说："你是亲和力不错，建立客户关系是你的强项。可是，除了你个人的特点以外，公司背景是很重要的。不信，咱也别说广州了，还是成都，你还做同类产品，就你做熟的这些 VIP，你换家小公司，再去找他们试试看，跟你说说笑笑没问题，你看人家给你多少生意！"

沙当当信心满满，嘴上不说，在内心，她并不认为会像李力说的那样，换家小公司，客户就不认她了。她铁了心要当"沙经理"，慢说一个李力，就是八头公牛也拉不转她，她坦率地表示毕竟是个经理的职位，一定要试一试。沙当当尽量深沉地真情告白道："老板，也许我这个决定是个错误，但一个错误只是一时的遗憾，而一次错过却可能是一世的遗憾了。"

李力见说啥都不管用，无奈道："沙当当呀，这儿好好的如日中天的职业发展你不珍惜，等着吧，你事业的冬天就要来了。"

沙当当听到"冬天"二字，心潮澎湃诗兴大发，她充满激情地说："冬天就要来了，春天还会远吗？"

李力被她逗笑了，沙当当原来说话不这样，用词向来浅显易懂，看来这回确实决心要当经理了，连遣词造句的风格都不一样了。

李力还想了解一下沙当当以后要去做的是什么产品，他说："有的产品是很难做的，你有没有了解一下，你要做的产品和咱们现在的产品比，有什么不同呢？"但是沙当当显然不想再多谈新公司的具体情况，她警惕地扯开了话题，李力见她还多了个心眼儿，只得作罢。

收入，前途，工作环境，公司实力，产品特征，客户接纳度，该说的都说了，最后，李力说：“行，以后要真有了难处还回 DB 吧，到时候别不好意思说。”

但是沙当当充满信心地说那边说了，他们看好南区市场，只要她沙当当今年干得好，没准明年让她带十个销售代表。

李力听沙当当从“五个”涨到“十个”了，就好心地给她解释：“咱们这行的销售，是比较复杂的活儿，即便是熟手，一个小区经理下面带八个销售代表，就已经是满负荷了，十个人是带不过来的，这都是人力资源管理上千锤百炼出来的专业定律——你要不信，回头找个 HR 问问去。”

沙当当嘴里唯唯诺诺地答应着，心里却根本不信李力的话，她不懂什么“专业定律”不“专业定律”，反正，她就是不信——这种不信，堪比一个乡下来的小保姆的固执，城里的东家对她再好，也不如一个借了她血汗钱不还的老乡更值得信赖。

李力看出她的小心思，他瞅着这枝充满没有根据的信心的“野百合”，忽然觉得兴致索然，懒得再多说了。

沙当当见李力不高兴了，她诚恳地说：“老板，您别生气，人往高处走，水往低处流，我有发展的机会，您不替我高兴吗？”

沙当当这么一说，李力倒不好意思不搭理她了，他叹了口气说：“你要真有好发展，我自然替你高兴。可我说了你不信，在大公司做惯的人，到小公司做不惯的。这类事儿，我们见多了，一般小公司跳到大公司的，都会比较容易存活下来，而大公司往小公司跑的，很多最后都适应不了。小公司的经理，得是多面手，俗称‘一脚踢’，从头到尾什么都要自己搞定——哪里能像你在 DB 这么好条件，做一个项目，各部门环环相扣，分工分得很细，你只需要做好你自己那一份。”

沙当当争辩说：“我在小公司工作过，适应起来应该没问题。”

李力不以为然地摇摇头说：“你过过的生活，不见得是你还能接受的。上回那谁不是说过吗，他是湖北农村出来的孩子，以前在老家，他们家的猪圈就是厕所，人蹲下去就和大黑猪你瞧我我瞧你，瞧了二十年了没觉得啥，可现在，他偶然回一次老家，宁可少吃东西饿着点，也不愿上厕所，待不了两天就得跑。他那天说的时候，你不也在场吗！”

沙当当心宽，不计较李力这个恶心的故事，她仍是乐呵呵地说：“老板，中午我请你和组里别的同事吃饭吧。”

李力摆了摆手道：“还是我来请吧。”

6. UP 的故事

杜拉拉伤怀也罢，释然也罢，日子总得一天挨着一天地过。王伟走了，她杜拉拉却还得自个儿在 DB 坚持下去，假如可能，还要发展，并且壮大。她得设法忽略种种不快。

愁闷之下，拉拉咨询海伦道：“有什么乐子没有？”海伦出主意说：“聊 QQ 吧。”拉拉果然注册了个 QQ 号，大约自己也觉得三字头的人玩这个不像话，她在个人资料的年龄一栏理不直气不壮地填了个“25 岁”。

海伦在一旁看了，骨碌碌转着龙眼核一样的大黑眼珠子建议说：“拉拉你不如写 29 岁。”

拉拉满脸挂着假话被揭穿的不高兴道：“为啥？”

海伦一面偷窥拉拉的脸色，一面赔着小心解释道：“要是写 25 岁，到时候十六十七的阿猫阿狗都可能找你搭话，这样的小屁孩儿聊起天来既没礼貌，又没意思，你还不得烦死啊！”

拉拉想了想，觉得有道理，便说：“29 就 29 吧。”至于网名呢，就叫了个“有才”。海伦觉得“有才”这名字未免有点土，宋丹丹和赵本山在小品里打趣用用也就罢了，实在不合一个受过高等教育的美资白领的身份，见拉拉踌躇满志，她没敢扫兴，知趣地闭了嘴。

QQ 上混了没几天，“有才”就觉得聊天没意思了，她朝海伦诉苦道，尽管她报的年龄是 29 岁，还是有个 17 岁的高中男孩热切地表示要从唐山步行到广州来看她，因为他没有路费坐火车来，他还管她叫“老婆”，要求“有才”等他长大了来娶她。

“有才”鄙视地吆喝他一边儿去，那小哥儿十分耐心地守在一旁不吭声了，过了半天他问道：“老婆，你还生气吗？”

“有才”哭笑不得，想想这还是个孩子，他父母要是知道他这么混没准得多担心，就声色俱厉地教训他说：“你父母辛苦挣钱供你读书，是让你来这胡混的吗？”

小哥儿一听动感情了：“老婆，你对我真好！”

“有才”没有办法，直接把小哥儿拉了黑名单。

海伦听罢，忍着笑，又推荐“有才”到QQ去玩游戏，下棋打牌，没事还可以泡泡论坛、吵吵小架什么的。

话说这日，拉拉晚上百无聊赖，到QQ游戏玩升级，原指望挣点分的，谁知道运气不好遇上个不配合的对家，只顾看着自己手上的货色出牌，拉拉不由得满肚子的不高兴，暗自埋怨：你出A，我给个Q，摆明我要么没有这一色了，要么这一色有A嘛——你怎么不打回来呢？搞到让人家大了，上手就调对，白浪费了我的A，又失去上手的机会。

她这边正忍着郁闷呢，人家在那头发话了：“打牌不怕输，就怕对面坐头猪！”

拉拉一看，火苗儿扑地就朝脑门子串了去：就你这水平，我还没说你猪呢！你说谁猪？

没等她打字还击，上家叫做“云中散步的猫猫”的，娇笑道：“这俩人打信号牌，可惜太笨，通牌（指作弊）还输。”

下家叫“风清扬”的也凑趣说：“两猪内讧。”

拉拉气得七窍生烟，一个骂三个，忙不过来，手忙脚乱地赌咒道：“通牌全家死光光！”

“云中散步的猫猫”鄙夷道：“没文化。”

“风清扬”对那“云中散步的猫猫”正喜欢着，看看拉拉的网名叫“有才”，出于爱情，就紧跟了一句自己觉得很有才的话：“叫啥‘有才’呢？不如叫‘无德’贴切。”

这局一散，三人都把“有才”点黑（网络游戏中设置对方为不受欢迎，不再与之游戏），不肯跟她玩了。拉拉自觉无趣，不玩升级改下四国军棋去了。她的军棋游戏级别是个小排长，居然捞到一个级别是师长的对家，师长算是高级干部，承蒙这对家不嫌弃拉拉级别低，拉拉不免下得格外用心。

下到后来，敌人有个子儿判断不明是不是地雷，拉拉拿个大子一碰，把自己碰死了，这下那个雷明了，拉拉已无工兵，她眼巴巴地等着师长“大侠”飞个工兵挖了雷，就算基本拿下这一局了，谁知道“大侠”就不飞工兵。

拉拉忍着气尽量配合，很快被敌人扛了自己的军旗。本来有优势的局面，剩下对家一人寡不敌众，终于也被人家抗了军旗。拉拉郁闷得不行，还想保持风度，正忍着不埋怨师长，师长发话了：“不跟女人和猪做对家！”

拉拉冷不丁兜头又挨了一棍，大怒道：“见过猪，没见过级别这么高的猪！”

有旁观者 ID 叫作“花城名妓”的，挺身而出主持公道，说那“大侠”：“这美眉虽然技术一般，可你刚才不飞工兵就是不对。”

这话说到痛处，“大侠”怔了一怔，恼羞成怒道：“老子叫王一鹤，住在沈阳某某街某某号，有种你过来！”

拉拉正气恼，来了网名叫做“胡一刀”的，踱过来慢悠悠地发话道：“怎么回事儿？”

众人都恭敬道：“胡 40。”

原来这胡一刀的游戏级别乃是个军棋司令，为了网络游戏中打字方便，江湖简称 40，军长因比司令低了一级，就叫 39，以此类推，师长就是 38。

时不时地有人在游戏论坛上发帖，说胡一刀的 40 是他作弊才弄到手的，但终归他技术好是事实，因此有不少 FANS，内中还有几个是漂亮美眉，到底真漂亮假漂亮，无从考究，反正江湖上都说是漂亮。

当下就有人凑趣道：“胡 40，两日不见，您的分又长了好多。”

又有人一迭声地要求拜师，大家正乱作一团，冷不防冒出个小子用农民起义的劲儿高喊道：“什么草包 40！有胆和我单挑么？！”

胡 40 一概笑嘻嘻地回道：“好好好。”

师长“大侠”见来了司令，有点挂不住，反咬一口道：“我看她下得不好，本来打算教教她，可她不识抬举，反过来骂我是猪！”

拉拉尖酸道：“是我不对，我污辱猪了，给猪道歉。”

胡 40 很有王者风范地劝那 38 道：“游戏而已，何必发那么大脾气。”

大家都说还是 40 说得在理，胡 40 打个哈哈，说散了散了，都玩去吧。

众人散去，拉拉也懒得再玩，正准备下线，胡 40 以传音入密之术软声软气儿地打招呼："有才姐～～～～"

拉拉诧异地问他："有事儿？"

胡40诚恳求教道："UP是啥意思？"

为啥胡40会来求教有才姐呢，说起来这里面有个缘由，原来这胡40的FANS中有个很有名的美眉，名字叫做"格格"，据说琴棋书画样样来得，偏巧两人都在G市，两个月前，格格和胡司令约了见面。

都说英雄爱美女，其实美女也是很爱英雄的。见面前，格格在论坛发了一个帖，大意是说离约好见面的日子近了，激动得连着几晚都睡不好觉。

结果两人真见过面后，格格什么声音都没有了。

胡40文化上困难些，本来在论坛上几乎从不发帖的，这回反而破天荒地在论坛写了个帖，狗屁不通，错字连篇，但确实可以算是一篇见面后的感想，大致表达出草莽英雄对美人的好感。

过了不几日，一天晚上，拉拉正在四国军棋的房间溜达，一个陌生的ID鬼鬼祟祟地凑到她面前，要求"和有才姐谈谈"。拉拉诧异地和他挑了个桌子坐下，他就锁了桌子好阻止闲人入内，然后才和拉拉说，他就是胡40，皆因没脸见人，才不得已换个ID玩。拉拉惊问其故。

原来美人嫌胡40没有文化，说他写的那个狗屁不通的白字帖羞死她了，骂他是白字大王。

胡40当场表决心说，只要美人开心，他能学习写帖。

美人听了不屑道："你要学多久？十年还是二十年？"

胡40心里没底，抹一把额头的汗珠，一咬牙道："你给我三个月。"

美人闻言，直笑得梨花乱颤："40哥，三个月你若能写出好帖子，我就去跳响水河（当地的一条河）。"

胡40陈述至此，难过地长叹一口气："她宁可跳河，都不相信我能写好帖子。她这是把我看扁了呀，我实在咽不下这口气。"

拉拉听明白原委，疑惑道："那你为啥找我，我和格格向来没啥往来，说不上话呀。"

胡40嗫嚅一阵才鼓足勇气忸怩道："我几个兄弟都说有才姐你很有才，我想请教，怎么才能写出好帖。"他说完，见拉拉没有吱声，想起小跟班教他的话，赶紧又补充说："今后如果有才姐需要，我随时可以陪你下棋。"

拉拉很为难，胡40的白字帖她拜读过，想让胡40写好帖，无异在麻袋上绣花——底子太差。想了半天，拉拉教他先从跟别人的帖子开始练习。

胡40果然开始跟帖。这日，他在论坛上忽然发现很多人跟帖的时候都写个"UP"。究竟这"UP"是啥流行时髦的词儿，怎么这么多人都用，胡40百思不得其解，便跑来问有才姐。

拉拉听了差点笑翻，勉强忍住，指点道："'UP'就是'我顶'的意思。"

司令恍然大悟。未几，拉拉在论坛上看到胡40到处UP，也不多说别的，就"UP"二字，铿锵有力，倒也颇有武将之风。

拉拉笑过之后，却觉得愈发无趣，她和海伦说："聊天、游戏都不好玩，得另找个能着迷上瘾的玩意儿。"海伦是个热爱生活的人，她的大脑构造和杜拉拉之类的大脑构造大约不太一样，对她来说啥娱乐都好玩，啥食物都好吃，海伦只能尽量去理解杜拉拉这类人的欲望，她眨巴了半天眼睛，终究没敢说打麻将，也没敢说旅游，在股票和养狗之间犹豫了一会儿，她建议说："那就只有玩股票了。"

拉拉听了眼睛一亮，赞扬海伦道："我认识你这些年，这是你所有主意中最有脑子的主意了，明天我就去开户。"海伦眨巴着大黑眼睛，不知道她这算在夸自己还是贬自己。

于是，2005年夏末秋初，杜拉拉正式成为中国A股的一名散户，在1354只股票中间，她惊讶地发现了沪市的一只股票，某某汽配——这不是胡阿发的汽配公司吗！

拉拉不信似的盯着那只股票：不是说民营企业倒得快吗？这都十来年了，人家阿发的公司没倒不说，还上市了！

她飞快地研究了一下这只股的基本面，暗自撇嘴道："嘀！人均持股数挺高，筹码集中，还是个强庄股！"拉拉伸出指头结结巴巴地万、十万、百万、千万、亿的点了点数，几十个亿的流通值。NND，这些钱都是阿发的么？

拉拉打电话给夏红报告胡阿发的新闻。夏红是拉拉同校不同系的大学校友，当年胡阿发骚扰拉拉，夏红曾十分仗义地替拉拉出头，成功地对胡阿发实施了反骚扰。

夏红听了拉拉的报告，打个“咳”声道：“我是怕你不爱听，早没告诉你，阿发现在上档次了，早不满足于数《陋室铭》有几个字了——郎咸平的讲话长吧？我反正是懒得看，字太多，可他不嫌麻烦，挺爱学习郎教授的讲话。他的公司据说也算上市公司中的优良资产了。”

拉拉听了一时没有话讲。

夏红又说：“你最近玩 QQ 游戏和人家吵架了？”

拉拉奇怪地说：“你怎么知道？”

夏红说：“不是有个‘花城名妓’给你帮腔吗？那个是程辉呀！”程辉是夏红八竿子打不着的转折亲，勉强称得上夏红的表哥，王伟不见踪迹后，夏红一片好心，有意介绍拉拉和程辉认识，之后两人有些不温不火的往来，以网上聊天为多。

拉拉这才想起来道：“好像是有这回事。他怎么叫了这么个 ID 呀？”

夏红说：“还不是你干的好事！上回在我们家，说起程辉大小算个名记，结果你管人家叫名妓！他还上心了，就从了你的意思，真管自己叫花城名妓。”

拉拉赔笑道：“这 ID 挺好呀。”

夏红说：“是好，一个愿打一个愿挨，我有什么可说的。”

7. 提问也需要程度

除了王伟的离去，2005 年夏末秋初的杜拉拉纪事中，另有一件，就是李斯特功德圆满体面退休，带着太太回美国去了，原先他手下的人马由曲络绎全盘接管。

HR 总监曲络绎召集大家开了个两小时的会就算是两下里接轨了，会上他的话不多，一句闲话都没有，态度也是不冷淡不热情的让人看不出任何倾向。他先说了“WELCOME”（欢迎），“WELCOME”之后，他说下属在工作中遇到任何困难都可以和他谈，但不要到规定期限的最后一刻才给他 SURPRISE（惊讶）。这话多少有点告诫的意思——虽然说明规矩对新来的很有好处，只是他的“WELCOME”的热情的渗透度，就此随之停留在这个单词的字面意思上了。刚被收编的拉拉们没有足够的把握确定，曲络绎的“WELCOME”是否也源自他的内心。因为不摸曲络绎的心思，出于安全考虑，童家明、王宏，连带杜拉拉，这三个新入伙的都没敢多说。

会议的内容其实十分重要,“重要”这个词分量好像也不太够,得说“重大”。由于曲络绎没有多做铺垫，直接进入主题，第一次参加合并后经理会议的拉拉们，像到人家家里做客，没来得及寒暄，人家劈头就说，早饭几点中饭几点晚饭几点，勿误为要。当下几人见曲络绎行事风格甚酷，和李斯特大相径庭，说不得各自格外打点起精神来仔细应对。

曲络绎在这次会上布置了三个重大项目：

一是确定由童家明负责校园招聘项目，杜拉拉协助童家明；

二是曲络绎宣布由他自己担任 DB 中国 BROAD BANDING(薪酬宽带制)的项目负责人，OD（组织战略和发展经理）朱启东和薪酬福利经理王宏共同协助曲络绎（就是具体的活儿由朱、王两人来干，曲络绎负责拍板）；

三是 DB 美国总部决定在 DB 全球推行“核心力”，DB 中国打算先推行到二线经理级别，并将此运用到接班人计划的高潜力人才评估中去，由组织战略经理朱启东和培训经理师其共同负责领导该项目。

从任务的重要性看，几个经理的地位孰轻孰重已经立分高下，拉拉无疑是最不重要的一个，这她倒也无话可说，人家都是干了多年 HR 的，就她，只不过最近三年才沾了点 HR 的皮毛而已；让她备感挫折的是，不少会议内容其实她也就是能听懂个名词而已，深一点的地方即使人家说中文，她都未必明白，何况因为曲络绎在场，所有与会者都使用英语，越发闹得她活生生掉到云山雾海里一般。

亏得曲络绎压根儿没考虑指派拉拉负责某个项目，若真指派她来做，就她这摸门不着的样儿，那才当得“傻眼”二字——连听都听不明白的东西，还谈什么做呢?

拉拉感到自己和大家很不一样，孤零零的基本插不上话，又生怕别人看出她的无知，不由一脑袋神经绷得仿佛自己都能听见在嘎嘎作响，就要断了一样。

拉拉这还是第一次听说 DB 中国要实施 BROAD BANDING（薪酬宽带制），她不由得暗自感谢李文华，多亏他当初建议自己去参加了国家社会劳动保障部的那个人力资源培训，让她好歹今天能听得明白 BROAD BANDING 这个单词是啥意思。至于这个项目意味着什么，难度在哪里，拉拉就全指着爹妈给的想象力了。鉴于曲络绎亲自负责领导这个项目，拉拉由此推测这应该是三个项目中最重要的一个。

而谈到高潜力人才评估，拉拉向来不知道公司还有个 SUCCESSOR PLAN（指公司各重要岗位的接班人计划，通常是高度保密的），什么样的人才能算 HIPO（HIGH POTENTIAL，指高潜力人才），评估标准都包括哪些，评上了 HIPO 意味着什么，她都毫无概念。

拉拉正紧张，忽然听到曲络绎问大家："ANY QUESTION？ ANY SUGGESTION？(有问题吗？有建议吗？)"

这个问题其实是外企会议中常见的，通常发言者讲完了自己要讲的内容，就会问问听众"ANY QUESTION，ANY SUGGESTION"。在中国，很多时候这不过是循例问问罢了，因为咱们中国人多半开会不爱在众目睽睽之下讲话，特别是遇到大型会议，老外一般问了也白问，了解中国的老外都会在无人回应后，很适应中国民情地用"如果哪位想起来什么，欢迎会后和我沟通，谢谢"云云来结束发言，但这"ANY QUESTION，ANY SUGGESTION"不论是否能得到回应都是要问的，因为美国公司固然重视融入当地，更不放弃保持自己的美国 STYLE(风格)。

当下曲络绎一问大家，拉拉吓了一跳，身子一紧，生怕曲络绎特别点她的名，问她有什么 QUESTION（问题）或者 SUGGESTION（建议），因为从头到尾，只有她是唯一几乎没发过言的人。

拉拉心虚地想，也许曲络绎已经注意到自己无话可讲。她实在没有建议，连问题也没有。

拉拉忽然开小差想起一个笑话，说有个边检站，要考核干部英语，先发了个调查表摸底，上面列了三个选项，让大家选择符合自己英语程度的描述，第一项是"会"，第二项是"基本不会"，第三项是"完全不会"，结果众人多半选了"基本不会"，因为他们都认识 26 个字母，不能算是"完全不会"——本来，拉拉也不至于就“基本不会”，因为就校园招聘而言，她还是应该能问出点不出明显纰漏的问题来的，甚至给出点儿聪明的建议也做得到，只因被“BROAD BANDING”和“SUCCESSOR PLAN”（薪酬宽带制和接班人计划）这样专业的东西无情地摧毁了自信，她便痛苦而不自觉地为自己选择了“基本不会”。

“基本不会”的杜拉拉从来没有如此痛彻心肺地感悟到：专业水平未到一定程度的，是连问题也提不出来的。

亏得有培训经理师其在，OD经理朱启东早些年也曾经做过培训经理，身为培训经理和曾经的培训经理，他们照例是世界上最善于并且最热衷提问的那类人。他们永远腰背挺拔，一边说话一边打着富于吸引力的手势，但身体绝不左右乱晃，头歪到什么角度，都恰到好处，多一个毫米就过了，少一个毫米则不及，绝对经得起你们任何人在宽银幕上把他们的动作放大了来研究；他们的眼神总是那么自然而专注地和你做目光交流，而他们倾听的样子本身就已经足够对你施加影响；不单只说话的声调不高不低正正好，最主要的，他们善于使用最卓有才华而富于专业的词句来表达自己，且不提他们说话的实质内容，单是这样的词句，这样的身体语言，就先让你服了七成。

曲络绎回答了朱启东和师其几个不痛不痒的漂亮问题，又听了两条无伤大雅的专业建议，他礼貌地说了两次“GOOD QUESTION（问得好）”，“GOOD SUGGESTION（好建议）”后，便打发经理们散了。

拉拉疲惫地回到自己位置上，才发现背上的衣服不知道什么时候湿了一片，冰凉地贴着她的身子。

8. 基于事实沟通，说“你迟到一小时”，不说“你没有时间观念”

飞机平飞后，杜拉拉就醒了。

她扭头望向窗外，天光尚亮，稀稀拉拉的浮云乏善可陈，一如遍布当今都市的小人物们的生活，怎么努力存钱都不能从根本上改变生活，却又不得不继续存钱，不断重复的日子单调沉闷，出头之日的遥遥无期则让人心生迷惘。

拉拉望着浮云胡思乱想，不期很快又迷迷糊糊地合上了眼睛。

等拉拉再次醒来，一睁眼，夜色已经很纯正了，焦黄的月亮挂在乌蓝的天空，一动不动，像一块温润的美玉以处子的神态陈列在丝绒的背景上。“这么大的月亮。”她心里说。

拉拉旁边本来坐着的是施南生，登机后施南生见自己的大区经理陈丰走过来，就知趣地和陈丰换了一下座位。

陈丰精力向来很好，在飞机上他一直静静地埋头看书，此时见拉拉醒来，他笑问道：“睡醒啦，喝点什么？”

拉拉向后撸了一下头发说：“我要茶。”

她侧过脸去指指月亮，对陈丰说：“美吧？和平时在地上看到的不一样。”

陈丰顺着她的指示望去，咧嘴笑了：“是很美。”其实，陈丰的心是一颗典型的销售的心，根本不在乎月亮美不美，他只不过应和一下杜拉拉的感时伤世。

空姐送来茶水，陈丰递给拉拉，提醒她道：“小心，有点烫。”

拉拉道声谢，接过去捧在手里慢慢喝了一口。陈丰没有说话，他注意到拉拉的手腕套着一个硕大的黑色手镯，这手镯是玛瑙做的，乌黑发亮，做派又酷又冷，衬得拉拉的手腕骨骼清秀而肤质细腻，两下里颇为相得益彰。

陈丰笑望着手镯含蓄地表扬道：“哪里搞来的？”

拉拉晃了晃手臂，得意地说：“上次在昆明巫家坝机场买的。怎么样，酷吧？”

陈丰笑道：“不错。你在机场买这个呀？昆明有个花鸟市场，有很多这类东西卖，你要是喜欢，下次让当地的销售带我们去，价格应该会比机场便宜不少，选择也会更多。”

这次商业客户部南区的季度经理会议，地点选择在云南的丽江。他们下榻的“官房”大酒店，正面对着玉龙雪山。

晚饭后，陈丰邀拉拉散步。九月下旬的高原，植被已经枯黄，未被股票伤过心的新股民杜拉拉，在傍晚清新的空气中开始鼓吹0539粤电力和0002深万科。

2005年秋，正当中国股市哀鸿遍野，沪市大盘麻木地在1000点附近彷徨。陈丰其时股龄已有十年，于股票上功力不浅，只是向来深藏不露，他不同意拉拉的观点，但是认为她的胡说八道尚属无害，因此并不点破，只笑着由她继续她的股评。

拉拉鼓吹了一阵，除了缺乏诚意的哼哼哈哈外，没有听到实质性的响应，她狐疑道：“你怎么不说话？你是销售，销售要善于活跃气氛，应该由你发起话题。”

陈丰辩解说：“我在认真地听你说话，销售要善于倾听嘛，听比说还重要。”

拉拉警惕了，她盯着陈丰道：“你不看好粤电力，对吧？”

陈丰迟疑了一下说：“哪里有。呃，我只是觉得现在房价一路攀升，万科更稳妥。”

拉拉不讲话了，打定主意，找个机会要再逼陈丰表态，到底买万科是不是好主意。过一会儿，拉拉忽然一转话题道：“哎，陈丰，你们想不想要管理培训生？”

陈丰早已习惯了她跳跃的思维，马上答道：“哦，最好不要派给我。”

拉拉侧头看了他一眼说：“为啥？”

陈丰不温不火地说：“新人会干啥？还不是什么都要教！按管理培训生的那一套，把新人捧得那么高，在虚假的环境中非正常地成长，对新人没啥好处。别的员工也会觉得不公平，人家都是辛辛苦苦地从头做起，凭本事凭贡献晋升，为什么管理培训生什么贡献都没有一来就能得到特别培养？我主张新人还是要踏踏实实和别的同事一样，从头做起，用业绩证明自己的能力——借用你常说的那句话，是骡子是马，拉出来溜溜。”

拉拉说服他道：“陈丰，按公司那一套流程筛选出来的新人，EQ和IQ都很高，还是值得培养的。”

陈丰点点头说：“这个我相信。问题是，拉拉你觉得我们那些TOP10（指最拔尖的10%）的员工，哪一个EQ和IQ不高呢？而且他们都用在DB的实际业绩证明了自己。你那些新人可是啥都没证明过自己，聪明人不见得真能做出好业绩。”

拉拉也觉得陈丰说得在理，便转而从顾全大局的角度劝说道：“既然公司要做这个项目，你能不能就接那么三个下来呢？只当是完成任务。”

陈丰笑道：“这些新人要是不占我的人头编制，冲你的面子，我就接两个，只当是为公司培养人才做贡献，最多两个，我还得派人劳心费神去教他们；要是占用我的人头编制，新人能做多少业绩？还不是得劳累别的销售又要花精力教他们，又要帮他们完成他们做不出来的指标——拉拉，你看我的压力那么大，都有白头发了，我这里真是一个萝卜一个坑，这你最清楚不过了，你忍心这么对我吗？”

陈丰最后那句一煽情，让拉拉找到还击点了，她马上以其人之道还治其人之身：“你就忍心那么对我吗？我怎么和老板交代？”话说到了这里，两人之间结束了使用工作语言的讨论，开始用民间方式交涉了。

陈丰眼珠一转：“你找孙建冬商量商量看。”

拉拉瞟了他一眼，拖长了声音道：“原来我和你的交情还比不上和孙建冬的交情。”

陈丰用表白的声调道：“哎～～～～哪里是你说的这样！”

拉拉见陈丰耍滑头，不满地揭发道：“你就指望孙建冬比你傻，是吧？”

陈丰被逼不过，只得说：“拉拉，这样，咱们先看看别的大区怎么个态度，要是别人都接，我没二话，头发全白了也帮你接下来。要是别人都不接，你也别非让我接，行不？”

拉拉满意地点点头说：“自然是这样。最多我出钱请你去盘福路的‘名将’染发。”

陈丰说：“我不染，保持点沧桑感好了。”

散步在友好的氛围中结束后，拉拉回房洗澡更衣。“官房”别墅的房间很大，床也特别大，拉拉爬上宽大的床，垫了个大靠枕躺下，床边放着一本书，是酒店供客人消遣时光的，她漫不经心地拿起来，原来是那本《丽江的柔软时光》，有一页被以前的客人折叠了记号，她懒洋洋地翻开，上面矫情地写道：“要么你去找艳遇，要么你被人艳遇。”

拉拉不以为然地把书一合扔到一边，艳遇艳遇，艳遇能当饭吃吗？好比下面赤脚上面还非要穿长褂，吃个简单的面条，倒要备上十来种配料，两个字：矫情。难怪说“小资”就是“穷人”的意思，她想。况且，艳遇应该是不经意间碰上的，哪里是特意急吼吼地去找的？

想起散步时和陈丰的交涉，拉拉觉得不太对劲，这管理培训生项目本来是工作，怎么搞得要利用私人交情才能逼着陈丰接下来，像是勉强他来帮自己私人一个忙了。拉拉感到陈丰的话听起来还是有道理的，其实她自己也倾向陈丰的看法，或者管理培训生制度并不适合 DB？

拉拉心里盘算着，回到广州就马上和孙建冬谈一下，摸摸他的态度。

有人敲门，拉拉惊讶这时候谁这么没礼貌来敲门，听到门口说：“服务员。”

拉拉已经换了睡衣，很不高兴有人打搅，她拉开一条门缝淡淡问道：“干吗？”服务员是个小姑娘，脸上有两团淳朴的高原红，她操着带有当地口音的普通话真诚地说：“需要给您送杯牛奶吗？”

拉拉听了有些不好意思，明明不想要，为了弥补刚才开门时不太友好的态度，她说“好”。

第二天白天，他们闷在酒店里开了一天的会，吃了顿无趣的自助晚餐后，导游带着众人进了古城，先欣赏了一场纳西古乐，之后去泡吧，没等一干人坐定，施南生两手拍打着长条木桌面，冲着陈丰兴奋地嚷道：“老板，我强烈要求喝芝华士，兑绿茶！”众人又提了些乱七八糟的要求，陈丰一概应允，他们坐的位置在临街的木窗边，窗棂正和长条木桌面平齐，胖金哥和胖金妹分成两拨，隔着溪水，在扯着嗓子对歌，从“阿哥阿妹情意长，好像流水日夜响”唱到“我宁愿看着你睡得如此沉静胜过你醒时决裂般无情”，酒吧老板说，这些人已经不歇气对了四五个小时了，陈丰感慨道：“年轻呀，体力就是好。”

施南生和王海涛让导游帮忙给拍 DV，两人都喝多了，表演起那种直勾勾的最深情凝望，施南生一边非常老到地凝视着王海涛两眼之间的鼻梁，一边抽空拿手指点了一下导游提醒道：“黑白的，怀旧式。”结果是王海涛败下阵来，他虽然眼睛比施南生大，却显然黑白不过施南生。

陈丰问旁边的人：“拉拉和田野知道我们在这儿吗？”

一旁的导游连忙答道：“放心吧陈经理，已经发短信告诉他们酒吧的名字了，他们很快就会来这儿找我们。”

施南生咋咋呼呼地说：“这两人就爱瞎逛，除了披肩和银器，这儿还有啥可买的呀？我保证她们一回到广州就会把今晚买的东西扔到一边去，浪费。”

王海涛说：“你这话提醒我了，回头我也去买几条披肩送给老婆。”

施南生忽然把脑袋凑近王海涛，压低嗓子道：“哎，你有没有听说拉拉和那谁的事儿？”

王海涛好奇地说："谁呀？"

施南生正要说下去，一抬头却对上陈丰的眼神，虽然光线暗淡，仍能看清陈丰微皱着眉头，似有不满之色，施南生一惊，马上闭嘴了。

王海涛也有所察觉，连忙举杯对众人道："来，咱们一起敬老板一杯吧！"

众人闹哄哄的一一和陈丰碰过杯，这时候，拉拉和田野找了过来，两人站在木窗前问众人酒吧的大门在哪里。施南生说："还找啥门呀，直接从窗口跳进来得了，这窗这么矮。"说罢和王海涛一起，七手八脚帮着田野和拉拉跳进窗来。

施南生亮着嗓子热心地张罗说："拉拉你坐我们老板边上吧，田野挨王海涛坐。服务员，给我们再拿两个杯子。"

田野买了一条枣红色的披肩，拉拉买了一条紫色带白圈的，高原温差大，正午还艳阳高照，晚上却一下凉了下来，两人都把披肩当围巾直接围上了。众人欣赏了一番，王海涛问多少钱一条，田野说十五。

施南生说："问钱干嘛，主要戴着漂亮呀。我发现，紫色特别适合拉拉。"她又转脸向陈丰求证道："是吧老板？拉拉戴这条特别有味道。"

陈丰矜持地微笑道："我不在行，你们说好就是好。"

为了在陈丰面前弥补自己企图和王海涛八卦的过失，施南生冒险道："拉拉，别看我们老板不会夸人，这叫实诚呀。其实我们老板心里肯定在称赞拉拉的气质。"

陈丰却并不喜欢施南生的咋呼，装没听到。王海涛看在眼里，连忙倡议道："那就让我们为拉拉和紫色干一杯！"

拉拉不知就里，笑眯眯地号召道："还是让我们为陈丰和实诚干一杯吧！"

陈丰于是又笑着对大家举杯，却并没有马上喝，而是当众特别地单和田野碰了一下杯才喝。田野对陈丰报以一笑，没说话，一仰头喝干了杯中的酒，将杯底亮给陈丰。

拉拉敏感地觉得有点不对劲：田野是陈丰手下的得力干将，陈丰格外栽培的一号种子，平日里他就特别注意田野的感受，所以，一堆人当中陈丰单和田野碰杯并不奇怪，这叫"给面子"，属于一种常见的简便易行的"激励"手段，还可以起到"区分不同业绩表现"的作用。比如业绩好的，你穿了一条漂亮的裙子，老板会赞美两句以示关注，换了个业绩不够好的，穿十条漂亮裙子都白搭，老板不对你的衣着发表评论，因为你还没有挣到那份“荣耀”或者说“资格”。令拉拉感到奇怪的是田野的反应，她虽然喝干了杯中的酒，却没有向老板致谢——对于八面玲珑的销售经理而言，这本是不会疏忽的动作，何况田野这样的人精。

拉拉觉着，田野的动作应该是有意义的，要么她在暗示对陈丰的某种不满意，要么……她要跳槽了，所以怠慢？后一种想法，不由自主地袭上拉拉心头，拉拉瞟了陈丰一眼，陈丰的表情看不出什么异常。

拉拉正想着，施南生拔高嗓门招呼大家道：“哎，你们都完成了公司商业行为准则的在线培训了没有？”

田野说：“我完成了 50%。有什么发现？你直说吧。”

施南生道：“那你记不记得有一道题目是这样的，有一天，某人加班到很晚，他很郁闷，觉得老板交给他的是些没有意义浪费时间的活儿，为了发泄，他写了封邮件给其他部门一个要好的同事，邮件内容大意为，我老板让我今晚完成标书，我就算干到明天天亮也无法完成，这样匆忙赶制的标书毫无实际意义，我才不理睬他呢，我打算随便拿以前的两封标书拼凑拼凑给他，我的老板是个 STUPID 的家伙，不懂业务又胡乱发号施令！这道题目的问题是——这人可以发这封邮件吗？为什么？”

田野说：“这题我还没有做到。当然不可以发这样的邮件啦，明显在讲老板坏话嘛，还白纸黑字写下来，不是找抽嘛。”

施南生得意地晃了晃脑袋道：“让我从商业行为准则的高度给你讲讲为啥不可以发这封邮件吧——你不能留下任何关于他人的文字记录，假如这些内容是你放到桌面上讲出来会感到尴尬的。”

拉拉听了也来劲了，侃侃而谈道：“这道题我也做过，挺有意思的，我觉得它在宣扬一种实诚文化，并作为纪律硬性规定下来——我背后讲的应该是我当面也能讲得出口的——每个员工都要签字声明‘我读过、理解并且接受上述内容’。作为商业行为准则，本身应该是纪律性的内容，但是它其实同时在灌输价值观，或者说它在教我们怎么做人。我们可以发现西方人往往比东方人更少撒谎，老外既比我们中国人直接，但又很少随便讲别人坏话，他们更强调只描述具体的客观事实本身，而避免去评价人的好坏。因此，我们基于事实说‘某某今天迟到了一小时’，我们不说‘某某没有时间观念’，我们说‘你这个月迟到了三次’，我们不说‘你又迟到了，你总是迟到！’这确实行之有效，可以避免人与人的冲突，因为谁也不能否认‘迟到一小时’这样的客观事实，但你说他‘没有时间观念’他可能会跳得很高，同样的，你说他业务能力不够，他也许会愤怒地说‘我觉得我业务能力很强’，但你说他‘最近三个月指标完成率低于80%’，这就是他无法反驳的事实了。”

王海涛点头道：“所以呀，沟通技巧的培训不就教我们沟通要基于事实，如果有人告诉你，他业绩很好，你一定向他拿STAR（SITUATION，TASK，ACTION，RESULT，即当时的背景，需完成的任务，当事人采取了怎样的具体行动，最后的结果怎样），才能搞明白到底怎么个好法，得问他你的业绩排名第几？他说第三的话，你就要问他组里一共多少员工？也许一共才三人，第三名其实是最后一名哈。”

施南生撇撇嘴道：“得，一个比一个能吹。都改行吧，别做销售了，开顾问公司挺适合你们。”

田野鄙夷道：“顾问公司没有那么好开的！你得有技术。通常吧，那些CONSULTANT（顾问）都会先来INTERVIEW（访谈）企业内部的人，问你想达到什么目的、有什么想法，然后你唾液横飞地跟他聊上两小时，他回去把记录下来的东西整理整理包装包装，再加上一些从你们这个行业各家公司收集来的市场数据，然后以一百万的价格卖给你，学名VALUE-ADDED（增值），这可都是高层次的脑力活儿，你们行吗？我怎么横看竖看你们都像体力劳动者呀！”

这回轮到王海涛来劲了，他把自己假想成郎咸平，用一个PROFESSOR的口气道：“田主席这话令我深有感触，顾问公司卖给我们的往往是我们自己的IDEA（主意），人们会去相信顾问公司能提供解决之道是愚蠢的——他们能比我们自己更了解我们的行业、我们组织内部的情况吗？通用的原则是不妨听听他们的意见，至于具体的方向和策略，自己的事情应该是自己最清楚才对，浪费那个钱没有意义！”

9. 当我们是新人的时候

王海涛和施南生对灌了两杯，开始痛说往事互诉衷肠。

施南生首先声情并茂地展开回忆：“那时候我入行不久，有一次我去面试，一开场对方就让我先用英文做自我介绍，我靠！我的英文哪够面试的水平呀，就凑合能说I am a nurse，what's your name? I love you， can you give me some water?（我是一个护士，你叫什么名字？我爱你，能给我点儿水喝吗？）使出吃奶的劲儿才憋出几句，把我急得满头大汗，根本没法说下去了。你说我们做的都是国内市场的销售，有必要这么考英文吗？就冲着这一条，我还不爱去了呢！太矫情了！”

王海涛摆摆手说：“你这就算好的了，人家起码给了你讲的机会，是你自己讲不下去。我入行的时候比你惨多了，根本就不给我讲话的机会！”

施南生不信：“不可能！既然叫你去面试，就是专门要听你讲了，哪会不给你讲话的机会呢？”

王海涛嗔怪道：“你看你这人，怎么就不信我呢！”

施南生笑道：“我知道了，人家八成是看你简历还像个模样，结果当面一看到人，原来是个民工嘛，就打发你啦！”

王海涛感叹道：“那时候我急呀，投了多少简历自己也记不清了，反正，等了足足两三个月，天天在住的地方盼呀盼，就是没人通知我去面试！那滋味太不好受了，没工作，坐吃山空，也不知道还得等多久，心里直发慌，头发都白了好几根。那阵子我想得最多的就是，为什么人家不叫我去面试呢？难道是我的简历上什么地方有问题？结果，好不容易，终于有HR打电话通知我去面试了，我赶紧把头发梳得整整齐齐，穿上我最新的白衬衫，反正是尽量把自己打扮了打扮，弄得人模狗样的，照了半天镜子才出门。”

施南生听到这里就笑得不行了：“估计你屁股后头别着一串钥匙，一走就玎玲咣当地响，脚上穿一双黑皮鞋，还配着双恶心的白袜子！”

王海涛一拍大腿说："咳！差不多就那样。我当时就是穿了双黑皮鞋配着白袜子，NND，也没人教我呀，我怎么知道穿黑皮鞋要配深色的袜子呢？我是特意找了一双干干净净的白袜子穿上的，那都是我在学校里晚上参加舞会才舍得用的行头。"

施南生更加乐不可支了："我就知道你是那样的，经典！叫我看看，你现在车钥匙挂在屁股后头不？"

王海涛闪避着施南生的魔爪，一面继续说："不过，我跟你说，人家面试的时候不给我讲话的机会，还真不关白袜子和钥匙的事——话说那天我打扮好后，就揣着一颗激动的心上路了，我使劲地蹬着我的破自行车往'国贸'赶，就是花园酒店对面那家'国贸'。别看现在咱们都懒得进那楼里去了，可在当时，那就是一顶一气派的高级写字楼了！我简直是怀着膜拜的心情去的。可是还没等我赶到，一场突如其来的瓢泼大雨，把我浇成了落汤鸡！我躲都没处躲！"

施南生叹气道："可怜的娃！你咋就介命苦呢！"

王海涛沉浸在往事中继续回忆道："约定的时间已经要到了，我没办法，只好就那样硬着头皮上去了。我一进门就紧着给人家解释，我说不好意思，挨雨淋了。对方不冷不热地跟我说，那你自我介绍一下吧。我说我叫王海涛，某某大学某某专业毕业的。我讲了没几分钟，对方就打断我说，行了，我们知道了，你先回去等消息吧。唉！我马上就知道不行了，那份沮丧呀，NND，真是永世难忘！"

拉拉忍不住打抱不平道："这哪家公司呀，这么不专业。招人的时候，看简历还算值得考虑，结果一照面，第一分钟就知道不行的也是常见的——可再怎么的，都该让人家自我介绍几句，再认真地问他几个问题，起码他回去后能好好想想我们问过哪些问题，学到点东西，不枉来 DB 面试了一趟，人家请假赶来面试也不容易。反正我碰到这样儿的主，明知他不行了，一般也会谈足 20 分钟，别太打击人家了，这一来是对应聘者负责，另外，其实也是对公司的社会形象负责嘛。说实在的，谁不是从新人做起呢，我们刚毕业那会儿，找工作还不是到处碰壁，那时候，别说给我一份工作，有一个像样的面试机会都特别开心。所以，那个话都不让我们王海涛说完的，真的很过分啦。"

施南生摩拳擦掌道："老王，面试你的这人是谁呀？这么差劲！你说出来，小心他哪天撞到咱手上，哥儿们给你出气！难道我们老王就白长这么帅了！”

王海涛谈兴更浓了，卖个关子道：“说起来，这人行业资格不浅，没准你们都听说过，是熟人也难说，也许跟我们南生还特别有交情。”

施南生捶了他一拳头道：“快说快说，到底是谁？”

王海涛笑道：“这人呢，估计有四十岁了吧，叫林如成。听说现在到‘雷斯尼’做大区经理去了。”

田野一听就笑了：“哦，是他呀！我上个月还在客户那里碰到过他。这人有点怪里怪气。”她的语气里夹杂了一丝不屑。

施南生评价说：“林如成运气还不错嘛！雷斯尼在小公司中算是不错的了，产品呀待遇呀都不见得比咱们差呢。”

田野说：“听他们公司的人说，他就是仗着雷斯尼的产品好做待遇也不错，专门挖一些在大公司一时半会儿当不上经理又特别着急当经理的人，给他当小区经理，这些人过去后被他修理得要靠百忧解（抗抑郁药）才能睡觉。”

施南生听了田野这话，凑近王海涛的耳朵说：“我要不是肤质深厚神经粗大，还不是也快被陈丰逼得吃百忧解了。”话毕自己笑起来。田野道：“你们咬啥耳朵？”王海涛没事人一样说：“她能有啥好话，调戏我呗。”

众人说得热闹，唯独陈丰一直微笑着没有讲话，以示低调和谨慎。王海涛他们议论的林如成，陈丰是知道这个人的，但是他既不想随便和下属一起八卦别人，也不想扫大家的兴致，反正这个人既不是同事又不是客户，也永远成不了同事或者客户，他便选择了笑眯眯地旁听。

施南生看在眼里，内心很不以为然，觉得老板这样也不嫌累，人活世上，谁不议论别人，又有谁不被别人议论，八卦两下有什么大不了的！她掉头对王海涛道：“老王，继续说你的求职记。林如成不要你以后，你又发生了哪些不幸遭遇？”

王海涛晃晃脑袋道：“咳！反正那时候我少说也投了五十封简历出去吧，都没有人理我。我真是无比凄凉呀。一直到有一天，有一个女的给我打电话问我，‘请问你是王先生吗？’口气非常有礼貌，你知道我的意思吧，就是特别有修养的那种！嘿，当时我挺纳闷，心想怎么会有这样的人给我电话，我就说‘你是谁呀？’”

施南生插嘴道："我靠，真够土的！什么叫'你是谁呀'，得说'您哪位呀'，难怪人家林如成不要你。"

王海涛道："不要我更好，他要是要了我，我能有现在的出息吗？"

田野哈哈笑起来，拍着王海涛的肩膀道："事实证明，他不要你是他没有眼光。老王继续，那么有礼貌的是哪家好公司呀？"

王海涛继续陈述："当时人家自我介绍说她是 NS 的 HR，我当时还纳闷，心想我好像没投过这家公司呀。其实，我是投得太多，自己已经不记得都投过哪家公司了。那时候傻呀，搞不清楚什么样的公司是好公司，不知道自己喜欢的是什么样的公司，也根本不知道 NS 是家好公司，胡乱投的。还好不算傻到没救，去面试前总算知道上网 GOOGLE 一下，才知道原来这家公司来头不小！去面试的那天，一到 RECEPTION（接待处），我一看，人家的前台那么气派，连 RECEPTIONIST 都斯斯文文的又礼貌又专业，而且主考官非常客气，总之，当我是个人待。她问完了问题，还问我有什么问题想问。以前谁给我问问题的机会呀。我傻乎乎地问，'你们有什么培训给新人'？"

施南生啧啧叹道："老王你那时候还真不是一般的傻，去大公司面试问什么'培训'呢？该给你的人家全都有。大公司别的不好说，培训是清一色的全。"

王海涛轻拍了一下桌子道："你这话说得太对了！我那时候就是傻。给你举例说明一下，你就知道当时我有多傻，那会儿我所有的简历最后全都是这么结尾的——'给我一个机会，还你一个惊喜'，或者'给我一个支点，我能撬动地球'，其实，一个新人，你说我能给人家什么狗屁'惊喜'呀？人家开门做生意，谁需要我去'撬地球'呢！那天，人家 HR 也没嫌弃我傻，挺 NICE 地给我解释了一下培训的事儿，其实我就没全听懂，只知道人家的培训课程挺全的，会分阶段地给予。我觉得，这家公司太好了！我立马暗下决心，只要人家肯要我，豁出命来也要好好干。当他们最后问我愿不愿意到偏远地区去先干两年的时候，我激动得声音都颤抖了，你们猜我说了啥？"

大家都好奇地问："你说了啥？"

王海涛绘声绘色地说："我对他们说，'我愿意'！从此，我踏上了销售的不归路。"

众人哄笑起来，施南生道："跟嫁人似的，'我愿意'！真吓人！"

拉拉好奇道："那你开始做销售后，没有经历过被人家赶出来吗？"

王海涛说："怎么没有！我第一次被客户赶出来的经历，真是永生难忘！话说那天，我去拜访一个客户，他正在打电话，我就老老实实地站在门口等，等他放下电话，我才敢敲了一下门走进去，毕恭毕敬地自我介绍说，'某某科长，我是NS的小王'，一边双手递上一张名片。他接过我的名片，看也不看，随手扔进垃圾桶，蔑视地说了俩字儿——'出去！'"

田野道："啊哦，GET OUT！"

施南生同情地拍拍王海涛的肩膀，拿捏着吴宗宪式的台湾腔道："可怜的海涛底底（弟弟）。阿（发语词）你当熟（当时）有没有病倒？"

王海涛说："咳，我告诉你，我这辈子都没受过这份羞辱！当时我手脚冰冷浑身发颤，用尽残存的力气说了句，'科长您今天很忙，我下次另找您方便的时候来拜访。'他眼皮都懒得抬，根本就当我不存在。我骑上我的破自行车，眼睛都看不清周围的人了，我也不知道我是怎么回到租的房子里的，一进门，我一头扎到床上，那一天，我啥也没干，直愣愣地睁着两眼瞪着天花板，瞪了一整天。"

拉拉啧了两声道："估计海涛当年纯洁的小心灵那一下被打击得够呛！那你当时想没想过不干销售了？"

王海涛晃晃脑袋道："不干？我从来没有想过！我那时候想的就是NS这家公司太好了，我一定要在这家公司待下去！为了待下去，我什么苦都能吃！我躺了一天，第二天就又去跑客户了。我的房子，我的车子都是在NS的时候买的。"

大家听了一时都没有话了，王海涛奇怪地问："你们怎么都不发表评论了？"

田野严肃地说："因为我们全都对您肃然起敬。"

施南生一本正经道："问题是，您信吗？"

王海涛点点头说："我当然相信——这是不可能的。"

施南生咧嘴笑道："就是！能混到今天，在座的各位，包括拉拉，哪一个不是摸爬滚打出来的，谁用得着对谁肃然起敬呀。"她说罢，点点田野道："田野，你也分享分享嘛。"

田野说："我？我做新人的时候和你们也差别不到哪里去，反正就是愣头愣脑的吧。有一次我好不容易捞到了一家好公司的面试机会，人家的HR挺专业，等他都问完了，说给我五分钟，问我有什么问题想问他。我一想，问什么呢？我最想问的就是你们到底要不要我？我还知道不能那么问，我就说，'请你给我一个反馈，我今天在面试中的表现怎么样？'"

施南生高兴地笑起来，"咳！真是英雄所见略同！你这问题，我也问过。人家不回答你吧？"

田野说："你问拉拉，应聘者问她我今天面试中表现怎么样，她会回答吗？"

拉拉说："一般不回答。不过，偶尔碰到应届生，可能会不忍心就告诉他一两条。"

田野说："那个HR没对我不忍心，人家说，'不好意思，你还不是我们的员工，一般我们的专业规矩是不予评价的，要不你换个问题'——我还觉得自己挺聪明，绕了一个圈子，问人家，'那我想问问，你们心目中，什么样的人合适这个岗位？'"

王海涛说，这个问题HR还是不会回答的。

田野说："看来我们现在确实都不傻了。人家客客气气地跟我说，岗位的职责、报告线和对岗位技能的要求在招聘广告上都列着，需要的话可以再解释一下，深层的要求我们不在面试中和应聘者讨论。当时我就傻眼了，不知道什么问题是HR肯回答的。"

施南生说："拉拉，HR是不是不会回答田野的那个问题？你碰到这样的情况会怎么办？"

拉拉解释说："HR受到的培训是，不和应聘者在面试中讨论聘用标准，所以，田野的那个问题，有经验的HR一般都不会回答的。新人不知道该问哪些问题很正常，我会直接建议他有兴趣的话，回去可以登录我们的网站，了解我们公司的相关信息。"

王海涛说："八十后比我们聪明多了，工作了两年就知道问，我应聘的这个职位，要完成明年的指标面临的主要挑战是什么？上两周，还有个小伙子问我，王经理，你们现在的费用大概是多少个点？其中销售费用占多少点，市场费用占多少点？我说你为什么想知道销售费用和市场费用的比例？小伙子说，想看看DB是销售主导还是市场主导——看看，才做了三年的，知道问这样的问题。”

拉拉接嘴道：“我知道你说的这个人，是MS的销售吧？他的逻辑确实很好，非常STRATEGIC THINKING（战略性思维），这种人以后潜力不错的。”

施南生不以为然地说：“也不见得都聪明，我最近就碰到一个，工作了三年了，我问她，‘你现在的底薪是多少？’猜她怎么说的？‘这个不方便说吧，薪资是保密的。’我又问她，‘今年的完成率怎么样？在你做得最好的区域，你占了多少MARKET SHARE，你最大的竞争对手是谁，他们占了多少MARKET SHARE？’结果她又刀枪不入的样子和我说，‘这个不方便说吧。’我靠！你什么都不方便说，那你还来面试干什么！看着还挺精明的一个女孩，其实一点脑子都没有！她大概觉得我是商业探子，想刺探他们公司的商业机密。”

田野拍拍施南生的肩膀说：“可能人家看你长得不像好人。”

王海涛端详了一下施南生说：“我发现，南生的脸看着真有点像狐狸。”

施南生说：“有我这么实诚的狐狸吗？”

拉拉忍住笑道：“怎么没有，聊斋里就有。不过人家比你漂亮！”

10. 管理培训生——“弱智”还是“有害”？

DB的校园招聘是特指对管理培训生的校园招聘。作为季节性的项目，为了挑选到应届生中的出类拔萃者，各大公司通常会在应届生毕业前的那个早春谈定OFFER（录用条件）。

早在当年的三月，李斯特曾和童家明讨论过校园招聘项目，后来他陆陆续续地又提起过几次，但一直就不是以正式的方式来谈的。

李斯特有李斯特的想法，要退休了不想多事儿是一个原因，更主要的是老李看得明白，TONY林这几个销售部门的头，没有一个是发自内心赞成管理培训生制度的。

老李深知，离开业务部门总监的支持，高潜力的新人就算真给你招到了，只怕这些人最终多半还是要含怨离去，真落得那样，对新人个人不好，对公司名声也不好，至于为这个项目努力付出的人，恐怕更是要失落了。这不是三面不落好嘛，一动不如一静了。

每次曲络绎和老李谈起这事，老李总敷衍说还要和童家明讨论讨论看怎么个做法，他确实也哼哼哈哈地和童家明谈了，可到底做还是不做，他却一直没有个明确的态度，童家明只好无为而治。

曲络绎推动不了李斯特，又不好直接指挥童家明，而且对他来说，当时手上还有更重要的事情，他只好把校园招聘先放在一边。到快入秋了，曲络绎一接管李斯特的原班人马，马上明确交待童家明出活。

童家明在这方面有不错的经验，明知道给的时间太紧，无奈刚换老板，瞅着这曲络绎不像是个好说话的，他不敢多说难处，只得打点精神匆忙上阵。好在自从三月里李斯特和他提过这个话头，他多少暗自做了些准备功夫。

童家明很想拔个头筹，做个漂亮活儿给曲络绎做见面礼。既然存了这个心，他便铆足了劲一手策划起项目来，凡事不太知会拉拉。

拉拉几次主动找到他问："家明，你看需要我做些什么？"

童家明心中不耐烦，暗自鄙夷：问题是，除了些个粗笨活计，你杜拉拉还"能"做些什么呢？

表面上他只笑着打发她道："拉拉你别着急，到时候一定会告诉你需要做什么的。"

可渐渐的，踌躇满志的童家明发现有些事情不太对劲——正如当初李斯特预见的那样，童家明现在遇到的最大麻烦，就是在说服各业务部门配合这个关键环节上。眼看着几个总监都是干打雷不下雨，特别是主力TONY林，压根儿不买账，没一点真正愿意配合的架势，好比一个人连镰刀都不准备，你能信他真会给你割稻子么？童家明自己一个人蹿上跳下，有再好的创意也白搭。

本来，童家明并不想和曲络绎提起自己的难处，他不愿轻易得罪那些业务总监，更主要的是担心曲络绎觉得他这么点事情都办不好。

可童家明又想到当初曲络绎在第一次经理会上就立下的规矩：下属遇到任何困难都可以和他谈，但不要到最后一刻才让他SURPRISE（惊讶）——这个项目本来时间上就很紧张了，实在拖不起。童家明在TONY林那里碰了几次软钉子后，为难了两天，不敢造次，还是硬着头皮找曲络绎谈了一次。

曲络绎穿着一件雪白的棉布衬衫，中规中矩的蓝白条纹领带打得一丝不苟。他表情严肃而专注地听罢童家明的叙述，想了想，表示会和齐浩天谈一下，请他在最近的管理会上表态支持校园招聘项目。

童家明本来有些忐忑不安，没想到曲络绎没有深究，就爽快应承了提供支持，他事先准备好的一堆说辞都没有派上用场，不由得暗自松了一口气。

曲络绎把手边的文件夹一合，马上转了话头道："家明，对业务部门，既要支持，又要引导。这正是我们 HR 作为业务部门的战略伙伴体现价值的时候。你明白我的意思吗？"说罢，那对湛蓝而深邃的眼睛一眨不眨地望着童家明等他回答，童家明不由想起《动物世界》里老鹰掠过峡谷时的眼神。

童家明又不傻，自然明白曲络绎有不满的意思。连续高强度地工作了一个多月，他最近睡眠很成问题，有时候明明累得不行，可硬是要在床上活生生挨到天亮才能入睡。曲络绎手下的组织发展经理朱启东，是个失眠老手，有一次他见童家明眼皮浮肿，精神也有点不集中，就很内行地向童家明推荐一种叫"斯诺斯"的安眠药，朱启东热心地说："家明，这药不错，服用以后没有残留，不会像有的安眠药有副作用，你吃了以后，搞不好第二天一整天都昏昏沉沉，跟做了全麻手术后醒不过来那样，难过死你——很多人出国就用它帮助倒时差，像你这种暂时性的失眠，用它最合适。不过我跟你说，要注意了，一是能不吃尽量别吃，不然会老惦记着吃药，第二呢，这药起效快，一定要等洗干净了临睡的时候才吃，不然，据说有的人刷牙刷到一半就嘭地倒下去——药已经飞快地起效，他睡着了！"

一周前，童家明终于扛不住去看医生了，医生问他："失眠有不同的类型，有的是中间老醒，有的是入睡有困难，还有的是凌晨就早早醒了，你属于哪种情况？"童家明思索了一下道："那我算是全能型的多面手吧。"医生按童家明的申请给他开了"斯诺斯"，嘱咐说："不要太焦虑，可以先吃半粒试试看。"

当晚，童家明加班到特别晚才回家，他累得没力气洗澡，胡乱洗了把脸就上床了，满怀期待地吞下了半粒斯诺斯后，他开始在黑暗中等待梦神的召唤。但是童家明失望了，他又是挨到凌晨才入睡。

第二天，童家明回到办公室，见朱启东正和曲络绎手下的培训经理师其在说话，就上去有气无力地求助道："朱启东，你推荐的药怎么不行呀，我昨晚吃了还是睡不着。"

朱启东疑惑地说："不可能！你是不是严格地按我说的，洗干净了才吃的？"

童家明老实说："我昨晚太累，都没力气洗澡了，只洗了把脸，就吃药上床了。"

朱启东用食指点着童家明的胸脯道："我说这么灵的药怎么会对你无效呢！问题不在药身上，在你身上！你的使用方法不对！"

童家明困惑地说："我的使用方法怎么不对了？我是看了使用说明书，按医嘱服药的呀。"

朱启东严肃地说："但是你没有洗干净自己就吃药了。你必须洗干净了，才能服药，这是关键！"

朱启东话音未落，旁边的师其笑起来，童家明这才明白过来，朱启东是在逗自己。他跟着苦笑了一下，连著名的"斯诺斯"都帮不了他，他感到十分无奈。

眼下，听了曲络绎的诘问，童家明越发感到，自己缺乏光泽的脸色和曲络绎炯炯有神的眼睛，形成了剥削与被剥削那样强烈的反差，无声地诠释着阶级的划分：优越者优越，劳碌者劳碌。他不禁有些委屈，但没敢露出来，只连连称是退了出来。

童家明回到位置上发了一会儿愣，心中暗自思忖：不能再给曲络绎添麻烦了，否则，自己就麻烦大喽。

齐浩天果然在管理会上表态支持管理培训生的校园招聘，众总监纷纷做感兴趣状，大家热热闹闹叫了一通好，有两位总监问了几个问题，TONY 林还提了两个小建议，管理会这才散了。曲络绎出来和童家明一说过程，童家明很高兴，向曲络绎表决心，这下更有信心做好这个项目了。

但童家明高兴得太早了，他和 TONY 林一谈，就明白了，TONY 林的态度一点儿没变，因为齐浩天在关键的问题——人头上，并没有给予特批，他的支持，只是一种姿态上的支持，属于精神食粮，并无实质利好。这些新人全部要占销售部的现有人头名额的，而每个人头都背着销售和利润指标的，对 TONY 林来说，这就好比费劲儿帮人介绍对象，捞不到中介费不说还得搭上彩礼，又要包人能生儿子。他哪能真心实意地给你干这号事儿？

要说 TONY 林本身，确实打心眼儿里对管理培训生制度不以为然。

一般来说，绝大部分的部门，尤其销售团队，不愿意要没有工作经验的应届生，偶尔发现特别适合做销售的、潜质好的新人，开始也都放在一些不重要的区域——第一年纯粹就是培养你，没指望你出啥像样的业绩，你也基本不可能有啥像样的业绩。入行两年后，一多半的销售代表渐渐就像新车跑了三千公里，磨合得好用起来。

正常情况下，大公司里，一个经理要经过在同一个职能五年乃至更长时间的积累培养而成；而管理培训生制度啥意思呢，三年，还是三个职能各待一年，新人转了一圈下来，就成了个全才经理。

TONY 林根本就不信也不欣赏这种快速造人的工艺，他认为这号劳民伤财的工程，根本就是不懂业务又好大喜功的 HR 在瞎扯淡，如今既是老大发了话，他不得不陪你 HR 玩儿，可你不能让他投入、振奋地陪你玩儿。

区别于规模不大的中小公司或者快速扩张中的公司，前者缺乏人才，后者急需人才；在 DB 这样进入中国多年、经营稳定的跨国公司中，颇有一些内部员工已经在工作中证明了自己的优秀，他们是现成可靠的后备人选。

人们很自然地认为，公司要加速培养高潜力人才，不是首先应该鼓励内部已有的人才吗？为什么要巴巴地跑到外部去，找来这些没有工作经验，仅凭各种测试推断其潜力的管理培训生呢？

陈丰就和拉拉嘀咕过，专业的测试也许有一定的可靠度，但再可靠，总不比事实更可靠吧？已经用事实证明了潜力的优秀员工不是更安全的投资对象吗？

在 DB 经理们的心中，类似 TONY 林和陈丰的想法不在少数：管理培训生制度只是一种时髦罢了，与其说它的存在是企业战略发展的需要，不如说它是 HR 做业绩的工具；要么是一个不了解中国的总裁对西方模式的生搬硬套；或者是一个特了解中国的总裁，为了向中国人民表白企业在华长期发展的诚意而做的一种公益活动罢了，其目的不过是为了建立企业的在华品牌。

作为注重实际结果的经理们以为，不合用的时髦是弱智的，甚至可能是有害的。

事实上，上述想法，在 DB 这样富含高科技的行业，是经理们很普遍而现实的观点；管理培训生制度能实施得较好的，主要还是在 FMCG（快速消费品）行业和一些劳动力密集型的制造业，因为在那类行业，企业需要吸引培养一些行业本身较缺乏的高素质人才作为自己的管理人才储备。

本来，TONY 林内心只是把管理培训生项目定义为“弱智”的，既然老板想做，他倒不至于要坚决反对，但一下塞过来 15 个狗屁不通的，其中三分之二要摊派到他的团队里当高潜力人才来捧着教，让他们在一个友善而不真实的环境中不自然地长大，而这些人还要占用他的人头——这对他意味着什么？他团队里每个人头平均每个月要做出 15 万的指标，而在上海、北京、广州和深圳这样的一线城市，人均 30 万的月指标很正常——要是接了管理培训生，总得设法在一线城市里给安排个比较重要的区域，对于要重点培养的所谓高潜力人才，弄个小区域是糊弄不过去的，可真要分配了重点区域，指标做不出来怎么办？是炒了他们，还是让团队里的其他成员在已经很重的指标上，再去替管理培训生们承受一部分额外的任务？

所以，别说 TONY 林下边的大区经理不愿意答应，TONY 林自己都觉得不好接受，因为，这样就不仅是“弱智”的级别了，而是达到了“有害”的高度。

11. 管理培训生——一百个里头挑半个

眼瞅着漂亮活儿是做不出来了，童家明但求不要把项目做砸。

这目的一变，做法也就不同了。童家明马上想到把“倔驴”杜拉拉这个宝贵的资源派上用场，她不是老追着问需要她做些什么嘛——当下他打定主意自己负责总策划，至于和各部门具体配合执行的角色就指派给杜拉拉，也就是说，他是那个出主意该怎么做的，杜拉拉则是那个负责推动各部门一起按他的主意做的。策划得不好是他的问题，执行不到位是杜拉拉的问题。

童家明马上和拉拉开会，他介绍了运作流程：

——本次校园招聘的人头是 15 人，分布在上海、北京和广州，体力活外包给“智联”，包括三地校园宣讲会的会务安排和对应聘者的初选；

——在目标高校完成校园宣讲；

——半个月后截止学生们的网上职位申请，由“智联”通过简单的电话面试做初步筛选；

——在此基础上，由杜拉拉的团队完成第二轮电话筛选；

——筛选出来的应聘者参加头脑风暴测试和情景模拟测试，对胜出者进行IQ和EQ测试；

——各高校寒假前，HR确定推荐给DB管理团队的面试名单；

——第二年三月管理层面试后确定录用人选，HR发出录用通知。

拉拉听完介绍，转了转眼睛道：“家明，根据你的经验估计，我们会收到多少简历？”

童家明用专家的口吻说：“DB是第一次做校园招聘，公司的品牌知名度还有一个建立的过程，我估计，不出意外的话会收到3000来份简历。这么多简历，就凭我们这么几个HR是看不完的——我们不收HARD COPY的简历，应聘者必须通过公司网站提交职位申请，我们在内网上会设定几个问题，规定应聘者提交简历时必填，根据学生的回答，系统会自动淘汰掉一部分人。剩下的人，‘智联’将在12月中旬完成对他们的电话面试，面试的问卷是我们提供的，估计‘智联’每做一个面试，需要十五到二十分钟，绝对是个体力活，不断地重复，毫无技术含量。”

拉拉眼睛一眨不眨，专心地听罢童家明的介绍，又问道：“接力棒从‘智联’传到我这里时，估计还有多少人？”

童家明想了想说：“三个城市加起来，估计有300来号人。”

拉拉点点头说：“和我的估计差不多。”

童家明有点不爱听杜拉拉这话，他是校园招聘的老手，有资格说“估计”二字，杜拉拉又没有代表一流跨国公司参加校园招聘的经验，凭什么也敢说“我的估计”？他心中鄙夷，嘴上不动声色地问了一句：“你是参考什么数字估计的？”

拉拉敲着计算器解释说：“我留意过，平时我们在51JOB这类网站上登招聘信息，普通销售类职位，一定时期内，一线城市同类职位大约能收到200份简历；这200份简历中，从书面资料看，值得电话面试的也就是20人以内，就是说，到这个环节为止的胜出率是10%；电话面试后，值得约来面谈的可能不超过五个，一般情况下，最后也就够你挑到两个左右OK的，运气好的话，你会挑到三个合用的——我用10%作为我们电话面试的比例，估计是300人左右。如果我们能成功地从3000个应聘者中招到15人，那么对应届生来说就是0.5%的胜出率，100个人里面能挑出半个合用的，这就是应届生要想获得一流职位所面临的竞争局面。”

童家明听完，感到杜拉拉也不算完全没有资格来做这个“估计”，就说：“你的人完成对这300人的第二轮电话面试后，入围人数估计在60人左右。通过头脑风暴测试和情景模拟测试后，希望能挑出25个可供高管们挑选的人选，最后由高管们在这批人中敲定15人。”

拉拉在心中飞快地估算了一下工作量，感觉时间有点紧张，她便和童家明商量道：“家明，年底很忙，要做今年的绩效总结，要加工资，还要提交明年的预算——校园招聘非赶得那么紧吗？”

童家明解释说：“现在已经入秋了，有的大公司在寒假前就会把OFFER（录用通知书）签出去，如果咱们再不抓紧，好的就都给人家挑走了，咱们招的可是管理培训生，不是最好的不要。你自己刚才不是都算过了，这个‘最好’的‘最’，是基于一百个里面挑半个。”

拉拉无话可说。

 可有可无的人，随时可被替代

时间表达成一致后，童家明展示校园宣讲的PPT给拉拉看。

新人入职后，通过一个三年的轮岗计划，完成其在DB的第一个阶段的职业发展。第一年在销售部做普通销售，第二年轮换到市场部工作，第三年则到HR或者财务等部门轮岗。

拉拉问：“那么这批人的起点工资是多少？”

童家明说：“分两种情况，第一种是没有工作经验的应届生，本科生5000元，

硕士生 6000 元。六个月后 REVIEW（审视）一次，根据其表现，给予加薪。”

拉拉听罢，看看目标高校名单上赫然列着的北大、复旦，不禁有点担心：这都是要在哪些学校中招人呀，这可是在谈 0.5% 的录用率啦——照这个挑法，恐怕刨掉出国的、做公务员的，剩下最拔尖儿的就都到你这儿来了，要是 DB 出的价比别的跨国公司低，负责招聘的人就会为难，拉拉不好明说，便采取了经典的提问式：“我们的竞争对手出多少？”

童家明“呃”了一声，双眼盯着电脑屏幕说：“这次时间太仓促，我们暂时没有同行业竞争对手的市场数据，不过，我听学生会的人说，NT 出的价钱是本科 6000 元，他们刚刚完成了校园宣讲。”

拉拉马上说：“那不得了，咱们干吗不随行就市？”

童家明没有计较她的“那不得了”，他解释道：“这里面有个缘故，NT 给新人安排的第一个职位是中央市场部和区域市场部的职位，拿年终奖的；而咱们安排的第一个岗位是销售，新人每个月都能拿销售奖金。根据 DB 今年的销售奖金方案，如果正常完成指标，平均每人每月能拿到 7000 元奖金，起奖基线为 70% 的完成率——所以，不出意外，新人应能达到 1 万以上的月收入。一年后，即使他们离开销售部，不再拿销售奖金了，经过了两次加薪，年薪已经能达到十万左右的水准了，这个数字是有市场竞争力的。”

拉拉一听，马上想到陈丰在丽江时和她说过的人头问题，她说：“家明，新人和其他销售人员适用一样的奖金方案，意味着他们要和其他销售一样承接销售指标——是不是他们要占用销售部的正常人头编制？”

童家明脸上一阵尴尬，他其实也不赞成这样占用销售部的正常编制，但这是他无法改变的现实。

童家明内心挣扎了一下，大公司不兴撒谎，有 HEADCOUNT（人头）就是有 HEADCOUNT，没 HEADCOUNT 就是没 HEADCOUNT。由于担心杜拉拉失去信心不肯合作，童家明终于还是没敢明确地把实际情况和盘托出，他支支吾吾地说：“人头的事情不用担心，齐浩天很支持这个项目，等我们最后确定了能招到多少人，一并送给齐浩天批。”

拉拉疑惑地看着童家明的脸，那到底是有人头还是没有人头呢？什么叫“齐浩天很支持”，要是最后批不下来人头怎么办呢？

童家明对杜拉拉的眼神很烦，让你招人你去招就是了，哪来那么多问题！可眼下正要人家卖力，不好和她翻脸，童家明只好沉默。

拉拉的担心是，有的人确实很优秀，脑子好使，人际关系不错，可从职业倾向上说，就是不适合做销售。也就是说，新人即使素质高，要是得真枪实弹地背指标，在销售部仍然可能存活不下来。

而应届生往往并不清楚自己喜欢做什么，能做什么。

比如有的人以为自己喜欢做销售，因为他认为自己喜欢挑战，喜欢和人打交道，大学里他曾是个出色的学生干部，活跃在各种社会实践中，他能把产品知识和销售技巧考得非常出色。

可当他向客户要求生意的时候，他的感受是他在厚着脸皮求人。去请一个冷漠傲慢的客户吃饭，比杀了他还让他难受。客户一次轻慢的拒绝，会把他的痛苦上升到人格受辱的高度，于是他一连几天没有勇气再踏进客户的办公室。而每个月不断审视的指标完成率、增长率、市场占有率，压得他在焦虑和挫败中丧失兴趣和信心。

拉拉就不止一次地见识过这样的主，最终都以不得不让人家走人收场。

拉拉不能不向童家明指出这种可能性："那管理培训生要是完不成指标呢？咱们可是规定指标完成率低于70%的销售人员，没有明确的客观原因的，就得列入'改进名单'，三个月后仍然没有改善的，就要劝退。"

童家明觉得这没有什么好讨论的："完不成指标，说明他不够优秀，该走人就走人，没什么好客气的。咱们面试的时候就预先和学生们说清楚。"

拉拉在平时的面试中，见识过不少八十后，觉得新人容易走极端，经常揣着无厘头的自信，对现实怀着过高的期望，可一旦碰上一点挫折又特别脆弱没有多少抗压能力。

拉拉觉着，不论你是不是管理培训生，说穿了，应届生就是应届生，领悟能力再高，也得有个领悟的过程——在这一点上，她和TONY林的想法如出一辙。

听了童家明的话，她反对道："要这么说，小朋友们谁还敢来呀？但凡冲着管理培训生来的，我不相信是真想拿销售当职业的人，没准人家以为自己到了四十岁要做PRESIDENT（总裁）的。"

童家明坚持道："他要是以后想做 PRESIDENT，他现在就该有足够的见识明白，百分之七八十的 PRESIDENT 是销售出身，而这百分之七八十的 PRESIDENT 在他做销售的时候，百分百是 TOP SALES(顶级销售)，所以他必须得先做好销售证明他够优秀。这点，在开始就得和他们说明白。我们真的不知道，三年后，有谁能令人满意地到达终点，这完全取决于他们自己的表现，也许有的人在一年甚至半年内就被淘汰了。"

拉拉本来想说,那还有 20% 的 PRESIDENT 可能是财务或者 R&D 出身呢，他们不也是高潜力管理人才嘛，可他们就未必有做销售的职业倾向。

她转念想想，从做销售开始，对一个管理培训生确实有益，现在的应届生，就怕自我认知不够清醒，销售这份现实的职业，能教会他人情冷暖，一个不了解人情冷暖的人，有何潜力可谈？

当下拉拉打定主意，一会儿和童家明过一下顾问公司设计的测试流程，看看这套包含头脑风暴和情景模拟的测试中考察的内容，是否已经把销售人员的几个重要职业特征包括进去了再说；另外就是得和销售部谈好，安排给新人的区域该有哪些特点。

拉拉一面在笔记本上做笔记，以提醒自己不要漏了这两个环节，一面说："那好吧，出 OFFER（录用通知书，基本内容包括职位、薪资、合同期、工作地点等）前，我们和学生们沟通清楚。"

拉拉接着问道："中欧、长江这些商学院的 MBA，还有别的高校的研究生中，有一些人是念书前已经有一定工作经验的，这部分人的起薪怎么给？"

童家明说："起始月薪是 10000 ~ 12000。他们一般不会愿意做销售了，所以第一个职位是助理市场经理。这部分人招进来后你就可以不管了，我会负责跟进的。"

拉拉听了暗自摇头："这个薪水倒是给得不错，只是这些人会干啥呀？对行业很可能一无所知，一上来就当助理市场经理，谁搭理他呀！"童家明何尝不明白拉拉的想法，但他设计时也有他的苦衷，商学院的毕业生，EXPECTATION（期望值）都高，没有个像样的头衔，无法满足他们。

想到和陈丰在丽江的交涉，拉拉越来越确信市场部和销售部都不会欢迎这些管理培训生，她觉着这么做下去挺悬的，索性把这份担心放到桌面上："家明，这行吗？ TONY 林他们赞成吗？”

童家明听她这么问，心里就有点紧张，但他嘴上毫不犹豫，麻溜儿保证道：“放心吧！我已经和 TONY 林他们挨个沟通过了，他们都会按照 HR 规定的流程和你配合好具体工作的。”

拉拉吓了一跳：“怎么是和‘我’配合呢？不是和‘你’配合吗？是你负责领导这个项目呀。”

童家明一本正经地解释说：“当然也是和我配合，不过咱们俩有分工，我来出方案，在项目策划设计的阶段和相关部门配合，与管理层的沟通由我来做；你呢，依照方案负责具体实施，在这个过程中和各相关业务部门协调配合。”

这话就说明白了，一个做前段，负责策划和对高管层的沟通；另一个做后段，负责具体实施和与业务部门的协调配合。

对于童家明这个分工法，拉拉无话可说。

事实上，自从曲络绎在第一次经理会上布置了任务后，拉拉就反复问过自己，在这个项目中，自己能做什么贡献？是什么样的一个角色定位？

她没有这类项目的策划经验，既然做不了策划，如果还不愿意做实施，那就完全没有用处了——也就是说她杜拉拉没有对分工讨价还价的资本。

在对销售的配合不乐观的预期下，虽然负责后段与销售的配合会比较痛苦，但是假如能做好，也是有意思的活儿，至少好过让自己沦落到可有可无的境地。

拉拉只得从好的一面来想自己的角色定位：活儿有难度才证明干活的人有价值；相反，一个可有可无的人，则是随时可被替代的，也必定是个便宜的货色——这么一想，她果然痛快了一些，脑子也没有那么混乱了。

拉拉合上笔记本，望着童家明的脸说：“我一定会尽力争取销售部的配合，他们的配合，是项目成功的关键所在。否则，难免演变为 HR 的独角戏，我们将陷入尴尬，新人也会比较难受。家明你看我理解得对不对？”

童家明信奉的是剽悍文化，对于睿智者，他认为应该表示敬意，既然杜拉拉心里什么都清楚，他觉得再糊弄她就是污辱自己了，只得点头称是。

讨论结束后，拉拉忽然问了一个问题：“家明，为什么我们非去这些最一流的高校招人呢？”

童家明一愣，说：“这不是招管理培训生嘛，自然要到最一流的高校招最一流的人才。”

拉拉自顾自道：“比如北大吧，咱们不妨看看它的应届生就业流向，我估计，一半的人是出国，剩下的考研的考研，进机关的进机关，或者进垄断行业的央企，剩下的可能很小一部分人有兴趣进外企——说句老实话，我总觉得，这就有点像谈恋爱，双方的爱好都不一样，我们干吗非要去用咱们的职业理想去说服北大人或者商学院那帮人的职业理想呢？”

童家明反驳说：“但是你看我们公司或者我们的竞争对手那里，高层都不乏普林斯顿、哈佛的高材生嘛。”

拉拉说：“但是据我所知，这些人完全没有谁是管理培训生出身的。北大毕业的也要等他有了实际工作经验，双方有了交易的意义，再挖过来才合用嘛。”

童家明听拉拉越说越反动了，照她的说法，这整个项目的设计都得推翻，还做不做了？他赶紧干笑了两声说：“很有意思的想法，我们有空再讨论。”一面飞快地溜了。

13. 使别人愿意教你，是你自己的责任

拉拉和 TONY 林、江波分别沟通了一次，确认了销售部的观点。回到广州，她开始做功课。

拉拉先看了校园宣讲的内容，童家明不愧是行家里手，十分钟不到的宣讲短片比好莱坞大片还好莱坞大片，到时候让学生们热血沸腾是没啥悬念的，项目对新人前程的安排也确实颇具诱惑，她不担心招不到人，难点还是在新人招进来后的存活上——童家明对此似乎早有预计，在项目策划中，他很聪明地在“导师”之外，又为新人安排了“师兄”。

拉拉仔细研究了“师兄”这个角色的作用后，对童家明的安排深感钦佩。

为了让周酒意和周亮也都有清醒的认识和充分的准备，拉拉写了个 PPT 发给他们，题为：**校园招聘——目前的形势和任务**。

拉拉首先列出了销售部反对管理培训生制度的三大原因：

——新人未必比现有员工优秀，且没有业绩证明自己，却有更高的薪资和更多的机会，这不公平；

——新人没有现成的经验，却要占据重要区域，对销售部完成指标有可能造成拖累；

——培训生制度的“快熟”理念从根本上不被销售部BUY-IN（认可，接受）。

再列出HR的主要任务：

——规避本职能“唱独角戏”，促进销售部充分参与，使其意识到能从项目中获益，从而主动创造有利新人成长的生态环境；

——与销售经理共同从有潜力的销售代表中选拔“师兄”人选，通过项目提升“师兄”的带人能力，达到既完成培训生培养任务，又协助销售队伍培养经理后备人选的目的；

——引导新人，重点：一是专业性的灌输，如价值观和沟通技巧，二是促进其对真实生态环境的认知和应对——目标是引导新人成为“会做人的人”；

最后是新人的角色定位：

——了解并非所有人都赞成管理培训生制度；

——了解新人很多东西根本不会做，需要麻烦他人教导；

——了解别的员工不亏欠新人，帮助新人不是人家的天职；

——了解成长需要一个过程。

在这个三角关系中，销售部一开始，就是一个觉得在为人作嫁而不情不愿的苦命孩子；HR则试图让销售部感到其实自己从中也是能捞到点实惠的，从而化悲痛为力量；对于新人而言，使别人愿意教你，是你自己的责任。

14. 传递信息要分阶段

拉拉问周亮和周酒意：“销售部对这项目的态度，你们觉着怎么样？”

两人听了都暧昧地笑起来，拉拉说：“但说无妨。”

周酒意笑眯眯地说：“拉拉，不怪人家销售部，要是你塞这样的新人给我，我也不乐意带，什么都不会，钱倒拿得比别人多，还要当他 HIPO（高潜力人才）供着。我宁愿选麦琪这样的，好用又实惠。”

周亮也提醒说：“而且这些新人的期望值还特高，就怕到时候不好满足。咱不都在面试的时候见识过八十后的厉害，那叫一个自我，嘿，雷死你！一个字，囧！”

周酒意扑哧笑道：“ORZ 呀！周亮！”

拉拉不认识“囧”和“ORZ”，迷惘地重复着发音：“什么 JIONG?”

周酒意很专业地给领导答疑解惑道：“拉拉，周亮用的‘囧’字，本来是甲骨文，可以代表无奈、悲伤等情绪。我用的‘ORZ’，是网络象形文字，火星文的一种，目前多用于表示五体投地、佩服的意思——这两字都是目前流行的网络用语，多为八十后、九十后所用。”

拉拉恍然大悟：“醍醐灌顶呀，今日方知啥叫‘听君一席话，胜读十年书’。酒意渊博！”

周酒意连说不敢，与时俱进罢了，三人都笑。

拉拉感叹道：“古人说三十而立，其实挺有道理的。我有这么个感觉，悟性好的人到了 28 岁，见识就上了一个台阶，遇到他以前不知道的道理，有个人在旁边点一点他，他就明白了；可要是换了一个 25 岁的，就算他本身再聪明，有些明明是 COMMON SENSE（常识，尤指判断力）的东西，不管你怎么说，他就是吸收不了，还爱跟你瞎辩。可见经验这东西，要经过量变才能发展为质变的，没到那个份上，拔苗助长也枉然。”

二周都点头。

拉拉接着说：“我最近在系统里把公司所有的销售经理扫了一遍，发现大部分人是在 30 出头升为一线经理的，只有少数仕途比较顺的，才能在 28 岁提起来，我愣是没找到小于 28 岁的经理。可见，在咱们这样的行业，28 岁，从自然规律上，是个底线了。所以我个人挺能理解销售部那帮人对管理培训生项目的态度。”

拉拉说到这里，话锋一转：“可你们也别说，二十出头的人自有他们的好处，学习能力强不说，激情、创新，都是咱们比不了的。”

周亮冷不丁瓮声瓮气地插话：“拉拉，要我说，就这三样，你都跟八十后有得一拼。”他说得很严肃，是个人都能听出他没啥奉承的意思。

拉拉乍闻之下，闹了个红脸，自嘲道：“我有那么好的体力吗？跟八十后拼。那说明没准我还能长个儿，身体还在发育。”

周酒意沉吟道：“一般八十后恐怕拼不过拉拉，你太不屈不挠了。”

拉拉愣了一下说：“好像不是啥好话。你俩在抱怨我吧？”

两人都赌咒发誓，说千真万确是佩服的意思。

拉拉笑道：“好吧，咱们说回正题，大家都对销售部的立场心知肚明，就因为担心咱这儿提供给新人的生存环境不是那么友善，童家明才特别交代我们要注意‘师兄’的人选，帮助新人在第一关活下来。”

周酒意问：“那导师和师兄咋分工？”

拉拉解释说：“导师负责教战略，师兄则负责教战术。比方说，导师会告诉新人，要注意掌握竞争对手的动态；师兄则会具体地告诉新人通过什么途径可以获知竞争对手的销量。

“——又比如导师会告诉新人，要注意判断潜在的生意增长点；师兄则会具体地教新人，通过分析哪几个指标可以判断出谁是我们的目标客户。

“也就是说，导师给新人引导一个大方向，而师兄则具体地教新人是走陆路合适还是走水路合适，并一路陪伴，在新人遇到困难的时候予以帮助，这种帮助，可以是技术上的支持，也可能是精神上的鼓励。”

搞明白导师和师兄的分工后，周酒意笑道：“听起来，以头半年而言，似乎师兄比导师更重要。”

拉拉默认了周酒意的理解，她说：“所以要在师兄人选上多花心思。我们讨论一下，什么样的人合适当师兄？”

周亮有校园招聘的经验，他建议说：“师兄自身的业绩应该在中等以上水平，并且是热心人，愿意教新人。”

周酒意也补充说：“师兄的人际交往能力要好，新人跟着这样的人，有个会做人的好榜样。”

拉拉觉得两人说得都不错，她沉吟了一下道：“这样，等师兄的人选确定后，我们在区域给这批人做一个培训，教他们如何辅导他人，怎么样？”

二周都说如此甚好，这做师兄的，光是有料教、愿意教，还不够，还得善于教才行。

拉拉见大家都赞成，便马上进行了分工："那么我负责准备一个'如何做辅导'的迷你课程，三小时左右的培训内容，便于你们在区域讲课；这个培训中，我想插入两个案例分析，就由你俩各贡献一个吧，例子要销售们日常工作中经常遇到的，这样容易引起共鸣，能讲得更生动，也便于他们理解记忆。"

此外，要考虑的就是"新人培训流程"。拉拉说："光是给新人找好了师兄还不够，咱们得再制定一个培训流程，用于指导师兄如何分阶段分步骤地培训新人。"

拉拉举例说："我们在日常工作中常见的带人的通病有：

"——阶段培训目标不明确，想到什么教什么，东一榔头西一棒子，没有个计划，这样可能产生重大缺漏；

"———下教得太多或者太难，导致新人无法快速消化过多的信息，或者因为难度太高失去了学习的兴趣和信心；

"——传递信息不分主次和先后、缺乏系统，急需掌握的信息没有好好讲，而不急需的信息却塞了很多，让新人产生不必要的压力和疲劳。"

拉拉总结道："基本上，都是没有一个系统的培训计划造成的问题。我们要向师兄们强调，传递信息应分阶段、分主次地来逐步传递，要清楚每一阶段应达成的目标。"

拉拉问俩人还有啥问题或者建议，周亮说："咱们 HR 的任务里，你头一条列着让销售部意识到他们也能得到好处，这明摆着，没好处，谁干呀，问题是，他们的好处到底是啥？"

拉拉说："HR 任务里我列出的第一条其实是我们的信念，第二条才是我们实践信念的具体办法。通过带新人，师兄能获得实际的带人体验，将来升经理，比别的竞争者明显多了一个有力的筹码——这对做师兄的个体肯定是个好处，对销售部而言，这项目也帮助它锻炼培养了经理岗位的接班人。"拉拉说得腮帮子都鼓了起来，有点像个慷慨激昂的吹鼓手。

周亮的思维向来弹性缺乏些，听罢拉拉的鼓吹，愣了足足五秒钟还回不过味道来，他用一种半梦半醒的声调道："好像还真能说成'共赢'那么回事儿。"

拉拉帮大家坚定信念："什么叫'说成'共赢，明明'就是'共赢！不管怎样，咱们得先把'新人培训流程'给写出来。你俩谁愿意负责主笔？"

写这东西费脑子，二周都不太乐意，可拉拉本人已经要负责编写"如何做辅导"的迷你课程了，肯定不能再推给拉拉做，两人一时都没有说话。

拉拉清楚，这方面的能力，周酒意比周亮强，但是总让周酒意干这类活，周亮得不到锻炼，这方面就永远是他的短板了，而且，她若直接点了周酒意，周酒意固然会觉得她杜拉拉鞭打快马，谁能出活就压谁，而周亮也可能伤自尊，你这就是瞧死了他不行嘛。

拉拉等了一下，见没人自告奋勇，她没有点将，而是说："这样，你们俩再商量一下，自己定吧。反正，这次是你的话，下次就是他，大家轮着做。你们有两周的时间，把这个东西写出来。不管是谁来写，都不用担心写不好，我会和童家明商量，请他做我们的指导。我自己要写的这个辅导课程，也得请师其指导的。"

周酒意听到拉拉最后两句话，灵机一动，出主意说："拉拉，能不能干脆就让童家明和师其帮忙提供现成的东西？这方面，他们比我们专业呀。而且，现在时间又这么紧了。"

周酒意这一提醒，让拉拉眼睛一亮，对呀！这俩人不是现成的资源嘛！特别是童家明，他作为校园招聘项目的负责人，该多做贡献的。

周酒意虽然不太努力，脑子倒是好使，关于怎么省力，怎样使巧劲儿，她有的是法子，这方面不但周亮不如她反应快，就是拉拉，也不是她对手。

拉拉由衷地夸奖周酒意道："好建议！就按你说的办！"

15. 秘密知道得太多的人

新上任的大客户部销售总监江波的内心，对孙建冬只有七成的满意。

在接替王伟留下的空缺前，江波是市场部的高级市场经理，孙建冬原本就向他报告，因此，他对孙建冬的优点和缺点可谓了如指掌。

从私心讲，孙建冬这个人，头脑并不复杂，控制他江波很有把握，而且孙建冬讲义气，跟了他三年，虽然很贴心谈不上，但勉强算是嫡系。过去三年里，孙建冬的执行力素来令他放心。

从公事公办的角度考虑，江波觉得孙建冬虽然业绩一直还算不错，但其为人处世的风格比较生硬，复杂的局面未必能很好地应对。另外，江波素来对孙建冬的IQ也不是足够的满意，这次孙建冬竞聘南大区经理职位，接受了IQ和EQ测试，事后江波一看分数，证实了自己向来对孙建冬的感觉果然不错：不论是IQ还是EQ，孙建冬的测试成绩都谈不上出色。江波不由暗自嘀咕了一句："看来潜力有限。"他心下很费踌躇，一个大区经理，需要有上乘的头脑和策略，否则做不好生意，毕竟南区是一个很重要的盘子，任职者如果不是足够聪明还是令人不踏实。

但他回头想想，眼下大客户部整个团队变化太大，流失率很高，没走的人也各人打各人的主意，人心都散了，现在最迫切的就是要收拾起人心，江波寻思，这个阶段假如从公司外部找个人来，不见得能带好这支团队，而孙建冬毕竟是南区出来的老人，他在这个时候回去担任南大区经理，在团队凝聚力方面好处大于坏处。再者，孙建冬做过小区销售经理，也做过市场产品经理，从他经历过的职能上说，还是适合培养做大区经理的。

江波和HR总监曲络绎说了自己的考虑，曲络绎也了解大客户部的人员现状，他赞成江波的想法，两人一起向齐浩天如实介绍了情况。

DB中国总裁齐浩天，对孙建冬这个小小的产品经理并没有太深的印象。孙建冬本来话就不多，再加上他的英语不够好，遇到要用英语发言的场合，他的话就更少了，能不说就不说，因此齐浩天说不出这孙建冬有多好或者多不好。

倒是有一回开季度业务会，齐浩天不太满意市场部当季的工作，当堂向产品经理们追问了几个严厉的问题，大家一害怕，回答中不自觉地多少带了点狡辩的成分，齐浩天越听脸上越发地毫无表情，那对深邃的蓝眼睛专注地望着发言的人，嘴里简单地用升调说："OK ~ ~ OK ~ ~"。

孙建冬虽然英语不够好，但还是很明白总裁把"OK"用升调来说了，其实就是大大的"不OK"，他暗自估计齐浩天已经对众人的狡辩忍得差不多了。轮到孙建冬上台回答，他首先干脆地认了错，然后着重阐述了补救措施。齐浩

天立马就觉得先不说孙建冬的补救措施是粗陋还是高明，起码这人诚实！加上孙建冬生得五官端正身形标准，有贵族血统的齐浩天看着就觉得顺眼。

基于这样简单的印象，齐浩天了解到这两年孙建冬负责的品牌，市场做得还行，他又问了问孙建冬过往做一线销售经理时的销售业绩，这方面的记录也都没有可挑剔的。“人无完人”是放之四海而皆准的真理，齐浩天权衡过得失，对孙建冬的晋升点了头。

此番孙建冬回到广州，颇有衣锦还乡的意思，让父母骄傲的同时，也让叶美兰似乎看到了一线曙光。

几个小区经理，有的人是当年孙建东离开南区去上海的时候就已经加入DB的了。

回到广州办上班的头一天，他去吸烟路过电梯间，正巧有扇电梯门往两边一开，露出一个美女，电梯间里比走道上暗一些，在偏弱的光线中孙建冬一眼注意到她的眼睛像黑暗中的猫眼那样亮得又贼又夺魂，圆润的脸盘虽然从电影的角度讲已不时兴，但在面对面的视线冲击中仍然无可争议地演绎着“珠圆玉润”四个汉字，天生带了铜红色的长发松松地烫着大波浪，万山红遍层林尽染般的几乎搭到她的膀子上。这正是他的一个小区经理，名叫梁诗洛。孙建冬记起当年她就特别漂亮，是南区出了名的美女，只是她的漂亮向来和他不相干，三年过去了，这梁诗洛简直就是越发漂亮了。

孙建冬看着梁诗洛一时没有主动打招呼，他倒不是想摆架子，他的脑子里根本就缺乏摆架子的意识，只是他的即时反应慢一些。梁诗洛已经用欢快的语调叫了他一句：“孙经理！好久不见！您回来啦！”梁诗洛本是地道的沈阳人，声音却嗲得活脱一个上海女子。

作为一个不够狡猾的上级，同时作为一个天性害羞的男人，孙建冬心里很高兴，他有些被动地回应道：“你好，梁诗洛。”

不过十几秒的交道，孙建冬那点轻微的手足无措尽落黑眼睛沈阳美女梁诗洛的眼底，两下里的IQ和EQ立马分了高下。

趁着杜拉拉不在办公室，海伦在电脑上热火朝天地偷玩着“对对碰”，梁诗洛凑到海伦位置上，从桌子下方亮出一个漂亮的盒子递给海伦，里面装的是一条柔软的大浴巾——一个小小的促销礼品，海伦眉开眼笑地收下顺手塞进身后的柜子里。

梁诗洛一只手搭在臀上，另一只手亲热地扶着海伦的椅子背，压低嗓子说："'小没'，帮忙查查我们组七个销售代表的生日吧。我想以后组里每个员工过生日，大家都一起 HAPPY（快活）一下。"

海伦绰号"没心没肺"，因为全称太长，大家一般就简称她"老没"。海伦这年也逼近三十了，最不爱听别人管她叫"老没"，梁诗洛的一声"小没"让她很有点受用，她晃着一脑袋染成铜色的爆炸头，啪嗒啪嗒地点着鼠标，很快把梁诗洛手下七名员工的生日信息都拉出来了。

梁诗洛站在一旁凑过头去不错眼珠子地盯着电脑屏幕，嘴里麻溜儿地说着："谢谢谢谢！哦，对了，顺便再帮忙查查我们老板的生日吧。"

海伦马上恍然大悟，她扭动了一下身子，继续搜寻，很快就查到孙建冬的生日信息说："11 月 1 日，天蝎座的。"

梁诗洛直起身子说："'小没'你的手就是快，行啦，麻烦你了。"

海伦扭过头来，满脸写着"世上啥事儿瞒得过我海伦"的神气劲儿，她不冷不热地揭发说："你是专门来查孙建冬的生日的。"

工人的女儿海伦浑身上下充满了的小聪明，随时像发酵了的面团一样四下里膨胀，尤其瞬间反应一流，不过她总学不会闭嘴，凡事都落在她眼里不说，她还非得凑到当事人跟前，明示或者暗示人家"你的秘密我全都知道！"——这样的事情做多了对海伦本人很是没啥好处，她的经理杜拉拉有一次就夹枪带棒地教训她说："来来来，'老没'，我给你讲个故事，这故事的名字就叫《秘密知道得太多的人》，你知道这个'秘密知道得太多的人'最后的下场怎样了么？他被人家干掉了！警察还闹不明白到底是谁干掉他的，因为每个人都想干掉他！"

鬼灵精一样的海伦，自然明白这个恐怖故事的寓意，她也同意杜拉拉教训得并非不在理，可她每次就是忍不住要多嘴。杜拉拉有时气结，骂她"不知死活"。

梁诗洛听了海伦的揭发，有些恼火，简直想请海伦吃个脖儿拐，想想自己犯不着跟一小行政助理一般见识，而且这个小助理有时候还是挺好使的，多少算一个有用的资源，梁诗洛就压着在那一瞬间涌上来的对海伦的恼火，友好地拍了拍海伦的肩膀，笑笑走开了。

张凯匆匆忙忙地回到办公室，一进门，海伦叫住他说："老张，你们新老板来上班了。"

张凯随口应了句："知道，已经安排经理会了，小区经理都会回来和老板见面。"

他嘴里说着，身子照旧准备往里走，却忽然意识到海伦扭动着身子，似乎全身每个细胞都充满着说话的强烈欲望，他感到好笑，念在海伦平时经常乐于助人，就立住身子满足她道："怎么样，美眉，有什么好事要关照我吗？"

海伦滴溜溜转着大黑眼珠子说："刚才梁诗洛还来查了孙建冬的生日呢，11月1日。"

张凯听了一阵头大，感到梁诗洛的脊背上似乎长出了一对壮硕的翅膀，正挟着一股疾风从背后朝自己俯冲过来，他不动声色地说："好呀，有机会HAPPY了。我先进去了。"说罢撇下海伦径直走开了。

海伦歪斜着个脑袋瞧着张凯的背影，心里有点不高兴，因为张凯对她没有任何感谢的表示，活像他已经付了她辛苦费，她该着给他提供信息似的。

16. 统一的谈话模板，强大的赞美功能

虽然在过往三十五六年的人生里，孙建冬一直被评价为一个不会来事的人，就连崇拜他的叶美兰也没有给出不同的评语，但是销售这个职业，会给从业者打上深刻的记号，就算你生来再怎么个不会做人的脾气，但凡你做了销售就包你学会——回到广州办的第一天，孙建冬就主动去陈丰、杜拉拉们的办公室客气地打招呼。

他和陈丰的谈话内容很宏观，这主要是陈丰的态度决定的，大客户部刚换了头，商业客户部也说不好什么时候要分为A、B两个部门，没有交情的人之间还是少谈公事为妙；孙建冬本来想聊两句股票，但是陈丰明显也不愿意涉猎这个话题。既然公司里的事情不好说，股票似乎也不被认同做合适的谈资，剩

下的就只有说天气了，而孙建冬很不擅长天气，于是短暂的会见在礼貌允许的限度内匆匆结束，等孙建冬走出陈丰的办公室，发现两人几乎没有一句有实质内容的交谈。

相比之下，和杜拉拉的会见，倒称得上实在而轻松，虽然没有深度的沟通，但是每句话都有每句话的现实含义。

两人认识已有七年，只不过原先无甚往来。拉拉一见面就微笑道："回来啦？"

寥寥仨字儿让孙建冬顿时对她生出一种亲近感。

杜拉拉招呼他"坐"，之后夸他还是保持着那么好的身段，"孙建冬，你这腰身和七年前竟无二致，二十出头的小伙子也未必拼得过你。"她笑眯眯地说。

这基本算得上一句实话，孙建冬向来在锻炼上很下本钱，可以说，除了钱和前途，身段是他最重视的东西之一了，对方一提身段，他顿时脸上洒满了开心的阳光，他像一只开屏炫耀的公孔雀，情不自禁地做了个收腹挺胸的动作，以便更好地展示自己男性的性感——杜拉拉算是夸到了点子上。

孙建冬虽然天性羞怯，到底是做销售的出身，"投我以木瓜，报之以琼瑶"的SENSE（见识）他有，他本来想夸赞杜拉拉"越来越有女人味儿了"，这原也算句大实话，当日孙建冬未去上海工作之前，杜拉拉还是个标准的"小资"，恪守"穷人"的本分，一早一晚挤车穿行于广州缺乏秩序的车流中，每每闹得满面油光不说，弄不好还能碰上个把"咸猪手"（方言，指公共场合骚扰女性的好色之徒），自然不如她现在穿着真丝面料的"PORTS"连衣裙更能表现"女人味儿"。

但话到嘴边，孙建冬又生生给咽了回去，他琢磨着，两人认识年头虽长，关系却并不熟络，同样一句话，女性对男性讲，不过图个嬉戏有趣无伤大雅，要是换了男人对女人讲，保不住有轻浮之嫌，如今女性地位日益强壮，满办公室光看到女人拍男人的肩膀，男人喜欢也罢不喜欢也罢，多半只有坐直身子被动承受，断没有回拍的道理。况且对方占着个HR的身份，还是另改句安全的说辞吧——他便由衷地赞扬杜拉拉"还是那么青春照人"。

DB的办公室使用的是LAMEX的办公家具，杜拉拉房里这套桌椅设计得十分男性化，暗枣红色的书桌表现了美式的宽大气派，映照得杜拉拉整个轮廓显得有些柔弱。

那条斜裁的“PORTS”连衣裙，暗蓝的底色上撒满明黄的碎花，腰间是一条约四公分宽的米色饰带，上好的真丝面料质地异常柔滑，随着她身体的轻微摆动正摇曳着动人的光泽，V字领口露出她修长的脖颈，令孙建冬不由得想起关于她和王伟的传闻，那一瞬间，孙建冬相信很可能确有其事。

世事变迁，比起七年前，眼前的杜拉拉作为一个女性，除了音质依旧，其他方面变化太大了，令孙建冬内心颇有感慨，他在好奇中夹杂了一点欣赏，到底这王、杜二人是怎么凑到一处去的，后事又将如何演变？王伟一时不知所踪，可终归怕是跑不出这个行业去，而行业是很小的，说不准哪天就遇上。

彼此不失客观地发表过关于“身段”和“青春”的感言后，杜拉拉言归正传，她婉转地提醒孙建冬说：“我把南区人员流失率的数据发给你看看吧，大客户部上个月的人员流失率居各部门之首，毕竟从总监到大区经理都刚换，小区经理如果再发生变动，下面的销售代表就会更不稳定了。”

孙建冬听明白她是在建议他留意小区经理的稳定性，这正是他眼下最担心的问题，要是小区经理不得力，他一个人，纵有三头六臂也控制不住局面呀。他自知离开南区已经三年，对区域陌生了许多，不论是对外部VIP的把控，还是对内部销售代表的管理，相比起其他大区经理，他对小区经理的依赖程度更重。

孙建冬见拉拉一上来就抓住了要害，不由诚恳地问道：“HR有什么建议吗？我这两天就要和小区经理们开一个会。”

拉拉关心地问：“会议主题是什么？”

孙建冬介绍说：“让他们把各自区域的现状汇报一下。”

拉拉马上提醒他：“是否有统一的汇报模板？规定每个人的汇报都得涉及哪几方面的内容？”

孙建冬愣了一下，他让助理去通知小区经理们开会的时候，只是笼统地要求现状汇报，并没有想到模板的问题，他犹豫了一下说：“暂时就让他们使用原来的模板，主要介绍一下各自的指标、费用、市场活动的执行情况、人员变动以及遇到的困难。”

拉拉替他总结说：“那么你这个会主要是想了解情况。”

孙建冬说对。

拉拉中庸地说："几位小区经理性格差异还是很大的，正好利用这个机会多观察观察。"

孙建冬很直接地说："估计会有人当场出难题吗？"

拉拉愣了一下，孙建冬比她设想的还要直率，陈丰需要她帮助的时候，一般就不愿意过于直接地说出自己的担忧和顾虑。

拉拉不愿意在对孙建冬还没有实质性了解的情况下，贸然说出自己对小区经理们的看法，她和孙建冬之间信任的建立需要一个过程。

她也曾有所耳闻，孙建冬处理复杂的人际问题并不算高明，倘若遇到个厉害的，他不是人家对手，该说的不该说的都有可能漏给对方，也就是说他可能无意识地保不住密。

况且人各有喜好，几位小区经理中，有的人和孙建冬认识多年，谁知道他是否已经有所厚薄呢？拉拉寻思着，万一自己说出某人的问题，而那人就是他的私好，自己岂不是要冒人际风险？还是先观望吧。

另外，拉拉也不愿意因为自己的评价给孙建冬造成先入之见，影响他对小区经理们的判断。

拉拉沉吟了一下，斟词酌句地说："真有人出难题也无所谓，无非是指标太高，或者资源不够之类的，咱们会议的目的说好了是了解情况，有问题都记录下来就是了，会议上不妨暂且不对无法判断的具体问题做决定。"

孙建冬觉得她说得很对，点头道谢。想想，又问道："拉拉，刚才你提到统一的汇报模板，你有什么建议吗？我很想得到你的帮助。"

拉拉看了看孙建冬的脸，他在诚恳地等着她的回答，在这种诚恳中，仿佛还有信赖，这让她意外，他似乎有着超出她预期的与生俱来的单纯，这样的单纯，色泽天然，成分稳定，纵然岁月流逝，即使他和竞争对手互相干过一些狠心的事情，经过十几年销售生涯的洗礼也不曾改变，她不由得想起了王伟，难道这就是男人吗？

拉拉于是笑着出主意道："有一个统一的谈话模板，好处是能控制谈话的主题和涉及的范围，避免关键信息遗漏、跑题或者话题太大，就像咱们每次开会都要有个主题，否则会开不完，或者会后没有解决该解决的问题。我会事先发邮件给他们，列出我关心的内容，看看他们认为：

“——团队目前面临的主要问题是什么？主要需求是什么？

“——你有什么解决方案？你本人能做些什么来改变现状？

“——团队的优势在哪里？以往有哪些好的做法建议延续？

“——就你的职位而言，你的强项是什么？你希望得到发展的是什么？

“——我能为你们提供哪些支持？

“说穿了，就是看看小区经理们认为团队的优势在哪里，团队目前的问题在哪里，有什么解决办法？他们希望得到主管怎样的支持和帮助？再了解一下他们认为自己擅长做什么，喜欢做什么，以及短板在哪里。当了解了他们认为问题在哪里后，尤其要让他们思考他们本人能做些什么——免得像有的经济学家那样，批评所有的制度，揭发所有的真相，但很少看到他提出切实可行的解决办法，除了大胆说真话还是大胆说真话——人民需要的不仅仅是真相，我们更需要解决之道。

“谈话前发邮件的好处是让小区经理们事先能对相关的问题有一个充分的思考。

“考虑到也许有些问题不好当众说，我会选择一对一面谈。”

论说，拉拉所言是普通的职场心法，但是孙建冬之前没沿着这个思路想，猝然闻听之下，他由衷地感到拉拉考虑问题很有系统性。孙建冬点了点头说：“拉拉，你觉得对于大客户部南区，现在的首要任务是什么？”

拉拉本来不愿意多说，怕有卖弄之嫌，见他问得直接，也就不客气地说：“稳住向下两个级别的重要核心员工，就是我们所谓的TOP10，了解他们的心声，尤其是他们不满意什么，同时激励士气和潜能。稳住了人，就稳住了生意。”

孙建冬觉得这个意见值得参考，他忽然意识到区域HR是个好资源，作为销售，他认为有资源就要用到尽，要让它效益最大化，索性进一步追问说：“HR是否能提供信息，哪些员工是最重要的这TOP10？”

拉拉心中有些惊讶，要是换了陈丰，绝对不会这么问的——自己TOP10的员工，自己想法去找出来呗，怎么反过来问别人“谁是我最重要的下属”？

嘴上她还是客气地说：“不妨让小区经理们把他们认为下属中最重要的销售代表的姓名报给你，可以要求小区经理在表格中说明这些人的主要业绩和强项、弱项。HR当然也可以提供过往两年的业绩记录，来协助销售部甄别核心队员。”

孙建冬觉得这个建议聪明而可行，他发自内心地说：“拉拉，有你这样出色的 HR 的支持协助，是我们销售的福分，你们真是业务部门当之无愧的战略伙伴。”

他一时说得顺嘴了，又赠送性质地加了句：“说实在的，过去我很少见到 HR 能做到像你这样。”

拉拉本来对孙建冬的追问有了些许的不满和惊讶，以为他不知道“什么该问什么不该问”，不合一个大区经理应有的智慧，她刻薄劲儿上来了，想到列宁说过的：一个傻瓜提出的问题，十个聪明人也回答不了。她正暗自开着小差，不期被孙建冬的赞美之词猛然拔高，当下很是受用，尤其孙建冬的赞扬中明显含有纯洁的谢意，拉拉竟是十分地乐意两肋插刀倾囊相助了，可见赞美的激励功能果然强大。

要说孙建冬的赞美本来尚欠技巧，但是架不住成分天然，基本符合专业书的要求：“认可要真诚。”一时闹得杜拉拉满足而鼓舞起来。

走之前，孙建冬给她打预防针道：“以后还要多麻烦你。

拉拉态度很好地应承道：“应该的。”一面矜持地微笑着把人家送到门口。

拉拉处理完邮件，抬手看看表，才发觉这一天又要悄然而去了，她拉开身后的窗帘，只见天边的夕阳红得像一个灿烂的火球，拉拉靠在窗边默默地看着这个火球，直到电话响起来，她才回身去看电话的显示屏，是陈丰的内线。

“明天中午一起吃饭吧。”他邀请道。

拉拉说好。迟疑了一下，她又建议说：“要不要叫上孙建冬？”

陈丰在电话那头停顿了三秒才说：“还是下次吧。”

拉拉自此不再提三人一起吃饭的事。

17. 看资源和指标，还是看市场潜力

孙建冬还在上海的时候就仔细查看了南区的销售数据，并和江波讨论过初

步的调整方案，这天上午他又把每个小区经理名下的指标和费用都研究了一遍，还是对四季度的销售方案有些迟疑。

前手邱杰克做生意是把好手，他离开后这两个月，大客户部南区的生意掉得很厉害，是群龙无首军心不稳造成的，还是原来的销售策略本身也有需要调整的地方，孙建冬一时吃不准。

他已经让助理安排了当天下午的经理会，杜拉拉在前一天曾建议他和小区经理们一对一地单独面谈，还提供了一个统一的谈话模板，事后他考虑了一下，觉得麻烦，那样一个一个地谈，太累人了，一天都未必谈得完，至于汇报模板，他觉得马上就要开会了，就算临时去通知小区经理们，他们也来不及思考了。孙建冬决定就按原计划，让小区经理们在会上挨个汇报一下各自区域的现状，总之，指标和资源是跑不掉的主题，他也只关心能否完成指标。至于拉拉说的核心队员的甄别，他觉得也不用搞得那么复杂，看业绩排名就行了。

出乎孙建冬的预料，当天下午的经理会开得很生硬，让他不太愉快。

首先，整个会议气氛就不对，大家都无精打采的，三分之二的小区经理对完成全年指标没有把握，他所期望的表决心的场面完全没有出现。

一些市场活动没有落实，小区经理们抱怨说财务部和内控部查得很严，令他们感到为难，不知道怎么做才好，于是有的活动干脆就不做。

有两个小区经理提出，招不到好的销售代表，业内都知道现在DB的大客户部压力大，不好做，老练的都不愿意来；招个嫩点的顶上吧，别说客户那里不满意，自己也累死，什么都要教。

费用照例是一个焦点，但是对费用的不满程度也超出了孙建冬的预计。小区经理们说，今年指标的平均增长要求是25%，人手倒是加了些，但公司销售费用的增长完全不成比例，没有投入怎么会有产出呢？

孙建冬越听越郁闷，憋了一肚子气：

——指标的增长是全公司一致的要求，怎么人家东区和北区都能做，你南区就那么多屁话？你又没有遭灾，你的GDP增长也没有放缓；

——说到费用，DB是典型的美国公司，一方面，信奉有正确的过程就有正确的结果，同时，对费用的控制非常严厉，不能花的钱是一分也不许花的，你们要在这样的公司干，还需要来ARGUE（争辩）投入产出的成比例增长吗？

大老板反复强调，做生意不能看着资源和指标来做，而要看市场潜力来做，不知道以前邱杰克是怎么给这些小区经理洗脑的，难道他们就是靠钱去砸生意的吗？那谁不会？还要你们这帮这么贵的人干吗？公司还需要花钱养个销售培训部，专门就为着教你们怎么专业吗？你们既然说销售费用不够，市场费用又不去好好利用，不做市场活动，市场策略怎么推动呢？品牌理念怎么在客户群中培养呢？

——最让孙建冬恼火的是，这都到了一年最后一个季度了，你们才蹦出那么多说法，以前从来也没听王伟和邱杰克把今年的形势说得那么严峻，是不是你们看着我孙建冬是新上来的，觉得我好糊弄呀？

——关于招不到合用的销售代表，倒是可以和杜拉拉谈一谈。这个问题HR一定要帮助解决，没有合适的人，这生意没法做。

考虑到自己毕竟初来乍到，孙建冬隐忍着没有发作，也没有正面表态，只是吩咐助理把大家的意见都记录下来。

轮到张凯，他介绍完自己小组的基本情况后，直愣愣地说："老板，我这一组的指标实在是高了点，去年因为商业供货问题，咱们南区别的产品组遇到困难，邱老板找我谈话，让我这一组多承担指标，当时我没二话，别的组有客观困难，我这儿能产出的就多承担一点吧，我那时候真是不顾组里那班弟兄的抱怨硬往下压指标的。可现在，公司也不管去年的情况，来了个一刀切，统统在去年的基础上累加指标，去年做得多的，因为盘子大，绝对额大，今年要更辛苦，去年做得少的，今年反而轻松。我组里弟兄们实在扛得太辛苦了，这样下去，都没有信心了。老板呀，你看这第四季度能不能给我这组减一点指标。这样，以后人家才敢在关键时刻给老板分忧解难嘛。"他说得太投入，说着说着到最后人就站起来了。

孙建冬却越听越不高兴。他刚来，张凯就带头要求减指标，他还怎么管人呢？

他事先看过数据，对张凯这一组的增长率要求和平均增长要求是持平的，所以他并不认为邱杰克原先给张凯设定的销售指标高了，他一边查看着电脑上的数据，一边压着不快道："我看你这一组指标的增长没有高于南区的平均增长呀。"

张凯认为受了委屈，嗓门马上拔高了八度道："老板，我的盘子大，怎么和别人拼增长率呢？要论绝对值，论贡献，我绝对是第一。"

孙建冬说："那很好，继续保持第一吧。"

张凯晃着脑袋说："我没那个本事。年初分指标的那一天，我一时豪气拍胸脯，在老板面前倒是痛快了一天，结果被手下从年头骂到现在，我可不想让他们骂到过年。"

孙建冬表面不动声色，一股怒气早已从他心中升起："那依你，该给你这组多少增长率才合适？"

张凯没听明白老板话里已经含着怒气，不知死活地说："多了我也不提，最后这个季度，给我减五个点我就有信心了。"

孙建冬压着火说："你原先怎么不和邱杰克谈？"

张凯脖子一伸道："你说我能不谈吗？！"

孙建冬听他用反问的口气和自己说话，忍不住皱了皱眉头。

张凯没发现自己那个反问句的没礼貌，自顾自往下说道："邱老板在7月底就答应给我加资源，可是他走了，当初答应我的钱，到现在也没人给我兑现，我答应下来的指标倒是一分不落地还扛着，我成了冤大头了我！没钱就减指标吧。"

孙建冬一板脸说："不谈指标。"

张凯朝着孙建冬伸出一只手说："那加资源也行呀。总不能说到做指标就想起来让我当第一，分资源的时候就没人想着让我占第一了。"

梁诗洛忽然拖长了声音插嘴说："哎呀，张凯，你不要那么斤斤计较了。大男人，有你这样的吗？"

张凯干笑一声说："诗洛，我要是手上有你那么多资源，我肯定做个货真价实的大男人。没办法，人穷志短，我还是当小男人好了。老板既然说不谈指标，我只好谈资源了，不然没法做。"他一面说，一面坚定地对孙建冬摇着头，以示自己的立场不可通融。

孙建冬点着手提电脑的屏幕说："费用是根据指标数，按比例分配的——分给你的销售费用，点数一点没比别人少，比起平均数，还多了0.5个百分点。我看原来的大区经理对你算有侧重了。"

张凯分辩道："可是市场部的费用没多少落到我头上呀。"

孙建冬说："市场部的费用，要靠你自己去争取呀。"

张凯一摊手说："我争取了，可人家不给我，我能怎么办！"

孙建冬马上说："对了，问题就在这里！为什么别的小区经理能争取到市场部的支持，你不能？"

张凯张大了嘴，干瞪着眼睛一时间答不上来。

梁诗洛带头笑起来，小区经理们跟着哄笑成一片。张凯干站在那里坐也不是恼也不是。

孙建冬一挥手道："好了。我鼓励你们多和市场部沟通，谁能获得市场部的支持是他的本事。销售部的费用，我可以适当照顾你一点，但是也不能照顾你太多，大区经理手上机动的费用就那么些，如果动多了，就意味着要从别的小区经理那里抽回资源——具体能给你多少，会后你到我办公室来沟通。"

最后，孙建冬总结说："我刚来，需要大家的支持，我们一起把南区的业绩做好。今天大家讲的，都已经记录下来了，我会仔细研究，给大家一个交代。关于费用问题，我知道钱多好办事，但是公司有公司的规矩，希望大家好好地把市场费用利用起来，市场活动一定要落实，这是没有商量的；关于指标，我说个大实话，这东西，不看绝对看相对，从南到北全国排队，人家能完成的，我们也应该完成，我们使了吃奶的力都做不出来的，别的大区也是做不出来的——可如果人家能完成，我们完不成，和公司说什么都没用。你们都是很聪明的人，道理是浅显的不用我来说服谁，大家一起动脑筋，套用一句官话，办法总比困难多。我特别想强调的一点是，一个优秀的销售经理，他区别于一般的销售经理有什么特征呢，他会专注于完成任务，而不过多地强调困难比如竞争对手的强大、资源的短缺等，最重要的是，他不是看着手中的资源和指标来做生意的，他是看市场有多大潜力来做生意的，这样公司才能保持行业的领先地位，他个人也能得到迅速发展。"

梁诗洛带头鼓掌，她迎着孙建冬的目光，闪着亮晶晶的光芒。张凯无精打采地跟着众人拍了两下手掌，心中暗自嘀咕："发展，等着头脑发涨吧！我去年就是盯着市场潜力做的，我今年的下场是什么呢？谁有本事每年找出那么多新的增长点？我做过一回傻瓜，就足够了！"

会后张凯跟着孙建冬去了他的办公室。张凯再次陈述了自己的要求，表示费用如无法落实，就希望能减点指标。

孙建冬听完他毫无新意的陈述，压着火气说："张凯，指标就那么大一个盘子，你让我给你这组降指标，那就是要我给梁诗洛那组加指标了？"

张凯愣了一下，心说那是你的事情，他说："老板，关于梁诗洛在会上对指标的看法，我有不同意见，她过分强调增长率了，可是我认为不能独立地看待增长率，谁不知道这和基数有很大关系呢？再说，她那组的资源明显比我这组有优势，我也不是非要减指标，你多给我些钱也可以。"

孙建冬忽然说："所以一句话，给你的指标高了，给你的费用少了——那你和梁诗洛换一组如何？"

张凯等着和孙建冬展开拉锯战，没料到孙建冬会有此一说，顿时惊讶地张大嘴"啊？"了一声，他迟疑着说："真要换也可以，那我要求把我的销售代表也都带过那组去。"

孙建冬做了个打住的手势，不容商量地说："销售代表不能互换，那样对客人有影响。就你和梁诗洛两个经理互换。"

张凯觉得自己的心在往下沉，他说："要换不是不行，我还是要求销售代表要跟我过去。我组里的销售都是我一手带出来的，已经非常有默契了。"

孙建冬看看手表说："你先出去吧，我还有个电话会议。放心，我再研究研究数据，一定会有调整的。"

孙建冬在会上语调一直还算平和，不快的情绪实则已在他内心慢慢地蕴积起来，尤其张凯当众高调地发表那些个负面的议论令他颇为恼火。孙建冬的耐心并不好，依着他，像张凯这号关键时刻不帮老板分忧，光想着自己一亩三分地的家伙，不必对他客气。他真想修理修理张凯，但他也只能自己在心里想想，过过干瘾罢了，毕竟张凯是几个小区经理中盘子最大的，逼急了，他跳槽的话，孙建冬就傻眼了，匆忙间根本不知道谁能顶上来。

孙建冬开始认真地考虑接受杜拉拉的建议，一个是把那个谈话模板发给小区经理们，准备一对一地面谈；二是及早掌握TOP10员工的名单。同时，他计划请杜拉拉帮着一起分析分析，他下面的几个小区经理，谁的跳槽能力强，谁最有可能想跳。他想，HR应该会有一些工具，知道能利用哪些指标来分析一个人的职业状态，这总比单纯根据经验判断，会来得更全面周到一些。

18. 新老板需要的是表决心

第二天，孙建冬把调整后的四季度销售方案发给小区经理们，同时抄送给了江波以及中央市场部和销售效益部的相关同事，想了想，又加上了杜拉拉。

梁诗洛收到孙建冬的邮件后，满怀期望地点开附件，一瞧，自己这组居然又给加了三十万指标！她几乎怀疑自己看错了，再看一遍，还真是加了三十万！梁诗洛连忙查看别组的情况，发现同样遭遇的还有张凯。这太出人意料了，她那暗夜繁星般漆黑闪亮的眼睛慢慢暗了下来，令她失望的不仅是加指标本身，加就加吧，做销售的，谁没被加过指标呢，她更多的是因为自己和张凯受到了同等的对待。

梁诗洛闭上眼睛双手慢慢地搓揉着太阳穴,试图让自己从失望中平静下来。她把三条产品线逐一在脑子里过了一遍，大致分析了一下整个南区的情况，最后不得不承认，要是换了自己在孙建冬的位置上，也会这么做的——既然横竖都是要多接这三十万，不如索性接得大方点。梁诗洛打定主意，马上回了封邮件，干脆地表示“有孙老板的领导，一定会克服困难，带领全组同事完成全年指标”。

张凯白天在外面拜访客户，晚上回到公司打开“小黑”一看：费用一分钱没给他加，指标反倒往上长了三十万。他还没法发作，因为孙建冬给同产品组的梁诗洛也加了三十万指标。

张凯阴着脸看完数据，心里很郁闷，他拿不准孙建冬是在有意修理他，还是真的认为该给这条产品线加指标。不管怎样，他感到公司这么对他，太没有良心了！去年为了给大区减轻压力，他虽然说不上主动，也算很干脆地承担了本不应加在他头上的指标，那真是按孙建冬说的“看着市场潜力来做生意”。就算种庄稼，也要讲个保持地力休养生息吧，今年好歹该给他这个上一年的功臣稍微喘口气的机会——孙建冬倒好，不但不给钱，还往上加指标，让他怎么和组里的销售代表交代呢？

张凯感到一口气在胸口堵得慌，很想找个人说说。

拉拉正埋头干活，有人敲了敲门，她一抬头，见是张凯站在门边，“拉拉，有空吗？我想和你聊两句。”他有气无力地说。

拉拉见他苦着脸，连忙招呼他坐。

拉拉和张凯很熟，逗他说：“美男，谁欠你钱没还？”

张凯一屁股坐下，怀着满腹的愤愤不平，唠唠叨叨地把事情说了一遍，中间夹杂了许多抒情的部分，花了将近半小时才算暂时告一段落。

拉拉听完，心里也闹不清孙建冬对指标的调整是公事公办还是修理张凯，就算孙建冬真是在修理张凯，站在她的立场上也不好和张凯说什么。而她能确定的是，张凯的态度不太对。

拉拉沉吟了一下说：“那，张凯，生意上的事情我说不好，这次调整指标，你老板也抄送给我了，我还没有和他沟通过，单纯从数字上看，我猜他可能是认为你所在的这条产品线都应该加指标，所以你和梁诗洛各加了30万。”

张凯睁大眼睛想反驳，拉拉做了个打住的手势，启发道：“我们先把指标的事情放到一边——我问你张凯，要是你新接管一个区域，你希望手下怎么个态度？”

张凯愣了一下，嘟囔道：“那当然是希望他们积极正面点，好好干活啦。”

拉拉马上说：“那不得了！将心比心，新老板到任，做下属的就该表决心呀。表决心你不会吗？”

张凯不同意地摇摇头，他说：“拉拉你不知道，我们做销售的，决心不是那么好表的！我们的决心都得用数字实打实地表述的。我是再不干这光荣一天，狗熊364天的傻事儿了。我不认为我说错了什么，我说的全是大实话！”

拉拉说：“你说的话对不对，我没法判断。就算你说得有道理，你的指标的确高了，费用的确低了——可你第一次经理会就和新老板顶撞，也不明智呀，你这是想留给他什么样的第一印象呢？为什么不在会后私下和老板沟通呢？当着那么多小区经理的面，你就让他给你减指标加费用，他要是答应了你，别的人也有样学样他还怎么管？”

张凯反驳道："DB的企业文化不是推崇直接沟通吗？为什么有问题不能说？"

拉拉说："直接沟通不假，可也要分个场合吧？要是你的下属当众顶撞你，就你这脾气，我看你八成得发火。"

张凯不服道："只要他们是客观地反映问题，我从不发火。以前邱老板在的时候，我们有什么问题，都可以在经理会上摊开来说。我这个人向来一是一二是二，摇头摆尾的事我干不来！"

拉拉笑道："那你的意思是，要你老板倒过来讨好你？"

张凯梗着脖子道："我没这个意思。反正，我是个直接的人，我向来都是这么和邱老板沟通的。"

拉拉正色道："你过去在邱杰克手下做得挺好，他也了解你的个性，我看他是让你三分。可你有没有仗着自己的业绩好，就觉着自己说话可以比别人大声？"

张凯提高嗓门争辩道："我没有这样，我是就事论事。事实上，我一直都是这样的沟通方式，和邱老板从来都没有问题。"

拉拉不客气地说："现在你老板是孙建冬！不管你过去做得多好，那都只是你的过去，对新老板没有意义！而你现在的表现，才是你对于新老板的意义。未来的趋势比成功的过去更重要，这个道理不是明摆着吗？"

拉拉这话又狠又准，张凯被她扎到痛处一下对不上说辞，拉拉看他一眼，继续说："而且，张凯，你想过没有，俗话说，有本事的人脾气大，你我都是做经理的，我们都会容忍业绩好的手下有时候和我们叫板，因为他业绩好能力强，我们不愿意和他闹翻——可我们那是没有办法，在我们的心里，都不会喜欢这样的下属。真有提升机会的时候，你会愿意升他吗？"

张凯闻言愣了，过去没人和他说过这个，他也没有想过。他克制了一下自己，放低声音道："好吧，拉拉，你觉得我还有哪里不对？"

拉拉老实不客气地说："比如你想向老板要钱，不会好好地正面表述自己的愿望吗，干吗跟个怨妇似的抱怨？拉东扯西的，谁会爱听？闹到最后，活你也干了，人也让你给得罪了。你觉得是不是这么回事儿呢？"

张凯不服道："孙经理光看销售费用，我才解释的。市场资源今年太偏向梁诗洛了，她把中央市场部的人笼络得确实好，把我那一份儿都吃了。我自己要不到市场资源所以才更需要孙老板出面协调嘛,什么都得小区经理自己搞定，那要大区经理干吗？”

拉拉听他最后那一句，不由笑道：“我靠，反了你了。”

张凯理直气壮地说：“本来就是！”

拉拉不紧不慢地说：“你说得很对。不过，就你这个境界，等着一辈子做小区经理吧。你自己不愿意去争取资源,还管那叫‘摇头摆尾’,却让大区经理去说情，对大区经理，你又不说这活儿是‘摇头摆尾’了，美其名曰‘协调’——我还有活没干完呢，反正你也听不进我的话，我不和你多说了。”

张凯连忙说：“哎哎，对不起对不起，你说的我都记下了，肯定听。拉拉你再说说，我还有哪里不对？”

拉拉说：“这可是你自己叫我说的——诗洛你没什么好怪她的，谁都会为自己争取利益，你要是能多要到钱，难道不要吗？！所以，你要做的，不是怪她争了你那一份食，而是想想她高明的地方在哪里，你也可以像她那样去影响中央市场部嘛。”

张凯摇头道：“以前约翰常当市场部总监的时候，从王伟到邱杰克，就都不买市场部的账。朝市场部那帮人点头哈腰，我做不出来。”

拉拉不以为然道：“那你就别抱怨了呀！再说，我也不信中央市场部是仅仅靠你点头哈腰就肯给钱的。难道他们不是更看你承诺会有多少产出来决定投入多少吗？”

张凯不服道：“不是我抱怨呀，拉拉！你说大区经理在这样的情况下，难道不该出面协调吗？再说了，孙经理在市场部待了三年，他和市场部的人说得上话嘛。”

拉拉反问道：“你请求你老板出面协调了吗？”

张凯委屈地说：“我怎么请求？！他都说得明明白白的了，鼓励我们自己多和市场部沟通，还说谁能要到资源，是谁的本事——他这不是把自己往外摘得干干净净了吗，都我们自己搞定，没他什么事了。”

拉拉听张凯又数落孙建冬的不是，拿手点着张凯说：“你要是还这么个态度对老板，有你苦头吃了。我算和你白讲了这大半天。”

拉拉一提醒，张凯也对自己的惯性行为暗自好笑："行行，我会改的。保证不让你对我失望。"

拉拉说："这就对了，你这么聪明的人，这么个弯儿有什么转不过来的。"

张凯叹气，走火入魔似的重申自己的中心思想："拉拉，现在南区整体业绩落后，我能明白老板的难处，绝对不会有力不使，但是我真的需要多给点儿资源，你有什么好办法教我两招？"

拉拉说："我有什么好招，你自己做销售的，想要资源倒找我这个不懂销售的人支招。"

张凯说："那不一样，你看问题的角度不同，也许能有好办法。拉拉我跟你说，我只要有钱投入，就能向客人要生意了。我跟老板做了详细分析，钱投到哪里都说得清清楚楚的，他就是不松口，不知道是不放心我对客户的潜能分析，还是舍不得投入。"

拉拉想了想说："要不这么着，我跟你说个典故，话说有个男人赶着二十头猪去赶集，途中遇到大雨，他便去一农家求宿。一个农妇出来说，家中只有她一人，不便留他。男人恳求道：'只住一晚，给猪一头。'农妇答应了，但声明家中只有一张床，没有床可以给这个男人睡。男人又恳求道：'让我也睡到床上吧，给猪一头。'农妇想想答应了。半夜，男人要求睡到农妇上面去，农妇不允，男人保证说：'我上来后不动，给猪一头。'农妇想想还是答应了。少顷，男人忍不住了，和农妇商量说：'就动一下。'农妇坚决不允。男人说：'动一下给猪二头。'农妇终于答应后，男人动了八下就不动了，农妇连忙问：'怎么不动了'，男人说：'猪没了。'农妇小声说：'我给你猪。'天亮后，男人吹着口哨，愉快地赶着二十头猪上路了——这个故事说明两点：第一，客户需求是可被引导和培养的，或者说被制造的；第二，为了引导和培养客户需求，前期的适当投入是合理和必须的。"

张凯不笑，严肃地说："你这笑话虽然能讲明白道理，但是有点低级俗气，不登大雅之堂。"

拉拉扫兴了，不爽道："胡说，这是哈佛的经典营销案例，如何不登大雅之堂?!"

张凯不信道："是不是真的？确实不够严肃呀。"

拉拉逗他道："你付我足够高的稿费，我今晚回家给你编一够高雅够严肃的笑话。"

张凯认真地追问说："那你这笑话的题目叫啥？"

拉拉忍着笑道："就叫'我给你猪'吧！"

张凯说："行，明天一早我就给老板说一遍'我给你猪'。"

拉拉正色道："张凯，我不好对你老板提这些事儿，要不他该多心了，以为我们背后议论他什么，对你反而不好。"

张凯心领神会道："我明白，你不方便说什么，就是说了也帮不上我。说实在的，拉拉，我是实在没人讲，和销售部的人讲不合适，只有和你们 HR 讲讲了，麻烦你帮我保密。指标我就不提了，费用的事儿我自己会去和老板再尝试沟通一次，行就行，不行就拉倒。放心，我会积极正面地沟通的，保证不再抱怨，也不顶撞，而且是单独沟通。"

张凯走后，拉拉思索着，现在小区经理压力这么大，确实孙建冬该帮助下属排除工作中的障碍才对，怎么和孙建冬说好呢？如果是陈丰，拉拉会直说。陈丰哪怕当时不高兴，也不会妨碍两人的关系，而且过后他一般都能客观地思考一下拉拉的说法。孙建冬就摸不着底了，前两天拉拉向他建议采用统一的模板进行一对一单独谈话，他明明很赞同的样子，可今天听张凯一说，实际上，过后他根本没有采纳自己的建议。

拉拉想，要多花点心思观察一下孙建冬。

19. 想做经理的人 1——标准

午饭的时候，陈丰告诉拉拉，田野提出辞职。

拉拉吃了一惊，忙咽下口中的忌廉汤，问道："为什么？"

陈丰用平静的口吻解释说："TM 给她大区经理做。"

拉拉不能理解田野的选择："TM 连称作二流公司都勉强，它的大区经理又不值钱，田野去那里干什么？"

陈丰分析说："她没有说出来，我估计有一部分原因是我们这里压力比较大。"

拉拉不以为然道："销售都是有大小年的，就算 TM 今年压力轻一点，明年也许压力又大了，到哪里都会遇到困难，总不能遇到难处就逃避吧，田野该明白这个道理。再说，当初她不是你拍板招进 DB 来的吗，这两年我看你一直很器重栽培她，她留在 DB 肯定比去 TM 当那个大区经理有前途。你挽留她了吗？"

陈丰的眼中闪过一丝失落，他淡淡地说："已经谈过两次了，没用。田野的性格你是知道的，她决定了的事情，谁说都没用，现在的女人心比男人狠。"

拉拉放下手中的汤匙，同情地看着陈丰说："啊哦～～～～被抛弃的人受伤了。"

陈丰笑道："我早已经习惯了，不要哪天你也弃我而去。"

拉拉忽然想起什么，问陈丰："你是因为要谈田野的事，才不叫孙建冬一起吃饭的吗？"

陈丰澄清道："那倒不是，田野的事在办公室谈也一样。我只是觉得和孙建冬不太熟，一起吃饭还得没话找话讲，别扭。"

拉拉不信："骗人！做销售的还在乎和不熟悉的人同桌吃饭？"

陈丰正色道："请客户吃饭那是工作行为。和你一起吃饭，是放松，很个人的行为。"

拉拉说："行啦，不知道你到底是为了啥。总之，我以后不再把你俩往一张饭桌上拉就是了。"

陈丰笑笑，未予评价。

拉拉想了想，问陈丰："那，接替田野的人，你怎么考虑的？想从外部招，还是内部升一个起来？"

陈丰说："这个想和你商量商量，我的想法是内外都看看，多比较比较。田野的区域很重要，我还是想挑一个强一点的。"

拉拉点头说："就按你的意思办，HR 马上发布内部招聘启事，看看都有谁来报名。然后我们一起把你下面表现出色的代表全都过一遍吧，看看你心目中有哪些可能的人选。要不,咱们现在就商量一个内部经理候选人的筛选标准吧？"

陈丰随口说："好，你先说，我补充。"

不料拉拉冲着他抗议起来："为啥要我先说？你最狡猾了，每次我们一起做面试，完了你都要我先说。"

陈丰说："我那是尊重你。因为你聪明，我想多听听你的意见。"

拉拉不信："得了吧，是因为我傻，对吧？"

陈丰笑道："把我说得那么狡猾，我是那样的人吗？好好，以后我先说。这次还是你先来吧。"

拉拉冲陈丰晃着头，笑道："江山易改，本性难移呀！"

拉拉想了想，列举了几条：

——过往业绩好，证明他有做生意的能力；

——影响力好，善于沟通，对人际敏感，有一定的辅导他人的能力，人家愿意听他的，这样才有带好团队的能力；

——悟性高，学习能力强；

——承受压力的能力，新经理上任头半年，压力都会很大的；

——目前已经是高级销售代表；

——加入 DB 至少满一年，以便观察持续表现；

——认可 DB 的价值观。

陈丰补了几条：

——善于建立客户关系，有深厚的客户基础；

——对销售结果敏感，攻击力强，有不断挑战更高业绩目标的强烈愿望；

——目前在负责重点区域的人，这样他有做大区域的经验，有和大客户打交道的能力，也有和市场部配合的经验；

——对数据敏感，逻辑判断好，才能有较好的区域业务规划的能力，才能准确判断目标和产出、管理指标和费用；

——了解行业动态，有较好的专业知识，其中包括对公司各项政策的熟知和遵从。

拉拉认真听陈丰讲完，总结说："你的关注点基本都集中在做生意的能力上。"

陈丰点头说："那是肯定的，销售经理做不好生意，别的方面再强都没用。"

拉拉说："行，回头我整理一下用邮件发给你，咱们先拿出几条硬指标，连续两年业绩达到'优秀'，已经是高级销售代表，在DB服务了至少一年，目前是负责重点区域的——这四条直接先淘汰一轮。其中，关于高代和一年服务年限的要求可以直接写在内部招聘启事里，不符合条件的就不用报名了。"

陈丰提醒道："过往业绩这一条，不能太绝对——影响业绩的因素很多，有的人业绩不错，能力却一般，可能是给他的指标定得偏低，也可能是前手打的基础好，他接手这样的市场合算了，或者是竞争对手出问题了，对手失误造成我方得分。而有的人看着业绩一般，实则能力和态度都不错，只是因为某些超出他能力范围的客观因素导致业绩不够漂亮。"

拉拉点点头说："有的时候，一个人负责的工作结果很好，其实主要不是他的功劳，这也是有的。要不，咱们把对业绩的要求降低为过往两年均为'良好或以上'怎么样？这样弹性就大多了。"

陈丰觉得这个修改比较合适。

最后拉拉说："你心目中有目标人选吗？"

陈丰沉吟道："应该能有那么两个，我再考虑考虑。"

拉拉说："行。我今天会给猎头打个电话，让他们也开始找人。你还有啥特别的要求吗？"

陈丰说："特别强调个结果导向，应聘者最好有两年以上的管理经验。"

20. 想做经理的人 2——上交矛盾的成本

内部招聘启事一登出来，很多人都跃跃欲试。过了一周的报名期，拉拉一统计，有五个人报名。

正巧陈丰过来找她，她把这些人的简历打印出来摊在桌子上说："你看看，有五个，都是高级销售代表，年资和业绩也都符合要求。"

A 卢秋白，本科，老资格销售代表，在 DB 服务 16 年。41 岁。

B 王沛瑶，本科，老资格销售代表。孕妇。

C 艾艾，大专学历，老资格销售代表，加入 DB 两年。

D 姚杨，硕士，上年度南区 TOP SALES(南区金牌销售)。

E 李坤，硕士，上年度全国 TOP SALES（全国金牌销售），获公司奖励夏威夷旅游。

除了 A 是四字头的，其余四人的年龄均为三十出头，行业年资也都够。陈丰拧着眉头把 B 简历挑出来，和拉拉说："不知道这个王沛瑶是怎么想的，先不说你到底潜力怎么样，你都大肚子了，让我这时候升你做经理，你有这个精力吗？过一阵子你再休上四个月的产假，那我怎么办？我自己兼职做小区经理不成？再说了，你都三十有四了，好不容易怀上，孰轻孰重怎么分不清？这人判断力有问题，脑子不清醒。就冲这一条，根本不是块当经理的料。"

拉拉笑道："她可能有点像我们平时说的容易搞不清楚状况的那一类人，李斯特以前教过我，判断力好是高潜力人才的头一条标准，他很重视一个人的判断力，如果判断不对，那出发点就错了，没有正确的方向，再努力也是白费劲。就说你们做销售的吧，所有优秀的销售人员，他判断潜在目标客户的能力肯定都是好的。"

陈丰饶有兴致地问道："你们老李怎么跟你解释判断力的？怎么样才算判断力好？"

拉拉回忆道："他说了几条，——能先于他人识别机会和风险，并采取行动把握先机和防范风险（快）。

"——在复杂困难的情况下，能快速抓住问题的关键（准）。

"——正确解读他人的动机和欲望，对方要的是什么，在乎的是什么，你都得有个正确的判断。

"当时记得特别牢的是李斯特和我说到一点，如果事先没有正确的预见风险并及时防范，一旦失误不是不能补救，但补救的成本往往会大于预防的成本，为此，老李是很重视经验的，他喜欢用经验好的人，因为有经验的人，往往判断更准确，知道机会在什么地方，可能会遇到什么样的风险。"

陈丰笑眯眯地看着拉拉侃侃而谈，他提了一个问题："高潜力人才的这些特征是天生的，还是可以后天培养的？”

拉拉感到遇到知音了，高兴地说：“真是英雄所见略同！你说的这一点我也特别感兴趣。你就勉为其难做我的蓝颜知己吧。”

陈丰哈哈笑道：“那我就勉为其难接受重任吧。我看我还得好好努力，不然哪天你不让我当蓝颜知己了我都不知道是为啥。”

拉拉也笑：“照老李的说法，领袖人物多半是天生的，也就是说，这些特征里，一多半是与生俱来的特质，比如永不满足现状，敢于尝试和冒险，善于与不同风格的人打交道，对周围的人、事感觉敏锐，但是也有部分可以后天培养，比如自信和野心，比如丰富的经验。”

陈丰说：“拉拉，咱俩探讨一下，在做销售的人群中，经常会有一些进攻性（AGGRESSIVE）很强的人，销售做得很好，驱动业绩的能力非常强，但是人际关系不好，在团队中的影响力不行。这样的人，晋升的愿望往往还特别强烈，你提他，担心他会把下面的人全炒了，或者他不炒人家人家自己跑了；你不提他，他还特别想不通。你怎么看这类人的潜力。”

拉拉想了想说：“你这说的是那种优点和缺点都很明显的人。面面俱到很难，但是高潜力的人应该不要严重偏科，就是说这些潜力特征中，他不要哪一方面有致命的缺陷，都得过得去，这是个度的问题。”

拉拉看了看面前的应聘者资料，自我批评道：“跑题了，怪我吹牛吹久了。”

陈丰笑道：“不是呀，我觉得对潜力标准的澄清，有助判断这几个应聘者到底谁是真正有潜力的人。”

拉拉点点头：“言归正传，王沛瑶的经理王海涛在她的申请表上签字同意了。你恐怕得和王海涛谈谈。这不是瞎送人过来吗？”

陈丰也不满意王海涛这样胡乱把关，让助理马上找王海涛到拉拉办公室来。

王海涛进来后，陈丰招呼他坐下，然后点着桌面上的简历，单刀直入地问他：“海涛，你觉得王沛瑶够不够条件竞聘小区经理？”

王海涛这才明白找他啥事，他支支吾吾地说：“其实是不够的，但怎么说呢？按咱们招聘启事上的条件，人家有权利报名呀！她是高级销售代表，这两年业绩都在良好以上，我拿什么理由挡她呢？我总不能说你怀孕了，这个时候报名不合适吧？回头她扣我一大帽子，说我歧视孕妇，我不麻烦大了？”

陈丰对王海涛的滑头大为不满，他不客气地说："所以你就把矛盾上交，让我来头痛是吧？"

王海涛赶紧解释说："哎，我哪里敢给领导们添堵！我就是想，让她过一过评估中心，到时候再告诉她结果不行，这事儿就算顺顺利利地结束了。评估中心我也让她来过了，是她自己争不过别人，就不好怪我了。"

拉拉这时候插话道："海涛，你这话就不对了。要照你说，如果有二十个人报名，咱们就真送二十个人去过评估中心？不然这些人就会怨恨我们，觉得是我们害得他失去了升职的机会？"

王海涛辩解道："我不是这意思，拉拉，她这不是孕妇嘛。"

陈丰问他说："海涛，假如她没有怀孕，换了你是大区经理，你肯要她做你的小区经理吗？"

王海涛不好意思地摇了摇头。

陈丰说："不肯，对吧？我们都知道，问题的关键在于，她根本就没有达到经理岗位的要求。"

拉拉也说："DB 的评估中心是由四位总监或者高级经理组成的，只应用在经理级别以上的岗位招聘，对每个应聘者的评估时间理论上都要在一个小时甚至以上，四位总监的一个小时，加上广州上海的来回机票，海涛你算算成本是多少？这么昂贵的测试，咱们不能仅仅为了照顾应聘者的情绪，就送她去过评估中心呀。"

王海涛愣了一下说："我还真没想过成本问题。"

拉拉启发说："海涛，过评估中心是很严肃的事情。要是真送了这样明显不合适的应聘者去参评，你想，总监们肯定得生气，回头再一看，签字批准的经理是你，总监们可就记住了，'商业客户部南区的王海涛，这小伙子不专业'。退一步说，就算你因为不批王沛瑶过评估中心而得罪了她，那你认为是得罪一个糊涂的下属成本高，还是得罪四个清醒的总监成本高？海涛你用选择法算一算。"

王海涛呆呆地看着拉拉，好半天才说："那，一个职位空缺，咱们一般送几个人去过评估中心？"

拉拉说："这倒不一定。要是只有一个合适的，就只送一个。最好是能有两到三个给老板们挑一挑。话说回来，如果五个人报名，而且他们都很强，我们实在是难分高下，那就都送去好了，可这基本是不可能的，否则也就不会有‘人才难得’这样的说法了——海涛我跟你说，甭管送几个，这不是名额的事儿，不合适的，就坚决不送。”

王海涛点点头说：“不好意思，这事怪我。两位一点拨，我就明白了。我来处理吧。”

拉拉不放心地交代了一句：“你耐心点和她好好谈，毕竟人家是孕妇，不容易。”

王海涛拍胸脯说：“放心，我会从她与经理任职能力的差距来谈的。”

正说着，陈丰的助理说有个紧急电话把陈丰叫走了，王海涛感慨道：“拉拉，谢谢你今天和我说成本问题，我一下就明白过来了。我知道有人说我滑头，怎么说呢，其实我不是滑头，我有时候会对跟下属谈他的问题感到为难，人都喜欢听好话，谁挨了批评都不高兴。要是有件事儿他做得不好你让我指出来，这没问题；要是一个人缺乏自知之明，或者有点笨，你让我去说，我挺不好开口的，那不是伤人吗。我一般不正面炒人，有问题的人，我多半采用冷处理的办法，慢慢地让他顶不住压力主动提出辞职。陈丰知道的，让我炒一个人，我自己比那个被炒的还痛苦。”

拉拉理解地点点头说：“所以你不需要说她缺乏自知之明，就和她谈岗位要求，多讲事实，讲‘STAR’，这样最客观。我最近看过一篇案例，大意是有位主管不好意思指出下属的问题，只好一直憋在心里。最后他不得不让人家走人的时候，员工很惊讶，问他到底为什么。主管只得说出忍了很久的问题，结果员工根本不领情，她愤怒地说，‘我在这里工作了十三年，为什么从来没有人告诉过我问题在哪里！直到今天你让我离开’——所以，经理真对员工好，就该明确指出员工的问题，并指导他改进，千万不要回避问题。这样，即使有一天你不得不让对方离开，也能避免他的惊讶和过分的愤怒。说回咱们这个CASE，‘高代级别’和‘业绩良好’只是应聘经理的两个基本条件，并不是充分条件，陈丰的大区里够得上这两条的少说也有二十几号人，但我们都知道，真正够实力来拼一拼的也就那么两三个人。我想，王沛瑶之所以报名竞聘经理，不是因为想捣蛋，明知道自己不够格还偏要来，她是没搞明白公司对经理的要求，以为自己够格，才怀着希望报名的。在发现员工缺乏清醒认知的时候，经理应帮助员工准确定位，了解自己和岗位要求的差距。”

王海涛认真地点点头说：“你这一说，我就特别明白了。我可能下次遇到同样的情况，还是会为难，但起码我已经知道正确的处理原则是怎样的，我再不会把麻烦推到陈丰这里来——拉拉，哪天你方便，我请你吃饭致谢。”

拉拉不好意思了：“海涛你别客气，我就记忆力好一点，擅长背诵。”

等陈丰回来，王海涛问过他没有别的事情后就出去了。

陈丰看着拉拉笑道：“行呀，三言两语就把人家说得目瞪口呆。”

拉拉晃了晃脑袋说：“什么呀，那不叫目瞪口呆，叫心服口服。销售经理对数据都很敏感，你和他一算成本，他特别容易明白过来。我用的是启发式，把这事和他的个人前程联系起来。下回，他再不会这样把麻烦都推给你了。”

陈丰笑道：“看，马上又把这事和我的个人利益结合起来了。我请你吃饭。”

拉拉也笑，说：“不吃，你老拿这样的发票给 TONY 林报销，回头他该和曲络绎说了，你们杜拉拉是不是特缺营养呀？怎么老是蹭销售部的饭吃。”

21. 想做经理的人 3——四十岁的激情和能力

两人拿出 A 简历，卢秋白，四十一岁，在 DB 服务了十六年。

拉拉眨了眨眼睛道：“他可真能待，有没有搞错，十六年？两个抗战都结束了！”

陈丰看着简历推测说：“估计是大学毕业不久就加入 DB 了，老员工。”

拉拉感慨说：“真是最美好的年华都献给了 DB。”

陈丰介绍说：“他的业绩还好，都能完成任务。人也不错，不计较，肯吃亏，人缘好。”

拉拉马上追问结论道：“怎么样，那你要不要吧？”

陈丰把手中的资料放到桌上说：“我哪里敢要？”

拉拉点点头说：“卢秋白这人我了解得不深，平时见面打个招呼而已，可我就猜到你不会要他。”

陈丰好奇地说：“哦，为什么呢？”

拉拉分析说：“他要能行，还用挨到四十一岁吗？他又不是缺机会，十六年里，该有多少次销售经理的机会从他面前流过？最保守的估计也不少于五十次。按说，四十岁该当总监，做高管了，起码也得奔着二线经理去了——要不是这样，就该准备贡献余热了。”

陈丰觉得拉拉说得绝对了点：“你这有没有点年龄歧视呀？”

拉拉解释说：“哎，四十岁本身不是个问题，它只是一个协助我们判断的指标。这可不是我的个人观点，是无数先辈的经验之谈呀。专家的意见，对于到了四十岁还停留在中层干部级别的，要警惕了，要么可能是他能力有限，要么可能是他已经缺乏工作动力，开始混日子了。选拔干部，应该谨慎面对这一类型的应聘者。”

陈丰感慨道：“你变了。”

拉拉对他突然转换谈话方向愣了一下说：“有这么严重吗？”

陈丰点点头说：“我看有。成熟了不少。”

拉拉摸不清他话背后的意思：“我说陈丰，你这是好话还是坏话呀，我怎么听了很有压力呀。”

陈丰笑着说：“那你自己去判断吧。”

拉拉说：“你这就 LEADERSHIP 有问题了！”

陈丰不解地说：“哦？为什么我这就 LEADERSHIP 有问题了呢？”

拉拉说：“一个卓越的领导者应该拥有他人的信任。而要做到这一点，领导者必须展示让他人认为值得信任的言行，其中之一，就是拥有清晰明确的立场和态度！换言之，含含糊糊让周围的人搞不明白他的观点，让人家去猜他的意思，这不是卓越领导者的行为。比如曹操，门太宽就门太宽吧，在门上写个什么‘活’呢？直接写‘阔’不得了？想撤退就撤退，何必说什么‘鸡肋’呢？杀杨修也杀得不直爽。诸如此类，所以他再厉害也只是个枭雄，不算明主。这‘明主’中的‘明’字，便是今天所谓的‘卓越’的意思。”

陈丰听了拉拉这一番话，不由眨巴了几下眼睛，如果说开始他还有开玩笑的成分，这下他可真是有感而发了：“好吧，算你批评得对。我的意思，就是你比以前成熟了——这是好还是不好，其实我还没搞明白。”

拉拉说：“英文中，MATURE（成熟）绝对是个褒义词。”

陈丰反驳说：“现代中文里，成熟是个中性词。比如我们说这是一个成熟的市场，说明市场规范，也说明可能没有太多的利润增长空间了，你说是好还是不好？再比如有时候人家说某某女性‘成熟’，是不是也有说她‘老’的意思？或者说她‘胖’的意思呢？”

拉拉反应很快，马上说：“那你说我‘成熟’，是说我‘老’了还是说我‘胖’了？”

陈丰有点狼狈地说：“这里不适用。”

拉拉又把马跑回来了，她说：“反正，我觉得你不会用卢秋白做经理的。要么是嫌他能力不够，要么是嫌人家缺乏激情、不会积极努力工作了，跑不出这两条吧？”

陈丰老实点头道：“凭经验，确实是担心这两点，但具体还需要再验证一下，看看实际是不是这么回事。”

拉拉建议说：“陈丰，我们把他的增长率拉出来看看吧？”

陈丰赞许说：“这个主意不错。”一面在系统里拉出相关数据查看。

拉拉在旁边催问道：“怎么样？”

陈丰给拉拉解释道：“增长率不怎么样。他的心态摆明了是能完成任务就行，明明市场有潜力，却一点都不肯多做。看来，果然没有什么工作激情了，就是国有单位说的不积极努力的人呐。”

拉拉不解地说：“真不明白那他干吗还来申请经理职位？像他这样，销售代表做了多年，能很轻松地完成本职工作，收入不错，生活质量也高，多好呀！干吗非当经理?！他要真当上了这个经理，那是他的不幸，他不会称职的，要不了多久，就得被你干掉。到时候连销售代表都没得做了。”

陈丰笑道：“不是每个人都像你脑子那么好用的。其实在国外，很多SALES（销售）都能HAPPY地做到退休为止；但是在国内，也许是GDP增长快、机会多，整个市场都比较浮躁，不少人认为一定要当经理。经理毕竟是十之一二，哪儿来那么多经理职位？估计他这也是受了别人的影响，想来搏一搏吧。”

拉拉说："要不，咱俩先给他做个简单的面试，让他准备一个区域业务计划，说明他要是当上了这个经理，将怎样来完成今年的指标？再介绍一下他准备怎样摆放区域里的这些销售代表？ 20分钟的幻灯片就足够看出问题了。"

陈丰摇摇头说："我对卢秋白还是有一定了解的，他讲不出什么好思路。不用浪费时间了。这点判断咱们还是有的。"

拉拉说："这样，到时候咱们就能给他指出问题在哪里，差距有多大，他就会HAPPY地给你做SALES啦。他做销售代表不是还过得去嘛。"

陈丰想了想，说："卢秋白是田野的代表，我看看田野能否说服他直接放弃报名，要是说不通，再来做这次面试。"

拉拉说："田野如果能说服他，那就再好不过了。"

22. 想做经理的人4——性格极端是最坏的情况

下一个也是老资格的销售代表，行业资历八年，在DB服务了两年多。

面试过的人太多，HR并不见得都能记住谁是谁，特别是销售代表这个人群，人多，流动又快，拉拉往往见到人大概知道他是哪一组的，但要想把人和名字对上号却不容易，就是陈丰，也不敢保证能清楚地叫出自己大区每一个销售代表的名字。但拉拉对这人的名字倒是有印象，她眨巴着眼睛回忆说："这个是不是当初面试她的时候，说话有点冲的那个？眼睛大大的皮肤白白的个子比较高？我记得她挺能说，但是逻辑不够好，回答问题有点答非所问，越绕越远，得把她拉回来才行。"

陈丰笑道："就是她。看来人长得漂亮还是有用处，你记得很牢。"

拉拉说："她的名字比较特别，艾艾。我记得当时我们有点担心，觉得她思路不够清晰，尤其比较自我。但是南生满意她，说她能搞定客户，经验也很丰富，后来我们还是同意南生招她了。现在她表现怎么样？"

陈丰介绍说："人际关系有问题，听说最近和她的主管施南生也处得有点磕磕碰碰的。"

拉拉不太满意地说："她大专毕业这么些年了，一般人处在这种背景下，想在大公司发展的，都会去夜大拿个本科文凭的，她怎么不做这个努力？我有点担心她是不是学习能力不行？陈丰，你是知道的，我向来主张，升经理，最好要求是本科生，本科和大专，在学习能力、逻辑思维上，还是有区别的，这是无数先烈印证过的事实了。"

陈丰笑道："你这是教育出身的偏见呀。大专生也有逻辑比本科生强的，人家可能只是当年高考一时失手。"

拉拉说："我就是说个概率，你那是小概率事件。高考失手是过去，既然现在想发展，为什么不去充电呢？总监以上级别不说了，就从大区经理和市场经理级别来看吧，全国二十来号人，你找不出一个大专文凭的。没人去看着文凭决定提拔与否，只是等把这些发展较好的人放在一起一分析，就发现教育确实是个指标，和人的智慧相辅相成。"

陈丰认为拉拉的要求太高，就劝说道："你说的是中高层的情况，小区经理是典型的基层干部，战斗在第一线的，教育方面的要求可以低一些。能升到大区经理的小区经理，比例也就十之一二。"

拉拉同意道："这倒是。那你觉得她合适不合适？"

陈丰斩钉截铁地说："这人不行，是非多，喜欢抱怨，经常散布负面言论。她和王海涛的那个销售代表还不太一样，那个只是判断力有问题，这个呢，是性格不太好——我原本就想着要不要把她换到小一点的区域呢，没想到南生还把她报来竞选经理。"陈丰心里估计施南生也和王海涛一样为了往外推不好处理的人，心里就对施南生不太高兴，只是嘴上没有说出来。

拉拉嘻嘻笑道："这下麻烦了，怎么和当事人沟通落选的原因，说她爱生是非？"

陈丰思索着说："除了性格问题以外，她的逻辑思维、学习能力确实是大问题——可以让她上机做个 IQ 测试就看出问题大小了，恐怕 10 分都考不到，四十分钟下来，我估计她就晕得找不到北了。但是有个技术问题，EQ 和 IQ 我们好像是规定不和当事人沟通的是吧？"

拉拉说："这个没问题。她一考下来，分数就有了，我可以马上问她，是不是压力太大答题时慌张了，要不要重考一次？我估计，她可能连重考一次的勇气都没有，那就等于主动弃权了，我见过这样的。”

陈丰说：“那就这么定了。”

拉拉说：“这主意不错，反正所有打算送到上海去过评估中心的应聘者，都得先在广州测了IQ和EQ再说，免得浪费机票钱。不然爱生是非的毛病，你和她沟通起来就费力了，团队合作呀，大局观呀，价值观呀，得好大功夫才能讲完。”

陈丰摇摇头说：“没办法。把施南生也叫来教训教训吧，什么人都往我这儿送。我成收容所了。”

拉拉好奇地问道：“这个销售代表招进来也两年了，实际情况看，有啥长处？做生意的能力还行是吧？”

陈丰说：“这大半年的生意只能说过得去。长处嘛，她酒量特别好，搞客户关系还行，还有就是比较卖力，责任心比较强。现在好的销售代表很难找，行业发展太快，到处都缺人才，暂时将就着用吧。反正，我看施南生还能镇得住她。但是最好不要再用她做大区域了，一来她的增长很一般，而且性格方面有一定风险，从长远看，还是换到中小区域比较合适。”

施南生人未到声先到，笑吟吟地走了进来。

陈丰刚问了句：“南生，你批这份申请的理由是什么？”

施南生就说：“艾艾的性格我最清楚了，我认为她肯定不行。可她和我说，别组的人报名人家经理都批了，再说了，即使不行，她来试一试，也能知道自己的差距在哪里，以便今后努力——她都这么说了，我就没好意思挡下来。看来，您二位都认为她不行，我会和她沟通的。这事是我没有处理好，我已经认识到了。下次我对这种事情就有经验了，保证处理好，不给老板添麻烦。”

她这一通说辞，噼里啪啦夹七带八连检讨带保证，能说的全叫她一口气给说完了。饶是陈丰智商奇高，也一下说不出话来怔怔地看着她，她就主动征求意见说：“老板，拉拉，你们还有要交代的吗？”

拉拉看了看陈丰，陈丰这才说：“南生，你说她肯定不行，是哪些地方不行？”

施南生干脆地说：“团队合作不好，喜欢搬弄是非，所以人缘不太好；而且她比较情绪化，有时候不分场合说些抱怨公司的话，影响新人的士气；另外，就是她的逻辑不太好，对投资重点的选择有点问题，但是又比较固执，不够谦虚，经常是你好好和她说，她还不听，非按她自己那套来，等到结果不行了，她又反过来抱怨资源不够。”

拉拉听了，觉得施南生对艾艾的问题诊断得还是比较准的。这时候陈丰继续问施南生：“针对你说的这几个问题，你是如何辅导她的，有什么改进的行动计划？”

施南生愣了一下，感到陈丰很认真地在按公司的标准流程追问自己。她有点压力了，不由自主地把身子坐得直了点，收敛起脸上的笑容道：“我加强了和她设定目标，要求她严格按照我们定下的投资计划来执行。至于性格问题，改起来比较困难，我主要是采用及时辅导的策略，每次她一发表负面言论，我就当场指出，加深她的记忆，免得事后她不认账。基本就这样。”

陈丰沉吟道：“你有没有考虑过给她换一个小一点的区域？”

施南生一听就明白老板的心思了，她谨慎地说：“艾艾的性格不太理想，好走极端，我想尽量不刺激她，慢慢引导她。艾艾这人，就是歪嘴的骡子当驴卖——全都坏在那张嘴上！干活她还是很卖力的，和客户也从不敢使小性子。”

陈丰说：“你自己刚才也说了，性格问题很难改。我是担心有朝一日矛盾总爆发，会影响客户。你自己好好考虑考虑吧。我也不是非要你马上就给她换区域。”

施南生呆呆地看着陈丰，不知说什么好。

拉拉问她：“南生，你是觉得艾艾能改，想给她机会，还是担心她不能接受调换小一点的区域跟你闹？”

施南生犹豫着说：“都有一点吧。”

陈丰觉得这件事一时讨论不出个定论，他挥挥手说：“没别的事了。”

施南生笑吟吟地进来的，愁眉苦脸地出去了。

陈丰和拉拉说：“刚才听施南生一说，我发现艾艾的问题比我知道的还要严重一点——你有没有发现，施南生好像不太敢动她的区域？估计就是怕她闹。最头痛的就是碰到这种性格有缺陷的，不好处理。”

拉拉很赞同，有一次她和陈丰一起面试一位应聘者，那人一进来，两人就觉着他眼神不对，问了他两个问题，回答思路都显得十分怪异，而且有仇富倾向，好像周围的人都亏欠他什么。两人谨慎地挑了几个大众化的很好回答的问题抛给他，无论那人的回答是什么，他们都给予充分的肯定，整个过程持续了二十分钟，然后让陈丰的助理客客气气地把人送出公司大门。

那人一走，拉拉就嚷嚷起来："这人太危险了！千万别刺激这样的人！你看那眼神！还仇富！"

陈丰也长吁了一口气道："我刚才都怕他当场有什么毛病要发作了。"

拉拉说："可不是嘛，他进来的第一分钟，我就看出他肯定不行了，就是怕刺激他，才有意小心翼翼地问了他二十分钟，让他说一说爽一爽。这是哪个小区经理推荐给我们的呀？"

陈丰让助理把几个小区经理都叫进来，问大家："刚才这人是谁推荐的？"

王海涛认了。

陈丰有点生气地说他："你什么眼神呀？这号明显是偏执狂的你也敢往里招？"

王海涛嘟囔道："我也没办法，是客户介绍的，不推给你们见一见，我怕在客户那里交不了差。再说，我早上和他谈的时候，这人怪是怪一点，但好像也没在你们面前表现得那么严重。"

陈丰声音不大，但脸色很严肃地批评道："海涛，这还不严重，那你说要怎样才算严重？我告诫过你们，哪怕你招来的是个笨蛋呢，最坏的情况就是招来个性格极端的。"

王海涛有些尴尬，一脸的不自在，施南生赶紧凑上来帮他解围道："啊呀，老板，拉拉，给你们见的人，都是我们已经筛过一遍的了，好不好不敢说，起码都还算正常。我们初选的时候，啥怪模怪样的都有。我昨天下午见的一个，也是客户推荐的，这人一进来就先要给我朗诵一首抒情诗，我和他解释说，'先生，您可能比较少到外企来面试，我们这儿不兴朗诵诗的。'他又掏出一瓶矿泉水给我看说，'施经理，今天我口很渴，但是为了这次面试我一直忍着不去喝它。'我还紧着给他解释说，'茶水间里有矿泉水有咖啡，喝的东西管够。'他不接我的茬，猛地掏出一把大头钉说，'施经理！你看！这是什么？'声音那个大呀，吓了我一跳，我还以为他要拿大头钉扎我呢！结果还好，他说，'你看，这瓶水是满满的，我现在把这把大头钉都扔进瓶里。'然后他就真这么干了。

大头钉浮在水面上，水面高出了瓶口一些，但是水并不流出来。他激动地对我说，‘施经理，你知道这说明了什么？’我说，‘说明啥呀？不就是表面张力的一个物理试验嘛。’他说，‘这说明了，我就像这个瓶子，只要你们肯给我机会，我能承载超出你们想象的东西！’要不是我给挡下了，他今天就该来给老板和拉拉表演魔术了。”

田野也说：“我昨天看的一个也很暴躁，面试完，我正准备送他出去呢，他忽然让我把他的简历还给他，我很惊讶，但还是准备照他的意思做。这人这时候怒气冲冲地说，‘因为我不想在我走后你们把我的简历当草稿纸！’我很平和地解释说，‘我们公司很尊重每一位应聘者的隐私，所有不合用的个人资料都会用碎纸机碎掉的，绝对不会用来当草稿纸。’他一听又要把简历还给我，我哪里敢留呀！只好说我们已经有他的联络方式，简历他可以带回去了。”

结果变成了几个小区经理的现场诉苦会，倒显得陈丰和拉拉有点身在福中不知福了。

拉拉今天一提，陈丰也想起了那天的诉苦会，两人一起笑了起来。末了，陈丰说：“南生的这个代表虽然没有极端得那么严重，但是性格还是有缺陷，对销售这个职业而言，还是要慎用的。”

拉拉赞同地点点头道：“你放心吧，我看南生刚才出去时的那个表情，她会重视这件事情的。”

陈丰显得不太放心道：“到时候还是要帮着她一起处理这个事。我不太放心。”

拉拉宽慰他说：“艾艾在行业做了八年了，应该知道人过留名雁过留声的道理——哪怕你不在DB干了，客户总是这些人，你换家公司，还是要和这些客户打交道，除非你不想在这个行业混了。相信她不会乱来的。其实换个小区域对她也有好处，不用那么辛苦，收入也不见得少。”

陈丰说：“就是看她年资也不短了，我还稍微放心点。南生有点大大咧咧的。唉！真是操碎了心呀，我儿子都说我又添了白头发。”

拉拉笑道：“你这样显得更时尚，这效果叫挑染，人家是要花钱才能有你这效果的。”

23. 想做经理的人 5——在影响力和驱动力之间选择

拉拉催促说："赶紧的，大个萝卜在后面，这俩都是星光灿烂的 TOP SALES，你的目标人选来了。"

陈丰脸上不觉浮出一丝笑容道："两人的业务能力和客户口碑都不错，三十出头的年纪是最好用的时候，姚杨的行业年资将近六年，李坤七年。哦，对了，他们的教育出身会令你满意的，都是名校毕业的硕士生。"

拉拉纠正说："什么呀，人是给你用的，我满意不算，重要的是你满意。"

陈丰笑道："你满意也很重要，你不满意的话，我就不放心。"

拉拉看看手中的简历道："陈丰，要不你先说一说对这两人的评价？"

陈丰比较道："姚杨影响力不错，她在小组里的威望比较高，亲和力跟号召力比李坤胜一筹；弱点嘛，不够 OPEN，比如我们观察不到她把自己的经验形成系统的书面信息，以便现成地推广运用的行为，这恰恰是李坤优于她的地方。"

拉拉笑吟吟地望着陈丰道："这儿没有外人，咱们也别拘泥于 STAR（指具体事例）不 STAR 了，是不是觉得她做事情的时候会保留一手？"

陈丰斟酌着说："怎么说呢，比如你给她定好指标，她会给你完成，但是假如今年大区有别的组出了问题，需要她那组多做贡献的话，我担心她不会有李坤那么卖力，藏一点实力也难说。这是我犹豫的地方。"

拉拉澄清道："那是有点问题——你觉得她这方面严重的程度如何？"

陈丰想了想说："不算很明显吧，我只是隐约有这样的感觉。你的感觉呢？"

拉拉说："你前面说到她没有把经验形成书面系统的东西，供他人现成地推广运用，这一点我记得以前田野曾给过具体事例，比如她带新人就不如李坤有系统有计划，从结果看，李坤手上还是带出过那么几个不错的新人，姚杨的战绩就一般了。我观察过，姚杨的理论水平和逻辑思维都不在李坤之下，她没有像李坤那样去做，有两种可能：一是她想不到要这样做；二是她想到了，但意愿不高——田野曾在小组鼓励资深代表这样做，所以我分析姚杨意愿不高的可能性居大。”

陈丰点点头：“我建议让姚杨过评估中心，我们可以在评估过程中再着重观察一下担心的地方。”

拉拉同意道：“人无完人，姚杨毕竟是南区的TOP SALES，总体素质还是不错的。我也赞成送她过评估中心。”

关于李坤，陈丰说：“李坤驱动力非常好，结果导向的意识很强。他的弱点是不够大气，有时过于固执，会在细节上纠缠不清，抓重点的能力不如姚杨，在小组里的威望也比姚杨逊一筹。”

拉拉道：“这有点奇怪，论说李坤把自己的经验都毫无保留地拿出来和大家分享了，为什么反而他的威望不如姚杨呢？难道大家不心怀感激吗？”

陈丰笑道：“就是我刚才说的，他不够大气，有时候会过于纠缠细节，没有姚杨会做人吧。人呢，不是都那么理智的，很多时候，你明明帮了一个人，但是只要你去责怪限制他某些不那么妥当的地方，他就会不高兴了，而把你对他的帮助抛到脑后。同理，有的人其实没干什么，只是嘴甜，也招大家欢迎。”

拉拉道：“嗯，有道理，李坤还是得注意一点技巧，免得吃力不讨好。李坤其实特别敬业，属于‘全身心奉献’的类型。我每次看到他步履匆匆的样子，就感觉他不像一个人，而像一头勤勤恳恳的牛！说实在的，当年我在上海做装修，也就那样了。——我估计，送评估中心的话，这两人都能过关。就看你的决定了。”

陈丰想了想说：“销售经理，完成指标的能力和意愿还是第一位的。”

拉拉笑道：“听你的意思，似乎有点偏向李坤嘛。你还是喜欢要一个肯下死力给你卖命干的吧。”

陈丰不肯承认：“我有那么势利吗？”

拉拉认真地说：“这怎么叫势利呢？这叫专业——驱动绩效的能力确实是销售类岗位的头一条要求。可话说回来，现在我们不是招销售代表，是招销售经理，他自己一个人做指标的能力强还不够，他还得影响力好，让全组的人都服他，愿意跟着他一起把指标做出来。”

陈丰挠挠头道：“是呀，所以得在这两个人的两种能力中做一个取舍平衡，这个度不好把握。这一定得慎重，不论上哪一个，对另一个都是个不小的打击，到时候还得好好安慰。”

拉拉见他深感头痛的样子，笑道：“干脆没得好挑，你也就踏实了，现在这两个都不错，你反而痛苦——不知道选哪一个好了。”

陈丰的心里稍稍偏向李坤，其中一个原因他没有说出来：姚杨三十二岁了，还没有生孩子，他担心她就这一两年要怀孕了。

陈丰想了想，问道：“猎头那里进展怎么样？”

拉拉说：“下周初给我们答复。我认为我们这两个内部人选都不错，外面找来的经理，主要优势是有现成的管理经验，别的未必强过他们。”

陈丰表态说：“可能会在姚杨和李坤当中二选一。我们等看过外部人选再做最后的决定吧，如果外部的人选真的强，我也会毫不犹豫选外部的。拉拉，要是非让你挑一个，你会挑哪一个？”

拉拉狡黠地笑道：“我会抛硬币决定。”

陈丰沉吟道：“看来，我得好自为之了。”

拉拉顺嘴就来了句：“无论你做出怎样的决定，我都支持你。”话一出口，拉拉自己也笑起来——这个堪称经典的官僚句式，它的真实含义是“我将不提供任何支持”，大约以前听李斯特讲多了，曾几何时，一个不留神，它这么轻松自然地从自己的口中溜了出来，莫非这就是所谓的耳濡目染、潜移默化？

陈丰悻悻地说：“你果然是成熟了。”

拉拉赶紧赔不是：“对不起对不起。”

24. 想做经理的人 6——愤怒的猎头

猎头公司那一头和拉拉接洽的顾问叫 AMANDA，是一个漂亮能干的女子。不过五日，她推给了拉拉三个人选。

拉拉面试之后，三个都不肯要。她和 AMAMDA 一沟通，AMANDA 马上说：“为什么？”言语之中透着不高兴。

拉拉把 AMANDA 那份带着质问意思的不痛快听得明明白白，但她假装没听出来，斯斯文文地解释说："你看这第一位，她休产假一口气休了五个月，我实话实说，放眼望去，我们 DB 没有哪个销售经理会放心地一口气休五个月产假的，都是四个月就回来上班了，有的人甚至刚满月就回来了，公司让她休足四个月，她自己放心不下销售非要回来上班——我问过这位应聘者，孩子是顺产，大人和孩子的情况都正常。我觉得，至少说明她并不担心，在五个月这么长的时间里，自己负责的区域情况怎么样了？我如果是为一个工作悠闲、收入不高的岗位招人，她没问题；但是现在我们这个职位需要的是一个非常敬业、全情工作的人。"

AMANDA 申辩说："她毕竟过往有出色的销售业绩呀，而且既然她已经生了孩子，以后不会有休产假的情况了，这是很保险的，甚至是一个优势。"

拉拉说："你这说得不错，她不会再要求产假了，但是她休完产假后，我们可以看到，之后的半年多里，她几乎没怎么正经做工作，她的工作职责是什么都说不清楚，她的解释是由于她不同意当时老板的销售策略，上下级之间没法合作，所以处在一种半休息状态——这样的状态我们也有不少经验，通常是发生在一些有问题的员工身上，而且往往问题不在能力，在工作态度，只是因为她处在哺乳期内，受国家法律保护，公司虽然对她意见很大，也只好先养着她，让她不干活白拿工资，等孩子满一周岁，哺乳期结束了，公司就不和这个员工续约了——这个人你可以去做一下背景调查看是不是这类情况。从简历上看，正是孩子满周岁后，她离开原公司，跳槽改行做市场了，也就是说，到现在，她已经两年没有做直接的销售工作了，我们姑且不论她哺乳期满后离开原公司的原因到底是不是态度方面有问题。"

AMANDA 听了拉拉的分析有些心虚，因为她心里有数，事实正如拉拉推测，当时这位确实由于态度问题，原公司无奈地养她到哺乳期满后，和她结束了劳动合同。猎头 AMANDA 很清楚，HR 的逻辑是，既然这人在原雇主那里曾经态度有问题，就难保她今后在现雇主这儿还会犯老毛病。

但 AMANDA 生性顽强，不是轻易善罢甘休的主，她继续解释说："我们了解过，她确实是因为职业发展的考虑，想转行做市场才跳槽的。"

拉拉笑道："应聘者也是这么和我解释的，不过，她既然当初想转做市场，现在为什么又走回头路呢？这个职业发展的规划是有问题的，对于一个经理来说，应该能想明白这些。主要是我也实在不好把一个两年没有在做销售的人推荐给销售部呀。”

AMANDA 只得悻悻地就下一个人选开始和拉拉讨价还价：“那林菱呢？他真的很专业，我认为他是典型的欧美派经理人。”

拉拉认可说：“对的，AMANDA，我和林菱一谈，就能感觉到你说的这点，非常专业，典型的欧美企业培养出来的职业经理人。我之所以不推荐他的原因是因为他的业绩没有完成，才百分之八十几的完成率。”

AMANDA 马上打断拉拉说：“他们公司 70% 的完成率就能拿奖金了。”

拉拉说：“我知道，我们公司也是这样的，但是正如我之前和你沟通过的，我们要找优秀的销售经理，最起码的一条，他的业绩一定要出色。这是没得商量的。”

AMANDA 压着不快说：“拉拉呀，他负责的产品本身出了点问题，这是客观原因，他们全国负责这条产品线的各组都不能完成任务。”

拉拉耐心地解释说：“这个我知道的。我问过他的业绩排名，在南区同产品组中，他的业绩排名是第三——既然大家都不能完成任务，我们就不谈绝对值，看相对排名好了，‘南区第三’不够令人满意，如果他是全国第三，我就会推荐他。事实上，我和他谈的过程中，确实感到他在结果导向上，是需要加强的。”

AMANDA 忍着拉拉的挑剔，背水一战地把宝压在最后一个应聘者身上了：“拉拉，那么常戎该是不错的。他有两年的销售经理经验，带一个八人的团队，业绩不错，而且我感到他的结果导向很强。他是为了在 DB 这样最一流的公司发展才考虑跳槽的。”

拉拉说：“对的，常戎业绩不错，结果导向很强，带的团队规模也和我们 DB 的情况相当。在他过往的工作经历中，档次最高的公司是 SK，和我们公司的行业地位相当，所以我先问了问三年前他在 SK 的业绩表现，但是他完全记不得当时的情况了，并且说他很奇怪 HR 居然会问发生了这么久的事情。我解释说我不要求确切的数字，只要求大致的概念。他仍然说不上来。在他的回答中，充满了‘我的业绩不错、很好’这样的文字，但是没有数字，到底是怎么个不错法呢？你是第一、第二还是第三？你们组里多少人？你是八个人中的第三，还是五个人中的第三？你不给我数字，我怎么衡量你有多么的‘不错’呢？他现在的公司也算比较大的公司，我询问他接受过招聘培训吗，他明白我的意思，马上回答说，接受过‘目标选才’的招聘培训，他们在面试中也是要拿STAR的（指具体事例，要有数字时间地点这样明确的可衡量的概念，而不是模糊的文字描述），这说明他知道该怎么回答问题才算符合要求，但他没有按常规回答。”

AMANDA坚持说：“但他现在的业绩确实不错，我在资料中给了你具体数字的。”

拉拉分析说：“他说不出三年前的数字，有一种可能，也许是数字能力欠缺，也有可能简历有作假成分，因为我不仅要求数字，我还要求他说出当时具体负责的区域等，这总不会不记得吧？但他在回答问题的时候，似乎压力很大，有恼羞成怒的表现，这很奇怪。所以我怀疑三年前那段时间他到底在哪里工作，那段经历有点不落实。”

AMANDA再次打断拉拉说：“这是可以去做背景调查的呀。”

拉拉解释说：“我之所以不要求背景调查，马上推翻他，是因为他的沟通技巧挺成问题，一般人在面试的时候都知道在HR面前要客气点，而且我问到他简历中数量级最高的公司的经历是很正常的，退一步说，即使他觉得我的问题奇怪，EQ高一点，就不会对HR说‘很奇怪HR居然会问发生了这么久的事情’，这是很不礼貌的。我不在乎他怎么和我说话，但是他能这么和我说话，说明他在平常也能这么和其他人沟通，他的EQ不能令我满意。”

AMANDA其实在面试中也发现常戎的沟通技巧很生硬，但这是她手上最后一张牌了，她唯有坚持到底：“常戎会不会是在面试中有压力一时表现失常？”

拉拉不相信以AMANDA的水平会判断不出常戎的沟通技巧不行，秃子头上的虱子——明摆着的事儿都要狡辩，未免PUSH得太过了（此处指AMANDA给拉拉施加压力），这猎头当得够强势，到底是谁在赚谁的钱？还像提供服务的吗？拉拉心里有点不痛快，有些事情拉拉本来想给AMANDA留点面子的，但既然她这么较劲儿，拉拉索性都说了出来：“AMANDA呀，我实话实说吧，常戎当年在SK的经理是我的旧同事，我昨天打电话找他问过了，常戎三年前已经不在 SK 了，所以他在回答业绩和负责的区域的时候都支支吾吾，我估计他这期间可能短暂地在一家不怎么样的公司过渡了一年，他不愿意说出来罢了。你是很清楚的，隐瞒或编造过往的工作经历，大公司是绝对不会接受的。还有，我了解到，因为沟通技巧生硬，他和现在的下属关系比较紧张。根据我面试中的观察，他的 EQ 肯定是达不到要求的，沟通技巧很重要，我们无法在这点上妥协。”

AMANDA 听拉拉这一番说话，情知这一批送过来的三个应聘者全军覆没了，接到任务后就紧张地忙碌了一周的她很有挫折感，不服，又不能对客户发脾气，只得拉长了声音斯斯文文地说：“拉拉，我有点 CONFUSE（困惑），在我看来，前两位都很专业，是地道的欧美公司培养出来的人，业绩弱一点的你不要，脱离销售岗位两年的你也不要，第三位，一直在做销售而且业绩也不错的，又不满意他的沟通技巧和 EQ——说实在的拉拉，你们要找的是大公司中的优秀经理，但如果人家现在已经是大公司中的优秀经理了，跳过来也是平跳，又没有升职，那他们为什么要跳呢？你可不可以教我一个 CONVINCE（说服）优秀应聘者跳到 DB 的理由？”

拉拉明白，AMANDA 嘴上说自己“困惑”，要“请教”说服优秀应聘者跳槽的理由，实际上是在将拉拉一军：“你们有什么资格要求那么多？”

猎头的性格各异，AMANDA 这么锐利的性格对于做服务其实不妥，但是她的业务能力还是不错的，好过一些狗屁不通的家伙，拉拉虽然被她顶得心中不快，还是装没事人一样解释说：“DB 在行业中的地位是不容置疑的，产品线也很丰富，如果他想进最一流的公司，那 DB 就是；他想做最优秀的产品，那我们的品牌就是。这两点，业内的应聘者都很清楚。还有一点，DB 在华扩张的战略很明确，未来的两三年里，随着销售队伍的不断扩大，我们在各个一线城市，会陆续有新的大区经理职位出现，这是业内其他公司难以比拟的——一个优秀的小区经理，在其他公司，也许等了八年十年还轮不到一个大区经理的空缺，而一个优秀的职业经理人，最辉煌的职业周期就是三十岁到四十岁的黄金十年，过了这个阶段，经验再好，体力也跟不上趟了，激情也熬得差不多了。除非是总监级别以上的岗位，谁愿意升一个已经四十岁的小区经理呢？他能等上几个八年、十年？这点，有头脑的，你和他一说，他就明白。”

愤怒的猎头AMANDA，本来憋着一肚子恶气差点没气爆肚皮，结果拉拉这一说，她一想，是呀，那些优秀的野心勃勃的小区经理还真是会在乎这个。最后她答应说："行，再给五天时间，重新搜索一遍。"

25. 想做经理的人 7——跳槽动机

AMANDA果然很快又给了拉拉两个人选，都是从DB最强大的竞争对手那里弄来的。

第一个人叫麦克，他在目前的公司任职六年，有三年的销售经理经验。拉拉和麦克简单聊了几句，就感觉到他的思路很清晰，在目前的公司也发展得很顺利，当了三年销售代表就升起来做经理，在行业中算是升职升得相当快的了。当拉拉发问时，麦克倾听的身体语言非常专业老练，给拉拉留下了深刻的印象。

拉拉提问的第一部分是关于业绩。

拉拉问道："麦克，你今年的累计完成率怎么样？"

麦克说："超过100%了。"

拉拉说："你对四季度的销售预计是怎样的？"

麦克说："完全没问题，预计全年销售将会达成110%，增长率也有35%，公司的平均增长要求是30%，所以我自己对这个数字是满意的。"

拉拉说："你的盘子在南区的排名是怎样的？"

麦克自信地告诉她："全国排名，我是第二。"

简洁明快的几个问答下来，拉拉觉得业绩问明白了，便开始就人员管理的部分发问。

拉拉问道："你现在要带几个人？"

麦克说："十个。"

拉拉笑道："比较多。理论上，满负荷是八个。带十个带得过来吗？"

麦克承认道："是很累。不过还能应付吧。"

拉拉问道："你今年的人员流失率是多少？在这十个人中，在现公司服务超过两年的有几人，他们负责的区域是怎样的？”

麦克说：“今年流失了两个人，四季度应该不会再有什么变化了。我的团队中，超过两年服务期的员工有三人，他们都能独当一面，是我的核心队员，负责最重要的区域。这三个人还承担了协助我带新人的任务，我现在有三个比较新的，正好他们一人带一个。剩下四个在公司服务期是1～2年之间，但是行业年资都有2～4年了，算是成熟的代表。去年我的团队出了一个全国TOP SALES，今年也升了两个高级销售代表。”

拉拉接着问道：“那么，假如你离开，你会推荐谁来接你的班呢？”

麦克说：“三个标杆队员中，有一个跟了我快4年了，随时可以上位的。另外两个，在半年到一年的时间里，也都能准备好上位。”

拉拉听了他的介绍，感到他的团队的状态还比较正常，老中青职业阶梯呈现出一个较合理的结构，有已经培养好的接班人，而20%的流失率，就行业的销售人员而言，算是中等偏好的水准了。

拉拉感到麦克的团队带得OK，便转而考察他与上级的匹配类型。

拉拉换了一个方向问道：“麦克，你现在的老板，做你的主管多长时间了？”

麦克说：“他是从别的区调来的，我们合作一年多了。”

拉拉问道：“你能描述一下，他管理风格上有什么特点吗？”

麦克说：“他非常强调结果导向，对执行力要求很高；很重视销售市场策略，他的逻辑非常强；还有，就是他是个比较干脆的人，授权能力很强。”

拉拉追问道：“那你喜欢这样的风格吗？”

麦克坦率地说：“喜欢。我其实很介意老板是否能给我一个自由发挥的空间，也希望老板是个爽快人。管得太细或者黏黏糊糊的老板，会让我感到郁闷。”

拉拉点点头说：“可以理解——那么，你的老板认为你需要发展的是哪些方面？”

麦克说：“他建议我有机会读一读MBA，加强战略思考（THINKS STRATEGICALLY）的能力。”

拉拉说：“你同意他的看法吗？”

麦克点点头道：“我觉得他说得很对。战略思维正是我期望自己加强的方面。”

拉拉笑道："听起来，你和你的老板还是很默契的。"

麦克赞同道："是呀，在我过往所有的老板中，他是我最喜欢的一个。"

随后，拉拉又问了麦克目前的收入情况和职业发展规划，她望着笔记本上记录下来的麦克的工资，那是个很不错的数字，拉拉心里不由生了疑惑。拉拉略一思索，决定正面考察对方的跳槽动机。拉拉微笑地看着麦克说："麦克，能告诉我为什么会对DB的职位感兴趣吗？"

麦克老练地侃侃而谈道："呃，是这样的，DB是行业里数一数二的老资格王牌公司，拥有最专业强大的销售队伍和完美的产品线。此外，最吸引我的地方是，DB有一个雄心勃勃的在华发展计划，我相信，这意味着今后几年中，DB将提供行业里最多的职业发展机会，这是我目前的公司无法相比的。"

麦克的回答太标准了，而且很熟练，以至于拉拉简直都怀疑是不是AMANDA和他先演练过了。拉拉点点头说："我明白了。但是，麦克，我还是有一点疑虑，坦率说，经过我们今天的沟通，我认为你是一个比较成熟的经理，你能完成指标，没有业绩上的压力，你带的团队的下属状态正常，你和主管之间的上下级合作堪称默契，你的收入在行业中算是偏高的，而且你升职也升得很快，这一切，都说明你的公司器重你；而DB现在提供的职位对你来说，并没有一个提升，是平跳，顶多就是加点工资，这构不成吸引力。虽然你前面也说了DB的好处，谢谢你对DB的看好，但是，每一次跳槽都是有风险的，你需要重新建立人脉，有一个适应不同公司文化的过程，恕我直言，你在目前的公司，是比较COMFORTABLE（舒服）的，你在目前的公司服务了六年，已经积累了很深厚的人脉，从我们HR的角度看，你属于稳定型的员工了——我看不出你有跳槽的理由。"

拉拉一口气说完，微笑着看着麦克，等他回答。麦克犹豫了一下才说："拉拉，谢谢你的提醒。你是位非常专业而负责的HR。我确实也会慎重考虑我的跳槽。在做出最后决定之前，我会再多方做一些了解。"

拉拉说："是的，对您个人而言，跳槽是很大的事情，您一定要慎重考虑。对于我们而言，我们需要一个真正满意这个职位的人——您在工作中也时常需要招人，一定了解，工作动机是招聘者很关注的。"

麦克也笑了说："我会认真考虑您的建议的。"

拉拉和 AMANDA 通了一个电话，告诉她面试的情况和自己的担心。AMANDA 有点不太服气，她认为麦克的能力不错，自己是按拉拉的要求去找人的，至于跳槽动机，自己并没有去刻意说服麦克，是他自愿来面试的。

拉拉问她："那么麦克好端端的为什么要跳？他的工资已经很高了，我怎么给他加也多加不了一两千元，像他这样成熟的职业经理人，不会为了那么点钱跳的。"

AMANDA 理直气壮地说："因为他现在负责的产品线过两年可能会出售。他要为未来做打算。"

拉拉感到 AMANDA 虽然很努力但还是嫩了点，就耐心地解释说："AMANDA，这一条他也和我提了一下，但是通过今天的面试，我得说，麦克是一个潜力不错的经理，根据我的经验，各大公司都会想办法保留这样的人才，你看他的公司给他的待遇很高，升他也升得很快，说明他们重视他。一旦他真要提出辞职，他们必然会正面和他沟通，提出比如给他换产品线等让他安心的解决方案。那样，就算他过了评估中心，甚至签了我们的 OFFER，到最后一刻也很可能说变卦就变卦，闹得我们竹篮打水一场空。"

早在一开初，拉拉就和 AMANDA 明说了，会内部外部一起看，外部的人选一定要比内部的强才会考虑外部的。这给了 AMANDA 很大的压力。有的猎头公司听说这样的条件往往就不愿意接这个活了，或者不肯卖力去做。但是 AMANDA 不同，她未满三十，野心勃勃，不肯放过任何一个机会。

AMANDA 是一个漂亮的姑娘，天性强势，只不过做了猎头这一行，为了收取昂贵的顾问费，而生生地在客户代表杜拉拉面前把棱角收藏起来，她表面上做出一副 NICE（和蔼）的模样，心中却早已经数遍问候了杜拉拉的先人：TNND，你非让我找能力强的，我掘地三尺，把整个广州都翻了个底朝天，来回折腾了三遍，好不容易找了个能力强的来，你又说这样的人他的老东家会拼命挽留、跳槽动机不足，可上周不也是你自己说越是优秀的小区经理越可能为了以后能做大区经理愿意跳到 DB 来吗——你这是要我玩呀?!

当下，AMANDA 一着急就不管不顾地反驳说："这个是我们不确定的。拉拉，麦克这样的人在市场上很不容易找到的，我们费了很多的心思。我建议还是让他试一试。”

拉拉很理解猎头的心情，但是她认为自己对麦克不具备跳槽动机的判断没有错。最后，拉拉说：“根据我们公司评估中心的要求，应聘者需要准备一套30分钟的幻灯片，内容包括两部分，请应聘者陈述自己是如何制定区域业务计划的，以及他带团队的理念。你通知麦克准备PPT，约个时间，讲给我们大区经理陈丰听一次。”

第二天下午，AMANDA很有挫折感地告诉拉拉，麦克说他不来了。AMANDA愤愤地说：“他这人可真不职业。既然不想跳，又何必浪费我们大家的时间呢？”

拉拉说：“应该也不是有意的，估计他就是担心未来有变，所以出来面试，做两手打算。他的老板也不是傻瓜，肯定看出他的想法了，没准就是昨天刚给他吃了定心丸了——他这样的情况，只要原公司诚意挽留，他是不会跳的。他在那里都待了六年了，对销售类员工而言，这是很稳定的类型了。”

AMANDA这次有点心服口服了，感到跟拉拉还是学到了一些新东西，她细心地记录下拉拉的观点并向拉拉道谢。

AMANDA想了想，还是不好意思地问拉拉：“我感觉，麦克今天通知我放弃，和你昨天要求他准备那个幻灯片似乎有着一定的因果关系，不知道对不对？”

拉拉笑了：“是有点关系。我就试他一试。”

AMANDA好奇地问：“不就是准备个幻灯片吗？为啥就能试出他来呢？”

拉拉说：“面试其实是很辛苦很麻烦的，特别是经理这样重要岗位的面试，绝对是对体力和脑力的双重考验。如果单纯是大家面谈一下，麦克也无所谓，但是要他准备幻灯片，那他就得动脑筋准备数据和资料了，还得花心思安排结构，不费上一两天，他写不好那个东西。这一来，他如果心不诚，就会嫌麻烦了。我昨天其实已经估计到，一旦你告诉他要准备PPT，他很快就会给你一个明确态度的。”

拉拉还有一句话没有说出来，“要不是这样，AMANDA你也不服气呀。”AMANDA是聪明人，点到即可，无须多说。

最后，拉拉告诉AMANDA，她已经和另外一位候选人罗宾初步谈了一次，决定明天就推给大区经理陈丰面试。

26. 想做经理的人 8——该做的事和容易做的事

罗宾是高个儿小伙子，三十二三的年纪，长着一副聪明相。在和陈丰的面谈之前，拉拉先安排他上机测试了 IQ 和 EQ，结果两项分数都比较高，尤其是 EQ 得分更高。拉拉得意洋洋地把罗宾的成绩放到陈丰的桌面上，陈丰伸长脖子一看说："哇，强，我喜欢！"

拉拉笑眯眯地说："八年行业资历，其中两年大公司销售经理的经验。主要长得也帅。"

陈丰笑道："长得帅好呀，客户喜欢，下属也有动力。"

陈丰和拉拉一起在会客室听罗宾演讲了他准备的 PPT。他的 PPT 思路清晰，内容专业，两人都比较满意。最后，陈丰问了罗宾一个问题："你负责广州的业务这么多年了，一定有很深厚的客户基础。能否说出几个相关领域的大客户，你和他们的关系能达到铁杆死党那么牢固，有任何好事，他会首先想到你，当你有事请他帮忙，他肯全力以赴的？"

罗宾稍一思索，很快就一口气列出了好几个名字。陈丰很认真地听他说，一边不时地点头，然后笑着对罗宾说："这几位都是权威人物，我们 DB 也和这几位关系很好。"

面试结束后，拉拉把罗宾送走，转回头问陈丰："前面我看都很好，就是最后一个问题，他的回答你到底满意不满意？你并不只是单纯想了解他的客户基础吧？"

陈丰双眼望着前方一边思索着一边慢慢回答拉拉道："怎么说呢，他列举的确实都是重要的大客户，数量级很高的人物。但是，也暴露了一个问题，在他负责的领域里，还有几位更重要的大客户他只字不提；他提到的，都是大客户中相对比较容易搞定的人——做生意，真正攻击力强的，一定要搞定那些最重要的大客户，因为他们是重中之重，要做该做的事，而不是做容易的事；而罗宾的选择呢，无一例外是找其中最容易的环节下手，却回避了最重要而难搞定的人物，这是攻击力不够的一个明显标志。当然，他很聪明，会想办法弥补这个不足，所以也能完成任务。”

拉拉这才对陈丰最后那个问题的用意恍然大悟。她问道：“那么这一点上，姚杨和李坤哪个强一点呢？”

陈丰说：“他俩都知道要盯住大个萝卜来做，风格不太一样，姚杨的办法比较聪明轻松，李坤就是诚诚恳恳靠长期的努力取得客户认可，他有长跑的耐力。”

拉拉点点头说：“销售做得好的有两个典型类型，要么是特别聪明，特别讨人喜欢；要么是长了一张诚实的脸，办事儿踏实可靠，让人特别信得过——这两人一人占了一个类型。”

现在，内部和外部的人选都筛过一遍了，拉拉问陈丰：“我们该做一个决定了，你想送谁去过评估中心呢？”

陈丰说：“我马上安排人去找罗宾提到的那几位客户做个背景调查，看看客户对他的反馈。总的说来，这小伙子还是不错的，比李坤和姚杨要有经验，常见的管理思路、正确的理念他都有，典型的欧美企业培养出来的人。我就是对他的攻击力有点顾虑。这样吧，我今天下班前答复你。”

客户的反馈很快就回来了，对罗宾的评价都很正面。

当天，姚杨和李坤也都接受了EQ和IQ的测试。结果是，姚杨EQ奇高，而李坤的IQ几乎满分，这在以前还从未碰到过，拉拉和陈丰对此都很惊讶，两人商量了半天，决定这三人全部送上海去过评估中心。

拉拉心中还有她的小算盘，她对孙建冬的经理团队并不放心，担心一开年就会有人要离开，如果现在发现合适的人选不妨先储备着，到时候也不至于手忙脚乱。

上海评估中心的结果很快出来了，结果是三个都PASS（过关），陈丰的老板TONY林倾向于姚杨，但是他让陈丰自己做决定。

拉拉走进陈丰的办公室，赫然看到桌面上放着一枚亮闪闪的硬币，她笑开了花：“陈丰，不是吧，你真抛硬币了呀？”

陈丰赶紧把硬币收到一边说：“哪里有，我刚才收拾发票掉出来这个硬币。”

拉拉笑眯眯地说："嗯，三个都不错，你反而不知道选谁好了。"

陈丰为难地说："唉，各有所长呀，要是他们三个结合起来就好了。"

拉拉建议说："要不，用排除法吧。咱们分别列出这三个人的优点和缺点，然后你根据团队的需要，看看哪个优点对你最重要，就加1分，哪个弱点对你来说是最不希望看到的，就减1分，最后看谁的得分最高。"

陈丰不肯，他觉得自己应该不需要这样做，他反过来问拉拉："你一定有你的倾向，怎么不肯说出来呢？"

拉拉老老实实地说："这个小区经理对你很重要，我也有点拿不准主意，怕看走眼害了你。"

陈丰嗔怪道："招人总有招错的时候，我什么时候怪你害过我了？你现在不说，才是不肯帮我。"

拉拉想了想，说："要不还是用最原始的办法，我们俩分别把各自看好的人的名字写在一张小纸条上，然后同时亮给对方看，要是一致，就不要再犹豫了。"

陈丰说："好！"

两人分别写下自己看好的人，同时亮出来一看，还真是同一个人：李坤！

这下陈丰感到心里踏实了很多，他高兴地说："就是他了！"

拉拉却有些发愁，怎么去和AMANDA交涉呢？思来想去，还是和AMANDA的老板埃里克沟通吧，拉拉在电话里先对埃里克说了几句客气话，认可AMANDA的努力，最后如实告诉埃里克，罗宾是可以接受的人选，关键在于这次有比他更合适的人。

埃里克知道这事勉强不得，索性好人做到底，体谅地说："没关系，我们非常理解DB的选择。"

拉拉诚恳地说："从明年的战略看，DB南区增加小区经理职位的可能性很大，事实上，再过两个月就能确切地知道这一点，我们保持联系。"

埃里克爽快地说："好！那到时候请您多多关照。"

AMANDA听到埃里克转告的消息，非常失望。

埃里克很了解AMANDA的性格，当拉拉没有找AMANDA而是直接找了他本人沟通结果，埃里克就估计到可能是强大的AMANDA给了拉拉不少压力，他启发AMANDA说，这个圈子很小，你转来转去都要碰到这些做HR的，特别是500强的这些招聘经理——就算眼前这一单不成，也要多为以后着想，适当的给客户点压力是对的，但不要把关系彻底搞僵了。

AMANDA沉着个脸不讲话。

埃利克想了想问她："AMANDA，你知道什么是'成事不说'吗？"

AMANDA忽闪着大眼睛摇摇头。埃里克说："孔子在《论语》中说到，'成事不说，遂事不谏，既往不咎'，就是对于已经无法挽救的事情就不要再去啰唆了，过去已经过去，就别责难了，你再多说，除了伤感情也于事无补，杜拉拉绝对不会因为你的责难而改变主意录用你推给她的人。还不如大方点表示体谅，让对方内疚，这样，你这次吃的亏，她多半会想着下次给你一个弥补。如果你一味地责怪，不但不能挽回这次的损失，反而很可能会让杜拉拉恼火，她干脆连下一次的机会都不给你了。"

AMANDA听了埃里克的教导，就主动打电话给拉拉说了些体谅的话，拉拉果然暗下决定，下回有空缺，还让AMANDA做。

27. 什么叫 READY FOR NEXT LEVEL

定了李坤为经理人选后，田野提出休假，陈丰虽然心中不太高兴，还是准了假，他让李坤提前接活，并在南区做了公告。当日，李坤恭恭敬敬地敲开了拉拉的门，表示特来"感谢杜经理提携"，说的时候既高兴又多少有些不好意思。

拉拉看在眼里，笑道："要谢就谢你自己，再有，谢你的大区经理陈丰吧。"

李坤赔笑道："陈老板我要谢，杜经理您我也得好好谢一谢。我能有今天的发展，和您二位的指点是分不开的。"

见李坤很拘谨的样子，拉拉诚恳地说："李坤你不用这么客气，不需要用'您'，这么多年大家都叫我拉拉，你这一改成杜经理，反而见外了。依我说，还是拉拉吧。"

李坤不好意思地点头说好。

拉拉又说："李坤，要说你能有今天的发展，和陈丰的指点分不开还算客观，还有你过去的小区经理田野，她为你的成长付出了很多。至于说到我，那我实在是不敢当——但是今后，如果你遇到困难，认为我能帮得上的，就尽管来找我吧。一个新经理，总是会遇到很多困难，刚升起来的头三到六个月，是压力最大的。"

李坤说："我也正想问问，拉拉你看我需要注意些什么？有什么建议给我？"

拉拉反问道："你找陈丰问过吗？"

李坤解释说："我刚才去过陈老板办公室了，他助理说他拜访一个客户去了，要晚一点才能回办公室，我就过来先问问你的意见。"

拉拉点头说："那就好。这次你和姚杨一起竞聘，你上了，她落选了。原先你俩同在一组平起平坐，同为经理的接班人，肯定是有竞争关系的，我不知道你们以前平时是否会暗自较劲，你追我赶，争强好胜，搞不好偶然来个互相讥讽，甚至打个小黑拳，那都属于正常现象、自然规律。一夜之间，你成了她的老板，对她来说，这个心理落差不小。她是一个出色的销售代表，希望你能用好她，避免出现她跳槽或者和你对着干的事——用好昔日的竞争者，稳住重要的核心队员，是新经理要过的第一关。"

李坤认真地点头说："这个我也想到了。其实姚杨能力很强，我自问并没有明显的优势，上我还是上她，这里有运气的成分。我现在非常需要她协助我把团队带好。"

拉拉笑笑说："我的第二个提醒是，要注意从销售代表到小区经理这个角色的转换。过去，你自己做好就行了，现在，要你下面的每个销售都做好，你才能完成任务。千万不要自己冲到一线去做销售代表了，这是很多勤快的新经理容易犯的问题——经理要做的是教会下面的销售代表如何做好，教的意思是什么，不是代替他去做，而是让他学会自己做。"

李坤很仔细地记着笔记。拉拉关切地问他："有没有问题？能明白我的意思吗？"

李坤连连点头说："非常明白。"

拉拉说："如果有不明白的，随时打断我。第三条，新经理一上任，千头万绪，从哪里下手呢，人的精力是有限的，要迅速地从一堆复杂的问题中抓住关键，并制定清晰可行的计划，建立有效的运作系统，集中精力和资源，完成首要任务。所谓的二八原则，即 80% 的产出来自 20% 最至关重要的行动，所以要清楚哪些事情对你来说是最重要的，一定要保证，千万别跟没头的苍蝇似的，或者像个灭火队，逮到什么做什么。

“第四条，明确目标，建立一致性。开始选人前，我和你的老板讨论过选拔标准，我看他讲的几条，条条都是冲着完成销售指标的能力去的，说明他是把完成销售指标放在第一位的。你的目标不仅是你个人的目标，首先要和你的老板保持一致，同时，你的目标也是你团队的目标，有的经理自己忙得要死，下面的人却不知道他在忙什么，大家各干各的，这就糟糕了。经理的任务是为团队指明方向，并调动整个团队的潜力共同奔着这个目标去。

“第五条，上任伊始，不妨坦率地问下属，你们对我有什么期望和要求？我能提供怎样的支持和帮助？也明确地告知下属你对他们的期望是什么。

“第六条，任何时候，不要忘记，对业务的把控是第一位的。”

李坤如饥似渴地边听边记，见拉拉停下来了，他赶紧追问道：“还有哪些需要注意的？”

拉拉笑道：“新经理要注意的东西多了去了，比如招人的时候只想招听话的好控制的，比如管得太细让下属很难受——今天先说这几条吧，一下灌输太多小心把你灌晕了。别急，一步步来。你得马上招个人来顶你自己原先的位置吧？”

李坤解释道：“要是老板同意，我想把苏浅唱调到我原来的区域去，再另招一个人顶苏浅唱的位置。”

西安姑娘苏浅唱，大学毕业后和男朋友一起跑到珠三角闯世界，曾在国营企业干了将近两年，一年多前，她在 51JOB 上看到 DB 的招聘广告，便和男友一起投了简历，结果双双被田野相中。田野一看，这两人不仅是同一所大学毕业的，还是同一个专业同一届的，就生了疑心，追问之下，两个小朋友如实承认是男女朋友。田野声明只能收一个，和陈丰、拉拉讨论之后，要了苏浅唱，并指派李坤带她。

苏浅唱长了个苹果脸，一笑两酒窝。这人但凡长了张笑眯眯的脸，总是比较合算的，加上小姑娘确实聪明好学，干活卖力，李坤便真心实意格外用心地带她，公司里的人时常看到苏浅唱跟在李坤后面进进出出，跟屁虫一般。

拉拉听李坤这么一说，马上记起田野曾在商业客户部南区经理会上提到苏浅唱进步神速，并大赞李坤功不可没。

当时有人提出姚杨带人也带得不错，田野却很肯定地说，李坤带人的表现在姚杨之上。陈丰听了很感兴趣，当场让田野给大家说说李坤带人到底好在哪里。

田野对比道："姚杨带人随意性比较大，碰上什么就教什么，于是呢，新人对遇到过的问题比较有心得，但是一些应该能解决的问题，因为没碰上过，可能完全没概念。李坤呢，他带人有一个很重要的特点——他有一个完整的计划，首先是他设置了非常清晰的目标，要把新人训练到什么程度是很明确的，设置培训目标的时候，他会充分考虑工作目标和新人目前的水平，所以，在传授的时候不太会遗漏基本、主要的东西。新人需要在多长时间内学会哪些内容，先教什么，后做什么，轻重缓急，他都有清楚的计划，循序渐进地传递信息，使新人能由易而难地学习——有了这样一个计划，就算李坤中途调开，接替他的人只要一看计划，就能很容易地了解到新人的学习进程和下一步该继续教些什么。"

陈丰当时听了田野的分析，问拉拉有什么评价。

拉拉说："咱们可以把业务能力划分为四个等级，——一级，就是被评估者刚入门，处在学习阶段，需要他人带领才能完成任务；

"——二级，就是主管只需给予常规关注，被评估者基本能完成本职任务；

"——三级，就是被评估者不但能独立完成任务，还能教别人，是其组内的标杆队员；

"——而四级就是被评估者不但能教别人，而且，他把经验形成了书面化的、自成体系的东西，可以现成地加以推广和运用，因此堪称'楷模'，他的水平不仅在其组内而且在整个大区都是拔尖的，这样的人，说明他已经 READY FOR NEXT LEVEL（指被评估者已经达到更高级别岗位的水平，一有空缺即可晋升）。

"三级和四级的人，自己去做的时候，水平差别不见得有多大，关键在于他们教别人的时候，三级更随机、缺乏计划，四级则将经验形成了体系并书面化，可现成推广运用——这正是李坤强于姚杨之处。”

陈丰顺着拉拉的话题继续道：“一个好的制度，有这样几个特点，有利于推动最高工作目标的达成，能独立于个人之外运行，从田野的分析来看，李坤的带人计划的确具有这样的特点，他的那一套，即使他被调开，别人能继续沿用。从管理者的角度讲，最高境界就是要让组织避免对某个个体的过度依赖，靠制度运行，而不是离了谁就不行了。”

当时坐在拉拉旁边的施南生马上涎着脸怪模怪样地说了一句：“也就是说，制度如果足够好，我们这些小区经理就不重要啦，以后谁想走就走好了，公司不会求你留下。”

陈丰不得不正面表态说：“施南生你是经理，职业点，不要乱讲话。”

拉拉听李坤提出让苏浅唱负责大区域，便明白李坤是要栽培苏浅唱的意思。拉拉点了点头，没发表评论。

李坤试探道：“拉拉，苏浅唱有三年销售经验，加入DB也满一年了，她的业绩不错，最近十二个月累计完成率超过100%，而且她这人有个特点，挺热心，组里谁忙不来她都愿意帮把手，因此人际关系不错——下个月公司评高级销售代表，你看她够条件吗？”

拉拉解释道：“按照公司的相关政策，她已经达到申报条件。如果她能顺利通过下个月的高级销售代表测评，就可以获得晋升。”

李坤很有信心地点点头说：“苏浅唱的产品知识和业务计划都不错，我相信她能通过测评。”

在测评的前一周，拉拉有一天加班到晚上9点多，走之前看到李坤和苏浅唱占着个小会议室在专心地准备功课。拉拉站在会议室门口笑道：“李坤，这不是考苏浅唱，是考你了。”

李坤闻声连忙起身道：“拉拉你还没下班？”

苏浅唱跟着起身，乖巧道：“我老板这几天很辛苦，天天抽空辅导我。”拉拉笑笑，冲两人挥挥手先走了，心想苏浅唱倒也懂事儿，知道经理这么辛苦都是为了自己的前程，强过那些不知道感恩的孩子。

到了测评的当日，苏浅唱被安排在最后一个，李坤不放心，在考场外心神不宁地等着她。直到晚上七点，苏浅唱才走出考场，李坤马上迎上去问怎么样，苏浅唱笑道："我自己觉得发挥得还行。"

李坤这才放心，关心地对苏浅唱说："饿了吧？走，我们去吃饭。"

几个评委在后面听到李坤的话，都笑着和陈丰说："李坤这经理当得可真够用心。"

拉拉也说："羡慕呀！什么时候我老板也这么对我！"话一出口，拉拉猛然想起离开的总裁何好德往日里对自己的教导，她表面上和众人说说笑笑，内心却不由得十分失落，不愿再顺着那条线往下想了。

发榜高中的当日，李坤比苏浅唱本人还要兴奋，连话都多了不少，施南生逗他说："李坤，我怎么觉得你像范进中举了呀？得给你找个胡屠户当岳父了。"

28. 择偶是改变命运的第二次机会

叶美兰的娘家住在白云区一个朴素的小区里，小区居民的生活模式实惠而简单。经过二十多年的建设，小区越来越大，虽然房子一日比一日旧了，但当年羸弱的小树随着年华的流逝已长得枝繁叶茂。

十月的广州，即使大部分的日子最高温度仍然在30度，秋天还是低调地来了，时不时的小凉风带走了又潮又闷的感觉，天空也有了湛蓝高远的意思，聒噪的秋蝉在四季不变的绿阴里声嘶力竭地叫着，让人觉得响亮又寂寞。

几个老头在大树下的石桌上下棋，叶美兰的父亲叶茂站在一边看棋。叶茂敞着怀，在边上看着看着就指指划划说起棋来，不到半日，他先指点楼上的老艾头杀了对门的大肚黄，又指点大肚黄杀了后楼的高佬曾，再指点高佬曾回过枪来杀了老艾头，老艾头那张老脸就撑不住了，他放下手中的大茶缸说："老叶你来，我和你下。"

叶茂却不肯，端着架子推了几下，那老艾头是个北方种，火上来了，卷着在南方待了大半辈子也没放平的舌头冲着叶茂说："我说老叶你什么意思呀，操我那？"

叶茂不以为然道："丢～（广州方言，和'操'同意，此处用途相当于

‘切’）～说一下棋而已嘛，我也不是特等（广州方言，相当于‘故意’）的。”

老艾头气急反笑道：“操了人，还说不是故意的。”

叶茂也火了，他是本地人，本来不说“操”说“丢”的，这时候为了沟通的缘故，也就临时用起了老艾头的语言，他一梗脖子道：“我就操了，怎么样吧！”

老艾头大骂道：“丢！看谁操谁！”

说时迟那时快，叶茂眼疾手快，照着老艾头的光脑门飞快地拍出一掌，老艾头猝不及防挨了一记，奋起还击。

等旁边的人拉开两位工人老师傅，众人盘点战场，结果是叶茂轻伤，老艾头吃亏，吃了偷袭的额头挂彩不算，脚踝还伤得不轻。

艾家当即告到派出所，老艾家的两个小子放出风来说要揍叶茂。叶茂老婆是个再贤淑不过的，面对年已花甲依然骁勇善战的男人，她并不敢责备一个字，儿子叶陶神龙见首不见尾，压根儿找不着人，老太太只得慌慌张张地打电话央求女儿叶美兰出面摆平。

叶美兰接到消息哭笑不得，打听到老艾头住在大德路省中医院，连忙赶去省中医院的住院部探望赔情。她当面看到老艾头确实伤得不轻，不由得又是替老艾头着急又是替叶茂担心。

叶美兰老记不住 CPI（消费者物价指数）是什么的缩写，但是她是很清楚现在啥都贵，尤其看病和上学。一向节俭的她忍着一阵阵的肉疼，递上准备好的五千块钱，这点诚意好歹算是暂时平息了艾家的怒火。

末了，艾家留了个话头，说要等着看老艾头是否有后遗症再说。叶美兰也知道人家这话不是没有道理，走之前又给艾家留了两张电信的 200 电话卡道：“这卡就留给艾叔打电话用吧。”艾家二小子拉着脸，老实不客气地接了下来。

叶美兰回到娘家，看着叶茂一头花白的头发，半天才说了一句：“爸啊，您看您都这把年纪了，让我说您什么好呀！”

叶茂大声回应道：“怕啥！大不了我去坐监，不连累你们！”

叶美兰拖长了声调说：“你要再这么说，我就不帮你交今年的水电物业和手机费了。”

叶茂好汉不吃眼前亏，换个话题说：“你弟弟想学开车，要不你去给他交一下培训费。”

叶美兰警惕地问："要多少？"

叶茂一摆手道："不多，四千就够了吧？"

叶美兰不满道："叶陶学开车干什么？他那个脾气，就算有车让他开，保不准哪天就给你惹出事来，万一他学你的样，把谁的头打破，我赚的还不够赔人家的。"

叶茂假装没听见叶美兰那句"万一他学你的样"，依然毫不偏离主题地说："那你说怎么办，难道让他一辈子游手好闲吗？学会开车总是多一项技能嘛。"

叶美兰没好气地说："我刚帮你赔了人家五千块，你们还有完没完？这样下去，孙建冬一个月的工资还不够给你们。这不是掠夺式开采吗？"

叶茂乐了："你还真是有大学文凭的人了，说起话来文绉绉的。我掠夺你了？谁让你给老艾家五千块的？我说了让你给吗？"

叶美兰跺脚道："你就等着我和孙建冬离婚吧！你们这些破事，我都不敢告诉他！"

老头身手敏捷，脑子也很清醒，心里马上警惕了，那女儿是怎么拿出这五千块来的？这么大一笔数她不可能背着孙建冬呀。但作为肇事者，这话他问不出口，而且，他想，叶美兰再怎么难，总比儿子叶陶混得好，手心手背都是肉，他得让叶美兰给叶陶出这个学车的钱。

叶茂老婆心地善良，她很想利用叶美兰，但是也替女儿担心，五千元在她看来不是小数，她不由得担心道："建冬怎么说？你们没吵架吧？"

叶美兰嘱咐道："你们可千万别在他面前提这事，我哪里有脸和他说。"

叶茂不爱听，一拍桌子道："怎么没脸了？"

叶美兰不理他，径自走了。反正孙建冬现在根本不登她娘家的门，只要老头别凑到孙建冬跟前去摆老丈人的谱，孙建冬也不会知道那五千块的事情，其实孙建冬已经不关心她愿意给她娘家多少钱了，他的态度就是每个月固定给她一笔家用，至于她爱怎么花，他没兴趣了解。

过了两天，叶茂老婆从外边一回到家，就喜滋滋地从包里拿出一个牛皮纸袋给叶茂看。

叶茂正躺着舒服呢，看到老婆从牛皮纸袋里掏出不薄的一沓钱，他眼睛一亮，欠起身来问道："美兰给的？"

他老婆点点头高兴地说："四千呢！"

叶茂得意道："我早告诉你了，她拿得出这笔钱。"

他老婆再次使劲点头表示佩服的意思，喜滋滋地说："还是你说得对。"

叶茂受用地哼哼了两声，身子又躺回去。他老婆站在原地有点担心地说："美兰给我钱的时候，脸上不太高兴的样子。你说建冬会不会为了钱和她吵架呀？"

叶茂摆出家长的架子，闭上眼睛，淡淡地说："你操那么多心干吗？"

他老婆吃了教训，讪讪地走开去，她小心地把钱放进抽屉里，又在牛皮纸袋上压了几件别的东西，才锁上抽屉。等她直起身子准备下厨做晚饭，叶茂却又想起一件事，叫她回来："你前两天不是说头晕吗，怎么样了？

他老婆说："没关系，我自己知道。"

叶茂一挥手道："你知道什么！难道你是医生吗！过两天你和美兰说一下，我们俩要一起去检查一下身体，叫她给你两千块吧。"

他老婆吃了一惊道："厂子里今年不是组织我们做过体检了吗？再说，检查身体也要不了两千那么多呀。"

叶茂很有见识地说："老年人一年应该检查两次。厂子里组织我们做的体检，一个人才花一百来块，现在排骨都要十二块一斤，一百来块能顶啥？尽做些不咸不淡的项目，管什么用！真有病也查不出来——总之叫你去要你就去要。"

叶茂老婆不忍心道："我们才向美兰要了给叶陶学车的钱。"

叶茂狡黠地教导贤良淑德的老婆说："我们两个老的身体好，不拖累美兰，就是对她最大的支持。如果我们身体有问题，要她照顾，她才麻烦大了。"

叶茂老婆被他说得没有了主意。老太太心里替叶美兰那头觉得为难，嗫嚅了几句又想不到能从逻辑上驳倒老头的词儿，只得仍旧返回自己在厨房的岗位。

直到万家灯火的时分，叶陶才拖拖拉拉地回家混饭。叶美兰长得像她妈，小个子，身子和五官都平平坦坦，做起事来责任心很强，就是缺乏想象和应变的能力，但这并不妨碍她喜欢相貌上乘的男人，哪怕对方对她霸道些也坚忍不拔，这点仍是像极了她妈；叶陶则长得像叶茂，和老头年轻时一样，他高大英俊，能说会道，挺招女孩子喜欢，同时，也和叶茂一样，叶陶说话做事都不靠谱。

区别于叶美兰的循规蹈矩、按部就班，叶陶颇有些小聪明，但就是不肯用功，勉强念了个计算机应用的大专，毕业后眼高手低，二十六岁的人了，工作换了几份，难得有一份能干得超过一年，全亏了没人敢借钱给他，才没有造成明确的负资产。但是他并不气馁，姐姐叶美兰其貌不扬，尚且可以通过婚姻改善经济状况，他叶陶相貌堂堂，对于找个“好老婆少奋斗二十年”的目标，更是充满信心。他的“好老婆”的标准，首先就是赚钱的能力要好，至于模样，只要别自己看着难过就行，他觉着，老婆样子一般更好，自己凭模样英俊就能扳回婚姻中的筹码了。

应该说，在叶家，叶陶算是有点战略思想的，他以为，出身不能选择，但道路可以选择——既然当初没有好好念书，导致考大学时失去了人生第一次改变命运的机会，就业后难免步步落后，于是更要在择偶问题上好好把握，这是人生第二次改变命运的机会了，他可不愿像有些男人那样，傻乎乎地找个无能的老婆，累死自己。

叶陶有两个哥儿们，从小学起就同学直到高中毕业，一个叫赵子萌，另一个叫李亚平，三人曾在酒桌上扯起关于老婆的标准，赵子萌一心想找个漂亮的，李亚平的理想则是一个温顺听话的老婆，轮到叶陶，他显得特别清醒地说：“漂亮的老婆不是他自己这样的穷人该想的，至于温顺，既不能当饭吃也不能顶钱使，如今啥都贵，男人要是自己没本事，就更该找个有本事的老婆，否则，就是对家庭、对社会都不够负责了。”叶陶的一番话说得赵、李二人直翻白眼。

饭桌上叶茂提起广州要禁摩了，想卖掉家中那辆老旧的“五羊”摩托。

闷头吃饭的叶陶闻言自告奋勇道：“我有个朋友有门路，能卖个好价钱。”

叶茂听了很高兴，他把车钥匙扔给叶陶，叮咛儿子道：“尽量卖高一点。”

叶陶给他吃定心丸说：“行啦，没问题。”

过了几日，还是在饭桌上，老头儿想起卖车的事儿，问叶陶：“车呢？”

叶陶顺口说：“卖了。”

叶茂伸手道：“钱呢？”

叶陶只顾吃，头也不抬地说：“花了。”

叶茂瞪圆了眼睛道：“你说啥？”

叶陶这才抬脸望了他一眼道：“有笔生意急需用钱，我拿卖车的钱先给垫上了。”

老头嗖地立起身子，四处找家伙，叶陶劝道：“您老人家别动气，回头我一挡，小心伤着您。”

叶茂老婆慌忙上前拉他，叶茂一时找不着顺手的武器，想想自己确实不是叶陶对手，只好干拿手指着叶陶说：“败家子！你个啃老族！吃定老子了是吧？！”

叶陶不爱听了，他一扔筷子，嗓门比叶茂还大：“我怎么败家了！不就借你俩钱，至于吗？哦，一千五百块，这就算我啃你了？那你不是早把我姐啃得骨头都不剩了？”

叶茂被他拿这话一顶，气得满头花白的头发，像疾风中的枯草那样抖起来了，叶陶看看把父亲气得过了点，扔下句空话道：“又没有多少钱，等我和朋友做完这笔生意就还你！”说罢一溜烟跑了。

叶陶从家里跑出来，独自在小区里漫无目的地走了一圈，一时想不好上哪儿去。天已经黑透了，小区里的路灯十盏倒有五盏爆了灯泡，管理处也不安排个人来换，叶陶虽然早已习惯了这样的环境，还是希望有朝一日能住到一个亮堂体面的小区去。

他正无聊地瞎逛着，忽然看到，在一幢水泥外墙的旧楼下，一个女孩独自一人站在一楼的公共防盗门前发愁。叶陶凑过去一看，原来，一把断了一截的钥匙正塞在防盗门的锁孔里。

闲着也是闲着，仗着爹妈给的高大英俊，叶陶上前热心地问人家：“要帮忙吗？”

女孩闻声转过头来，有点警惕地看了他一眼。

叶陶马上理解地稍稍退后了一步，很有礼貌地自我介绍道：“我们家住五号楼，离你这儿很近——你叫保安了吗？”

女孩点点头，似乎对叶陶的来历放心不少，她有点焦急地指着那截断钥匙说：“不知道是谁，把钥匙断在里面，不弄出来就跑了。旁边杂货店的老板帮我叫过保安了，保安让我在这儿等楼里的人出来。可我都等了好一会儿了，也不见楼里有人出来。”

这是一幢有着二十来年楼龄的旧楼，公共防盗门显然不是原装货色，而是后来加上去的，并且安装得很马虎——这也难怪，住在这样一栋陈旧马虎的建筑里，要么是经济状况很一般的人家，要么是些租客，谁也不愿意为了公共设施多花银子。这个防盗门其实防不了真正的贼人，几根稀稀拉拉的铁杆，上端都没有封顶，露出一点空间正好够一个人的身子挤过，身手敏捷些的人，要想攀越过去不算十分困难。

叶陶看了看地形，对女孩说："我翻过去，从里面把门打开。"

女孩心中求之不得，却又不好太过直接，便拿捏分寸，表现出轻度的不好意思说："能行吗？那你小心点。"

这时候，旁边小杂货店的老板也踱过来看热闹，他是认识叶陶的，叫了声："阿陶，这么热心！"

叶陶用白话回答杂货店老板说："人家一个女仔，能帮就帮下咯。"

杂货店老板转头对女孩说："沙小姐，没事的，阿陶一翻就过去了，你不用不好意思，最多等下你请他喝一支汽水就是了。"

叶陶常年运动，练成一副敏捷身手，这时候发挥了作用，他顺利地把自己的身子挤过防盗门上方的那条缝隙，除了防盗门顶端生了锈的粗糙铁条不知趣地把他的衬衫钩了一下，发出棉布撕裂的帛声，他在黑暗中低声骂了一句粗话。

女孩站在地下仰着个脑袋，听到动静有点担心地问道："怎么了？"

叶陶没有说话，他看清地面平坦，就跳下地来，得意洋洋地打开防盗门，放女孩进去。

女孩这时候才顾得上就着影影绰绰、半明不亮的灯光仔细观察叶陶，她惊喜地发现，先前光注意到这助人为乐的身段不错，没料想居然脸盘子也令人垂涎欲滴！再一看，挺面熟：这人长得怎么这么像电影演员佟大为！声音跟动作都像！

女孩想，长这么帅是不需要当流氓或者抢劫犯的，否则不是浪费资源吗——她不由对人家添了三分放心四分好感，再一看，叶陶的衣服都让铁条给钩破了，又多了几分过意不去。她打消顾虑，热情地邀请叶陶道："我就住三楼，上楼喝口水吧。"

叶陶反倒犹豫了，他觉着这么黑乎乎的晚上，又不认识人家，不过顺手帮着翻了个墙，上人家一个陌生女孩家不合适，加上杂货店老板在旁边看着，他更不好意思这么跟着上楼了。

叶陶这一犹豫，女孩对他更放心了，她说："你衣服都挂破了，要是连水都不喝一口，我真的不好意思。"

叶陶这才无可无不可地点头应允，杂货店老板多嘴多舌地在边上嘎嘎傻笑了几声，叶陶听了直想捏住他的脖子让他闭嘴。

一楼好歹还算有点昏黄的灯光，两人一转弯，楼道里就一点灯光都没有了，每一级阶梯的高度似乎不够匀称，因为年久失修，有的地方地面坑坑洼洼，两人这一路摸索着上楼，有点高一脚低一脚的意思——不过叶陶并没有任何诧异的感觉，他们家那栋楼也差不多这条件，只不过他熟悉地形，哪儿有坑，坑有多大，都了然于胸，摸黑行动时能更利索一点而已。

还好就在三楼，很快就摸到了，女孩掏出钥匙，叶陶机灵地摁了一下手机的键盘，给她照亮。等她打开门一开灯，叶陶却吃了一惊，他完全没有想到，在这样一个粗陋陈旧的建筑里，会有这样配置的人家！

这是个两房的小单元，客厅的尺寸不大，所有的家电也都小巧玲珑。引起叶陶注意的是，从家具到电器，从窗帘到拖鞋，明显是一水儿崭新的货色，这还不算，主要是这些货色的价格和档次，明显高于小区里的大部分人家惯常使用的货色。

就拿叶家来说吧，那些乱七八糟的家具压根儿就不是一个风格的，甚至颜色都大相径庭，完全没有配套协调这一说，小小的客厅里，却摆放着一张笨重粗大的沙发，闹得人都不知道往哪里站了，针对这个沙发，姐夫孙建冬就说过一次，大房子要用大家具，小房子就该配小家具，叶陶深以为然。

眼前这户人家的客厅里，不仅布艺沙发的颜色和水磨石地面的颜色搭配和谐，就连窗帘的颜色也明显是搭着窗边的胡桃木餐台配的，日光灯格外明亮，一看就是新换上的名牌灯管，不像叶家，所有的灯管似乎都患上了营养不良，夏天不亮冬天不暖，有气无力的德性。

就在叶陶坐在沙发上观察着这一切的功夫，女孩从冰箱里拿出一听可乐，热情地拉开了才递到叶陶手上。叶陶认真地看了看她，脸长得一般点，至于这张脸到底一般在什么地方，他一下还说不上来，似乎脸有点大，1.65上下的个子在南方还算高挑。

女孩拉了张餐椅在他对面坐下，笑眯眯地说："我叫沙当当，怎么称呼你呀？"

叶陶说："我？我叫叶陶。你不是本地人吧？"其实，他想问的是，"你是干吗的？"但叶陶明显感到女孩似乎比他向来结交的那些女孩更有分量，她不说你叫"什么"，说怎么"称呼"，她的名字叫"沙当当"，叶陶认为这三个字比他所有女同学或者女同事的名字都更富有撒娇的意思，这些感受在他刚进门时的惊讶之上又给他增加了一点压力，也给了他几分似有似无的新奇和激动，叶陶下意识地把到嘴边的问题给硬咽了下去。

沙当当说："嗯，我是成都人，这是我刚租的房子。"

叶陶惊讶地说："你一个人租两房的房子？"

沙当当自豪地介绍说："对，我一个人住。房子刚租下来的时候，又脏又旧，我让房东把原先的那些破烂家具都搬走！然后，花了几百块钱，找人把墙粉刷了一遍，看上去就亮堂多了。你现在看到的这些家具呀、电器呀，还有窗帘，都是我自己一样一样买回来的，花了我整整半个月的时间呢，累死我了！你别说，这些东西一到位，房子就彻底变了个样儿——怎么样，还看得过去吧？"

叶陶由衷地点头说："很不错！你真能干！这得花不少钱吧？"

沙当当得意地卖弄道："也不算很多钱：21 寸的彩电，菲利浦的，促销，才九百多，跟白送差不多了；这海尔的小冰箱，一千出头，我自己一个人住，够用了；全自动洗衣机，我买了个 3 公斤的，我的要求是能洗毛毯就行了，也差不多一千快——这牌子是松下合资的，我父母家就用的这牌子，挺好使的。"

沙当当说得来劲，索性起身邀请叶陶参观自己的胜利成果，叶陶也确实非常好奇，沙当当受到鼓励，热情更加高涨，她指点着说："卧室里的空调和卫生间里的热水器都是房东的，我看还凑合着能用，就没换新的——主要这两样安装起来太麻烦，我懒得整那么大动静了，以后带走也不方便。"

叶陶听了，小心地试探道："带走？你刚来就想再搬呀？"

沙当当解释说："那倒不是，我已经跟房东签了半年的合同，可我以后总得自己买房吧？我想住到天河去。现在这不是暂时过渡过渡嘛。"

叶陶惊讶地看着沙当当，看起来，她不过二十五六岁的年纪，说起买房，口气却像计划一次泰国游那样轻松。叶陶不由自主地提醒说："天河的房子很贵的。到那里买，不合算吧？"

沙当当充满信心地说："我知道，天河是广州最好的区嘛，房子当然贵。租房的时候我向中介打听过天河的房价，我觉得还负担得起，等我在广州站稳脚跟，就开始考虑买房。"

叶陶有点惭愧，他太想问"你到底是干吗的"了。叶陶忍着好奇，做出随意的样子问道："对了当当，你说你是成都人？"

沙当当转过脸来说："是呀，你去过成都吗？"

叶陶顺嘴说："没有，不过，我看一本书，叫《成都，今夜请将我遗忘》。"

沙当当却说："有这书吗？没听说过，不太清楚。我只看过《疯狂的石头》。"

叶陶说："你喜欢看电影？"

沙当当说："还行，我在成都的时候，下班后喜欢上网，到广州这半个月太忙了，还没顾得上去申请宽带——等申请了宽带，我要去买个 IBM 的笔记本。"

叶陶一听就来劲了，他热心地推荐道："珠海有人从澳门带学生机过来卖，挺合算的，一台 X41 型号的笔记本，能省三千块。"

不料沙当当却说："为了三千块，跑那么远到珠海去，划不来。听人说，岗顶的电脑城里有水货卖，也能省不少，还有保修卡。"

叶陶反应很快，马上说："那也行。我知道岗顶电脑城里一个不错的店，老板的信用非常好，所以很多回头客——哪天你有空，我陪你去？"

沙当当深感本地人还是门路多，她高兴地说："真的呀？那，就下周六吧！"

叶陶拍胸脯道："没问题！你提前给我个电话约一下就行了。"一面就顺理成章地和沙当当交换了手机号码。

看着沙当当把自己的手机号码存好后，叶陶问道："当当，你以前来过广州吗？"

沙当当说："倒是来过两回，不过不太熟。"

叶陶急于搞明白沙当当的身世，继续试探道："那你在这儿有亲戚朋友吗？"

沙当当歪了歪头，狡黠地看着叶陶说："我这儿没有亲戚朋友，你就是我的朋友嘛。"

叶陶被沙当当的热辣感染，立马大胆地接话道："这可是你说的！等你有空，我带你吃遍广州玩遍广州。”

沙当当爽快地说：“干嘛要等以后呀！今天你帮了我，我还没谢你呢，就现在，我请你去宵夜怎么样？”

叶陶一听挺开心，他做出稳重的样子提醒沙当当说：“楼下那锁还没解决，保安八成指望不上了，我们去找杂货店的老板借个工具，把那半截断钥匙取出来吧，不然，回头你还是进不来。”

沙当当见叶陶这么替她着想，很是受用。

等搞定了锁的问题，叶陶考虑自己的衣服上还挂着片破布条不太便当，就对沙当当说：“当当，今晚我还有事儿，不能和你去宵夜了。等你买了笔记本，我再来帮你装电脑吧。”

沙当当高兴地说：“一言为定。”两人分手前，她又好奇地追问了一句：“叶陶，你是搞 IT 的呀？”

叶陶含糊地“嗯”了一声就告辞了。对美男子具有无可救药般嗜好的沙当当独自站在黑地里，陶醉地回味了一会儿叶陶酷似佟大为的面容、轮廓乃至嗓音，方才高一脚低一脚地上楼去了。

29. 财富的积累需要假以时日

叶陶跟沙当当还没怎么着，不过见了人家两次面，就忍不住得意洋洋地对赵子萌和李亚平吹嘘起自己的“艳遇”来，他正说到兴头上，冷不防赵子萌一脸坏笑阴叨叨地来了一句：“你还不知道她是干嘛的呢，没准是个二奶！”

叶陶气得跳起来骂道：“放屁！你才是二奶！”

李亚平笑道：“眼看着叶陶改变命运的第二次机会降临，个别人心理不平衡了。叶陶，别理他，好好把握！”

叶陶说：“就是！沙当当是销售经理，和我姐夫是同行。”

赵子萌不服地说：“她说是销售经理就是销售经理了？那我还和你说我是销售总监呢！”

叶陶气他说："你要能像当当那样租一个两房的房子，买那么好的家具和电器，自己住得舒舒服服的，我就信你。"

赵子萌阴阳怪气道："这关系发展得够快的了，已经'当当'上了。叶陶，别怪哥儿们不提醒你，她要像你说的，又有本事挣钱，又长得不丑，她干吗跟你好呀？"

叶陶说："跟我好怎么了？吃亏吗？难道我就白长这么帅了？帅就是本钱！"

赵子萌晃晃脑袋说："真俗气，谈个恋爱还得讲究本钱，闹得跟参股投资似的，本不够人家就不让你入伙儿。女的好色，男的贪财，就是没爱情。"

叶陶不太乐意了，他反驳说："你怎么知道我们培养不出爱情？找个穷的笨的，就一定有爱情了？这根本没有必然联系。"

李亚平打圆场道："沙当当明显跟叶陶以前那些妞不是一个档次的，我看这个机会不错，换了是我，也要全力以赴。叶陶，赶紧找个工作，别拖了。"

赵子萌也说："你找工作的事倒该抓紧，这才是正事，女人哪有工作牢靠！软饭不是那么好吃的。"

这下，连李亚平都觉得赵子萌最后那句刻薄了点，他怕叶陶受不了"吃软饭"的说法，赶紧说赵子萌："你怎么回事儿？仇富呀！好话都让你说得怪里怪气。"

叶陶却不生气了，他说："无所谓啦，有软饭吃是好命，不是人人都能吃上软饭的。"

三个人中，数赵子萌长得砢碜点，他听叶陶话里话外暗示自己模样困难便翻了翻眼睛正想还击，叶陶忽然一拍大腿说："看来，我这次还真要时来运转了！要不赵子萌你咋那么生气呀！明显妒忌嘛！"

赵子萌给了他一拳道："好心当成驴肝肺！我看你呀，迟早有一天要为了这个沙当当吃苦头。"

十月一过，体育中心恒温泳馆里的人少了一半，再不像暑假里满池子下饺子似的拥挤，游起来舒服多了。

沙当当跟着叶陶在游泳馆里泡了一个多小时了。沙当当是个旱鸭子，饶是叶陶尽心尽责地看护着，她还是灌了好几口水，好不容易游到头，她赶紧扒住池壁喘气，一面不由自主地打了两个饱嗝。

叶陶在旁边问她："怎么样？深水区和浅水区感觉不一样吧？游泳就是要在深水区才有意思。"

沙当当气喘吁吁地说："呃，呃，感觉是不一样，深水区的水比较淡，浅水区的水比较咸。"

叶陶被她的川式幽默逗得大笑起来："谁让你用舌头感觉呀？"

沙当当继续打着饱嗝说："呃，我不干了，累死人！我一点兴趣都没有了。呃～～～～我要上去。"说罢，她坚决而沉重地爬上岸去，叶陶连忙跟在后面也上了岸。

两人认识不过一周的时候，叶陶已经知道了沙当当年纪轻轻竟然是个销售经理，当时叶陶心中就半是诧异半是折服："真没看出来！原来是个销售经理！难怪她挣钱多！"

说起来，倒不见得叶陶的哄人技巧有多高明，其实，沙当当本人特别乐意让叶陶知道自己是"经理"，一半出于自豪，另一半出于狡黠——她已经看出来叶陶家境很一般，正好，就用钱钓住这个美男！要是人家叶陶对钱不感冒，她反而吃力了，亏得叶陶就好这口。

沙当当的钱其实挣得挺不容易。

沙当当新公司的名字叫"雷斯尼"，是洋文的中文音译。这儿管销售代表叫"业务员"，显得有点异类，跟别人都不一样。沙当当的大区经理林如成是个四十出头的男人，说起来，林如成的行业年资不短了，当年王海涛初入行去面试的时候，他就已经是个销售经理，林如成的个性一直比较有特点，当年的无知小子王海涛，林如成看不顺眼就懒得给对方把话说完整的机会，何况那天王海涛来面试的时候被雨淋成了呆头鹅，叫他"先回去等消息"已经给足面子了。

雷斯尼的总部设在上海，公司不大，全中国不超过一百号人，南区最大的官儿就是林如成。沙当当到任的第一天，林如成给她上了一堂生动的ORIENTATION（入职培训），他把肥厚多汁的手摊开捂在自己的胸前，对沙当当说："我，就是雷斯尼南区的最高长官，在这儿，所有的人，所有的部门，都要服从我的领导！"说这话的时候，他圆滚滚的眼珠子死死地盯着沙当当的眼珠子，沙当当对峙不过他直勾勾的眼神，只得不自在地把眼神移开，算是臣服的开始。这样的开头令沙当当很不舒服，她情不自禁地拿林如成和前老板李力做了个对比，越对比越不舒服。

沙当当很快就发现这林如成特别容易被冒犯，每当这时候，林如成的声音会猛然拔到高音位，有点像亢奋过头的女人，神经不够坚强的，能被这样的声音吓出一身冷汗。

沙当当习惯了DB的美式管理，在那样的企业文化下，真的尊重人也好假的尊重人也好，反正形式上是一定要尊重人的，何况李力在实质上就一直很把沙当当当人待，至少，什么类型的错误可能令李力恼火，沙当当还是心中有数的。而现在，不论是从周期还是从原因，沙当当都对林如成的发作规律无从预测及防范。

当蛀牙发展到神经裸露的阶段，疼痛的发生往往具有剧烈和猝不及防的特点，痛楚像揪心尖叫的电钻，一下，两下，钻进神经的深处，并且往骨髓里辐射，由于无法预测，令精神亦战战兢兢。林如成的发作效果大致类似牙疼的功用。

林如成加入雷斯尼的时间比沙当当早了不过半年，在雷斯尼南区，他充分体会到了一个后现代山大王的幸福和权威。

比如兴致好的时候，可以无忧无虑地在办公室里和他认为不妨给面子的女性谈话——沙当当不在此列，因为这类面子的给予不按职位高低排名——谈话内容常常涉及带色的笑话，这些笑话大多事先经过筛选，被他本人认为是有魅力有特色的。

自打加入了雷斯尼，林如成培养了一些新的个人爱好，比如说的欲望，几乎达到了他人生的顶峰。为了满足自己，林如成规定所有的销售人员每天早上八点半到达公司，开一个小时的早会。做销售的特别害怕这种变相的考勤，以往在DB，沙当当只有在特殊情况下才会见到这样的工作制度被运用，多半是某个销售经理为了逼迫某个手下自动离开公司，就让被考察者每天一早在客户公司附近使用固定电话拨打经理的手机，讲什么不重要，主要证实自己已经到岗了，中午，傍晚，再重复一次上述动作——这么一来，大多数销售熬不上两个月就会自动辞职，销售人员往往能承受指标和增长率的压力，却受不了考勤这一招。正如一个不迟到就活不下去的人，是不适合招来做前台文员或者部门助理的，一个销售他要不是热爱自由的上班时间和拿奖金的刺激，当初就不干销售这个行当了，这和勤快无关。因此，林如成的早会让雷斯尼南区的销售们私下里叫苦不迭。

沙当当出差的时候，听另一个小区经理孔令仪说林如成因为严重的咽喉炎失声了，吃了两天药，仍不见好转，医生让他少讲话以免转为慢性咽喉炎。沙当当听了暗暗燃起一线希望，她想，这样一来，每天早上的例会就很有可能取消了。

然而，过不了两天，早会改成早操了。孔令仪在电话里告诉沙当当说，林如成不知道从哪里搞来了一套动作，居然还自己配了词，教大家一边做操一边拉歌，号称“每日一操”。据孔令仪说，通过两天的排练，大部分人已经能正确掌握动作要领及歌词大意了。

沙当当狐疑地问：“什么样的早操？还得拉歌？”

孔令仪苦笑道：“你回来就知道了。”

沙当当出差回到办公室一看，被雷得两眼发直，一窝子人正在又蹦又跳，动作也就罢了，好歹有利健康，主要拉歌比较强大：

1个业务员呀，来到雷斯尼呀，每周都会挖到1个优质的客户；这周挖1个呀，下周挖1个呀，后周还会挖到许多优质的客户。

2个业务员呀，来到雷斯尼呀，每周都会挖到2个优质的客户；这周挖2个呀，下周挖2个呀，后周还会挖到许多优质的客户。

3个业务员呀，来到雷斯尼呀，每周都会挖到3个优质的客户；这周挖3个呀，下周挖3个呀，后周还会挖到许多优质的客户。

4个业务员呀，来到雷斯尼呀，每周都会挖到4个优质的客户；这周挖4个呀，下周挖4个呀，后周还会挖到许多优质的客户。

5个业务员呀，来到雷斯尼呀，每周都会挖到5个优质的客户；这周挖5个呀，下周挖5个呀，后周还会挖到许多优质的客户。

6个业务员呀，来到雷斯尼呀，每周都会挖到6个优质的客户；这周挖6个呀，下周挖6个呀，后周还会挖到许多优质的客户。

林如成倒背双手站在最前面看着大家做操，他一眼瞄到目露呆光站在门边

的沙当当，便威严地拿手指点了一下迟到的沙当当，示意她站到最后面跟着做。沙当当只得根据指示，站到末尾，狼狈地活蹦乱跳起来，她边跳边想，一周就能挖到一个优质的客户？这也太高难度了吧？一个月能挖到一个已经够爽了呀。做到第六节的时候，沙当当终于把自己也比划糊涂了，同手同脚地挥舞着四肢，这使得她有点像一个捣乱分子，林如成看了直蹙眉。

做完早操，林如成点沙当当的名，让她说说感想。沙当当文字功夫不甚过硬，忽然间要当众发言，她不由有些慌乱地说："呃，歌词太强大了！不知道这是哪里的原创，很有才！呃，主要特别适合咱们公司。"

沙当当说完，看林如成不说话，圆溜溜的眼珠子盯着她，似乎要从她嘴里再攫取点什么东西出来，沙当当慌忙又补充说："呃，歌词配合上动作，给人奋发向上的感觉，呃，所以呢，我们这样开始每一天，销量肯定能冲得更高！"

队伍中有人忍不住吃吃地偷笑起来，沙当当倒是很坦然毫不脸红，她觉得自己又没有害人，生活所迫，说两句拍马屁的话是做下属的责任，不管上司做得够不够水准，自己先该把下属做得专业点，这才是职业经理人应有的态度。

大约因为沙当当虽然说的时候略显慌乱，但态度总算诚恳，尤其她提到奋发向上和冲高销量云云，很对林如成的胃口，林如成难得没有计较偷笑的人，只强调说还不熟练的人要抓紧练习，不要小看早操，这关系到团队的斗志，没有斗志就做不好销售云云，之后便打发众人散伙了。

孔令仪拉住沙当当笑道："你怎么这么无耻呀？说说那套词儿怎么'有才'了？"

沙当当赖皮赖到地上说："反正我就写不出这样的歌词。"

孔令仪拿两手比划着扇翅膀的动作，鬼鬼祟祟地说："你不觉得这歌词有点耳熟吗？一只小蜜蜂呀，飞到花丛中呀，嗡呀嗡呀……"

沙当当其实也疑心这套自编拉歌的创意源自卡拉OK里那首著名的"一只小蜜蜂"，只不过大白天唱，弄得大家活像做传销的，有点神经兮兮。

沙当当想了想说："孔令仪，毛主席教导我们，'深挖洞，广积粮，不称霸'，记得不？"

孔令仪是七十后，对于毛主席语录有一点基本知识，这一条因为简单好记，她总算能完整背诵，却万没想到八十后沙当当也说得出来，她疑惑地点了点头，隐约感到对付沙当当不像预想的那么容易，也就是说沙当当没有她原先以为的那么没有深度。

沙当当接着说："朱元璋反元时，学士朱升向他提出三条战略方针：'高筑墙，广积粮，缓称王'，有这事儿吧？"

孔令仪依稀记得确有这一条，她迟疑地点了点头道："好像是有人跟朱元璋提过吧，那说明什么？"

沙当当振振有词地说："你不能否认毛主席有才吧？还不是照样借鉴朱升那三条。这叫'变形'明白不？不是'有才'还变不过来呢。"

孔令仪这才明白过来，和沙当当一起笑了起来。两人正傻笑，林如成的助理过来说，老板叫三个小区经理都去他办公室开会，两人一听，笑容僵在了脸上，和另一个小区经理杨瑞一起惴惴地朝林如成办公室走去，担心着又要挨训了。

林如成这回倒没有发脾气，只说了一条："早会以后就取消了。从今天起，你们三个小区经理，每天下午五点要回到办公室，汇报你们当天的工作，我们再一起把第二天的工作也做一个安排。"

三人一听，真是有如晴天霹雳，他们交换了一下眼神，都没有说话，过了一会儿，年纪最小的沙当当才鼓起勇气小心翼翼地问道："老板，每次会议大约多少时间？我们好根据时间准备汇报内容。"

林如成拿他粗胖的食指敲着桌面，拖着声音说："经理会嘛，就我们四个人，不需要硬性规定时间了，每次根据实际需要而定吧。"

这下，三个人的心算是彻底凉透了！接下来的日子，林如成果然不负所望，把经理会开到凌晨一点也不是没有过，直开得三人恨不能用火柴棍撑住眼皮。等会议结束后，林如成时不时地及时把会议内容做个简单的总结发给在上海的顶头上司，好叫他从发邮件的时间上明白自己有多卖力，大半夜的还在办公室里干活。

自打实行了经理例会制度，早操就由行政主任来带操了，林如成自己则多半要到中午十二点钟的光景，才会踱进办公室来。三个小区经理是不敢偷懒的，指标在那里压着，每天傍晚又要汇报白天都干了些啥，只恨自己不能长出三头六臂来。所幸雷斯尼虽然是个小公司，它的产品和奖金制度却都不错，在这儿干，收入还是很说得过去的，看在钱的分上，三个小区经理都咬紧牙关挺着。

这天沙当当因为晚上要请客户吃饭，逃过了林如成的例会。晚饭后她回办公室取点东西，发现孔令仪和杨瑞还没走，两人对坐着，脸色都不太好，沙当当赶紧走过去关心地问道："老板又发脾气了？"

孔令仪没好气地说："我让他装！"

沙当当好奇道："老板装啥了？"

杨瑞咧嘴笑道："装第二个字母呀。"

沙当当很疑惑："第二个字母是什么意思？"

孔令仪被沙当当逗得哈哈大笑起来："你真可爱，你说第二个字母是啥意思？"

沙当当喃喃道："A，B，C，D……是B。"她恍然大悟。

孔令仪嚷嚷着，再过一年，等房贷一还清，就和林如成拜拜，一天也不耽搁。杨瑞也表示："再挨年把，我拿下房贷就开溜，免得被林如成逼出神经病来，这房奴的日子真不是人过的。"

沙当当一听两人都是再挨一年就能还清房贷了，不由羡慕地说："我想当房奴还不够格呢。"

孔令仪叹着气宽慰沙当当道："你还年轻，不用着急马上买房，多攒一点首期，以后还贷压力也小，省得像我们这些做房奴的，每个月都等着发工资还银行钱，跟签了卖身契似的，不敢乱动。"

杨瑞却不同意孔令仪的说法，他说："从03年底开始，广州的房价一直在往上走。我有个同学，本来两年前他的钱就够付三成首期了，当时他想多攒一点钱再买房，好减轻贷款压力，结果呢，省吃俭用攒起来的钱根本赶不上涨的房价，现在老婆天天埋怨，悔得他想死的心都有了——要我说，当当你要是想在广州安家，还是现在抓紧买房，我的感觉，未来两年，广州房价会涨得更快，和深圳上海比一比就知道了，广州的房价现在还是处在比较健康合理的价位上。"

听杨瑞这一分析，孔令仪也觉得沙当当本来就有点没心没肺，别误导人家了，她便纠正自己起先的说辞道："那也是，光低头傻挣不行，特别是房子这个东西，该出手时就出手。"

杨瑞又说："其实现在买股票也不错，股市熊了好几年了，该牛了，如果有现金，抄一把底，放上一年，翻倍是没问题的。"

孔令仪明显不太相信地说："有这样的好事，你何不延长房贷的还款期限，把现金先拿去买股票呢？"

杨瑞说："咳！你别说，我还真就打算这么干了！反正房贷的利息也不高，我就全当是向银行借钱炒股好了。"

沙当当听两人言来语去，半天插不上话，孔令仪见她像一只迷途的羔羊那样迷惘，哈哈笑起来道："杨瑞你把沙当当说傻了，她现在到底是该去买房还是该去股市抄底呢？"

杨瑞说："买房买股票都行，就是别把钱傻放在银行里，现在抓着现金最傻了！黄金十年呀，你上哪里去找这么好的投资机会！再说了，不投资怎么跟得上 CPI 的增长步伐！"

孔令仪拍拍沙当当的肩膀笑道："投资需要本钱，关键当当工作没几年，本钱不够多呀。"

沙当当连连点头："可不是嘛，我就那么点钱，凑个首期就没了。"

杨瑞说："那你就赶紧下决心吧，要么买房，要么去股市抄底，总之别再傻坐着不动了。赚到了钱，咱们就抛弃林如成！"

让沙当当买买家电布置个房间什么的，她很能干，也很乐意干，但她的脑子不习惯思考太复杂、宏观的经济问题，尤其畏惧深入的思考，她被杨瑞说得心里七上八下，没有了主张。

等杨瑞走开，沙当当小心翼翼地问孔令仪："令仪，刚才杨瑞说现在买股票放一年就能翻倍，你觉得有可能吗？"

孔令仪看了看她充满期盼的脸，反问她："你玩过股票吗？有这方面的金融知识吗？"

沙当当茫然地摇摇头，明显纯洁而无知。

孔令仪凑近一点压低嗓子说："呐，当当，我跟你说个实情吧，我在 01 年 5 月买了一点股票，一买就被套牢，四年半过去了，2006 年都要来了，我不但没有解套，当初投进去的 10 万块现在就剩三分之一了！一般人我不轻易告诉他这段经历，又不是什么光荣的事情！经过无数个痛苦的夜晚，我算是彻底想通了，我长线投资，那点股票准备留给孙子了。我老公都说，自从我决定不再惦记补仓解套，我们家才算重新过上了正常的生活——当当你要知道，只剩三分之一本钱的股民不是我孔某人一个，而是绝大多数，不信你去问问杨瑞，看他肯不肯跟你讲实话，谁知道他这几年在股票上损失了多少？股市有风险，投资须谨慎。你自己看着办吧。”

沙当当一听心凉了半截，张了张嘴，半晌才说：“那，我要不要赶紧去买房呢？”

孔令仪说：“这倒可以考虑，估计广州的房价多半还要往上走的——仅供参考哦，主意要你自己拿。不过，有一点杨瑞说的还是挺对的，光低头攒钱是不行的，还得会理财。”

沙当当认真地说：“有一点你说得很对，投资需要本钱，我现在没有多少本钱——我得先努力，多挣点本钱。”

孔令仪拍拍她的肩膀感慨地说：“别着急，财富的积累需要假以时日，一步登天的事情是没有的，我当初就是想着一步登天，才会被人家套住的。总之，看在钱的份上，我们一起忍一忍林如成的变态吧。”

要多挣点钱是这样的不容易，然而，叶陶给沙当当独在异乡的日子增添了一线温暖几许兴奋。

沙当当觉得，挣钱，当经理，都显得更加有意义了，她前所未有清晰地设定出自己的人生目标，按难度由难而易排名，她决心拥有一份体面的职业，一套三房的房子，一副中上的容貌，一个英俊的丈夫，以及一部一手的“宝来”。

沙当当决定把上述几样一样一样地挣到手，给父母看看，以便让他们自豪，给李力看看，好让他重温“士别三日当刮目相看”的古训，当然，不妨也给孙建冬看看，让他意识到损失曾经发生。

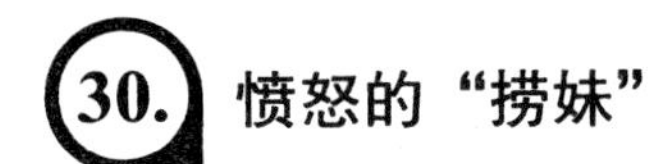

30. 愤怒的“捞妹”

叶美兰听母亲说叶陶找到了好工作，据说还是两个活儿由他挑，具体怎么个好法，叶茂老婆却说不清楚了，只说工资肯定比原来高。

叶美兰马上给叶陶打了个电话才搞明白，一个是在大型网络公司做 7*24 小时不间断网络服务监控，如发现异常就通知有关人员处理故障，需要三班倒，3500 元一个月。

另一个是一家提供 IT 外包服务支撑的香港公司，他们需要一个外包 helpdesk 的工程师，主要职责是帮助用户解决 WINDOWS 操作系统和 OFFICE 等软件的使用中遇到的问题，报酬是 4000 块。

叶美兰听了非常满意，这都是正宗的白领工作呀，比叶陶以前干过的活计体面多了。晚上回家她半是讨教半是卖弄地问孙建冬哪一个工作更好，言下之意，娘家兄弟也是大家抢着要的货色，不是工作挑他，是他挑工作。

叶美兰不了解，她的消息并不能赢得丈夫对娘家兄弟的器重，孙建冬的内心依然鄙薄叶陶：爹妈辛苦供他念了十五年书，却得不着他一分钱的好处，没本事又想一步登天，毕业四年多了，工作高不成低不就，到现在还蹭老头子的饭吃，零花钱八成是靠叶美兰供给，白长了一副好皮囊，如今总算找了个三四千元的工作，叶家当天大的喜事来说，其实还不如公司里刚毕业的小女孩挣得多。

鄙薄归鄙薄，叶美兰怎么说也是育有一子的正室，况且孙建冬也明白叶陶跟他自己比总是个明确的进步，因此孙建冬虽然心里懒得搭理叶家的事，还是按外企的习惯负责地给了意见，他说去那家香港公司吧，一来不用三班倒；二来呢，很明显，4000 元比 3500 元多 500 块钱；三来，最重要的，这个工作能积累和客户打交道的经验，以后有希望转做售前或者售后工程师，收入马上就上去了。

孙建冬说的三条理由，除了最重要的那一条，叶美兰都听明白了。她听出来孙建冬的回答还是比较负责的，不由非常高兴。孙建冬却又不冷不热地补充说："两个都是正正经经的工作，但叶陶别指望靠三四千元的月收入一下子就改变人生，关键是要踏踏实实做下去，才能有个长期的发展。其实，像这样档次的工作叶陶毕业一年后就该拿到。"

叶家喜事连连，叶陶不仅找到叶家上下都十分满意的工作，收心老实上班，而且有一天晚上下班忽然带回家一个女朋友。

叶茂老婆自己是个小个子，有生以来浑身上下就没点圆润的地方，年轻时男人就因为嫌她胸小跟别的女人弄出事情来过，偏生女儿叶美兰也是小个子营养不良似的发不起来，加上像足了她本人，女儿也是既不机灵又不善风情，很难在男人跟前讨喜，让她总觉得穷人没有翻过身来似的耿耿于怀了半辈子。

眼见得沙当当个子还算高挑，嘴巴又糊了蜜糖一样甜，叶茂老婆有些高兴，便没太计较沙当当有点男性化的方脸。但老两口马上发现沙当当是四川人，孤身一人到广州来打工的，祖祖辈辈本地人种的叶茂两口子就有点不够满意了，何况叶茂16岁的时候在经济上吃过四川人的亏，至今提起来都有点疙瘩。他们不由得暗中埋怨叶陶事先一点口风也不透露，就自作主张给带家里来了。叶家虽然家境很一般，但叶陶的相貌和聪明是他们的骄傲，叶美兰的婚事开了个好头，对叶陶的婚事，他们更是寄予了厚望，太一般的女孩子他们看不上。

然而，不够满意归不够满意，工人阶级的觉悟老两口还是有的，人无完人的道理他们明白，儿大不由娘的道理他们也明白。他们直觉到叶陶找工作的事情八成和沙当当有关，看来这个女孩能对叶陶起到好的作用。

当晚，吃罢家常晚餐，沙当当作势客气了一下，叶茂老婆一推辞，她就当真没有进厨房帮忙收拾，跟叶陶回卧室上网玩起了QQ游戏对对碰，沙当当技术一般，却玩得十分入迷，她自己紧张地按着鼠标，不时兴奋地大声指挥叶陶帮她敲键盘上的数字键，协助发射武器。叶茂端着架子坐在那张笨重的沙发上看电视，想着老婆一个人在厨房里忙乎，他越发觉得沙当当吆喝叶陶的笑声刺耳。叶茂老婆心里也不太自在，想当年，叶美兰和孙建冬谈恋爱的时候，哪一次上孙家不是拖地洗碗样样都干，那才像个做儿媳妇的样子！

两个年轻人一不小心就玩到十二点多，才发现老两口熬不过已经悄悄先睡了。叶陶搂着沙当当的腰央求道："上楼下楼太不方便——你这么累，今晚不要回去了吧，我要你就在这儿睡。"

沙当当吃不住叶陶像撒娇的孩子那样央求自己，她只觉得心尖上一颤，一阵战栗的激动像流水顺着她的咽喉无声地涌向大脑和五脏六腑，她不由迷迷糊糊地依了叶陶。

半夜里，叶茂老婆正睡得迷迷糊糊忽然听到动静，她只当是进了贼，赶紧推醒叶茂，一起侧耳辨认了半天，确认是从叶陶房里传来的动静。两人哭笑不得。叶茂“哼”了一声道：“睡你的吧。”他翻了个身很快又睡过去了。

叶茂老婆独自在黑暗中睁着眼睛，夜深人静，隔壁沙当当的动静穿透力甚好，不管老太太爱听不爱听不由分说地往她耳朵里灌。叶茂一直均匀地打着呼噜，不知道是真睡着了还是装睡着了，叶茂老婆觉得十分窝心。

第二天是周六，叶茂两公婆起床后，见叶陶房门紧闭，他们生怕撞上了沙当当面上不好看，只得轻手轻脚地出门喝早茶去了。他们和一帮子老头老太聊够了闲话，又去超市买了一堆乱七八糟的东西，在外面直挨到下午两点，才放心往家走。到家开门一看，房子里一点动静没有，儿子的房门紧闭着，看来两个年轻人已经出门了。

老头老太都累了，两人一起慢悠悠地把买回来的东西往冰箱里放。

叶茂老婆心中有气，不满地嘟嘟囔囔道：“这外省的女孩子真是不得了，和叶陶认识能有几天呀，就睡到我们家里来了！她妈妈要是知道她这样脸得往哪里搁哟?!”其实，当年叶美兰和孙建冬交往不了多久就时不时到孙建冬住处过夜了，并且这样的行为得到颇为满意这桩婚事的叶茂夫妻的默许，只不过老太太的记忆选择性地自动忽略了这部分事实。

叶茂不屑地说：“她妈妈就是知道了又能拿她怎么样！说不定她妈妈高兴还来不及也难讲！”

叶茂老婆不甘愿地说：“我们叶陶这么一表人才，比沙当当长得强多了！不行，我得提醒提醒叶陶，别搞出大肚子来，赖上我们不走了。”

叶茂眯着眼睛回忆道：“昨晚她说自己是个销售，不知道收入怎么样？没来得及问。”

叶茂老婆不假思索道：“她一个‘捞妹’(本地人对外省女子不友好的称呼)，收入再好也高不过我们叶陶！叶陶大手大脚的，对谁都大方，她肯定是想嫁给叶陶以后她娘家有好处捞了。”

两人正说得过瘾，叶陶的房门“嘭”的一声忽然打开了，老头老太吓了一跳，不约而同尴尬地搭讪道：“你们没出去呀？”

叶陶站在门边，生气地瞪大了眼睛大声呵斥父母道：“你们真八卦！我的事不用你们管！”

沙当当从叶陶背后钻出来，她拉开叶陶，笑眯眯地对老头老太说："你们误会啦，我们家和我，都没有那样的想法。"

叶茂不讲话，他老婆不知所云地嘟囔道："不是啦，我们不是那个意思。"

沙当当没事人一样拉着叶陶洗漱完毕，出门前不忘和老人招呼一声道："伯父伯母，我们上街去啦。"

两人一下楼，叶陶就对沙当当说："当当，我代我父母跟你说声'对不起'，你别往心里去。其实他们也没啥坏心，就是爱八卦。"

沙当当心里很生气，"捞妹"的称呼让她满腔怒火。她没头没脑地问了句："叶陶，捞妹的捞，是不是捞世界的捞？"

叶陶尴尬地说："是。你别理他们。"

沙当当硬咽下一口怒气，反而笑着劝叶陶说："没事，老人嘛！我也经常和我妈妈吵架的。"

叶陶对沙当当的态度信以为真，非常感激沙当当宽宏大量，却不知道为了这个"捞"字，以后他得无数次地接受沙当当旧账重算，老歌新唱。

31. 老板不好自有老板的老板教训，下级要先做到下级的本分

2005年的最后两周，孙建冬和陈丰都在往下分配来年的指标和费用。

2006年的销售指标很重，对生意的增长要求高了，但是公司给到大区经理手中的销售费用还是以前那个点数，一块饼就那么大，你分多了我就少了，于是大家都难免或明或暗地开始掰手腕，资源能多一点是一点，指标能少一点是一点。

孙建冬那边，分到最后，他烦了，自己也摆出耍赖的架势道："我就这么多钱，几乎全分给你们了，可以说，现在，除了一点请客吃饭的预算和每个月南区经理会议的费用，我手上一分钱都没有了，请各位不要再朝我要了，谢谢合作！谁再要，我只有把内裤脱给他了！"

他话音刚落，梁诗洛马上举手道："老板，我还想要！"

小区经理们哄堂大笑，孙建冬差点脸红，他正站在幻灯机旁边，一只手本来就插在裤袋里，另一只手这时候下意识地伸到小腹前面护住皮带扣。

孙建冬有点狼狈地跟着众人笑道：“唉？费用的问题我们会后再沟通。”心里却对这个麻辣的玩笑感到有点高兴。

大家这一哄笑，争了大半天的紧张气氛就此缓和了一半，费用的分配总算是大致达到了求同存异的目标。

张凯一直沉着脸，因为他觉得06年的指标分配上，孙建冬明显在偏袒梁诗洛，他这组吃亏了，张凯压制着自己的火气，尽量委婉地据理力争，但是孙建冬很坚决，没有松口的意思。

对指标的争议大大超过了对资源的争议，当天的经理会一直开到天黑也没能敲定，孙建冬已经头晕眼花了，他干脆地说：“我领指标的时候就跟老板说了太高，老板告诉我，做不出来也得做，做得出来也得做——没有办法，要待在这个位置上就得完成指标，你做不出来，大把人等着接你的位置，我和你们没有什么两样，我不行公司照样换人没什么情面好讲，这是游戏规则。”

孙建冬让大家回去抓紧把各自的指标和费用落实下来三天内报给他，就宣布散会了。

张凯耷拉着脑袋闷闷不乐地回到家里，他一直想着指标的事情，想得出了神，连自己晚饭吃了啥都没搞清楚。洗澡后，张凯又坐到电脑前算了半天，思来想去觉着还是得和孙建冬再求求情，不然又要难受一年，他想着，便拨通了孙建冬的手机。孙建冬好一阵子才接电话，张凯听他的背景很嘈杂似乎在一个闹哄哄的酒吧，忽然生了疑心，有点不是滋味，他说了几句后，孙建冬说：“我现在不太方便，明天到办公室再谈吧。”就挂了。

过了几天，张凯找杜拉拉商量点事情，两人一来二去的就聊晚了。张凯一看表说：“不好意思，耽误你下班了。得，拉拉，干脆我送你回家吧，这钟点你很难打车，我反正也要回家了，顺道送你。”

路上，张凯沉默地开着车，拉拉坐在副驾驶位上侧脸看看他说：“你有点反常嘛，居然一言不发。”

张凯说：“不是，我在思考一个问题。”

拉拉看他一副严肃认真的小模样，忍不住哈哈笑了起来。张凯也笑：“干吗？

销售一思考，HR就发笑，是吧？”

拉拉挥挥手道：“没有没有，你说吧，到底思考啥。”

张凯说：“拉拉，你说，做主管的是不是该跟下属保持一定私人距离？特别是和异性下属之间？”

拉拉笑道：“干吗问这个？你遇到性骚扰案件了？”

张凯认真地说：“不是。我就想听听你们HR的意见。”

拉拉收住笑，认真地说：“照说呢，同事之间合得来就做朋友，多点往来也无妨，合不来就只谈公事莫扯私事。说到上下级关系，不论是不是异性，我个人的经验还是要适当保持距离才是明智的，如果太CLOSE（亲近），难免有时候就会说出不该说的话，对工作不太好。”

张凯一拍大腿说：“你说得太对了！这点我是深有体会！我刚升小区经理那年，手下有个女销售，长得挺漂亮，人也很聪明，生意做得非常好。我那时候也傻，没什么经验，想着对这么重要的下属总要好一点，大家不谈工作的时候就难免说笑两句，有时候也一起出去吃个饭、泡个吧或者唱唱K什么的，不过我声明，都是集体活动，好几个同事一起去的。不料，后来有一次，我发现她工作中的问题，向她指出来的时候，她的态度非常不好，使用的语言根本不像同事之间使用的语言，对我连‘老板’也不称呼一声，直接就你你你的。我非常惊讶，后来我想明白了，是不是她认为我对她有意思，所以就这么放肆了呢？打那以后，我就学乖了，我刻意保持和她的距离，跟她说话的时候既不过分严厉，也不嘻嘻哈哈，至于那些私人活动，我一概取消，慢慢的，她也就明白了，再也不敢和我耍性格了。从这件事情，我学到一点，做老板的，自己要像个老板，下属才会尊重你，拿你当老板。如果你自己做得不恰当，也就别怪人家想利用你。拉拉你说我说得对不对？”

拉拉点点头，忽然问他：“你们指标分好了没有？”

张凯瓮声瓮气地说：“分好了。我的指标比谁都重。”

拉拉说：“你的指标是比谁的重呢？”

张凯吓了一跳，连忙说：“我没特指谁。”

拉拉轻笑一声，不说话了。

张凯连忙说：“喂！拉拉！你这样笑是什么意思嘛？咱们得说清楚，我可没和什么人去比。”

拉拉狡黠地说：“我说你比了吗？”

张凯敌不过拉拉，“行行行，拉拉你别欺负我了，就看我傻是吧？”

拉拉说：“知道自己傻就别学人家耍小聪明。”

张凯摇摇手宣布免战：“行，我不耍小聪明了。”

拉拉沉默了一会儿说：“张凯，你要觉得不踏实，就别说。你放宽心，我这人基本的义气还是讲的。我觉得孙建冬不至于特地难为你，你要觉得他有安排不妥的地方，还是可以和他沟通的。”

张凯只得假模假样地说：“那是，我老板还是很职业的。”

拉拉怕张凯心重，就转移他注意力道：“给你做道脑筋急转弯，放松放松——有头猪开车出门，它会左转弯，也会右转弯，它开呀开，突然碰到一个丁字路口，它却直接撞上去撞死了，你说是为什么？”

张凯想了半天挺纳闷，“不是说左转右转都会吗，怎么能撞死呢？”

拉拉说：“因为猪不会急转弯。”

张凯喃喃道：“不会急转弯？”

拉拉说：“你再想想。”

张凯一下想明白了，指着拉拉道：“好呀，你骂我是猪！”

拉拉大笑，张凯不服：“这不算！没啥科技含量！太初级了！”

拉拉笑道：“那我出道题考考你IQ，给你三根火柴，随你搭，可以是符号，可以是数字，也可以是字母，总之，搭出来的东西代表‘小于四大于三’，你说这搭出的是啥？”

张凯紧张地想了半天说：“你不是又给我下套吧？让我当猪？”

拉拉说：“给你两个选择，要么我现在告诉你答案，要么你今晚回去想一想。

张凯挺挺胸说：“我今晚回去想。”

拉拉笑笑不讲话了。等拉拉到了地方，张凯把车停在路边，拉拉正准备下车，张凯憋不住了，叫住她道：“到底是个什么呀？”

拉拉说：“是 π 呀，够笨的。”

张凯愤懑地说：“我就知道逃脱不了当猪的命运！”

拉拉说：“说明你的思维模式有局限，你得习惯转弯才成。”

张凯说："哎拉拉，你先别走，我怎么觉得你一语双关话中有话呀？"

拉拉正色道："你别多心，我先声明，我不针对任何人，我就是觉得，做老板的自己要有做老板的样，同样，做下属的也该先尽到做下属的本分，老板不好，自有老板的老板去 COACH（教）他。你说是不是？"

张凯想想，同意道："那也是。"忽然又说，"哎不对呀，凭什么老是你考我？我也得出道题考考你，谁知道你是不是猪呢？"

拉拉说："你今晚上先回去好好准备，明天来考我，看我是不是猪。"一面拉开门飞快地跑了。

WHY 比 WHAT 更重要

梁诗洛组里出了一个空缺，她把手上的应聘者筛选了一遍，左挑右选，一晃大半个月过去了，看看年底一堆的活儿实在不能再拖，才相中一个小姑娘。这小姑娘本科毕业两年半，一直在 DB 的一家竞争公司做销售，她向梁诗洛提出要求给 6500 元底薪。

梁诗洛觉得小姑娘销售能力还行，就推给了孙建冬和杜拉拉。两人见过也觉得能用，拉拉和孙建冬商量说："我们在 5000 元附近 OFFER 她一个数字怎么样？"孙建冬觉得小姑娘差不多这个价格，就同意了。拉拉便签了 OFFER 给孙建冬。

等孙建冬让梁诗洛去和人家沟通 OFFER 的时候，梁诗洛才说，那女孩说了，一定要给 6500 元以上，不到这个数字就不用谈了！

孙建冬没有多想，把这话照搬给拉拉。一听"不到这个数字就不用谈了"，拉拉有点不爽，心想：你毕业不过两年半，凭什么那么大口气！

拉拉问孙建冬："你怎么看？"

孙建冬说："是高了一点。但是人家现在的底薪就 5500 了，是我们要去挖她，又不是她来找我们的，不多加一点钱，人家不肯跳，不可能让她亏本跳槽吧，要不，拿个中间数，大家各让一点，6000 怎么样？"

拉拉心想，她说现在的底薪是 5500 你就信吗？又不好直接反驳，只得跟孙建冬分析道：“各大公司给新人的待遇差别不大，一般都在 3500 元左右的底薪，她经历过两次年度加薪，最近又刚升高代，再加一次，估计目前的底薪 5000 元到顶了，我们在面试中又看不出她特别聪明能干，中等水平而已。DB 的薪酬结构和她现在的公司有点差异，我们的销售代表每月交通和通讯补贴是 2000 元，比她现在拿的补贴高 500 元，而且我们另有相当于底薪 20% 的补充养老金，也是她现在没有的福利，所以，假设同样是 5000 元的底薪，等于我们已经为她的跳槽给了超过 30% 的增幅，这是公平的。”

孙建冬说：“按照公司的政策，每年最后一个季度加过薪水的和新加入公司的员工，没有资格参加春节前的年度加薪。她现在这个时间跳过来，我们是不是该考虑到她不能参加年度加薪的这一部分？”

拉拉解释道：“关于这一点，我们确知，她现在的公司也是这个规矩——如果像她自己说的，她是这个月才晋升为高代刚加过工资，那么她在现在的公司也是没有资格参加年度加薪的，她可以找他们的 HR 了解清楚，或者再研究一遍晋升调薪通知书，上面肯定清楚地注明了这一点。”

孙建冬坚持说：“但是她已经说了目前的底薪是5500呀，不好越跳越低嘛。”

拉拉听了觉得刚才和他都白说了，她索性说：“要不这样，让诗洛和这女孩儿沟通一下，请她提供现在的工资单给我们看一看。”

孙建冬说：“那也好。”

他的想法是，只要到时候把工资单给杜拉拉一看，她就没话说了，省得大家在这里浪费口水。

梁诗洛很敏感，一听要她找对方去要工资单，马上就说：“老板，有这样朝人家要工资单的吗？我担心这会不会显得不尊重别人？就跟我们认为人家撒谎似的，不太好吧？”

孙建冬劝说道：“她要 6500，HR 只肯出 5000，差距太大，不拿工资单来，不好说服 HR。我听拉拉的口气，好像不太相信这个女孩现在的底薪能拿到 5500。”

梁诗洛赌气道：“想要工资单 HR 自己去要，我说不出口。杜拉拉说多少就多少吧，大不了不招这个人了！”

孙建冬说："招不到人，还不是你自己辛苦。"

梁诗洛黑着脸一声不响走出孙建冬的办公室。孙建冬见她不高兴，想了想，又转回头打电话给拉拉说："拉拉，我刚才考虑了一下，由我们去向应聘者要工资单也不是不可以，但是这些事情销售部没有HR专业，能不能还是你们出面去要呢？"

拉拉一听就猜到了几分，她说："没问题。我原以为这个人是诗洛组里的销售介绍的，都是熟人，要起来方便。既然这样，回头我去要吧。"

小女孩很强硬，在电话里敬告杜拉拉和伟大的DB公司道："你们公司怎么这么麻烦！你如果给我出的价钱低了，就算现在一时把我哄进来，以后我早晚知道真相，那就没意思了。"

拉拉一听就倒胃口了，觉得这女孩挺没礼貌也很无知，她客客气气地解释说："您是在大公司服务的，肯定知道像DB这样的公司不骗人。如果您多了解一下，就会知道，跳槽的时候HR做背景调查很正常，比如要求提供工资单和名片，都是常见的做法。并不是针对您个人的。"

催了两次，女孩把工资单传真过来了，拉拉一看，确实是刚晋升为高代，新调整过的薪水是5000整。拉拉拿着工资单去找孙建冬，孙建冬说："那女孩刚才打电话给他解释了，说自己原先没仔细看，把5000看成5500了。"

拉拉想，就凭女孩在电话里跟自己说的那番可笑的话，这人就不值那些个钱，这要是换了陈丰，面试的时候就发现撒谎的肯定不要了。

考虑到梁诗洛手上的空缺已经招了一个月了，拉拉对孙建冬说："要不这样，你和诗洛讨论一下，如果你们确实非常想要这个人，我们重新在5500以内定一个数字。再高肯定是不行的，那会破坏内部平衡，万一要是漏出工资信息，别的员工知道了会不高兴。我们不能为了满足一个人，得罪一群人。"

孙建冬对这件事情没往心里去，梁诗洛却对被欺骗的事情很恼火，有点下不来台，犹豫着不太想要那个女孩了。没等她飞人家，小女孩抢先告诉她不来了，据说去了MS。

拉拉还不知道这个变化，过了两天，见销售部也不来ARGUE（争论）这件事了，拉拉还觉得挺奇怪，提醒孙建冬说："那事商量得怎么样了？"

孙建冬说："不来了，去了MS。"

拉拉心想：不来就不来，本事一般，漫天要价，还那么没礼貌。

孙建冬说：“她和诗洛说，MS 接受了她的要价。”

拉拉不服地说：“这小女孩说话有点不靠谱，我看 MS 未必接受了她的要价。”

孙建冬笑道：“我看也是，MS 的 HR 没有那么笨。但是看来 MS 确实出了个比 DB 高的价格——现在招人不好招，到处都缺有经验的销售代表。拉拉你觉得我们的工资是否不够有竞争力？要不跟你们王宏反映反映？如果公司能提提价，你们也好 OFFER 很多。”

孙建冬这话拉拉还是能接受的，她自己也感到最近半年来，市场上的叫价越来越高，你认为这些小年青不值那么高的价钱，但市场上有人愿意出那个价钱用他们，这是事实，整个行业的薪酬行情在看涨。

但是王宏的脾气拉拉也是知道的，预算看得很紧，你说他给的价格需要调高，他没有那么容易接受的。

本来拉拉也不想多事找王宏了，不料没过几天发生了一件事情，也是应聘者不满意 DB 的 OFFER，转而接了别家公司的 OFFER，董青和周酒意为此闹得很不愉快。

董青拉着个脸，拔尖了嗓门冲周酒意嚷嚷：“DB 就差这几百块钱吗?！就因为你们 HR 卡着这几百块不肯给，人家跳到我们的竞争对手那里去了！我们销售拼死拼活地干，你们 HR 反正不用背指标！招不招得到人你们都不着急！”

董青唇边翻着白沫，口水差点喷到周酒意的脸上。周酒意被董青嚣张的态度气得脸发青，但她不想和董青吵翻，只得耐着性子解释道：“董青，不是我不放这几百块钱给你。公司有薪酬架构，该 25 分位就 25 分位，该 75 分位就 75 分位，不怪拉拉对 OFFER 看得紧，她不看紧，要受到王宏的挑战。王宏也有王宏的难处，他得对公司的年度人力成本预算负责——就算我按应聘者的要求把 OFFER 放给你，到了拉拉那里也要被她打回头，到头来我岂不是里外不是人，我也很难做的。”

董青本来就烦杜拉拉，听了周酒意的话，踩着高跟鞋，飞奔去找她的老板——大客户部东大区经理告状去了。

这董青的老板是个有个性的，架子比江波都大，他一听挺生气，马上打电话给拉拉说："拉拉，人才难求，何必为了区区几百元就眼睁睁看着优秀的应聘者流失。我们这样出OFFER，还谈得上有竞争力的薪酬水平吗？虽然公司有公司的薪酬政策，可政策是死的，人是活的。再说了，制定政策是为了保障核心业务，不是用来妨碍业务发展的。销售部的压力很大，我们在前方作战，还希望你们HR能在后方多多支持我们。"

他说罢，也不听拉拉的解释就挂了电话，搞得拉拉挺郁闷。

拉拉想来想去，还是得去找王宏反映。

王宏一听就不高兴了，他说："我这薪酬框架是根据HEWITT和MERCER最新的薪酬调查数据做出来的，你说低，依据是什么呢？需要调高多少才不低呢？"

拉拉哪里能说得上来，她压根儿就看不到HEWITT和MERCER的数据，只不过知道HEWITT和MERCER是啥意思罢了。

王宏倒也不欺负拉拉，他说："这样，要不，你在最近六个月招进公司的一线城市的销售代表中，挑出从行业前十名公司跳过来的人，把他们当时的薪酬和年资做一个表，发给我看看吧。标本也不用太全，你每个公司随便抽那么两三个人好了。"

王宏的说法挺合理，拉拉连声应承下来，她高兴地把交涉的结果和周酒意、周亮沟通过，都清楚来龙去脉后，说好大家把三地的数据各自做出来交给拉拉汇总。

周酒意听说要做这样一个分析，就有点心烦，年关将近，已经够忙的了，平地里又生出这么件事情。她盘算着，怎样才能快一点交差。

等周酒意把数据交来，拉拉一看，表格中列的那些人，工资都不高，按这水平，王宏做的薪酬架构完全是很有竞争力的——真要交这些数据给王宏，拉拉不是自己打自己的脸嘛！

拉拉马上打电话给周酒意问她："你是根据什么标准挑出来这些人的？"

周酒意说："你不是说标本数不用太全，一家公司挑两三个就行了嘛。"

拉拉说："可你列出来的这些'两三个'，怎么都是工资那么低的呀？他们的工资有代表性吗？"

周酒意胡乱搪塞道："我今年招来的这些人工资就这样，找不出更高的人了。"

拉拉说："不对呀，比如你表上 MS 的这两个，跳过来的时候工资都只有四千来元，可我记得你这个月初刚给我签了一个 MS 过来的，不是基本工资就七千多元的吗？"

周酒意被拉拉的记性闹得没脾气，只得支吾着承认道："不好意思，年底活太多，表格做得太急了，不小心漏了这个人。"

拉拉又评价周酒意的表格上另两家竞争对手跳过来的人选，她说："在你今年招进来的人中，这两个也肯定不是工资最高的。不信，你翻翻最近三个月的 OFFER 底单。"

周酒意只得承认，自己挑人选的时候，的确是只想着每家公司两三个标本的要求，但标本的抽取很随机，没有留意去挑选工资高的人。

拉拉不太高兴，问周酒意："你说我们为什么要做这个分析给王宏呢？"

周酒意说："因为市场上的薪酬行情不断上涨，按公司的现有薪酬架构来 OFFER，挖人有点困难。"

拉拉说："是啊，特别在上海，比广州、深圳和北京都更难 OFFER，这你该比周亮更有感受呀，你不是为了这个才和董青吵了一架吗？现在我们就是为了要说服王宏把公司来年的薪酬架构提高一点，才做这个分析的——你不在这个分析中体现竞争对手的工资水平高，反而挑了一堆低工资的出来，我要是真把你这些数据给王宏，不是自己打自己嘴巴吗？"

周酒意有点不好意思了，答应马上重做。

拉拉被董青的老板郁闷了一把，又费劲和王宏周旋了一场，见周酒意却这么应付这件事情，心里就来气。虽然周酒意已经说了马上重做，拉拉还是忍不住说："我们别光图快，不能为做分析而做分析——首先得想想，为什么要做这个分析，搞清楚做分析的目的后，再考虑分析中要包含哪些内容。WHY 比 WHAT 更重要。"

周酒意被拉拉说得不高兴起来，她想，我又不是二十来岁的小姑娘，偶然不注意出了点差错，犯得着给我上纲上线又是 WHAT 又是 WHY 吗？换了李斯特，只要我说了"重做"，他绝对不会再责备半个字了——再说了，你要是能搞定销售部，我们哪里还需要做什么薪酬分析？有本事，王伟走了，你照样搞定这些大区经理呀！

周酒意感到，自从加入DB，一个项目跟着一个项目，就没消停过，跟上这么个心心念念想要冒尖的老板，就像是被拴在了一匹精力过度旺盛的马后面，它一跑你不得不跟着跑，你不跟上，它就能拖倒你。

周酒意想，杜拉拉怎么就不明白呢，人跟人是不一样的，你能样样事情做得漂亮，别人不见得有这样的理想。

在周酒意生闷气的时候，杜拉拉这一头更是心事重重、忐忑不安，她在担心BROAD BANDING（薪酬宽带制）项目的结果。

过去，DB各部门之间的职位并不进行横向比较，谁也不会去比较一个财务经理和一个销售经理谁大谁小，或者财务总监和销售总监谁大谁小。明确的是，销售大区经理比销售小区经理大，销售总监又比销售大区经理大。

假如实行宽带制，不同职能部门的不同职位，就可以进行横向比较了。比如财务经理是6级、HR经理是5级的话，则说明HR经理不比财务经理重要值钱，或者说HR经理比财务经理“小”。

在南区，几个大区经理都比较尊重拉拉，有什么事都是有商有量的，小区经理们遇到难事来找拉拉更是多用请教的口吻，这说明在南区，民间的观点已经认可杜拉拉可以和大区经理平级地讨论工作，或者，她的级别比小区经理要高一级。

但是这次，董青的老板，大客户部东大区经理给拉拉的电话，那种不客气的交涉口吻，使得拉拉一下意识到，这位大区经理是明确把她杜拉拉定位为级别比他低的经理的。

33. 当不了“技术派”，当好“感觉派”也不错

林如成虽然很折磨人，雷斯尼的产品倒确实不错，带给卖力的沙当当以丰厚的回报，十二月底沙当当的工资卡上进了一万五千多元，以前在DB，她的月收入大部分时间都在一万左右。

沙当当踌躇满志地收好存折，马上上网查了查三亚自由行的费用，三天两

晚的行程，住五星级的“凯莱”，两个人的费用加起来不到四千元。她打电话和叶陶商量说：“叶陶，上次空手去你们家吃饭，还没有回礼呢，不如我请客，让你爸你妈去三亚自由行吧。”

叶陶吃了一惊，但是打心眼儿里喜欢这个主意，叶陶像他爸爸，天性好大喜功，最喜欢的就是面子工程，比如打肿脸充胖子，宁愿挨宰也要扮个大款什么的——而三亚自由行对于叶茂两公婆而言，足以称得上是一个划时代的历史事件了。叶陶想，正好借机叫这两人见识一下沙当当的手段，也省得他们“捞妹捞妹”的没礼貌。唯一令他感到踌躇的是太让沙当当破费了，到底沙当当一个月能挣多少，他心里没底。

沙当当看穿了他的心思，做出满不在乎的派头说：“钱的事你就别管了，要不你今天回家代我邀请二老出游，你爸妈肯接受的话，就把他们的身份证给我，我好让旅行社安排行程。”

两人这就算一言为定了。放下电话，为人子尽孝的成就感和自我炫耀的满足感交织在一起，让叶陶兴奋莫名。

沙当当也很兴奋。她拿出存折又独自欣赏陶醉了一会儿，决定邀请孔令仪吃午饭。孔令仪纳闷地说：“为什么请我吃饭？”

沙当当说：“我这个月奖金拿得不错，想和你一起庆祝一下嘛。再说我来广州后得到你不少关照，早该请你吃饭了。”

孔令仪听了挺高兴，两人当即约好地方。

饭桌上，等上菜的工夫，沙当当问孔令仪：“令仪，你的房子买在哪里？”孔令仪告诉她在天河公园附近。

沙当当给孔令仪斟满茶，又问道：“多大面积？”

孔令仪说：“120多平米。”

沙当当小心地问道：“那你花了多少钱？”

孔令仪回忆说：“总价55万不到吧。当时我向银行贷了30万，三年期的，每个月连本带息差不多要还九千块，现在还差一年还清。怎么，你想买房了？”

沙当当没回答她的问题，期待地反问道：“你们小区现在还有新房子卖吗？”

孔令仪说：“有呀，一期接着一期在推呢，不过，价格也一直在涨——我买得早，03年年底买的，那会儿房价低，一平米才4500元，所以，总价也就五十四五万；听说现在推出的新楼，同样的户型结构，装修标准也差不多，单价已经卖到 7000 元了，还只是楼花，不是现楼。你要是有兴趣，回头我帮你仔细问问。”

沙当当听了心一紧，她赶紧心算了一下，声调就带出慌张和不服了：“不是吧，令仪！才两年，单价就涨了 2500？同样是 120 平米的房子，岂不是总价要涨 30 万了?！”

持房的和持币的立场自然不同，孔令仪一副站着说话腰不疼的劲头说：“那可不！广州房价的涨幅算理性的了，你去看看深圳、上海，涨得比广州快多了！广州是因为经历过 96 年、97 年那一轮恶炒，老百姓都学乖了，消费观念比较理性，所以，楼价很难在广州恶炒起来——就是这样，这两年还是升了不少，而且，大家都说还有得好升，那天杨瑞不就说今后两年会升得更快嘛！”

沙当当愣在那里，半天才说：“那你 03 年怎么敢出手买的，是因为知道楼价要涨了吗？”

孔令仪摆出说来话长的架势道：“实话实说，当时房价还会不会继续再跌我们心里也没底。我这辈子第一次买房的时候，两口子都才二十七八岁，钱不多，期望值也低，天河区的房子是想也不敢想的，我们就在白云区买了一个 80 平米的两房，在 6 楼，要爬楼梯的，当时觉得挺好，一住就是五年。到 2003 年，家里经济条件好起来了，我们就想到天河区买个电梯房住，自然也想住得大一点，看来看去，觉得那套 120 平米的三房单元最合适我们三口之家，而且，说良心话，2003 年广州的房价，跟其他沿海省份的省会城市差不多，你想，广州的经济状况这么好，社平工资年年都比上海、北京高，凭什么它的楼价那么低呀？我们觉得，那个价位买了肯定合算，所以就毫不犹豫地二次置业了！说起来，我们七十后算是标准的自我奋斗的一代，钱不够，就只买小套的房子，等实力够了才敢换大房子住——不像你们八十后，即使自己的钱不够付首期，也有父母帮一点，公婆凑一点，一步到位，直接买大房子享受生活。”

孔令仪和杨瑞都是三十三四的年纪，沙当当先前单知道孔令仪还需一年还清房贷，却不知道人家原来已经是二次置业了，听了孔令仪的长篇大论，沙当当愣了一下才问道：“令仪，那你把旧房子给卖了？”

孔令仪得意洋洋地说：“卖什么卖！楼价一路往上涨，这时候我是不会卖的，我要到高峰再卖！”

沙当当不放心地问道：“那你知道什么时候是顶点吗？”

孔令仪说：“咳！我又不是神仙！哪里能知道什么时候见顶！投资这事儿，你看着差不多低了就大胆买进，到差不多高了你就干干脆脆地获利了结，别想着逃顶抄底，咱是小老百姓一个，既没有内幕又没有手段，只能自己多观察多留心，感觉差不多了就行动，我这叫‘感觉派’。”

沙当当好奇地问道：“那杨瑞算啥派？”

孔令仪犹豫了一下说：“他，算‘技术派’吧。不过，当当，我实话实说你别不高兴，‘技术派’这条路不适合你，我看你就不像愿意伤神费脑筋的主，没准比我还不如。”

沙当当一听，孔令仪这是摆明了在说自己不爱学习没深度，以前李力就说过这一条，可孔令仪和自己是平级，而且才认识不过三个月，她凭什么这么说呢！沙当当有点不高兴了，不服地问：“为什么？你有啥根据吗？”

沙当当加入雷斯尼不久，孔令仪很快就察觉到沙当当的性格不是一般的乐观，特别敢想敢干，万事到了沙当当这里她都有本事给你简化成一加一等于二，但就是不够靠谱，有时候简直是有点胡来，为这，沙当当没少挨林如成骂。孔令仪感到除了经验不够，沙当当遇事不愿意深入思考是一个主要原因。

孔令仪眨巴了几下眼睛说：“怎么说呢，我就是一个感觉吧。比如说，当当，你关注过郎咸平的观点吗？”

沙当当倒是听李力提过郎咸平的名字，当时李力言语之间似乎嫌郎咸平总是批评这个批评那个，却不见他本人有啥管用的解决方案——至于郎咸平具体都有些啥观点，沙当当一点概念都没有。她信心不足犹犹豫豫地说：“他好像是个评论家？他的主要观点是关注政策。”

孔令仪一听沙当当在胡说八道，她挥挥手直接过到下一道题：“那你知道巴菲特和索罗斯吗？”

沙当当赶紧在脑子里搜了一圈，这回完全没有印象，只得睁圆了眼睛遗憾地摇摇头。

这一下孔令仪对自己的判断更有信心了：“那就再换一道题，知道任志强吗？潘石屹？冯仑？”

沙当当再次摇了摇她的大方头，眼睛睁得更圆了，但她内心并不觉着这么些人一个都不认识有啥大不了的，她相信要是她提几个大明星的名字，让孔令仪说出人家演过啥大片，没准孔令仪也要吃鸭蛋的——人各有所长，这说明不了什么。

孔令仪没看出来沙当当心里的想法，悲天悯人地说："好，最后再来一道，王石是谁？这真的很容易答了，简直就是送分题！"

沙当当只知道北宋有个王安石，显然孔令仪问的不是他老人家。沙当当诚恳地说："好像听说过，但记不起来了。"

孔令仪叹了一口气道："明白为什么你不适合当'技术派'了吧？你没有当'技术派'的潜力，还是跟我在'感觉派'里混一口饭吃算了，能当好'感觉派'也不错啦。"

沙当当还惦记着孔令仪开列的名单，她觉得今天被问到的人，下次就不该再答不上来了，便求教道："令仪你刚才说的这些人是干吗的？都是投资房地产的吗？"

孔令仪道："你这下还真答对了一半。"她一边说一边忍不住哈哈笑了起来。自沙当当来到广州，心直口快的孔令仪给过她不少帮助，类似当年抗战，日本人的入侵让原本打得不可开交的国共两党结成爱国统一战线，大区经理林如成的变态多少促进了三位小区经理关系的融洽，加上沙当当在三人中年纪最轻脾气也好，孔令仪一个不留神就对沙当当说话随便了点，没想到，沙当当表面没说啥，心里却恼了，认为孔令仪笑得淫荡又轻浮。

这顿饭吃得，把本来对生活充满幸福憧憬的沙当当打击得够呛，她察觉到，孔令仪从内心觉着自己思想水平不行，她看不起自己！沙当当没想到好不容易当上了经理，还是被人家瞧不起。

更重要的是，她手上一共就30万，大部分是在DB工作的那三年里攒下的，从孔令仪提供的信息看，真应验了杨瑞的话，自己辛辛苦苦攒了三年钱，结果还赶不上房价两年的涨幅。而这30万，对于时年26岁工作五年的沙当当而言，本来是她的骄傲，她认为这个储蓄数字，在同龄人当中，不算拔萃也属出类了。

34. 一个幸福指数高的房奴

这天广州突然降温，晚饭的时候叶陶问叶茂道："爸，你今天腿怎么样？"

自从上回叶茂两口子说沙当当坏话被撞破后，叶陶这一阵子对他们总爱搭不理，沙当当也没有了音讯，叶茂两口子自知理亏，尽量避免招惹叶陶。见叶陶忽然关心起自己来，叶茂谨慎地说："我这腿一变天就疼，老毛病了。"

叶陶头也不抬地说："那你就和我妈一起去三亚待几天呗，这时候三亚的气候最适合老年人，你们到了那里也不用穿毛衣了，短袖正合适。"

叶茂和他老婆对望一眼，不知道叶陶什么意思，叶陶抬眼望着他们说："你们俩愿意去吗？"

叶茂老婆试探地说："当然想去呀，我们俩从来就没有出省旅游过——但那太花钱了吧？"

叶陶轻描淡写地说："想去就把身份证给我，不用你们出一分钱。"

老两口听明白儿子的意思，高兴坏了，叶茂很有见识地教导老婆说："这可不是一般的旅游，天冷的时候去三亚，天热的时候去青岛，这都是有钱人才能享到的福。老艾、老黄他们要是听说了，没准会有多眼红！"老头会讲话，叶陶听了表面上不动声色，其实心中十分受用。

叶茂老婆也把头点得鸡啄米似的，高兴之余，想起心疼儿子的钱来，她关心地问："叶陶，这得多少钱呀？别把你的工资都花光了。"

叶陶这才说："当当说了，上回空手来咱们家吃饭，这回的三亚旅游算她给你们的回礼。"

叶茂和他老婆都吃了一惊，两人不由对望了一眼，老太太迟疑地说："叶陶，这不合适吧？平白无故的，太让她破费了。"

叶陶看他们一眼说："你们不用多想，当当是诚心诚意请你们去玩的。再说了，这点钱，对当当根本就是湿湿碎（方言，小意思）啦。"

叶茂两口子这下算是彻底明白过来，原来人家沙当当根本不需要"捞"叶陶的什么好处。

话说到这个份上，叶陶干脆放下碗筷，郑重嘱咐道：“当当是本科毕业，在一家外企做销售经理。以后你们不要管人家叫‘捞妹’了，背后也别叫。记住了，千万别问她一个月挣多少钱，弄得我们自己像要捞人家什么似的！”

两人又惊喜又惭愧，连连点头保证照办。叶茂老婆热心地说：“当当不是一个人在广州吗，要不你叫她搬到我们家里来住吧，起码每天都能喝到我煲的汤，家里什么家务活都不用她干！”

叶陶打断老太太的絮叨：“当当不会来住的，她在咱们小区租了个房子，摆设得比我们家讲究多了。”

叶茂猜测道：“当当这样的条件，会在广州买房子的。”

叶陶得意地炫耀道：“当当说等工作稳定下来，想在天河买房子。”

叶茂一听，忍不住赞叹道：“天河的房子那么贵！她到底一个月挣多少钱呀？”

叶陶见父母脖子伸得老长一副猴急的模样，不耐烦地说：“我不知道当当挣多少钱。你们不是刚保证过不打听她挣多少钱吗，怎么马上就犯规！”

叶陶说的本来是大实话，但老两口误以为儿子有意不肯透露，叶茂老婆不死心，凑近一点追问道：“那你是怎么认识当当的？”

叶陶敷衍道：“小区里碰上就认识了呗。你们干吗问那么多？去三亚享福就是了！”他说罢推开椅子站起来，以示不想继续这场谈话了。

当晚，叶茂两公婆兴奋得几乎彻夜未眠，北风呜呜地敲打着老化了的窗棂，老两口裹着被子喁喁私语，他们的思想，正如他们的头发，已经不再蓬勃，但他们仍然竭尽想象反复憧憬着叶陶的未来，顺带讨论了让沙当当提供他们这套老房子装修预算的可能性，说到这一点，叶茂理直气壮地启发有些不好意思的老婆：“沙当当的钱就是叶陶的钱！我们就这么一个儿子，他现在给我把房子装修好让我们住得舒服点，我们死了以后还不是什么都留给他！”

叶茂说这话的时候，自动剥夺了女儿叶美兰的继承权，而完全无视叶美兰十年如一日对娘家的贡献，比如叶美兰即使出嫁后仍然坚持长年替娘家交水电、物业、煤气、有线电视乃至叶茂的手机费，比如10月里他把人家老艾头的脚打坏后叶美兰代为买单，随后他又让叶美兰给叶陶拿学车的钱——叶美兰这些长期和大头的好处他似乎都记不起了，更别提他零敲碎打从叶美兰那里谋得的种种福利了。

他老婆良心好，觉得这个遗产分配方案有点愧对女儿，就提醒丈夫说：“那美兰怎么办？她这些年没少往家里拿钱，你要是什么都不给她，她还不得气死！”

叶茂拿出太公分猪肉人人有份的派头说：“那就把我们的存款都留给美兰吧！”

他这话其实是纸上画饼，叶家的存款即使偶尔突破五位数，基本就很难在存折上继续待着，这主要归功于叶茂本人和叶陶都太能折腾，往往他从叶美兰那里敲了半天弄来的现金，因为总指望一步登天，反而一笔买卖就都赔进去了，连个响儿都听不到，闹不好还倒过来欠债，债主追上门来喊打喊杀的事情也发生过，叶美兰虽然气得要命，还是乖乖掏钱帮老爷子和兄弟买单，要不怎么说血浓于水呢。

现在，叶陶似乎要改过自新了，剩下就看老头自己了。

一月中旬，叶茂夫妻从三亚顺利回到广州，沙当当竭尽显摆之能事，乘着公司一个活动，沾公家便宜，打发包下的一部奥迪 A6 送客户到机场，算好时间，直接给老头老太太从白云机场拉回家来。

车一进小区，叶茂两口子不约而同地连声招呼司机慢点，司机笑一笑，善解人意地放慢车速，黑色的 A6 在明艳的冬阳下，亮铮铮慢悠悠地驶过小区朴素的街心花园，不少老头老太在那里扯着闲话。

沙当当让司机放下车窗，叶茂跟他老婆探出头去冲老熟人们挥手。

街坊们果然莫名惊诧，不知道叶家撞了什么大运。为了解答众人的疑惑，叶茂老婆冲人群中一个没有见识的邋遢老太嚷嚷了一句，“是阿陶的女朋友派车接我们回来的!”

邋遢老太有点耳背，一时反应不过来，让帝国的人给她解释叶茂老婆都说了些啥。反应快的赶紧往车里瞧，沙当当戴着个大墨镜遮掉了一半脸，稳稳地端坐在副驾驶位上，十分给叶家长脸。

车到了楼下，老两口热情相邀，沙当当不肯上楼，赶回公司去了。

叶茂两公婆度过了一个愉快的假期，顺便从酒店捞回来不少牙刷拖鞋之类的战利品，晚上叶陶下班一进家门，叶茂老婆就喜滋滋地把摊了一床的宝贝展示给叶陶看，老太太表示尤其喜欢酒店的无纺布洗衣袋。

这几天，沙当当和叶陶也没闲着，他们去看了一个很满意的楼盘，在天河公园附近。沙当当看了样板房后，相中了一套三房两厅的电梯洋房，120 平米，每平米 7000 元，开发商包了装修。

售楼小姐给他们一算，三成的首期，连税费带入住的杂费，三十万不到就拿下了。

关于贷款部分，售楼小姐阅人无数，看沙当当和叶陶都不过二十六七的年纪，估计他们实力有限，就征求意见道："我帮两位算一个二十年分期付款的方案好吗？"

沙当当犹豫了一下，对售楼小姐说："嗯，麻烦你算一下十年期和五年期的方案吧。"

叶陶的心中既兴奋又好奇，从前，走进阔气大牌的售楼部和人家谈房价这样的事情似乎和他的生活无关，而他曾多次设想沙当当的经济实力却始终未得要领，如今当那笔不小的房款忽然给了他强烈的冲击，沙当当的家底似乎也呼之欲出。

售楼小姐很熟练，麻利地完成了计算，她用笔比划着向两人解释道："首期三成，您二位需要向银行借贷 59 万，如果十年还清，每月需还贷 6500 元，如果五年还清，则每月需还贷 11000 元。"

售楼小姐解说完毕，沙当当眼睛盯着那张纸上的演算，沉思着不表态。叶陶悄悄一心算，连本带息差不多要一百万了，他暗想，难怪人家都管借贷买房的人叫"房奴"，一百万，这一辈子真是卖给房子了，只怕有的人卖一辈子都未必能还清。

后来，沙当当说要再去样板房看仔细些，售楼小姐就带着两人从售楼部又折回样板房。

沙当当重新仔细看了一遍，房型周正实用，东南单边的朝向，通风采光都无可挑剔，主阳台又宽又长，望下去是小区的花园，再远一点是幼儿园，卧室采用了檀色的实木地板，客厅则铺着米色的防滑地砖，卫生间和厨房类似酒店公寓的风格，大理石台面，美标的洁具，防火橱柜配着不锈钢面板的煤气灶和抽油烟机，一切无不铮亮闪光，冷热水管都已经安好了，就等往厨房里装上煤气热水器了。

叶陶块头大，叶家的卫生间狭小逼仄，他每次冲凉伸胳膊抬腿都得小心轻放，他打量着眼前这套单元里厨房和卫生间阔绰的空间，十分艳羡。沙当当这时候说了一句："开发商配的莲蓬头还不错，澡是天天要洗的，我最喜欢这样出水大的莲蓬头了，洗起来舒服，像住五星酒店一样。"

招呼他们的售楼小姐挺有眼力劲儿，一早认准两人中是沙当当说了算，便笑着奉迎道："是呀，热水器，床，沙发，这都不是该省钱的地方，沙小姐很懂生活，也很有眼光，看您挑中的这套房子就知道了。"

沙当当听人家夸她懂生活有眼光，心中十分受用不觉脸上就露出来了，售楼小姐看在眼里乘热打铁道："八十五万的房款说少不少，不过，这样一套房子，这么好的地段，要是放在上海，怎么也得上两百五十万了，在北京也铁定要上两百万的，还不见得包装修呢，所以还是在广州生活幸福指数高呀。而且，您再对比一下 96 年、97 年的广州房价，就知道广州的房价肯定还要继续往上走，现在这个价位买真的很合算，买早两三个月可能就替您省下五六万，也就等于替您白赚了五六万——沙小姐，您二位要是有心买，这套房子绝对是个好选择！"

说话间三人转回售楼部，刚落座，就看到隔壁桌子上一对中年夫妻正在办落定手续。售楼小姐注意到沙当当似乎对隔壁那桌的交易很关注，她不动声色地走去倒水，等她端水回来，隔壁那桌的客人已经收好收据往外走了。

售楼小姐一面把水递给两人一面微笑着轻声介绍道："那两位客人挑的和您挑的是同一户型，几套户型中就数这套最受客人欢迎了。他们买了 11 楼，刚才我帮您算的就是 11 楼这套的价格。"

沙当当来回翻着手中的宣传资料半天不讲话。

售楼小姐看看房子能带给客人的好处已经讲得七七八八，客人的马屁也拍得差不多了，就拿出最后一招施加心理压力道："市中心的地就这么多，房子卖一套少一套，我们这个楼盘开盘以来一直卖得很好。您二位也看到了，这套户型今早还有 3 套的，我们转了一圈下来，11 楼那套就卖掉了，现在您还有两个选择，32 楼或者 6 楼。”

要说沙当当做销售的年份未必比眼前这位老到的售楼小姐短，售楼小姐这几招都是她玩了五年的经典套路了，要起宝来闭着眼睛也不会出错：先对客户投其所好拍拍马屁，这叫建立融洽关系，然后说说产品的特征，尤其要突出产品能带给客户的好处（诸如我卖的东西都有啥特点，这些特点能帮您解决啥难题，使您在行业中树立威望云云），这叫特征利益转换，最后是具体地给点压力，这叫要求生意。

按说售楼小姐的套路不能轻易影响沙当当的决断，关键是，沙当当本来心里中意的就是 11 楼那套单元，却眼睁睁看着别人当场买走了。那对中年夫妻，看穿着似乎也很普通，可买起房子来眉头都不带皱一下的，跟买白菜似的干脆，来去如风，瞬间把沙当当心爱的房子席卷而去，这下对沙当当刺激不轻。

沙当当想了想问道：“32 楼什么价？ 6 楼什么价？”

售楼小姐介绍道：“沙小姐，楼层越高价格越贵，每层的差价是每平米 50 元。”

沙当当在计算器上按了几下，瞪圆了眼睛道：“那 32 楼的总价要比 11 楼贵十二万六了？”

售楼小姐复核了一下点头道：“差不多。”

对于沙当当来说，理想的楼层是 10 楼朝上，可 32 楼太贵了，沙当当认为自己买不起，而 6 楼似乎偏低了点。如果不愿意选择 32 层，她明显只剩下 6 层可以考虑了，就是这仅剩的选择，也岌岌可危，似乎到处都充满了一掷千金的主，随时准备呼啸而上把她看中的房子席卷而去。

她可怜的三十万，她时常怀着自豪和憧憬想到它们，原本明明是厚厚的一沓钞票，而今瞬间被贬成薄薄的一沓，她不由地在意念中像一个老农那样紧紧地把它们攥在手心里，几乎要将钞票们攥出油来了。

售楼小姐分析沙当当这年龄，买 32 层实力不够，也估计到她可能嫌 6 层不够高。便不失时机地劝说道：“沙小姐，其实 6 楼也并不低，我们的架空层没有计算在内，6 楼相当于 7 楼那么高了。这套单元朝向小区的大花园，刚才您实地都看到了，视线很开阔，空气好又安静。还有呀，管理处固定每周都会灭一次蚊虫，所以蚊虫的问题也不用担心；而且，比 11 楼省出 3 万块。您不妨考虑考虑6楼，这一套也有很多客人喜欢的，就在昨天我刚接待了一位看中6楼这套的客人，他说这两天和家里人商量商量。”

售楼小姐玩的这招其实也是沙当当常玩的，叫澄清疑虑，就是搞明白客人为啥不买你的东西，她真正的担心是什么，然后分析给你听，让你明白，你的疑虑都不是问题。

这小姐经验丰富，在澄清疑虑的时候采用了层层推进式，她先跟你说她的6层实际相当于别家的7层，然后针对一般不喜欢低楼层的主因是担心地面吵闹、蚊虫多以及视野不佳等，以“朝向大花园”一招就成功地四两拨千斤，再进一步点出“能省3万块钱”这样的有力论据，最后以另有他人也对这套房子虎视眈眈来加强压力，特别是11楼的当场成交，使得她最后的一击十分有力。

售楼小姐的层层递进式，果然让沙当当思想斗争更激烈了，她问了一句：“什么时候能交楼？”

售楼小姐感到了一丝胜利的曙光，她说：“楼已经封顶，正在做内部装修，再过半年，到7月份就能交楼入住，几乎可以说是现楼，而且，你们也看到了，小区周围的生活配套都很齐全，样样方便——不是我卖楼的人说自己的楼盘好，我们同事之间都说7000元的单价真的是挺合算的。”

最后，沙当当和售楼小姐说要回去再考虑考虑，叶陶也猜不透她是托词还是真的会回去考虑。

看房子的当晚，沙当当就失眠了，主因思虑太甚。

沙当当大四实习就开始了销售生涯，做了五年的销售，三十万差不多是她全部的积蓄。

钱能壮胆，如今要一下全拿出来，让她有种将被掏空的发慌。

自从知道叶陶月入四千后，沙当当就估计到他没有什么存款，因为她本人在加入DB前就挣这么多钱，她对此很有概念，基本存不下什么钱；沙当当去过叶家一次，杂乱的摆设逼仄的空间给她留下了深刻的印象，她不指望这个家能有什么可以称之为“赞助”的行为了。

就算沙当当再不喜好深入的思考，由于两人收入的悬殊，事实已经不争地引起了她的焦虑。她问自己，以后到底是自己独立供楼还是和叶陶一起供楼？

沙当当很公平地想，如果让叶陶一起供楼，那名字不落他一份似乎有点说不过去；落他的名字呢，他税后一共就实收三千来元，他能贡献多少？摆明了自己亏得太伤，这可不比去三亚旅游一趟。

不要叶陶一起供楼吧，自己也是吃亏，他总归是要一起住进新房子的，他不出钱不就等于白住吗，给她妈知道还不得抽她两个大耳光子骂她是猪，倒贴男人。

沙当当不习惯头绪太多的思考，想得几乎头爆。

她从床上爬起来，苦恼地在纸上涂画着，试图清理出主线条。

涂画了好一阵子，她似乎找到点方向了，觉得应该把房子和另外两件事情联系起来思考，一是自己是否决定和叶陶结婚，二是叶陶未来的赚钱能力。

以沙当当对叶陶将近四个月的了解，她认为可以通过影响他，引导他走上销售之路，那样叶陶的收入就能上去，她就不吃亏了，合算也难讲。

但是，那样一来，叶陶就成了一个有赚钱能力的美男子了，自己不是摆明了有风险嘛？这个度还真不好把握，只怕到时候事情的发展不由自己说了算。

沙当当发愁地看着镜子中自己方方的下巴，恼火地把镜子反扣过去。

第二天，沙当当认真地问杨瑞："如果实在搞不清股票或者房价是要升还是要跌，怎么办？"

杨瑞对沙当当大清早问如此严肃的经济类问题摸不着头脑，见沙当当一脸强烈的求知欲，杨瑞便还算负责地说："前景不明，就别乱动嘛，不变应万变，该你踏空就踏空，哪能什么好处都是你的——但是，我看得出来大盘目前是在低位，实体经济这么好，房价走势那么强劲，股市没理由再跌，我反正随时准备迎接牛市的到来，现在这个时候我是不会留现金在手上的，要么买房要么买股，毫不犹豫！"

沙当当郑重地点点头走开了。杨瑞赶紧叫住她道："当当，我跟你说，股市有风险，投资须谨慎，我说的只代表我个人的观点。"

沙当当说："我知道，我对我自己负责。你肯告诉我，我就该谢谢你了。"

杨瑞说："你这态度还算端正。"

沙当当翻出接待他们的那位售楼小姐的名片，拨通她的手机："梁小姐，我是沙当当，昨天我看过的6楼的那套单元还在吗？"

确定还没卖出去后，沙当当放心了，她说："我这一周都很忙，没时间签合同，你能给我先留着那套房子吗？我今天中午大概12点半可以抽空到售楼部先交定金。”

售楼小姐一听连连说：“没问题没问题，我等您。请备定金一万，记得带上您的身份证。”

沙当当迟疑了一下说：“呃，今天就得确定房产证上的名字吗？”

对方很老到地说：“您只要在正式签合同的时候确定要上谁的名字就行了。即使签了合同后您想再变更也是可以的，只是要花一点钱。”

沙当当松了口气道：“我会在签合同的时候定下来的。”

中午沙当当胡乱吃了个麦当劳的汉堡就独自赶去交了定金，又和人家约好十天内来签预售合同。售楼小姐笑吟吟地问她：“沙小姐，您想选择五年期的还是十年期的贷款？如果您现在做决定，我可以提前帮您准备好合同，您下周过来就能节省点时间。我看您年轻有为，一定是个大忙人。”

这也是沙当当拿不准主意的地方。售楼小姐帮她算的还贷方案，她当天晚上就研究过了，十年期的贷款她每个月应还6500元，五年期的则每月应还11000元。沙当当目前的底薪是7000，加上各种补贴，每个月税前的固定收入部分9000块；奖金这个东西不好说，12月份她拿到了差不多1万元奖金，扣掉社保和个人所得税后，她十二月的净收入大约一万五。

沙当当不缺的就是胆子，以月入一万五来讲，她真敢计划每月还贷一万一，关键沙当当没有把握是否以后每个月都能拿到那么高的奖金，并且得是连着五年。加上大区经理林如成太有个性，也令沙当当担心不知道什么时候会从天上落下一块砖头砸破自己手上捧着的饭碗。

可要是选十年期的贷款呢，她算过了，就得比五年期的贷款多还十二万，而且欠债的滋味不是那么好过的，一想到要欠十年的债，沙当当就不愿意。

售楼小姐见沙当当沉吟不语，明显拿不定主意，就热心地建议道：“沙小姐，五年期的贷款利率比十年期的低了一个档，如果经济许可，肯定五年期的合算，所以您不妨考虑考虑五年期——就算万一日后觉得手头吃紧，可以再改成十年期的延长还贷期限；或者经济条件更好了，想提前还贷也没有问题，不吃亏。”

沙当当原本不知道还贷计划还能中途变更，听了售楼小姐的介绍她很高兴，干脆地说：“你说得很对，就听你的，我选五年期。”

出了售楼部，沙当当抬头望望天空，长长地出了一口气：从此，她终于如愿以偿地加入了房奴的行列。

叶茂两口子从三亚回来的第二天，沙当当趁着和叶陶在川国演义吃晚饭的时候跟他说："叶陶，我和家里商量过了，我爸爸妈妈都赞成我买那套房子，同事也说现在不该持有现金，要么抓紧买房要么就买股票。我想来想去，6楼也挺好，还能便宜3万块呢。"

叶陶听了很为沙当当高兴。

虽然沙当当似乎没打算考虑给他上名字，他仍然高兴，自从知道房款连本带息差不多得100万后，叶陶就没敢指望这个了。凭什么呀？人家才跟你交往了三四个月。

沙当当又说："我春节要回成都过年，估计得十天吧。"

叶陶马上说："那我到时候送你去机场。"

沙当当摇头道："我不从广州走，春节前我要到上海出差，从上海就直接回成都了。"

叶陶眨了眨眼睛说："那，等你回来的时候我去机场接你。"

沙当当说："好。我回到成都就给你电话。"

35. 不用指望抄底，大势看涨就可买入

交首期的时候，开发商要求连税款和入住杂费一起先交了，沙当当觉得开发商这个要求没道理，房子还没交，凭啥就让我先交入住的杂费了，姓梁的售楼小姐态度很好地解释了几句，沙当当明知道都是站不住脚的理由，想想也就不到三万块钱，提前半年拿出去罢了，便没再多说什么。

沙当当在预售合同上签上自己的名字，售楼小姐马上满面春风地说："恭喜恭喜沙小姐，买到这么好的房子。"沙当当第一次为了这套她喜欢的房子展开笑颜。

第二天，沙当当回到公司跟杨瑞和孔令仪一说，杨瑞马上说："凭什么要

提前半年给他？现在是股市抄底的大好机会，有现金多好呀，3 万块钱拿去买股票放着，没准半年后就能翻两倍，变成 9 万也难讲。说不定这个发展商就是拿你们这些人的钱去买股票也难讲！”

前一天交了首期和税费杂费后，沙当当的现金账户上就只剩下最后三万六千多元了，听说现在拿出 3 万块去买股票，“半年后变成 9 万也难讲”，她立马瞪圆了眼睛，眼珠子差点掉出来。

孔令仪嘻嘻笑道：“杨瑞你又来了！股票能半年翻两倍——那我们还打工干啥！”

杨瑞“啧”了一声，对孔令仪的挑战有点恼火：“我说令仪你怎么就总不信我呢！咱们走着瞧，人教人不如事教人，历史会告诉你什么叫投资。你说打工是为了啥，为了挣到第一桶金呗！没有本钱怎么投资！”

孔令仪依旧嬉皮笑脸道：“行，咱们骑驴看戏本——走着瞧！当当，咱给他做个记号，今天是 2006 年 1 月 10 号，到 7 月中旬，你的房子也该收楼了，咱们看看他的股票翻了两倍没有。要不这样，咱干脆打赌得了，杨瑞你说拿什么做赌注吧，当当做个中人。”

杨瑞犹豫了一下道：“这没有什么好赌的，投资又不是赌博。”

孔令仪说：“那就不赌。到 7 月中旬，你的股票翻两倍的话，我请你和当当去南海渔村，你的股票要翻不了两倍，你请我们——一顿饭不伤感情，这总行了吧？不过，你得先告诉我们你到底买了哪一只股票，现在什么个价位。”

杨瑞底气不足地说：“得得得，不跟你们说了，我忙着呢。”

孔令仪哈哈笑道：“一到动真格的就溜了。”

这下杨瑞生气了，他一下拔高了嗓门道：“令仪你别激我！你自己不懂江湖规矩！你周围打听打听，玩股票的人哪里有问人家你买哪只股票的？这都是人家的心血，凭什么告诉你呀！不过，对你和当当，我不妨明说，我新近刚抄底，重仓‘云南铜业’，现价四块三左右吧，你可以去查——我坚定持有，一年不动了！”

孔令仪不生气，她马上在新浪上查了查，宣称道：“没错，云南铜业，现价四块四，咱们半年后来看，到没到 13 块 2。”

沙当当一直在旁边听两人唇枪舌剑，她呆呆地张着嘴，一会儿看看孔令仪一会儿又把脸转向杨瑞，下巴都快掉下来了。见杨瑞真起身要走了，沙当当才回过神来，赶紧拽住杨瑞道："杨瑞，那么多股票，为啥你偏偏买'云南铜业'呀？"

杨瑞不耐烦地摆摆手道："我真得走了，大把的事情要做。以后再聊，当当。"

孔令仪提醒沙当当道："当当，不是我说你，你比我还不懂江湖规矩，人家告诉你买的是'云南铜业'就不错了，你还追问为什么。你要有兴趣，自己去研究好了。"

沙当当这才醒悟过来，有点不好意思道："多谢令仪姐，姐姐教训得是。我就是不知道'云南铜业'好在哪里。我想杨瑞既然买它，想必是对它有信心。"

孔令仪说："这个自然。就好比你为啥着急买房呢？你又不是马上要结婚等房住。"

沙当当说："我一个人，其实租房子住也很方便。主要是担心房价继续上涨，我攒钱的速度跟不上房价的速度。"

孔令仪说："这就是了，杨瑞买'云南铜业'也是因为他坚信这只股票能升。要我说，小老百姓，不用指望抄底，大趋势看涨就可以买，我就是听不得杨瑞翻两倍的那种说法。你要真想买股，还是该买你了解的股票，做你熟悉的行业。"

沙当当毫不羞涩地追问道："令仪，我哪一只股票都不了解，也不了解任何行业，又很想买股票，该怎么办好？"

孔令仪也被问得不耐烦了，她一边低头整理手中的资料，一边心不在焉地应付求知欲空前高涨的沙当当说："你也不是对什么行业都没概念呀，你不是相信房价会继续上涨吗，这说明你看好房地产市场——地产股龙头是'万科'，你随便买一点放着看看好了。"

沙当当马上问："万科是哪两个字？"

孔令仪有点受不了沙当当了，心说这女孩够无知的了，她是怎么大学毕业的？孔令仪语速很快地说了句："万岁的万，科学的科。"她生怕沙当当继续纠缠，嘴里说着，一面脚下生风飞快地跑了。

晚上，沙当当问叶陶，知不知道哪里能买股票，比如是银行还是证券交易所之类的地方。

叶陶想了想说："我姐夫就是老股民，好像先得到证券公司开一个户，得搞一个股东证什么的才能买卖股票。等你有了股票账户后，在网上交易就可以了。"

沙当当一听就来劲了，问道："那你姐夫有没有说现在能不能抄底？"

叶陶挠了挠头说："他老出差，我难得见上他一面，而且我姐夫这人不太爱说话，我搞不清楚他的想法。要不，回头让我姐问问他。"

沙当当连说："要的要的。对了，记得问问，可不可以买'万科'和'云南铜业'？"

叶美兰这天下午出门办完事，看看时候还早，就顺道拐回娘家看看。叶茂两口子美滋滋地告诉她叶陶有女朋友了，"挺有钱的，还是个经理呢！"

叶美兰很感兴趣地问她妈："长得漂亮吗？"

叶茂老婆得了沙当当的好处，便在忠于事实的基础上尽量往好里讲："高个子，皮肤挺白，大脸盘，大眼睛，留长头发。"

叶美兰问："瘦不瘦？"

叶茂老婆说："不瘦不胖，正合适。嘴挺甜，脾气好像不错。"

叶美兰听了很高兴："怎么不请她到家里来吃饭，你提前告诉我一声，我也过来见一见。"

叶茂说："我们从三亚回来那一天，叶陶上班走不开，是她去机场接我们回来的，后来我叫叶陶请她回家吃饭，叶陶说她最近很忙等过完年再说。"

叶美兰吓了一跳："你们去三亚了？什么时候去的？"

叶茂老婆有点不好意思地说："我们一共就去了三天，走的时候太匆忙，没来得及告诉你一声，是你弟弟的女朋友请客的。"

叶美兰忽然想起了什么，狐疑地问："这个女孩子是不是上两个月你们说过的那个四川妹？"

叶茂两口子含糊地应了几声，叶美兰大感惊讶，因为按她妈当时电话里的描述，这个"四川捞妹"是很没规矩的，吃完饭一推饭碗，啥都不帮忙就大爷似的玩起了游戏，更甚的是头一次上门就在男家过夜云云。叶陶以前也交往过几个女孩，没有一个有长性的，所以当时叶美兰听了也就听了，没往心里去，以为这回又是叶陶新交往的某个新新人类，估计要不了两个月就得掰。

眼下叶茂两口子对人家的评价忽然来了个180度大转弯，叶美兰大为不解，质疑道："上回你们说起那女孩，要多眼尖（方言，刻薄的意思）有多眼尖，

怎么现在又把她夸得仙女一样？！”

叶茂老婆硬着头皮耍赖道：“美兰你不要在你弟弟面前乱讲，我们什么时候眼尖过了！”

叶茂觉得这是大是大非问题，还是应该清晰地表明立场，就拿出家长的身份表态道：“美兰，沙当当年轻轻的就当了经理，听叶陶说，她还准备在天河买房子——算得上年轻有为实力雄厚，和我们叶陶站在一起很般配，我和你妈都对她挺满意，现在，街坊四邻都眼红得不得了！”

叶茂说到最后一句，他老婆马上兴致勃勃地附和说：“是咯是咯，大肚黄的老婆看到我就说，叶家撞大运了，女婿找得好，媳妇又找得这么好！”

叶美兰非常了解娘家爹妈都是爱显摆的脾气，任他们说得天花乱坠，她还是不太放心，追问道：“叶陶可是个手上留不住钱的人，这女孩会不会过日子？”女方有正经工作看来是落实的，但未必真像老两口吹的那么有钱，叶陶又是一穷二白的，所以叶美兰非常担心女方会不会过日子的问题。

叶茂听她说叶陶“手上留不住钱”，虽然知道没有映射自己的意思，还是有点不自在，他干咳了一声道：“什么叫留不住钱？为了能赚到钱，先投钱出去是免不了的。沙当当很会过日子，你放心好了。”

叶美兰很狐疑：“上次你们还说她在我们家像大爷，吃饱肚子就知道玩，你根据啥说她很会过日子？”

叶茂老婆凑近一点，做出神秘的样子说：“昨晚叶陶回来说，沙当当想买股票，说现在价钱很低，买股票绝对合算，半年就能翻本！叶陶还说今天要找你呢。”

叶美兰一听，背上一紧，像预感大难临头的猫一样弓起了背，两道眉毛几乎直立起来，她的嗓子猛然尖利了许多：“找我干啥？我没有钱给他们炒股票！”

叶茂得意地摆摆手道：“你想到哪里去了！你放心，叶陶找了一个这么有钱的老婆，我看他以后都不会再找你要钱了。他是想让你问问孙建冬，怎么开股票账户。反正，你等着吧，可能今天晚一点他就会给你电话了。”

叶美兰劫后余生那样一下松快下来，一家三口集体沉浸在皆大欢喜中。叶美兰这时候才顾得上刚才的话题，质问老两口道：“要买股票就算会过日子?!”

叶茂理直气壮地说：“怎么不算！他们有钱，以后家务大不了请一个钟点工来做，人工能值几个钱？你妈也可以帮帮忙——只要沙当当知道怎么赚大钱，就是会过日子！”

叶美兰一听，父亲这话的意思竟和丈夫孙建冬的观点如出一辙，她深感挫折，气势就低了半截，勉强应战道：“买股票就一定能赚到钱吗？人家都说要远离股市远离毒品，我只看到周围的人买股票亏钱的，看不到哪一个是真赚的。”

叶茂对沙当当很有信心，他说：“哎～～你别说！我看叶陶最近天天在家里看股票，他和沙当当一起研究过了，现在股票跌得比白菜心还便宜，就是在别人碰都不敢碰的时候，我们发财的机会就到了！如果等到大家都知道那里好捞钱的时候你才冲上去，别说喝头啖汤了，恐怕渣都不剩了——能赚到钱的永远是少数，傻子是给人送钱的，没有傻子送钱，聪明人赚谁的钱去！我看这次，叶陶和当当说得很有道理。”

叶茂这回的见解中，充分表露了他作为一个技术工人的睿智，他的观点，与著名投资大师巴菲特的观点达到了50%的吻合度——“别人恐惧的时候我贪婪，别人贪婪的时候我恐惧”，同时，他还表达了对不甘寂寞的后知后觉者的评价。

叶美兰不服地说：“爸，你说的不就是高抛低吸么？你知道哪里是高哪里是低吗？你要能知道，别人不都知道了！抄底抄底，小心半山腰接了落下来的飞刀！”

叶茂牛哄哄地说：“我不知道哪里是高哪里是低，但是你自己起先不是都说了，现在都说要远离股市远离毒品，说明股票已经没人要碰了，那就可以买了！”

叶美兰气不过，顶他说：“站着说话腰不疼，你去买呀！”

叶茂打蛇顺杆上道：“你借我钱，我就去买！”

穿鞋的害怕光脚的，叶美兰赶紧闭嘴走开。

傍晚时分，叶美兰果然接到叶陶的委托，她马上想起四年前孙建冬的股票账户上那消失了的五十万，自从2002年春节两人闹翻后，孙建冬就修改了账户密码，到底现在孙建冬还剩多少钱，叶美兰心里一点底都没有。

叶美兰很想把丈夫在股市中深套的事情告诉弟弟，但终于还是没敢吐露一个字，只是担心地劝说道："我周围的人都说要远离股市远离毒品，你听听，人家都把股市当成毒品了，你们俩都有好好的工作，慢慢攒钱就能供房，干嘛要去沾股票的边呢！凡是想一夜暴富的，最后都是被人家套住的！如果股票真是那么好赚的，那不是大家都上了！你不要听爸的，他的想法要是对，为啥他自己一辈子都挣不到钱！他折腾得还少吗？你既然这么满意这个老婆，就更该收心好好上班才对，别煮熟的鸭子又飞了。"

叶陶宽慰她道："姐，你放心，当当只是小玩玩，就当练习练习。炒股跟开车一样，是个熟练活，多练练就有手感了。我这几天上网看了很多财经分析，权当恶补恶补，大盘已经连续下跌四年了，实体经济又不差，我估计，现在买入，机会肯定大于风险。"几句话，叶陶的聪明劲显露出来了。

叶美兰听弟弟这么一说，感到似乎有些道理。反正，该劝的都劝了，她已经尽到了为人姐的责任。

晚上孙建冬回家，叶美兰便上前求教，孙建冬不以为然地说："叶陶连试用期都没过，不好好工作，炒什么股！他有本钱吗他！"

叶美兰解释道："不是叶陶自己，是他女朋友，那女孩是个经理。"

孙建冬像发现新大陆一样惊讶，他认真地问叶美兰："经理？什么公司的经理？那女的多大年纪？"

叶美兰说："年纪和叶陶差不多，什么公司就不知道了。"

孙建冬"切"地笑了一声，随手在纸上写下个电话号码推给叶美兰，不冷不热地说："你给她这个电话号码，让她带上身份证到证券交易所去办股东卡，开个个人账户，她就知道怎么买卖股票了。"

叶美兰责任心很强，追问道："建冬，你说现在可不可以抄底？"

孙建冬说："股市又不是我开的，你问我，我问谁去？"

按说，孙建冬这么说，其实已经表明了他的态度，可叶美兰跟她妈一样，最缺的就是机灵劲儿，她还紧着问："那能不能买进'万科'和'云南铜业'呢？"

孙建冬心想，一个连股票到哪里去买都不知道的人，居然也想在大熊市里发股票财，别人钻研股票不知道要花多少心血，她凭什么一句轻飘飘的"万科"和"云南铜业"能不能买，就想得到答案。

他不再跟叶美兰多啰唆，转身走开，喉咙里轻轻挤出两个字："可笑！"

叶美兰没有听清楚丈夫说的是什么，但是知道问不到答案了。

第二天，叶美兰打电话告诉叶陶那个电话号码，叫他先去招商证券开户，又说：“你姐夫说现在股市的情况谁也说不清楚，越是亲戚越不好乱说，免得耽误了人家。”

沙当当具有典型的销售职业特征，行动能力非常强，她说干就干，先让叶陶陪着开了户，然后一家伙投了三万多元，以每股4块5的价格买了7000股“万科”。三万多元对玩股票的人来说是微不足道的数字，但以她的现金资产而言，几乎是竭尽所有了。

孔令仪听说后直摇头，说沙当当是“傻大胆”，沙当当却依旧乐呵呵的一副不知发愁的模样：一月份的工资过不了几天就要发了，她有把握这次的奖金会比上个月还要多一点，签预售合同的时候她就问清楚了，房贷要到四月份才开始还，怕什么呢！恨只恨自己当时不该听了那姓梁的，提前交了入住杂费，要不，还能多买3000股“万科”呢！

36. 高潜力人才的特征——永不满足现状

忙碌的日子过得快，眨眼李坤升职已经三个月了。

作为区域HR，杜拉拉循例向陈丰了解新经理的任职情况：“陈丰，李坤那组怎么样了？”

陈丰介绍说：“他能完成指标，完成率甚至比别的老经理还高一些，正如我们先前的预料，李坤做生意的思路确实还是比较清晰的。另外，他把费用控制得很好，指标多做了，费用反而给我省了一些出来。”

拉拉关心地问道：“别的方面呢？组里的人服他管吗？”

陈丰想了想说：“还好，我看他分配指标和资源的方案比较公平，重点也把握得住；而且，积极发展下属的理念，他有！特别是对组里几个资历浅一点的，他的付出算得上是真心实意——你别说，这一点上，老经理反而未必能做到像他那样一手一脚落力付出。”

拉拉追问道："那不足的方面呢？"

陈丰顿了顿说："你也知道的，李坤这人是小气些，有时候在一些小节上挑剔得过了点，他看人的眼光也需要再培训。但总之，对新经理，不能一下指望太多，首先能给我完成指标就行了，别的要慢慢来。"

拉拉感慨道："实话实说，我从旁观者的角度看，就李坤干活的那样吧，俩字，'卖命'！摊到这样的下属，是做老板的命好呀。"

陈丰笑道："我看，做你的老板命就很好——李坤的肯干是没得说，当初在姚杨和他之间权衡了半天，最后还是决定升他，这一点起了很大作用。"

拉拉研究着陈丰的表情说："看来，你还是比较满意李坤的。"

陈丰自我标榜道："我这人心平，容易满足。"

拉拉笑嘻嘻地拉长语调揭发道："陈丰，你还心平？人家王海涛明明完成指标了，你还不是一个劲儿地逼着他继续多做！这叫啥？这叫最大限度地追求剩余价值呀！想压榨人还不直说，假装容易满足。"

陈丰辩解道："我没有假装呀，我确实比较容易满足，差不多就算了。"

拉拉凑近陈丰，压低嗓子恐吓道："你说你容易满足是吧？这话要叫你老板 TONY 林知道了，小心耽误你的前程！高潜力人才的一个典型特征就是永不满足现状，不断挑战更高目标，这可是你们 TONY 林反复强调的。"

陈丰张了一下嘴，无奈地说："哎，我说错了。"

拉拉得意洋洋地说："我代表 TONY 林，原谅你了。"

陈丰正色道："你别说，李坤对自己和下属的要求都挺高，有点永不满足现状的意思，不妨观察观察他的潜力如何。"

拉拉总结道："看来，你是真的满意李坤。"

不料，这话说了没几日，正在北京出差的拉拉就接到姚杨的电话，说他们全组的同事想一起和 HR 谈谈。

拉拉诧异地说："想谈什么？"

姚杨在电话里解释了一通，拉拉这才明白，原来大家都对李坤的管理强烈不满，准备要求和公司进行集体对话。

姚杨在电话里把"集体对话"四个字咬得特别重，然后表白说，她有心不参加，又怕组里别的同事对她有意见；真参加吧，又觉得似乎不妥，担心事情闹大了——她感到自己的位置很尴尬，思来想去还是决定给拉拉报个信儿。

拉拉马上问姚杨："这事儿你和陈丰说过没有？"

姚杨解释说："老板今天下午好像有点不舒服，提前走了，我打他手机一直占线，等下我会再联系他。"

陈丰向来身体很好，拉拉估计他就临时得个感冒发烧之类的小毛小病。

拉拉表扬了姚杨几句，说是当晚就赶回广州，她会先和陈丰碰一下情况，尽快给大家一个答复。

拉拉马上给陈丰打电话，陈丰倒是很快就接了。拉拉单刀直入地问他是否知道李坤组里的事情，电话里传来陈丰一如既往沉着的声音，他说："李坤刚才和我说了，我也正想给你打电话。估计是新经理管理方法不太老到，引起下面人的不满。"

拉拉问他："那你打算怎么办呢？"

陈丰略一思忖道："既然销售们已经这么正式提出来了，回避反而不好，我想还是请你和我一起，跟大家坐下来开个小组会，面对面听听大家的意见。"

拉拉心里对这事儿很惊讶，她关切地问："怎么会搞到这么严重？李坤自己对起因有什么估计？"

陈丰告诉拉拉："李坤只知道大家是对他的管理方式有意见，但是具体的问题出在哪里，他还理不出个头绪。我看他压力很大，很紧张。"

拉拉说："这事儿李坤是听谁说的？"

陈丰说："他说是卢秋白告诉他的。卢秋白到底是个老员工，知道分寸。据说他先做了做大家的思想工作，但是压不下去，他看看不对劲，所以就赶紧通知李坤了。但是卢秋白也没有说得很具体，不知道是他不愿意多说细节，还是李坤心烦意乱不知道怎么问。"

了解卢秋白的人都知道他心不坏，处事圆滑，业务水平比较一般。田野留下的经理空缺卢秋白也曾想试一试，后来田野劝他说，在国外，很多销售可以一直做到退休，工作驾轻就熟，赚的钱也不见得少，那样的人生岂不舒服快哉？倒是做经理的，其实都是劳碌命，从这个意义上说，并非人人都要去当经理——卢秋白知道陈丰向来和田野关系不错，既然田野这么说，八成是陈丰的意思了，他便主动撤回了竞聘申请。

李坤上任后，卢秋白确实也对李坤的管理有意见，他曾私下找李坤沟通过两次，李坤嘴上客气，行动却固执己见。按卢秋白的意思，有问题私下里和领导反映反映就是了，工作中有点磕磕碰碰在所难免，但没啥了不起的深仇大恨，大家都不过是打工而已，何必把事情搞大。

在卢秋白看来，集体越级上诉显得过于有组织有计划了，似乎有点造反的味道，而且他听来听去，感到年轻人认为可以拿集体离开做筹码，逼迫公司撤换了李坤，这不是“要挟”吗？卢秋白担心把公司逼急了，大家都没有好果子吃，搞不好，参与闹事的全给干掉也难说。

卢秋白已经在DB服务了十六年，从二十五岁的青涩小伙子，到四十一岁的中年男人，他经历了很多，知道好歹，也早没有了多余的火气，因此他本能地不愿意参与到那帮二三十岁的年轻销售们中去；但眼看群情激昂，滑头的他，还不太好意思明着跟大家划清界限。

为难之下，卢秋白和李坤透了口风，暗示李坤赶紧去找陈丰想办法，免得那帮年轻人干脆把事情闹到上海总部去，这个娄子就捅大了。

拉拉问陈丰：“你觉得我们要不要让李坤和我们一起去开这个会？”

陈丰反问说：“你的意见呢？”

拉拉嗔怪道：“你老这样，啥都让我先说——我觉得只要李坤本人愿意，不妨让他和我们一起去开这个会，大方面对。该承受的迟早都要承受，躲也躲不过去。”

陈丰赞同道：“我也这么想。”

拉拉问陈丰：“你觉得李坤到底是在什么方面出问题了？”

陈丰沉吟道：“指标和费用是永恒的话题，估计这两条跑不了，也许还有别的问题，比如是不是不够尊重下面的人？但是糟糕的是，现在所有的人都反对他。一般情况下，如果费用和指标方面有问题，总是有受害者，也有受益者，不该大家一起反了。”

拉拉迟疑了一下问道：“是谁带的头？李坤心里有数吗？”

陈丰说：“我问过他，他自己估计是姚杨，但没有证据。”

拉拉忽然想起一个人，追问道：“刚才你说是‘大家一起’反了，苏浅唱也参与了吗？”

陈丰很肯定地说："是的，她也参与了，销售们已经托我的助理交给我一封信，正式提出要求安排集体面谈，信上有苏浅唱的签名。"

拉拉"哦"了一声，大感意外，两人一时无话。

陈丰首先打破沉寂，问拉拉在哪里，拉拉说北京，正在去机场的路上，晚上就到广州了。

陈丰想了想，建议说："如果你时间安排得开，不如我们通知销售们明天下午回来开会如何？"

拉拉爽快答应道："没问题，就明天下午四点半吧，这样也不用影响他们跑生意。"

陈丰道谢说："辛苦了。那就等你回来，我们明早当面细谈吧。"

拉拉挂了电话，沉默地望向窗外，出租车在杨林大道上奔驰，大地一片枯黄，北风欢快地尖叫着，从光秃秃的树梢掠过，拉拉想，快过年了。

过了一会儿，拉拉忽然想到，刚才怎么忘记问候陈丰身体了，她掏出手机发了条短信给陈丰："你生病了？"

陈丰回复短信说："不要紧，喉咙疼而已。"

拉拉最近两次飞北京，南航的航班回回晚点，她便近乎迷信地特意改选了国航的航班，结果，像是专为了和她作对，这回人家南航准点得不能再准了，反倒是国航的航班晚点，而且一晚就是两钟头。拉拉透过候机大厅的落地玻璃窗眼巴巴地看着南航的航班插翅飞上夜空，自己却只能傻坐着干等，晚点似乎成了这个冬天里她的命运。拉拉气得七窍生烟，欣赏够了机场的无边夜色后，终于吃累不过，顾不得斯文不斯文，在首都机场漫天不紧不慢没完没了的广播声中，她半个身子歪倒在椅子上睡着了。睡着睡着身上冷了起来，眉头就皱紧了。

四个月前，王伟曾在飞广州的登机口远远地看到拉拉站在等候登机的队伍中，打那以后，他就养成了一个习惯，每次路过广州航班登机口，他都要扫一扫等候登机的人群，王伟觉着，只要坚持这个动作，看到拉拉的概率不能算很小。

功夫不负有心人，王伟这次按流程重复的时候，果然一眼看到著名的倔驴杜拉拉正放肆沉睡。虽然从概率的角度讲一直报有信心，王伟还是像被谁撞了一下腰一样愣在原地，他犹豫了一下，看了看四周，然后小心地走到离拉拉三两步远的地方站住了，王伟低头凝神端详着拉拉的脸，大约是太累，她微微张着嘴。王伟看到她的下巴变尖了，黑眼圈也比先前明显了一些，几缕头发散了下来，覆盖在她的脸上。

王伟喉头一热，一下子想起有一次拉拉在瑜伽垫上威风凛凛地把自己的脚放到一个匪夷所思的角度，旁边丢着一本大约是杜拉斯的什么书，一面非让他记住两句“好词好句”，大意是“多少人曾爱慕你年轻时娇嫩的脸，我却更爱你现在备受摧残的容颜”。王伟觉得“备受摧残”四个字未免有点骇人听闻，当时就不情愿了，劝说道：“拉拉，现在是新社会了，而且，除了世界的哪个角落还处在母系时代的，估计就属我们中国女性的社会地位高了，我哪里敢让您的容颜备受摧残呢？”

往日的情意像一张从天而降的网，猝不及防地罩住了王伟。他沉思着拉拉当时让自己背下那句“好词好句”，是不是要他保证白头偕老的意思。王伟感慨地压抑了一下回忆的冲击，看到拉拉身上盖着的一条大羊毛围巾快要滑落到地上了，他犹豫着伸手想替她重新盖上。

拉拉本来睡得好好的，忽然噌地直起身子，闹不清楚自己在哪里似的，一派迷惘地张望着四周，一边伸手去摸做枕头的小黑是否安好，旁边一个慈眉善目的中年妇女热心地对拉拉说：“你的围巾要掉到地上了，我帮你拉了一下，是不是吵醒你了？”拉拉慌慌张张地抹了一下唇边的口水，十分可笑的样子跟人家说：“没有没有，谢谢。”

37. 会议的经典

因为头天晚上航班延误，拉拉到凌晨1点多才到家，早上醒来就八点多了。拉拉惦记着李坤的事情，胡乱喝了杯牛奶就出门了。等她赶回办公室，见陈丰已经先到了，正和李坤谈话。

拉拉敲门进去和两人打了个招呼。李坤两个眼圈发青，明显没睡好，见拉拉进来，他连忙起身让座。

拉拉见李坤一副尴尬又失落的样子，便微笑着好言安慰道："李坤，你不用给自己太大压力，新经理碰到这样的事情不奇怪，头半年，都是这么过来的。"

陈丰也说："李坤，下午的会，你可以自己决定参加还是不参加。"语气颇为体谅。

自打前一天知道这事儿后，李坤的思想压力就很大，又着急又担心。

他不知道上面会有什么看法和结论，会不会认为他不够能力当好这个经理?

姚杨肯定在等着看他出丑。

到底是谁在挑唆大家呢?

而最令他难受的是，小组里所有人包括苏浅唱都在给陈丰的信上签了字，他孤零零的连一个支持者都没有!

李坤在前一晚曾反复地想：苏浅唱对自己能有多大的意见呢?为了带好苏浅唱，一年半来，他李坤可谓是掏心掏肺，该说的说不该说的也说了，恨不能把自己会的都教给她，就算是对亲侄女也不过如此了。

他宁愿相信苏浅唱是因为被别的销售代表胁迫，不得不随大流。可她为什么不肯给他透一点口风呢?就像卢秋白做的那样，好歹能让他的心得到一丝安慰。

这会子，李坤见陈丰和拉拉都对自己和颜悦色，没有什么怪罪的意思，他才放心一些，却不由得一阵酸楚在喉头翻滚，平缓了一下自己的情绪才说："我想，问题终究要去面对，我还是和你们一起去开会吧。而且，我希望是由我自己去通知大家开会。"

陈丰说："那也好，到时候你可以先花十分钟和他们做一个简单的沟通。"

拉拉提醒说："李坤，我建议你下午开会的时候倾听为主，不要让自己站到销售代表们的对立面去。即使听到非常不能接受的言论，也可以先记录下来，过后再澄清，千万不要当场陷入争吵。抱着了解问题的心态去开会比较好，你不是也很想知道到底为什么他们会有这么大的情绪吗?"

李坤点头保证说："老板，拉拉，你们放心吧。我一定好好聆听，我真的很想知道问题到底出在哪里——您二位都了解我，我只是一心一意想把工作做好，实在没有想到会出这个事情。"他心里一阵难过，有点说不下去了。

陈丰说："先不要想那么多，下午开会就能知道大家心里在想什么，以后就知道如何对症下药了。"

李坤起身道："那我先出去了，给领导添麻烦了。"

两人都笑着说没问题。

等李坤一出去，陈丰笑道："还是你会安慰人，我看你一进来说了那几句话，他马上眼圈都红了。"

拉拉说："我看你对他也挺好呀。"

陈丰明确表态说："下午开会我们一起听听到底李坤有什么不对的地方——无论如何，只要他没有原则性的大问题，大方向上，我肯定要支持小区经理，哪怕回头关起门来骂他个半死。"

拉拉赞同说："那是，李坤那么努力，应该给他成长的机会。说实在的，我刚才看了一下销售们给你的这封信，你注意到了吧，'集体对话'四个字还标了着重号，让人看了不太舒服，似乎有点咄咄逼人——反映问题不该是这样的口气，又不是谈判。"

陈丰也指着那封信道："还有这句，'我们要求一个尊重我们的经理'，这话说的！我们这种公司，经理是任命的，不是选举的，照他们这个概念，不是成竞选了！"

拉拉凑过去一看也笑了："真的，搞得跟美国总统大选似的，怎么把自己当选民了？调换个用词顺序，'我们要求经理尊重我们'，还说得过去。"

陈丰点头说："销售们到底还年轻，有点搞不清楚状况。李坤就算有天大的错处，换不换经理也不可能由下面的人说了算。"

陈丰说罢，咳嗽了几声。拉拉听他嗓子明显哑了，脸色也不太好，就关切地问道："你身体怎么样了？要紧吗？"

陈丰摆摆手说："没什么事儿，就是嗓子疼，已经吃过药了。"

拉拉想了想，主动说："要不下午我来主持会议？我是HR，立场容易保持中立，说话比你方便。"

陈丰疲惫地点点头说："那最好不过了。本来今天想休病假，但李坤这个事情又不能拖，不处理好我放心不下。"

拉拉很理解陈丰的心情，别看他表面上安抚李坤，心里肯定还是觉得这不是个小事儿。

下午四点半前，销售们陆续回到公司，李坤先和大家简单沟通了十分钟后，陈丰才和拉拉一起走进会议室。

拉拉一进会议室，就感到坐的位置有点问题：会议室的正中是一张18人用的长方形会议桌，8个销售代表一个挨着一个坐在会议桌的一边，李坤一个人，面对着众人独自坐在会议桌的另一边。这种坐法，似乎进一步暗示了李坤和销售们之间的对立，空气中弥漫着尴尬的味道，大部分人的脸上都写着准备战斗。

拉拉想，如果换了自己是李坤，宁愿选择坐在会议桌的侧面。

拉拉和陈丰在李坤边上坐定，刚和众人打了个招呼，姚杨就指着桌面上一封信，抢着说："这是我们全体的要求，请领导过目。"

拉拉和陈丰交换了一个眼色，面带笑容望着姚杨说："姚杨，今天大家推你做代表吗？"

姚杨有点后悔自己的动作快了一点，正待解释，一个年轻的销售抢上去说："信是大家一起写的，每个人都参与了，这是我们全体的意思，不需要指派代表。"

陈丰接过姚杨递给他的那封打印在A4纸上的信，下端有每个销售的亲笔签名，黑色蓝色笔迹各异的水笔签字，赋予了这封信一种类似授权书之类的法律文件的意味。

陈丰很快地扫了几眼，未置可否地把信递给拉拉，拉拉低头一看，信的内容和上午在陈丰办公室看到的大同小异。

拉拉再抬起脸时，众人看到她刚才的笑容不见了，取而代之的是一脸严肃。她不紧不慢地说："先说一下会议目的吧。今天请大家来开这个会，是因为陈丰收到各位的信，希望反映对李坤管理上的意见。DB向来鼓励直接沟通，一定会认真听取大家的说法。工作中观点不同很正常——开会的目的就是解决问题，创造愉快的工作环境，以便把工作做得更好。各位大可放心，决无秋后算账，只要你是如实、善意地表达观点。"

拉拉把"善意"两字咬得格外重，谁都不傻，都知道她在开场白的一堆场面话中，只有"善意"两字是重点，暗含告诫。

有两个年轻销售望向姚杨，似乎征询是否发言的样子，姚杨假装没看到两人的眼神，坐在那里不动。

拉拉把这几人的表情都看在眼里，一面不动声色地说："今天的会议时间预计一个小时左右，待会儿先花10分钟确定需要解决的有哪些问题，中间40分钟讨论解决方案，最后10分钟做总结，如果确实时间不够，再适当延长15分钟。"

说到这里，拉拉稍微停顿了一下，似乎在给与会者一点过滤信息的时间，大家都专注地听着她讲话，没有人插嘴，她便继续道："我有一个流程提议：为了避免跑题，现在我发给各位每人一张白纸，请你写下三条你认为李坤在管理上问题最大的或者让你觉得最不舒服的地方。不要多，就三条。不必署名，匿名的目的是为了确保每个人都放心地说真话，而且不受他人影响，独立表达自己的观点。五分钟后，我把各位的纸条收集起来，陈经理不经手——大家都知道，我不认得各位的笔迹，而陈经理有可能会认出某些人的笔迹——然后大家一起在这些问题中圈定交叉程度最高的三条，进行集中讨论。一旦确定了今天讨论哪三条，我马上当场销毁所有纸条。大家看，这样是否OK？"

拉拉准备着有人会跳出来说为什么要限制"三条"，但没有人质疑这一点，有两个人不安地调整了一下坐姿似乎有话要说，但最终还是选择了保持沉默。拉拉于是接着说："我们需要一个人来做会议记录。"她环视了一圈，见没有人自告奋勇，就点派说："要不，苏浅唱，就你来吧。"

纸条很快就交回给拉拉，卢秋白自告奋勇说："我来协助拉拉唱票。"

拉拉照着纸条上的内容一条条地念，卢秋白在白板上写，最后的结果一目了然，按得票数从高到低排列，问题主要集中在三条：费用，指标，小组事务参与度。

拉拉征询意见道："大家看一下，是否同意这三条是最主要的问题？"众人都表示同意。拉拉又望向陈丰，他赞成地点了点头。

拉拉说："好，那我就把这八张纸条都撕了！"说罢她干脆利落地撕毁了所有的纸条，直接扔进了垃圾桶。

拉拉说："现在，请大家就这三条，阐述各自的意见。"

销售们此前私下里开过两次小会，他们开出一个清单，罗列了李坤的种种不是，准备把问题一条条摆出来，让上边看着办。他们甚至做好了分工，会上谁先说谁后说，你说哪一条，他说哪一条。

但是销售们没料到，杜拉拉上来就让大家背靠背地写纸条，在他们自己提供的答案中圈出最主要的三条问题，规定就谈这三条——这一来，包括姚杨在内，都有点儿慌了阵脚，一是计划好的思路被打乱了，二是摸不清陈丰和杜拉拉的底牌到底是什么。

人都有自私的一面，即使是再年轻的人，也知道要适当保护自己，销售们你看我，我看你，一时没人说话。

陈丰的嗓子疼得更厉害了，他等了等见没人说话，便语调不高地说了一句："现在就是给大家一个沟通平台充分表达个人意见。有什么想法，都可以摆到桌面上来讨论；不说出来，或者背后说，公司就当你的意见不存在了。"

拉拉跟着微笑道："谁愿意先说？正如你们说过的，开这个会是'全体'的意愿，先说后说都一样。实在没人愿意先说，那就从左到右，挨个轮下去也是个办法。"

苏浅唱忽然清了一下嗓子，鼓足勇气说："要不，我先说吧。"

那一瞬间，拉拉瞥见李坤眼里闪过一丝复杂的表情，神情十分紧张。拉拉很理解李坤的感受：他真心实意手把手带了一年半的新人，现在带头批斗起自己，将心比心，个中滋味，换了谁都不好受。

李坤确实没有想到开头炮的会是苏浅唱，这再次给了他一个打击，他不由自主地睁大了双眼望着苏浅唱，等待她来揭晓谜底：他李坤到底做错了什么，使得苏浅唱招呼都不打一个就挥刀倒戈，让他李坤在所有人面前出丑。

苏浅唱的想法是明人不做暗事，既然人都坐到会场上来了，不说话也已经表明了态度，索性大大方方说出来："每逢月初，李经理都会先和我讲好，当月我能拿到多少费用，我们会讨论好投资计划，我也都是严格按照计划和指示来做的，可是到了月底报销的时候，他总是很细地一笔一笔查问我的费用，即使是非常非常小的数字——这令我感到很不舒服，觉得他就像防贼一样防着我。从小到大，我一直接受做人要诚实的教育，诚实是我为人的基本信条，这样的盘问真的让我感到很不受尊重。"

苏浅唱说着，满脸都是委屈。拉拉避开她的委屈情绪，没有进行安慰，而是直接问她："你提到'非常小的数字'，可不可以给个概念，多小？"

苏浅唱说："比如两百来元的餐费。"

拉拉点点头问别的人："关于费用，哪位还有补充？"

卢秋白举了一下手示意要发言，等拉拉冲他点了个头，他站起身先冲所有人打招呼似的点了个头才赔笑道："希望经理在管理中能适当授权，每个月你到底希望我做多少指标咱们说清楚，给多少钱办多少事。月初定好费用和指标后，我觉得经理就不必管得太细致了。现在我们花一点小钱都要先打电话请示李经理，有时候，李经理你可能太忙，半天不方便接电话，我又不好对客户说，您等一等，等经理批准了，我再请您去吃饭——说实在的，人家肯让我们请客，是给面子了！大家都知道的啦，现在的客人不容易伺候，对吧？稍微一迟疑或者动作慢一点，他就会觉得我们不识趣，说变脸就变脸。而且，我们要是不去，竞争对手的人分分钟等着挤上来啦。"他说话的内容自然是在提意见，语气却又更像一个和事佬在打圆场。

陈丰说："月初你们都做了费用计划，当然，计划毕竟是计划，不可能把所有可能性都考虑到，对于一些突发性的小费用，你们就按费用的性质、类别，定个额度，说好多少钱以内的，销售代表可以自主。这样能解决你们的问题吗？"

大家都认可陈丰的办法，拉拉转向李坤："李坤，你看呢？"

其实，苏浅唱刚一开口，李坤就愤怒得想还击了，但是陈丰和拉拉事先交代过他，会上聆听为主，不要当场发生争执，他只好一直强忍着，听拉拉问他意见，他赶紧面朝陈丰把身子往前倾了倾说："嗯，陈经理，单笔单笔的费用，也可以积少成多，就怕最后累计总额失控。"

李坤说话的时候下意识地压低了嗓门，说话也有点吞吞吐吐，其实，这已经毫无必要，一桌子都是人，你就算咬耳朵也很难逃过其他人的耳朵。

陈丰心中对李坤这样的动作不太看得上眼，对他的顾虑也有些不耐烦，认为太死板，小家子气：每个月指标是一定的，费用总额也是一定的，月初费用计划做周到点，费用的大头就控制住了；剩下的那点儿机动，只要符合公司的商业行为准则和财务制度，大家讲清楚游戏规则，还能有什么大的纰漏呢？谁有事情他自己负责不就完了！

在陈丰看来，做经理的，第一要紧是对业务的把控，别回头指标没做出来钱却用掉了，就行了！如何保证投入产出的匹配，才是经理该花心思的地方，只要销售代表投资的大方向对，小的地方，不用管得太细，否则销售代表不舒服，经理的精力也受到牵扯。

拉拉见陈丰颜色不开，马上估计到他嫌李坤管得太细，但拉拉觉得李坤的顾虑也有他的道理，便打圆场道："我说个建议不知道妥当不妥当，除了事先规定好单笔费用的额度外，根据指标达成的进程，以周为单位，限定当月小笔费用的比例——这样，就能避免钱都花了，指标却没完成的风险。"

拉拉这个建议基本解除了李坤的担心，他马上说："这个办法可以，我没问题。"但是销售们心里不太情愿，他们觉得每周对一次指标的完成进度未免太麻烦，于是大家扭扭捏捏地不肯爽快答应。

陈丰见状说："大家不能只图自己方便，管理就是要控制，不可能样样遂大家的心，毕竟这是工作，民主要讲，纪律更要讲，否则不是乱套了？你们有意见可以提，但是，经理可能采纳，也可能不采纳——这样吧，要么维持费用管理的现状，要么每两周对一次指标完成进度，你们回头到小组会上讨论，自主决定，二选一。"他说话的时候，语气很平和，同时让人觉着他的立场很强硬。

卢秋白一听，就彻底明白陈丰的底线了——老板既希望纠正小区经理的不当之处，也不喜欢大家以为可以对经理指手画脚——他马上表态说："我个人意见，就由李经理定一个我们可以自主的额度吧，不必再到小组会上讨论了，大家每两周对一次指标进度，以此为据，控制小额费用的累计。"

陈丰对卢秋白的明理微微颔首以示认可。

拉拉征询众人的意见："怎么样？大家满意这个方案吗？"

苏浅唱注意到，拉拉建议"每周对一次指标进度"，大家没有表示赞同后，陈丰把"每周"改成"每两周"了。她不知道陈丰之所以退让不是因为销售代表们不同意，是因为他本人觉得"每周"确实麻烦了点——苏浅唱越发觉得只要销售代表们不满意，经理的做法就得改变。

对陈丰的错误解读，使得苏浅唱的自信愈发膨胀了，听拉拉问大家的意见，她正想表示没有完全满意，却诧异地听到"满意"俩字正从姚杨嘴里说出来，苏浅唱本能地迟疑了，最终跟着大家一起诚恳地表示满意。

在DB做了一年半销售，怎么做出诚恳和低调的姿态，苏浅唱还是学到了。

会议讨论下一个问题，关于指标。

陈丰和拉拉又听了两个人的发言才搞明白，原来大家倒不是嫌李坤分配得不公平，是他不肯预先告诉大家当月的指标到底是多少，销售们只得每个月都蒙着头做，到了靠近月尾李坤才会揭开谜底。

陈丰非常惊讶，因为李坤刚上任的第一个月，他曾参加过李坤的小组会议，看他是怎么分配指标和费用的，当时明明指标分配是透明的，陈丰对他的分配思路也很认可，没想到李坤后来改成暗箱操作了。

李坤尴尬地向陈丰解释道："我到每个月的下旬也是让大家知道指标的，这么做的目的是为了更好地进行全面掌控。"

拉拉想不透李坤的"全面掌控"到底什么意思，又不好当场追问，便做了一个记号，准备回头私下里再问李坤。

陈丰沉吟了一下道："每个经理有自己的工作方法，我知道在DB，确实也有少数经理是不公开指标和费用的，我不想硬性规定我下面的小区经理公开或者不公开，但是我本人的做法是公开指标和费用的。"他这个说法实际上已经在要求李坤公开指标了。

李坤赶紧表示没问题，他以后逢月底公布下个月的指标和费用。

销售代表们听了都舒了一口气，今后再不用猜测每个月的任务到底是多少了。

最后一个问题是关于小组事务参与度。

有一个叫马洪的销售说："有时候我们有些和李经理不同的想法——毕竟我们是在第一线的，比经理更了解某些具体情况——但是李经理多半听不进任何不同意见，大事小情，一概都要按他的意思办。这样，销售代表一点主观能动性都没有了，就像经理手中的牵线木偶。两个月前，我有个活动没有完全按李经理的意思办，事后李经理很快就给我调换了区域，这还不算，有关我负责的区域的事情，本来李经理都是直接和我联系的，自打那事儿后，他有什么话老让姚杨转告我，特别是关于这个月的两个大活动。上周一，我实在憋不住了，打了好几个电话才找到李经理，结果李经理只是很简单地让我有问题找姚杨就把电话给挂了，说话的语气也冷冰冰的，搞得我很郁闷。当时我问姚杨为什么是你来带我搞活动，姚杨说，她也不知道为什么李经理要这样安排，既然李经理交代了她不好不照办。"

马洪越说越激动，停了一下才接着说："姚杨是高级销售代表，我也是高级销售代表，为什么我的工作不是由经理管理，而要由和我平级的同事来管理呢？我觉得这是在变相修理我！说穿了，不过因为我有件小事没有完全照李经理的意思去做嘛！公司的文化不是讲究包容鼓励兼收并蓄吗？李经理这样做，符合公司的价值观吗？"马洪说到最后一句，明显在质问李坤了，看来马洪本人也气得不轻。

李坤面对马洪气势汹汹的质问终于憋不住了，他对陈丰和拉拉举手道："我能澄清一下吗？"

拉拉点了点头，同时用告诫的眼神看了李坤一眼。李坤尽量保持自己语气的平和对马洪道："先说给你调换区域的事情，这是事先得到陈经理同意，在你说的那个活动之前就决定了的事情，我可以保证和你说的那件事情没有关联。"

马洪马上反击说："就算是陈老板同意的，也是你向陈老板提议的，否则我在田野手上做得好好的，为什么一到你手上我就得换区域呢？"

陈丰脸上未动声色道："这事是我同意的。现在这一组的经理不是田野是李坤，而每个经理都有他自己的业务思路，李坤作为小区经理，要对这一组的业绩负责，他对销售代表的区域提出调动建议是非常正常的。如果每组的调动都要我来安排，那就不需要设小区经理了。"

他这一说，马洪马上意识到自己用质问的口气对小区经理李坤说话似乎过头了，嘴里虽然没说什么，脸上还是明显收敛了一些气势。

李坤见陈丰给自己撑腰，心里很痛快，激动的情绪也舒缓了一些，他继续对马洪解释说："在那个活动之后，我也并没有让姚杨来管你，只是这个月你计划中的两个重大活动都是姚杨的区域最近刚做过的，她有经验，了解可能会碰到哪些问题，我就事先交代她和你做经验分享，也和她说了这样安排的原因。那天你打电话找我，我因为正在和客户开会，不方便和你多讲，才让你直接找姚杨的。"

拉拉忽然说："不好意思，打断一下——姚杨，李坤交代你跟马洪分享经验的时候，对你说了这么安排的原因，你理解李坤的意思吧？"

姚杨正一声不吭地看马洪和李坤的热闹，猛然听拉拉点她的名，她吓了一跳，下意识地避开拉拉的目光，却瞥见陈丰严肃的眼神正望着自己，她知道不能撒谎，犹犹豫豫中，终于脸色有点不太自在地轻轻点了一下下巴。

马洪一看深感诧异，几个年轻的销售也吃了一惊，拉拉马上对姚杨说："那你对马洪说你不知道为什么李经理要这样安排，就有点问题了。对吗？"

马洪下意识地代姚杨点了点头，拉拉也并不需要姚杨的回答，她转过头对李坤说："李坤，这件事情发生在你给马洪换区域之后，你多少也应该知道马洪对换区域是有点不开心的，这样的情况下，建议你最好能先主动向马洪交代清楚，而不是由第三者去转达，一来免得加深误会，二来也能让马洪感受好一些。"

马洪嘟囔道："我就是这个意思。"李坤也表示接受。

拉拉问大家，关于小组事务参与度的问题，哪位还想发言？本来苏浅唱几个还有些话要说，但自觉杀伤力未必能比马洪的那一串连发更重，而且大家都对姚杨的作为感到有点意外，于是没有人再提出补充。

拉拉笑道："那就建议大家今后双方都加强沟通，一来消除误会，二来也能发现更多好点子。李坤你不妨多带头。"

李坤连连点头道："应该的应该的，其实我特别感谢马洪，要不是今天他说出心里话，我真还没有意识到问题的严重性。我今后会努力的，也请大家多提醒我，我们一起把小组的工作做好。"

李坤说话的语气很诚恳，众人觉得即使无法判断其中有多少心服口服，起码是很谦虚的。

苏浅唱等几个自我些的，从中感受到胜利者的自豪和乘胜追击的意愿，而以卢秋白这样老成一点的心里都明白，让经理这么低声下气该见好就收了。

于是卢秋白带头表示配合经理工作是应该的，让领导费心了云云，销售们纷纷跟着说"领导费心"，姚杨也勉强自己微笑。

拉拉总结道："第一，关于费用，一是由李坤按费用类别确定销售代表可自主的限额，二是为了控制投入和产出的匹配，今后每两周核查一次指标进度，据此控制小额费用的总额——至于指标进度和费用之间的比例，本周内你们另行在小组会议上讨论确定。周五前苏浅唱负责把小组会议的结果发给陈经理和各位。大家对此还有疑问吗？"

苏浅唱忽然说："小额费用的限额是李经理定，还是也拿到小组会议上讨论决定？"

李坤不太自在地看看陈丰和拉拉。陈丰"呵"地笑了一下说："关于这点，刚才卢秋白说过他的意见，我觉得很对。这个由李坤决定就行啦，不需要什么都拿到小组会讨论，经理总要有点决断嘛。"

苏浅唱碰了陈丰一下软钉子，马上睁大眼睛做出经典的认真聆听状，很乖的样子对自己的大区经理点头，嘴里说"哦，好的"。

拉拉笑问苏浅唱："浅唱，明白了吧？管理者有管理者的地位，既需要倾听，更需要做出决定。"

拉拉一面说，一面含笑环视了一下全场，苏浅唱赶紧说："哦，好的，拉拉，我明白了。"

陈丰看在眼里越发觉得拉拉老练了很多，一要责备人就面带微笑，语气比什么时候都温和。

拉拉接着总结说："第二条，关于指标，今后每逢月底，李坤都会公布下个月的指标。这点大家刚才都已经表示满意了。苏浅唱你也都记录了吧？"

等苏浅唱点头确认后，拉拉说："最后一条，其实就是沟通的问题，一个是要有沟通的意识，二是要有沟通的'诚意'。沟通一是说一是听，是双向的。你们不妨也在小组会上讨论一个小组事务的沟通制度。我以前的老板李斯特和我说起过，他自己遇到问题就很愿意问问下属有什么主意，因为下属在其负责的范围，有可能比老板更高明；另一方面，经理是管理者，他需要做决定，否则他就不配做这个经理。"

李坤连说"是的，是的"。卢秋白也说"拉拉说的对，我们都明白"。

拉拉知道姚杨心里多半不太舒服，便特意笑着专门问了一句："姚杨，说说你的看法吧。"

姚杨愣了一下，坐直身子斟词酌句地说："非常感谢领导花时间关心我们小组。我想，每个人都是很聪明的，都有他自己的判断力，今天我们组能这么齐心地坐在这个房间里，说明了李坤管理上的问题肯定是有典型性和普遍性的，否则谁有那个煽动力能把八个人的心拴在一条绳子上？"她说到这里有点说不下去了，自己也不知道想继续说点什么。

拉拉等了一下，见姚杨没有别的说辞，便说："姚杨你说得有道理，否则我们今天也不会专门开这么一个会来解决问题了对吧，大家都很忙，但是有代表性和普遍性的问题绝对值得我们花时间去解决。那么，会议的结果你能接受吗？"

姚杨点点头，又说："最后一条是软性方案，还是要看今后的实施情况。"

陈丰承诺说："我们不会因为今天开过会了，就万事大吉，今后我本人和HR都会继续关注、跟进你们组的情况。这样吧，我们现在就确定一下跟进的时间，这个月底你们的小组会，要分配资源和指标吧，提前两天通知我，我来旁听。李坤，你回头想一想有什么需要我提供支持的地方，另行找我沟通。"

拉拉便诚恳地说了几句说和的话收尾："经理也是人，会犯错，每个新经理都有一个成长的过程，李坤需要大家的协助。李坤的任劳任怨有目共睹，一个人能做到他那样全情奉献，可想而知背后付出了很多，我个人对此表示敬意。听陈丰说，你们组的指标完成得挺好，这不容易，值得每个人骄傲，其中有经理的奉献，也离不开你们每个人的努力。趁着大家都在，恭喜一下，辛苦啦。你们销售部业绩做得好，我们SUPPORTING FUNCTION（指支持核心业务的各职能部门）今天的年终奖才能好嘛。"

拉拉转头征询陈丰散会前是否给大家说几句，陈丰调侃道："不用啦，我想说的你都已经替我说了，比我说得还好，大家更愿意听你讲。总之，希望你们组保持士气，让业绩继续维持良好的增长势头。"陈丰的几句调侃逗得年轻的销售代表们都露出了真实的笑意，李坤抓紧时机带着众人再次"谢谢领导费心"。

大部分人认为问题得到了解决，加上陈丰和拉拉最后又说了几句鼓励和放松的话，会议便还算喜气地结束了。

陈丰和拉拉回到陈丰的办公室，两人关上门，拉拉马上问："感觉怎么样？"

陈丰表扬道："主持得好，堪称会议的经典之作，OPEN（开场白），CLARIFY（澄清观点），DEVELOP（展开讨论），FACILITATE（推动达成一致），到CLOSE（总结），非常完整。"

拉拉哭笑不得道："不是问你这个。"

陈丰神情疲惫地说：“看来，事情的起因不是大问题。李坤那头，费用的大头都是按计划走的，剩下零零星星那点钱没有多少，又有‘行为准则’和财务制度约束，能差错到哪里去呢？他非要在那里抠小节不放，这就太钻牛角尖了，他有那个力气不如给我多做点生意；从销售代表那一面来说，经理管得是严一点，但也不至于难受到要揭竿而起的地步，因为李坤的业务把控比较强，按他的思路，他们组生意做得不错，这一组的人奖金都拿得比别组高，这就行了嘛，何至于搞得那么大阵仗——双方似乎都夸张了点。”

拉拉说：“换了我是经理，我就要管得严一点，又怎样？只要我分配费用的原则和思路没有问题，是公平的，就行了。经理不授权有经理的道理。”

陈丰沉吟道：“李坤可能是在不必要的地方管得太细了一点。”

拉拉说：“那就提醒提醒他好了——今天会上有的销售讲话口气过分了点，上级就是上级，下级就是下级，现在也谈不上是谁犯错误，只是观点不太一样罢了，你看马洪，简直就是在当众质问李坤嘛。”

陈丰说：“马洪是过了点，但也说明李坤的个人威望不够。”

拉拉说：“威望的建立需要过程。况且，小区经理就算犯错，自有大区经理管教，哪里轮到做下属的指手画脚了。你有没有注意到苏浅唱今天的表现？”

陈丰说：“苏浅唱看来比较自我，是典型的八十后。看外表她挺乖巧，平时总是未曾开口先带笑，这个习惯有人缘呀，对了，就像你现在一样。她是天生使然，你是专业使然。”

拉拉说：“我就当你这是夸我吧。要我说，苏浅唱太不考虑李坤的感受了，就算有再大的不满，她可以换一个方式来表达吧，我看李坤今天挺受伤的，他爱面子。”

陈丰说：“大男人，不会那么脆弱，苏浅唱今天说话还好吧，没有马洪那么冲。从另一个角度讲，她这样的个性属于攻击力强的类型，做销售能培养成一把好手。”

拉拉不以为然，脱口而出反驳道：“将心比心，田野忽然要走，事先一点口风也没透给你，你什么滋味呢？”

陈丰有点尴尬，直爽承认道：“你怎么可以这么对我？了解我的痛处，然后往我伤口上撒盐。”

拉拉其实话一出口就后悔了，她赶紧双手合十连连道歉道："对不起，对不起，说错话了，请你原谅我吧。这不都不是外人，说话就随便了。"

陈丰挥挥手表示原谅："好啦好啦，你都说了'不是外人'，我想计较也没得计较了。"

拉拉端详了一下陈丰的气色说："我看你精神确实不好，休两天得了。这个事情后续要不要我跟一跟，你有啥交代的？给我一个用实际行动表达歉意的机会？"

陈丰感叹道："老实说，这个事情还真是出乎我的意料。我看李坤勤勤恳恳，指标也完成得不错，没想到他搞得下面这帮人全反了。今天要不是我们硬压着，我看他自己根本控制不住形势，坦率说，不公开指标的经理不是没有，费用管得比李坤还严的也大有人在，关键人家镇得住——所以还是他的个人威望成问题，我也要检讨，作为直接主管，对李坤的关注和辅导都不够。"

拉拉揶揄道："嗯嗯，还挺勇于承担责任。那就多辅导辅导李坤吧，别把人家当做完成指标的机器啦。"

陈丰道："说得真难听，我哪儿有那么势利？再说姚杨，我过去也知道她个性不弱，可没想到她能做出这个事情来。"

拉拉试探道："那你打算拿姚杨怎么办？"

陈丰苦笑道："还能怎样！她做生意绝对是把好手，干掉她我还真舍不得。"说话之间，陈丰透出一种无奈，拉拉很理解，要想招个好的销售人才并不容易。

拉拉笑道："那就留着，要不我回头找她谈谈？该安抚的安抚，不对的地方也要正面和她说清楚，还有苏浅唱。"

陈丰疲倦地搓了搓双颊说："我确实想休息两天，你要是抽得出时间，就帮忙和姚杨沟通一下，我怕拖过两天她心里不自在，胡思乱想。苏浅唱的问题倒不是个急事儿，她年纪还小，我看她主要是对自己的定位不清，不知道哪些事情轮不到一个做下属的说话。"

拉拉说："定位不清是首要的，另外，她得学会站在别人的角度考虑问题，不然，她迟早要碰壁。"

两人正说着，陈丰一眼看到李坤在门口的走道上徘徊，显然想进来。陈丰招呼他进来后，李坤先给两人又道了个歉说不好意思自己没做好给领导添麻烦了。拉拉劝他道："李坤你今天累了吧？不如先好好休息。你老板在生病，让他也早点回家吧，有啥事情都明天再说。"

李坤这才想到陈丰今天还病着，八成是为了自己组里的事情硬挺着。他过意不去地说："老板真对不起，你赶紧回去休息吧，不好意思。拉拉今天也要多谢你。"

拉拉和陈丰都安抚他说："没问题，暂时不用想那么多。"

这是个阴雨天，一整天，天空厚重得像吸饱了墨的宣纸，没完没了的雨丝淅淅沥沥在风中飘忽个不停，城市显得又冷又湿。

拉拉和陈丰一起走出明亮温暖的写字楼，陈丰这天因为精神不好，没有开车，两人站在马路牙子上等的士。

晚上6点半了，在写字楼集中的街区这个钟点本来就很难打的，加上天气不好，两人等了好半天才抢到一辆的士，拉拉催陈丰先上了。

天已经黑透了，街道两边的路灯撒下橘黄的光芒，扑面而来的冷风吹得人想家。

几辆公车正晃晃悠悠地进站，车边一堆湿漉漉的人推推搡搡地跟着车跑，都想抢个有利地形。

拉拉放弃了打的的打算，信步走向地铁。到处都是行色匆匆的归人，拉拉竖起风衣的领子，夹紧手提包，快步走着。她怅然想起大学里冬天的夜晚，回宿舍的路上，风总是呼啸着掠过树梢，下晚自习的钟声当～～当～～当～～一下一下悠然地传遍校园。

毕业后独自一人来到广州闯荡，不知不觉已经超过十年，拉拉想，过去哪能料想到自己一步一步地会变成今天这样一个人。

和研究生男友分开后，曾经很长一段时间，她总是感到害怕无助，大约是由于出身文科，动手能力不强，她那时会思考一些很奇怪的问题，诸如水管坏了怎么办，电灯泡的更换也是一个困难。奇怪的是，和王伟分开后，她却并不害怕，水管坏了有物业，由于使用名牌灯管，几年也不坏。事实上，和王伟的分开由于没有一个宣布的过程，总让人觉得回不过神来，拉拉似乎不能说服自己相信"分开"已经发生。

 别讲现任经理坏话，因为新经理会想：你和他这么闹，没准以后和我也那样

姚杨和拉拉年纪相仿，过年就奔三十二去了。

姚杨出身名校，本科毕业那会儿，姚杨的理想是寻个部委里的职位或者到垄断行业的央企寻个悠闲体面的饭碗，但就业形势并不乐观，眼见身边的同学要么出国要么考研，占了倒有一半，她跟风去念了三年研究生。

等拿到硕士文凭，她也 25 了，却沮丧地认识到好不容易拥有一席之地的研究所不是那么好待的，手头紧巴巴的日子缺乏朝气和趣味，竞争照样有形无形地无处不在，成堆善于念书的人扎在一起，有点万众齐上独木桥的意思。

看看日复一日高涨的房价，医疗，教育，养老金，没有一样让人心里踏实，硕士姚杨认识到，生活如湍急奔腾的激流，想要出世地平淡生活成了一相情愿的奢侈梦想，往高处攀爬是大部分没有背景的平民百姓身不由己的方向，早过了老婆可以不工作在家操持操持家务，仅靠男人一人工作就养活全家的年代了。

就在姚杨踌躇着何去何从的时候，她大学里一个要好的师姐，在加拿大连读书带工作待了五年后回上海了，找工作照样叫不起价，这件事情促使姚杨痛下决心踏上销售之路。

生活和当初的设想大相径庭，而当尝试着寻找比较能来钱的新工作的时候，姚杨发现就业的筹码似乎并没有增加，三年的研究生都白读了。大部分用人单位招聘的时候都说本科生就很好用了，要一个研究生干嘛。对姚杨而言，那是一段黯淡无光的日子。

好在三年前进入 DB 后，姚杨的发展一直挺顺利，田野栽培她不说，陈丰也对她印象不错。特别最近一年来，姚杨感觉自己离经理的职位越来越近了，生活似乎就要对她展开笑颜。

这样关键的时刻，姚杨自然不敢怀孕，以免耽误前程。姚杨的计划是，32 岁当上经理，再好好干两年，然后抢在 35 岁之前完成生孩子的任务，晚于 35 岁，孩子的质量没有保证。这个计划一环套一环，她浪费不起时间。

竞聘落选后，姚杨十分焦虑，再看看李坤那些拘谨固执的管理手段，她很是厌烦。姚杨觉着，要是换了自己，肯定比李坤更能服众。

在发现李坤的嫡系苏浅唱也对李坤强烈不满后，姚杨既惊讶又激动，她一个没忍住，挑起了倒李事件。

前一天的沟通会上，陈丰虽然话不多，但立场看得很明白了。这令姚杨非常后悔。她既担心就此被贴上永不重用的标签，又怀着一丝侥幸，希望陈丰没有看出来自己的小动作。

姚杨在患得患失中，烙饼似的翻了半宿，闹得她先生也担心起来，他们的房子还在供，两边老人身体又都不太好，姚杨是家庭经济的主力，他想问又不敢问，生怕加重姚杨的思想负担。

姚杨察觉了，倒过来安慰先生道："不碍事，凭我现在的实力，就算离开DB，出去找份同等收入的工作不成问题。"

姚杨的先生是她的大学同学，一直在搞科研，人比较单纯，闻言便说："那你就别给自己太大压力，了不起我们跳槽就是了。"

姚杨说："你不知道，大公司招经理，要么从内部提拔一个，要么到外面招一个有现成管理经验的经理，决不会用一个别公司的销售代表来做经理的——像我现在这样，在DB只是个高代，到外面找新工作，别人是不会给我经理职位的，而且换个公司，新老板又不知道我的能力怎样人品如何，我还要从头接受考验，不比在DB，陈丰已经比较认可我的业务能力，跳槽对我来说不合算，是没有办法的办法。"

姚杨的先生说："那小公司的经理职位你考虑不考虑呢？去年下半年，猎头不是还要挖你去雷斯尼做小区经理？你不去，他们后来不是挖了你们DB外区的一个销售代表？"

姚杨解释说："我不是在小公司做过两年吗，小公司的滋味我是尝够了，再也不愿意回头了。就说雷斯尼吧，在小公司中算不错的，收入不见得比我们低，可他们南区的大区经理林如成，是个出了名的变态，去年我去面试的时候看到他就觉得倒胃口，听说他们的几个小区经理被他折磨得要吃'百忧解'，他们的销售每天都要回公司做早操，搞得跟做传销的似的——我这一说你就明白了吧，林如成可比我现在的大区经理陈丰差了好几个档次，就连李坤，再不入流，也比林如成强。要是和林如成那样的人做同事，我会觉得自己简直就是落难了！”

姚杨的先生听了有点发愁，半晌说：“那你打算怎么办？”

姚杨幽幽地说：“看陈丰的意思，很维护李坤，明显是放弃我了。”

姚杨的先生很不平：“你那么卖命给DB干，到现在都不敢要孩子，陈丰平时看着对你还不错，关键时候却丢卒保车。”

姚杨比她先生职业很多，她平静地说：“今晚我想了很久，我倒觉得陈丰的做法很正常，换了谁做大区经理，都要丢卒保车，我要是到现在还认为丢卒保车不公平，那我的思想水平也太低了。关键在于，我到现在还是个卒子不是车。”

说到最后一句，姚杨忍不住一声叹息，又对先生道：“睡吧，你别担心了，我有办法应付的。”

她先生说：“你不是个一般的卒子，最起码是个优秀的卒子，顶半个车了，没准陈丰也会考虑你的感受，比如给你换个组什么的。”

姚杨听了眼睛一亮，是呀，这法子不错，那样就不用在李坤下面受气了。就是不知道陈丰肯不肯给自己机会。

第二天一早，拉拉回到办公室刚放下包，海伦走来，骨碌着大黑眼珠子向她报告早间新闻：“拉拉，陈丰的助理说他得了急性肺炎。”

拉拉一惊，瞪圆了眼睛问道：“严重不严重？”

海伦顺口推测说：“应该不会很严重吧，他体质不是一直挺好的嘛。”

拉拉愣了一愣问道：“那他住院了吗？”

海伦一摊手说：“这不清楚。”见拉拉没有进一步的指示，海伦凑前一步热心地补充道：“要不要问问他助理？”

拉拉迟疑了一下说：“算了，不用问了，如果严重的话应该很快会听说的。”

拉拉想了想，交代海伦帮忙约姚杨谈话，海伦刚转身，拉拉又叫住她道：“苏浅唱也约一下吧。”

姚杨接到海伦的电话说拉拉找她，她心里忐忑起来。结果拉拉的话说得出乎姚杨意料的直接利落，拉拉主要就说了一个意思，一个小组里同时有两个都很强的人去竞争经理职位，一个上了，另一个落选了，落选这个只要耐住性子，通常，下一次机会来临的时候就轮到他了；假如下一次还不是他，那再下一次机会肯定是他了。然而，有些时候，落选的这个总是愤愤不平，结果，下一次机会不是他，再下一次还不是他，总而言之，越着急越成不了。

姚杨听了心里马上松快了一些，觉得拉拉也不是不能理解自己，至少没有觉得自己罪大恶极。她想了想，直接问拉拉，能不能给换一个组？

拉拉在谈话之前也想过这种可能性，李坤和姚杨这一次是彻底崩了，非捏在一处谁都不自在。

拉拉便说："这事情得跟陈丰和李坤讨论一下，看他们是否同意，理论上是可行的——不管换不换，姚杨你为了自己都要好好干活，别和李坤闹僵，如果让别的小区经理觉得你这人不好合作，那谁还敢接收你呢？当员工和经理合不来，而尝试内部换岗，甚至出去找新工作的时候，我通常会劝他们不要在面试中讲现任经理的坏话，因为新经理很可能会担心，你和现在的主管闹得这么僵，说不定以后和我的合作也成问题，最后遭受损失的还是员工本人，姚杨你说是吧？"

姚杨听了不太舒服，觉得按拉拉的说法，在自己和李坤这一对矛盾体中，似乎大家已经直接把过错都推到自己一边了，她激动起来，申辩道："拉拉，我觉得有必要为自己解释一下，我肯定有做得不合适的地方，但不能说李坤都没有问题吧？"

拉拉劝道："姚杨，你和李坤谁是谁非，这不是POINT（关键）。有经验的人听说两人闹矛盾，不见得有那个闲心或者信心去搞清来龙去脉，他多半会想，公说公有理婆说婆有理，也许两个都不是省油的灯——虽然未必就认定是你不对，但新经理为安全起见，多一事不如少一事，选择干脆不碰你，是经理们的常见思路。再说了，中国人还是比较讲究长幼有序的，哪怕你和李坤各错一半，老板总是老板，这是大部分人的观念。我曾听同行说过这样的案例，员工和现任经理关系闹得很僵，想换岗，HR帮他协调了一个内部机会，结果他面试的时候从头到尾都在控诉现任经理，本来新经理确实有50%的意向考虑接收他的，这下被他面试中的表现吓到了，彻底没戏，换岗的机会叫他自己给折腾掉了。你说他是不是真的那么委屈呢？很可能是真的，但是说那些对自己

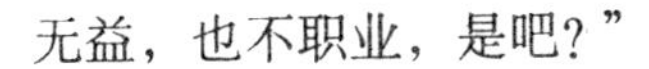

无益，也不职业，是吧？”

姚杨想想，觉得拉拉说的也都是大实话。

姚杨怎么说也是过了三十的人，知道 HR 肯这么耐心算是在做好人了，无非是希望解决问题，两边都保住。姚杨估计拉拉这个态度应该是和陈丰商量过的，自己再不听劝就不知趣了，再说自己确实也不愿意离开 DB，她便诚恳地保证一定和李坤合作，做好本职工作。

拉拉最后说：“姚杨，昨天会上人多我就没有多说你，马洪那事，你做得不合适，他和李坤本来就闹别扭，你那样不是火上浇油吗？陈丰爱才，对你挺好的，换个老板，他要给你上升到 INTEGRITY（诚实）的高度来上纲上线也不为过，那你的损失就大了，你说是不是？”

姚杨被拉拉说得有些心虚，红了脸道：“拉拉，我当时其实不是那个初衷。”

她本来还想多辩解两句，见拉拉眼里含笑望着自己，姚杨也是聪明人，马上爽快地说：“我知道了，以后注意。”

两人都觉得这场谈话效果很好，从拉拉的角度讲，她既安抚了姚杨，也告诫了姚杨。从姚杨的角度讲，感到放心了一些，至少自己还能有机会重新开始，同时她也明白陈丰不会再容忍自己和李坤捣乱了。

和苏浅唱的谈话就不那么有效了。

拉拉说啥，她都做出懂事礼貌的样子积极正面地表示理解了，其实她听不进拉拉的劝告。

拉拉看在眼里，不耐烦在她身上再花时间，就只保重点地说：“浅唱，我只强调一点，李坤带你这一年半里确实花了不少心思，你对他的反对，会比任何人对他的反对更令他难受，这是人之常情，你要多理解体谅他——不知道你是否能理解或者接受我的这个说法，我建议你重视这个观点。”

39. 70% 的人曾因管得太细想跳槽，其中半数付诸了行动

拉拉这一天忙得跟滴溜溜转的陀螺似的，不知不觉就到了五点半。海伦对

拉拉挥挥手先下班了，拉拉一边讲着电话一边对海伦做了个拜拜的手势，却瞥见李坤在她的办公室门口徘徊。

等拉拉放下电话，李坤赶紧站到门边敲了敲，拉拉招呼他坐。

李坤一落座，就愁容满面道："拉拉，我心里不踏实。陈老板休病假，还是想向你请教请教。"

拉拉笑着问他："有啥心事？"

李坤心中有千言万语，沉默了一下才沮丧地说："拉拉你说，像苏浅唱这样的人，该怎么带才好？坦率说，我真的觉得自己很失败。我不知道是苏浅唱没有良心，还是我太蠢。"

拉拉见李坤似乎满腹纠结，就说："你心中还有什么结，要是愿意和我讨论，不妨都说出来，看我是不是能帮你出出主意。"

李坤表白说："拉拉，昨天开会听大家一说，我才意识到对费用管理有那么大的意见，可是，我对费用不放手，是有原因的——比如马洪吧，我就是觉得他投资思路不清晰，又自以为是，还有的人，我就不点名了，其实我是担心他把钱放到自己口袋里了，根本没花在客户身上。"

李坤说完，见拉拉没有表态，他忽然怀疑自己的话是否合适，就停住了，担心拉拉会追问他到底是谁把钱放到自己口袋里了。

拉拉"嗯"了一声道："我在听你说，你继续。"

李坤的眼神里流露出明显的苦恼，一肚子的烦心事让他失去了条理，他想到什么算什么地说："姚杨我不知道怎么和她相处下去，其实我一直都在忍着她。记得我刚上任，你和陈老板就提醒过我，让我用好姚杨，其实，就是你们不说，我也知道该和她好好相处，她的区域很重要，如果她的业绩不稳住，我这组就很难有亮丽表现。对姚杨，我一直在工作上尽量多给她自由空间，既发挥她的作用也想让她感觉好一点——比如像马洪昨天会上说的事情，我的本意就是想给姚杨授权，让她有带人的感觉，结果却被她利用了。我不是说我就没有问题，但是，就会上大家说的那几条，我觉得都不是原则性的大问题，管得严一点下面的人不舒服是正常的，可是如果没有姚杨在中间挑，怎么会所有的人一起反对我呢？"

拉拉点点头表示理解："要处理好这层关系确实不太容易。"

李坤说："昨天开会前我非常担心，因为我知道他们事先都做好了安排，谁打头炮谁策应什么的——可后来看到你把场面控制得很好，我真不是恭维你拉拉，我想问问，这里面有什么诀窍没有？有几次开小组会的时候，我都不满意自己对场面的把控，特别是一到要对下面的人提要求的时候，老是有人挑战我，有点镇不住场。"

拉拉的身体微微前倾，非常专注地听着李坤讲话，嘴里不时地"嗯"一声，她的身体语言鼓励了李坤，李坤鼓起勇气说："此外，虽然陈老板已经拍了板，我还是有点不放心开放小额费用。这点我不知道怎么说服自己——暂时我就想到这几条想问你的。"

拉拉说："我听下来你一共提到了四点，第一点是你诚心诚意带人对方却不领情；第二点是组里的老员工比如姚杨有意和你作对，甚至对团队施加了不好的影响；第三是你对费用管理适当开放心存担忧；第四是你想学习一下如何把控会议——你看看我的理解对不对？有没有遗漏？"

李坤连连点头说："是的是的，拉拉你记性真好。其实我事先也没有系统地去想今天要问你些什么问题，就是想到什么问什么，拉拉你知道，我一直都很信任你，特别是我上任这几个月来，每次和你聊下来我都觉得很有收获，我总结出一点，找你能解决问题。"

拉拉笑道："谢谢信任。通常情况下，比如你去找陈丰谈话，甚至和级别更高的老板谈话，最好避免想到什么问什么，对方能给你多少时间，你打算谈哪些问题，最好事先有个考虑。这样，谈起来能抓住重点，避免遗漏，也不会不必要地占用对方的时间。"

李坤不好意思地说："拉拉你提醒得很对，我今天心里太乱了。"

拉拉笑道："没问题。不过，我之所以指出来，是因为我观察到你有个特点，你自己想谈工作的时候，你会不管老板或者别的部门的同事已经要下班了，敲敲门就进去了，10分钟可以讲完的话题，你喜欢从头开始讲一个LONG LONG STORY(很长的故事)，也不管对方需要不需要那些信息，东拉西扯先讲上20分钟再说。本来人家可能准备6点下班了，给你一拖不到晚上7点根本就走不了。偶尔有个急事谁都能理解，可如果就这个习惯那就得注意了——你需要找人家讨论工作，为什么不能早一点去敲对方的门呢？你很努力，加班对你是家常便饭，但你不能要求别人也都像你一样，对吧？所以呢，我有两点建议给你，一是管理好时间，除非不得已尽量不占用同事的下班时间谈公事，即使对方是你的下级，否则别人会不高兴的；另一点，谈话或者开会要有一个明确的主题，避免话题发散或者时间失控。”

李坤承认说：“我确实是有这两个问题，自己也意识到了，我会注意的。”

拉拉说：“那我们讨论一下你刚才提出的几个事情。先说姚杨，你有证据是她挑动大家吗？”

李坤肯定地说：“我没证据，但肯定是姚杨。除了她，组里谁能有那么大能量！让八个人都在那封信上签名，一起坐到会议桌前。又没有什么了不起的问题。”

拉拉说：“那你为什么不可以也去影响大家呢？按说，指标和资源都在你手上抓着，你说服大家的筹码不是应该比姚杨多吗？”

李坤被拉拉这话一下噎得愣在半空中，搜了一下词才说：“她是背后搞突然袭击，我没有防备。”

拉拉笑了，李坤无奈地说：“还是我做人失败。现在我该怎么办好？”

拉拉说：“你自己有什么想法？”

李坤苦笑了一下不讲话。

拉拉一眼看穿李坤的心思说：“郁闷吧？本来指望我帮你出出主意，结果主意没讨到，反而吃我说你不是。”

李坤表白说：“哪儿呀，昨天要不是你和陈经理力挺我，我那一关就过不去，这点我很明白。”

拉拉笑道：“李坤，姚杨肯定有问题，你也有你的问题。”

李坤无奈地说：“我一直非常小心地和她沟通，事事考虑她的感受，拉拉你可以问问陈老板，我在资源的分配上是很向姚杨倾斜的，问题是她刀枪不入、油盐不进呀。”

拉拉纳罕道：“怎么会这样？以我和姚杨接触的经验，我觉得她是个可以谈判的人呀，还是能听得进不同意见的。”

李坤无奈地说：“拉拉，姚杨在你和陈老板面前总是很阳光，但是私下里她对我总是阴阳怪气的。”

拉拉说：“这也有可能。你觉得除了过去你们之间的竞争，还有什么别的

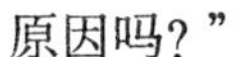
原因吗？”

李坤说：“要么还是嫌我在工作上约束她？我真的已经很合作了，基本上，她的想法我都会予以尊重，但也不可能完全不过问她的工作吧，那我这个经理岂不是成了聋子的耳朵——摆设了吗？拉拉你不知道，她的费用我多问一句都不行，每次一问，她就是那副爱搭不理的样子，我是硬忍着。就这，她还不满意。”

拉拉皱了皱眉道：“那你没必要这么忍，不妨直接向她指出必须修正态度。”

李坤摇头说：“那还不吵翻了。我和她说话一直都很客气尚且闹成这样。”

拉拉想了想，问李坤道：“听你说起来，似乎你们上下级之间已经很难相处了，你有没有想过向陈丰申请给姚杨换一个组？”

李坤愣了一下道：“如果可以，那再好不过了。”

拉拉说：“你自己也说，姚杨的区域很重要，换了她，谁能接上来呢？”

李坤想了想说：“苏浅唱已经接了原先我负责的区域，她现在的位置很重要不能再动她了；卢秋白早已经没有激情，就是在混日子的；马洪不够聪明，你看他昨天会上的表现，根本就是在给姚杨当枪使……其他几个人中都没有合适的了。了不起我到外面招一个忠厚老实的，只要人勤奋，底子差一点也无所谓，我宁愿多花力气辛苦点带带他，只要不是爱搞事的人就行了。”

拉拉听了李坤的思路觉得不太对劲，提醒道：“重点区域应该用能力强的销售。光人老实勤奋，经验太弱还是不行。”

李坤骨子里的那股固执劲上来了：“拉拉，我说说我的看法，通过这次的事情，我感到人品最重要，我宁愿他经验差一点，只要人品好，我有信心带好他，不影响销售。苏浅唱刚来的时候经验不也很弱吗，调教了一年半，就很好用了。”

拉拉说：“对了，提到苏浅唱，既然你刚才提到苏浅唱不能动，说明你的内心还是能接受她的。对不对？”

李坤思想斗争了一下，谨慎地表态道：“我就觉得她比较自我。应该算性格上的缺陷，还不到人品那个高度。”

拉拉说：“自我是八十后的通病，你要是招没多少销售经验的人，铁定是八十后了。你有没有想过怎么避免再出现像苏浅唱这次这样伤你感情的事情呢？”

提到苏浅唱，李坤的眼睛里又闪过一丝迷惘："这是我很困惑的地方，所以我今天第一个问题就是关于这一点的。"

拉拉回忆说："昨天会上我看苏浅唱也很委屈的样子。你是否管得太细了，以至于让大家觉得不舒服——如果一个人说你管得太细不好说，现在是八个人一致这么说，而且陈丰也有这个担心，你自己觉得呢？"

李坤坚持说："我刚上任的时候，你不是对我说过，一个经理首要的任务就是对业务的把控，不管细一点我怕失去把控。"

拉拉一听笑了，嗬，他记得倒挺牢，拉拉说："我还说过，新经理上任的头一关就是稳住团队的核心队员，不然你怎么把控业务，靠你一个人是不行的。"

李坤沉默了，明显不服气。拉拉想了想说："李坤，我这儿有一个数据供你参考，70% 的人曾因管得太细而考虑过跳槽，其中半数的人采取了行动。这说明，管得太细会让很多人难以忍受。"

李坤吓了一跳，他是个重视数据分析的人，而他知道拉拉说话向来可靠，李坤嗫嚅道："那就是说大约 35% 的人会切实采取行动跳槽。"

拉拉提醒说："是的。所以，不排除你的团队中有人已经在考虑跳槽，也许现在他们在观望这次会议后的变化。我给你两个建议：一个是认真考虑管理上哪些地方应该授权；二是给自己的下属排排队，看看哪些人是你一定要保留的，哪些人的离开是你可以承受的——那些关键队员你得注意和他们的及时沟通，了解他们的动向，知道他们需要什么，不满意什么。比如这次他们的行动，你刚才说是突然袭击，说明你事先毫无察觉，直到卢秋白和你通气，这算得上是一个有分量的失控了。"

李坤尴尬道："不好意思，我知道了。"

李坤经拉拉这么一分析，对接下来该怎么做心里有底一些了。他想了想，认真地问拉拉："拉拉，刚才你说 70% 的人曾经因为上司管得太细考虑过跳槽，还有哪些直接主管的原因容易导致下属主动离职的？我想知道比较经典的，后果严重的。"

拉拉说："有几种经典类型，——管得太细，事无巨细都要过问，弄得下属很郁闷。多发于女经理和新经理；

"——过度授权，这类经理往往自己不了解一线的情况，下属遇到难题时，做经理的既无法给予指导，又提供不了具体帮助，全凭下属自求多福。多发于老资格经理或者懒惰的经理，他们常令下属感到，老板就会在业绩上不去的时候骂我，我不会的他教不了我，我搞不定的他也搞不定，他甚至还不如我呢，他有啥用；

"——话不说明白，不肯做决定，尤其遇到敏感的或者责任重大的问题，经理含含糊糊不明确表态，让下属摸不着头脑无所适从，人家不知道你到底啥意思。多发于官僚主义严重的老资格经理人、阶段性自身处境困难或者一贯性格不够理想比如黏黏糊糊、优柔寡断的经理身上，其中阶段性自身处境困难，是指那些本身弱势的经理，比如他的上级不信任他，凡是他提的方案就容易被否决，凡是他出面要的资源多半被驳回，弄得他的下属也跟着吃亏，这就是为什么很多人希望跟一个强势的老板；

"——另外还有诸如言而无信，不尊重人，指标资源分配不公，不懂行还瞎指挥。强调一下，对于级别比较高的职位，不懂行不见得是个问题，如果他会用人，他下面具体负责干活的人懂行就行了，不懂行还瞎指挥才是真正的麻烦。"

李坤说："拉拉你这是专业书上看的，还是自己总结的？"

拉拉解释道："理论依据当然有，我们还在各区做了两年对主动离职员工的访谈，分析各类原因导致的流失率后总结出来的。此外，面试的时候可以观察到，越有本事的人，对老板的要求越高，他是会挑老板的，其中老板是否太DETAIL（管得太细）是他们很关注的一点。所以，李坤，这一点上，你的管理风格一定得变一变。"

40. 授权的依据和程度

李坤天生就是很 DETAIL 的人，听了拉拉告诉他的那个 70% 的数字，他觉得不放权也不行，可他就是放心不下，追问拉拉道："拉拉，哪些事情可以授权，哪些事情不能授权呢？授权的话到一个什么程度呢？我就是担心授权过头失控了。"

拉拉有点受不了李坤的黏糊劲儿了，但陈丰正病着，李坤又诚心诚意地发问，不好不回答人家。

拉拉觉得这个题目挺大，一时有点无从讲起，一个经理如果不知道什么可以授权什么不可以授权，就好比一个员工不知道哪些事情需要请示老板、哪些事情自己可以做决定，教起来就费劲了。

拉拉已经累了一天，遇到这费脑子的事情有点不耐烦起来，她忍不住抱怨道："李坤，你这谈话吧，还真是有点累人，需要的时间也不短，你真得改改专挑下班后找人谈事情的习惯了。"

李坤赔笑说："不好意思，下次一定注意。"

拉拉想了想说："我们串起来讲吧，现在你组里氛围不太好——姚杨除外，她可能心里有结需要打开——大部分人觉得缺乏信任而产生不满是主因，而他们觉得缺乏信任的主因，就是不被授权。我估计，等你解决好授权问题，是苏浅唱没有良心还是你做人失败就都不成为困扰你的难题了。我看苏浅唱说来说去，无非是希望你多授权一些。

"授权有哪些依据呢？建议从三方面考虑：

"——员工的能力：包括他的技巧、判断力、经验等。能力强的可以更多地授权；

"——员工的人品：包括他是否值得信赖、他的责任心如何，比如我们有时候会说这个难题可以交给某某，他肯定能搞定，而且他嘴严靠得住，这个'嘴严靠得住'，就是关于人品的评价。又比如你提到你怀疑有的人根本没把钱用到客户身上，这样的人你自然不愿意授权，而想盯得紧一点；

"——风险的大小：对经理而言，这件事情有多重要？成本有多大？比如我们会听到做经理的说，这事儿还是我自己来跟吧，这个季度我们组就指望这张单子救命了。经理为什么要自己跟呢，因为这个单子对他来说分量很重，他把宝都押在这张单子上了，输不起。又比如200元的请客费用就可以授权，因为成本不高，就算完全花错地方了，不过是区区200元。

"再说一说授权的程度，我们都有这样的体验：

"——最被动最没有经验的员工是坐在那里，等主管吩咐他干什么他才去干什么，有点像我们说的算盘珠子拨一拨动一动，有的甚至还想着往外推活，这是主动性等级最低的级别；

“——好一点的员工，看到主管很忙，或者组里别的员工碰到困难了，会主动问主管，我能干些什么？我怎样做能帮到别的同事？这是高级一点的主动性级别，当低级别的员工比如一个小助理能做到这一点，算得上态度较好，观念尚可；

“——再有点想法的员工，会在请示怎么办的时候，提出自己的建议和看法，老板我想到了两个办法您看哪一个更好，这样老板能更省心，因为员工是让他做选择题而不是问答题了，员工也因而更容易以最快的速度得到老板的指示，这个主动性级别就更高了；

“——继续往上走，员工看到问题，会采取行动去解决，并及时主动汇报，让主管知道发生了什么、怎么处理的、结果如何；

“——最高级别的授权是通过最高级别的主动性表现的，员工遇到问题，他可以自己直接采取行动无需报告。当老板觉得某某特别信得过，就会对他说这类事情你自己看着办，不用请示报告了，老板甚至会对别的员工说，以后这类事情，你们不用来找我，让某某决定就行了。

“主管在决定授权到什么程度的时候，就要和员工事先约定好主动性等级，比方说，200 元以内的请客吃饭，员工自己做决定不需要事先告诉经理，500 元以内的，得经过经理同意才能请客，1000 元以上的，必须有经理在场，你才能请客。

“反过来，员工也可以对照主动性级别，来观察自己处在被授权的哪个段位，被授权的等级越高，员工的重要性就越高，他离升职就越近了。

“授权和主动性可以是互动的，有时候做主管的并没有明确授权与否，尤其遇到新换老板，有经验的员工往往会主动去和主管澄清游戏规则：老板，您看我们请客的餐费怎么个报销流程合适？要不要规定一下多少以内的费用先和您申请？”

拉拉讲完，问李坤，“有问题吗？”

李坤边记边说，“没有问题，都听明白了。”

拉拉提醒说：“你再听听陈丰的意见，自己也总结一下，想清楚以后就要拿决定了，别因为怕失控，就总把什么都抓在自己手里不放——经理不能靠自己一个人把全组的业绩做好，一定要你下面的人都做好了，你的业绩才会上去，你再能干，一个人能干多少活呢？”

41. 开会的原则与慎用感叹号

李坤要求道：“拉拉，麻烦你再给说一下会议的控制吧。”

拉拉说：“一提开会，很多人就头大，觉得既费时间，又解决不了问题。令人讨厌的会议，多半目的不明、效率不高，缺乏主题控制和会议规则，造成东拉西扯，时间拖得很长，到最后，还没有个相关结论，等会开完了，人也散了，才发现问题并没有解决。

“——做任何事情都要有一个目的，所以开会的时候，开场白就要把会议的目的说清楚，让大家围绕这个主题展开讨论，以免跑题，这是游戏规则。打算花多长时间，解决哪些问题，这都是要预先讲明白的。

“——然后，主持人需要提出流程建议，来推动会议的进程。比如昨天我提议用头脑风暴的方式，让每个人都写出三条自己认为最主要的问题，然后圈定其中重叠最多的三条以便集中讨论，不然大家你一言我一语，会就开不完了。这方面的设计，主持人最好在会前就先想好。

“——在讨论过程中，主持人需要不断地去澄清并确认各方的观点，比如昨天的会上，当我们收集完大家的纸条，列出最重要的三个问题后，我就问大家是否同意这是最重要的三条？

“——当大家意见僵持不下，或者众说纷纭的时候，主持人要推动各方达成协议，比如昨天会上讲到费用，你希望由你来决定最低额度，而苏浅唱则希望通过小组讨论来决定，最后陈丰做了个主，不需要到小组会上讨论了，就由小区经理决定。

“——最后，主持人要做出总结，主要是一个 SMART 的解决方案，我们今天的会议做了什么决定，在这个决定中，每个人的任务是什么，其中要有下一次的跟进计划。

“像你这样到了经理级别的，开会要有明确目的、最终要落实一个解决问题的方案，这都不需要提醒了，估计主要需要注意的地方就是怎么控制好会议过程，特别是当对方和你意见不一致的时候，怎么去说服人家接受你的观点、跟你合作。

“这中间，沟通技巧比较重要，因为很多时候，当对方接受了你这个人，你的观点就更容易被接受。假如因为你的方式和态度使得他讨厌你，你的观点再正确，他也可能就是不理你。

“在沟通中，首先，尊重对方是基本的，得维护对方的自信。

“你看那些老鸟，要说人‘不是’的时候，通常喜欢先说几句对方的好处，然后才开始说‘不是’。用词也有个讲究，比如‘你怎么总听不进不同意见’这话肯定刺激人，‘我们是不是可以参考一下不同意见’就和缓一些，一样能把意思表达出来，不说‘你’，说‘我们’，意思咱俩是一个 TEAM 的。

“有的经理在沟通中和下属发生争吵，通常是因为他把下属一下就打击得太厉害，或者干脆不够尊重下属。比如经理一上来，就给下属列了一二三四五六七条不对的地方，也许你说的全是事实，可下属就会问你了，‘老板，我怎么觉得我都一无是处了，那我还有没有一条做得对的地方呀？’再比如，经理开口就说‘你怎么老是拖我们组的后腿’，这时候下属顶牛就不奇怪了，‘我怎么拖后腿了？去年我还是南区的 TOP SALES！’；

“——聆听很重要，听比说更高级。聆听是一个动作，更是一种态度，你用心地听，能让对方觉得你重视他的意见，至少给了他讲的机会；

“——不要被动地听，要去理解、澄清，并给予回应。不仅听明白对方的语言，而且要听明白语言背后深层的观点和动机。这个时候，可以使用这样的词儿，‘我明白你的意思了’，‘真的不容易’，‘那么大的挫折确实令人沮丧’，‘这套方案很复杂，这么短时间要赶出来，压力一定很大’，‘我可不可以这样理解……’‘你的意思是……’这样做的好处是让说的人感受更好，平复他不痛快的情绪，也为你表达自己的不同观点做好铺垫；

“——但是，要注意，你理解他不代表你同意他的观点，比如昨天的会上，当销售们不愿意两周对一次完成进度的时候，陈丰就表达了这样一个意思：我理解两周对一次进度有点麻烦，但是该做还是得做；

“——表述观点的时候，要陈述事实，基于事实沟通。比如应该说‘按计划，我的任务是联系会议场地和酒店住宿，但负责确认客户名单和安排机票的两位同事因为有别的事情，把他们的活也给了我，我忙不过来’。而不该说‘什么都要我一个人做，我做不了’。这样能避免人与人之间的对立冲突，对事不对人的意思，尤其碰到对方个性强不好讲话的时候，更要注意。

“假如是想表扬人，具体地陈述事实，会显得你的表扬很诚恳，而且你真的注意到了人家的贡献意味着什么。我们来比较一下，‘你们干得不错’，‘通常需要三周才能完成的标书，你们仅用了一周就完成了，而且质量很高，这个客户本来是出了名的难对付，这回却特意打电话给我们表示满意。’前者是笼统的表扬，有时候当头的言不由衷地胡乱表扬，一边和人家握手，一边眼睛都不知道看到哪个方向去了，下属能看穿他的敷衍，这样的表扬只能打击士气，没有也罢。而后者，很具体地说出了任务有多难、结果有多么出色，让对方感到说话的人是真的知道我们吃了多少苦头，我们的成功来之不易，因而觉得所有的付出都是开心值当的；

“——分享感受是沟通的好办法，比如昨天会前我看到你压力比较大，我就说，‘别担心，新经理头六个月都这样’，这就是我和你分享我自己刚升经理时的感受，这能让对方感到一种关怀和理解，拉近双方的心理距离，从而使沟通更容易；

“——在讨论过程中，要注重互动，通过促进参与，来谋求协助和承担，别什么主意都你一个人拿了，多问问大家有什么建议。一般人有这样的特点，当他参与了某事，他会更加热心，特别是对于那些由他贡献的点子，他会愿意主动承担更多的责任。咱们看看那些 FANS 就知道了，FANS 不拿工资，可他会主动上街为自己的偶像拉票，偶像获胜 FANS 比经纪人还兴奋，因为他参与了；

“——最后是提供支持，比如陈丰昨天在会上就对你说需要支持可以找他，他这么说，至少你心里多少会感到踏实一点温暖一点，对吧？你注意观察一下，级别高的老板往往在谈话中会主动问你，‘我能为你做什么？’‘我怎样做才能帮到你？’”

李坤听到这里，感慨道：“真不容易，不小心就忘记了哪一招。”

拉拉笑道："多用用就习惯成自然了，到后来就人剑合一了。"

李坤觉得拉拉帮自己这么一总结，脑子里清晰了很多。他真心实意地道了个谢，又说："不好意思，耽误你不少时间。"

拉拉说："有个事儿想问问你，你之前为什么不公开指标呢？"

李坤不好意思地解释道："我每个月都做好指标分配计划，但是实施中各区的情况都可能发生变化，当某个区域碰到困难不能完成预计指标，就需要别的区域额外多做贡献来弥补这个空缺，才能完成全组的指标。如果我事先把每个人每个月的指标都告诉他们了，我怕多做的人不愿意，毕竟不是每个人都有那么高的思想境界，有的人会自私一点。"

拉拉这才明白李坤的思路，她担心地想，看来李坤的领导力中缺乏信任和授权还真不是一般的严重。

李坤见拉拉沉思着没有表态，就不安地问拉拉："我这么想是不是有问题？"

拉拉点点头说："有点问题——要说自私，不论是总监、大区经理、小区经理，还是销售代表，每个人多多少少都会有点儿，可是不能因为担心这一点，就不告诉大家指标到底是多少。作为管理者，很重要的一个任务就是为下属指明前进方向，明确奋斗目标，你这个做法，是把目标都模糊化了。将心比心，要是陈丰也因为担心小区经理们不肯多做贡献，而不告诉你们指标到底是多少，让你们蒙头做，猜着做，你会怎么个感受？要是全公司的管理者都这样来管销售，不是乱了套了吗？"

李坤本来一直觉得自己的办法挺有道理也很聪明，是考虑周全的表现。听拉拉这么一说，他一下愣住了，原来这是很明显的错误呀。

拉拉心想，这李坤思考问题的角度有点奇特，和一般人不太一样，也许当科学家是个好料子，可管人还是得用常规思维。

拉拉说："对了，最后一件事情，苏浅唱今天把你和她之间过往的几封邮件转发给我看了一下，我发现，你和她都喜欢用感叹号，比如，你有一封邮件是这么写的，'你已经升了高代，就要有高代的风范！不要总是让我提醒你交报告！！下不为例！！！'她则是这么回的，"我只是这一次交晚了而已！上次是有客观原因的！！我之前已经解释过了！！！"

李坤眨巴着眼睛，听不出来自己的邮件有什么毛病。

拉拉解释说："邮件和面对面说话不同，听不到声音，看不到表情，又可以被转发，所以更要慎重，避免引起误会，感叹号让人感觉到一种强烈的情绪，不利于工作交流，慎用为好。另外，你那个'总是'也容易引起员工对抗情绪，最好别用。同样，苏浅唱作为下属，她用的那个'已经'也容易让你感觉不舒服，你问问自己是不是这样？"

李坤反思道："我是爱用感叹号，过去没人和我说过这个，没准姚杨、卢秋白也因为我的感叹号心里有过不痛快。"

李坤走后，拉拉在工作笔记上做了个记号，提醒自己和陈丰提一下李坤怀疑组里有人把钱放到自己口袋的事情。她犹豫了一下，又提笔把那行字给钩掉了，还是不多事了，就装傻吧，这种事情，陈丰还能不心里有数吗。

42. 将漂亮进行到底

一进二月，过年的气氛愈发一日浓似一日了。销售们几乎天天都忙着宴请客户，有的人一周七天要喝八场。平时有一半工作时间待在办公室里思考销售策略的大区经理们，这时候也忙着到处拜访客户。

二月初的一天，孙建冬跟梁诗洛随访，意外地在客户那里撞上了沙当当。孙建冬吃了一惊，他还不知道沙当当已经跑到广州来工作了。

沙当当对这次邂逅倒不惊讶，都在广州，同一个行业，碰上只是迟早的事情。她热情地伸出手去问候孙建冬，孙建冬被动地接住沙当当伸过来的手象征性地摇了摇就松开了，问道："你怎么在这儿？"

沙当当说，跳到广州雷斯尼来了。她本来第一时间就想告诉孙建冬自己现在是经理了，但见孙建冬不太热情，而且旁边还站着个梁诗洛，就只泛泛地说自己想发展，广州总比成都机会多。

梁诗洛是个人精，见孙建冬没有给大家做介绍的意思，便知趣地对孙建冬说："老板，我先到陈主任那里去一下，您方便了就给我个电话，我在大门口碰您。"

孙建冬说："好，中午我们和陈主任一起吃饭。我这边一会儿就完事了。"

梁诗洛微笑着对沙当当点个头就走开了。

沙当当神经再粗大，也明白孙建冬说“一会儿就完事”是啥意思。

梁诗洛不认得沙当当，沙当当可认得梁诗洛，知道她是DB南区最漂亮的小区经理，且不提其肤如凝脂，单是那漫山红遍层林尽染的卷发，和顾盼生辉的双眸都让沙当当深刻体会到造物主的鬼斧神工。此外，梁诗洛身上的GUCCI包和PRADA墨镜，沙当当也都认得，这些奢侈的物件让她那颗一向勇敢的心踌躇起来，也勾起了她心中隐隐的不快，但这种不快来得快去得也快，等梁诗洛一走开，沙当当就恢复了对生活的无比乐观和敢作敢当的大无畏精神，她直截了当地邀请道：“孙经理，我请您到旁边的星巴克喝一杯好吗？”

孙建冬觉得如果这么简单的邀请也推脱就说不过去了，迟疑了一秒钟后说：“当然是我请你，咱们可以坐十五分钟——今天不巧，我们已经约了客人，改天我请你吃饭。”

两人一坐下，沙当当还是没忍住，马上就告诉孙建冬道：“孙经理，我刚刚在天河公园附近买了一套电梯房，120平米的三房。”

沙当当本来满心指望孙建冬会面露惊讶之色，就是被雷到了的那种样子，但孙建冬只象征性地点点头，淡淡地说了句：“那要恭喜你了。多少钱买的？”没有一点受惊的样子，也看不出来真有多少为她沙当当高兴的意思。

沙当当有点失望地说：“7000块的单价，包了精装修的，不算利息的话，房款是85万。”

孙建冬就事论事地评价说：“这个价格不错。你贷了七成款吧？”

沙当当没注意人家直接就认定自己肯定贷了七成款，她自豪地说：“我借了五年的按揭。”

孙建冬听说是五年期的按揭，倒是吃惊了，因为有了一点兴趣，他的笑容看起来比先前生动了一些，他说：“那你还贷的速度还是非常快的，雷斯尼在小公司中算好公司，看来你现在收入不错，不然，像你这样的年轻人，能拿出首期就不简单了，我看公司里你这个年纪的，要想在天河买这个档次的房子，还是得做十年期的按揭，不然，就只能到番禺祈福新村一类的地方去买了。”

孙建冬的表扬非常具体，句句都说到实处了，沙当当高兴起来，故作矜持地说：“我现在的收入还行吧，比在DB多些，以后怎么样不好说，还得请您多多关照，没准哪天就要投奔您去。”

孙建冬听沙当当说没准哪天就要来“投奔”自己，就当真起来，他有点不自在，笑容又变得敷衍起来，顺嘴说了两句言之无物的漂亮话：“你做销售天分不错，会有发展的。”

表扬总是不嫌多的，沙当当很受用，越发来劲了，正想假借请教股票显摆一下自己的投资见地，孙建冬抬腕看看表道：“当当，我得走了，我同事还等着我呢，咱们以后有机会再聊。”沙当当还来不及做出反应，孙建冬就撇下沙当当说走就走了。

沙当当觉得特没劲，投资的事情和当经理的事情，就像两道精心准备的大菜，还没来得及往上端呢，宴席就散了——那感觉，怎么说呢，有点像一个人排队买票，等了大半天，好不容易到他了，人家却说票没了。

落地玻璃的隔音很好，茶色的过滤，给窗外的一切都蒙上了一层怀旧的味道，大街上车水马龙的盛世繁华恰如一部正在放映的无声电影，卡布奇诺的热气已经一点一点消失殆尽，沙当当仍然窝在沙发中一动不动，专心致志地思索着两个严肃的问题，一是怎么变得漂亮点，二是怎样加快赚钱速度。至于孙建冬，她已经决定直接忽略他——他既不如叶陶帅又不如叶陶性格好，不就是个大区经理么？自己总有一天也会当上大区经理的，还用不着熬到35岁。沙当当提醒自己要长记性，总之，以后再也不拿热脸去贴孙建冬的冷屁股了！

一个长得挺像濮存昕的四十出头的外科医生正比划着给一个第二次来咨询的病人解释手术方案，这个病人就是沙当当，她似懂非懂地听医生讲完手术方案后，提出自己最关心的问题：“医生，手术后我的下巴能变成像范冰冰那样尖吗？”

医生断然说：“你的下巴变不到那么尖，这跟你的基础条件有关。你现在的脸型是方的，整了以后，下巴的轮廓看起来会很自然柔顺，整个脸型会女性化很多。但是你不会有那么尖的下巴。”

医生像画家一样，三笔两笔在纸上迅速勾勒出一个秀气的下巴：“大致是这个效果，你可以想象一下。”

沙当当端详了一下那个下巴，觉得算很漂亮了，顺嘴拍了一下医生的马屁道："有这效果也算鬼斧神工了，难怪那么多人都争着点名请您主刀呢。"

礼多人不怪，"濮存昕"自信地笑了一下："外科医生嘛，到了四十来岁，正是体力和经验结合得最好的时候。"

沙当当提出第二关心的问题："会留下刀疤吗？"

医生解释道："手术的时候，病人需要张开嘴，是从嘴的内侧动刀的，所以外面看不到刀口。"

沙当当听说外面看不到刀口感到很满意，又问道："痛不痛的？"

医生说："手术过程中有麻药当然不痛，即使手术后，麻醉效果消退了，这种手术也不是太疼，当然，会有一些酸痛的感觉。"

沙当当不放心地追问道："您怎么知道不太疼？"

医生感到这个问题有点好笑，还是尽职地回答道："不同手术的病人会有不同的术后反应，疼得厉害不厉害，我们会问，病人也会说的。根据临床观察，你这种手术鲜有术后剧烈疼痛发生，至少我做过的病人基本都不需要给止疼药。"

沙当当想了想说："那需要住几天院呢？"

医生告诉她，术后两天，如果没有异常，就可以出院了。

沙当当担心地问："那脸会不会肿得很厉害呀？人家会不会看出来我做了手术？"

医生轻笑了一下道："这个手术有个好处，脸肿得不厉害，恢复也很快——怎么个不厉害法呢？这么说吧，你只要和人家说你牙疼，别人就会相信。十天后，从外表看脸型就已经大致正常了，当然，咬合的时候自己还是要注意，头半个月就吃软食吧，两个月内不要咀嚼硬物。"

沙当当听得很认真，十天后外表就能正常，这点让她很满意，这样就不会影响春节后上班了。她又问："医生，以后人家会不会看出来我整过下巴？"

医生看了看她说："整出来的效果是很自然的那种，不认识你的人会以为你的下巴本来就是那样的，但是熟悉你的人肯定会发现你有变化。"

沙当当说："我得交多少押金？"

医生说："你准备五千块吧，应该够了。回头我助手会告诉你具体数字。"

沙当当想了想，又兴趣盎然地问道："医生，您看我这牙齿整个都往外突，能不能顺便一起给做一做？”

医生端详了一下她的脸，淡淡地说：“不需要做。”

沙当当不服道：“怎么不需要做？”

医生解释道：“比如你的下巴，你一问我，我就说值得做，做完以后，会有明显改观。但是你的牙齿突得根本不明显，属于常态范围，不具备手术指征。而且我告诉你，这是牙床的问题，不是牙齿的问题，这手术要做，动作就大了，不比你做下巴。得先把你的上牙床锯开，两边对称地酌情各锯掉一小部分骨头，再接合起来。术后你至少得吃三个月的流食，没有半年，恢复不好。这种手术很残酷的，仅仅是为了漂亮，我不爱做这种手术。”

沙当当听医生又是“锯开”又是“锯断”，也有点浑身发寒，但还是用吹冲锋号的架势坚定自己的立场道：“漂亮能提高幸福指数，还能有助事业，我要将漂亮进行到底。”

医生笑了，重申观点道：“只要是一个好医生，他就应该告诉你，你这牙床不值得做。”

陈丰要出院了，拉拉和小区经理们一起到医院慰问他。出来后，大家在医院门口分开。拉拉独自站在路边等的士，忽然听到有人叫“杜经理”。开始，拉拉还没反应过来人家是在叫她，因为她向来要么是“拉拉”，或者是“倔驴”，除了外部的应聘者，少有人叫她“杜经理”的，等到对方又笑眯眯地冲她一连叫了两声，她才反应过来原来“杜经理”就是自己！

拉拉定睛一看，是个二十六七岁的女孩，穿着打扮十分干练，长着一个很有特点的方下巴，正笑眯眯地望着自己，拉拉估摸着是公司里的某个销售，但一时又想不起来这是谁。她正在脑子里搜索着，对方走近一步，亲热地说：“杜经理，您还记得我吗？我是沙当当呀，半年前，您去成都招聘的时候，我跟我的经理李力一起去机场接过您。”

她这一提醒，拉拉想起来了，含笑招呼道：“我说怎么觉着有些面熟呢！来出差吗？李力来没来？”

沙当当说：“杜经理，我跳槽了，现在在雷斯尼广州办工作。您有空吗？我请您吃中饭。”

拉拉一听觉得不合适，本来就只是一面之交，况且对方都已经离开 DB 了，也不知道是什么原因离开的，便敷衍道："当当，按说该我请你吃饭，不过我今天还有急事，我们下次再约吧。"

沙当当爽朗应承道："好的。"一面很有礼貌的递过一张名片。

拉拉接过来一看，马上说："哎呀～～升经理了！恭喜呀当当。"

就在前一天，这样的反应，沙当当曾经期望发生在孙建冬身上，但她落空了，没想到今天从杜拉拉这里找到了。沙当当像一朵含羞的百合那样笑了："杜经理，以后还要请您多关照。没准哪一天，要回 DB 找您要工作呢。"

拉拉笑道："保持联系。叫我拉拉吧，没人叫杜经理的。"

沙当当认真地说："好的，拉拉。"

两人挥手作别，沙当当却又追上来问道："拉拉，我最近招人，碰到一个漂亮的销售代表，要价比别人高一点，我的老板也答应她了。我想请教一下，大公司给 OFFER 的时候，会不会优先考虑长得更漂亮的人？"

拉拉觉得这个问题比较搞笑，但看沙当当一脸的认真，就说："理论上讲，我们 PAY FOR PERFORMANCE， PAY FOR COMPETENCY， 业绩和能力是首要考虑的因素，实际中呢，同等能力下，那些长得更顺眼的、更神气的人有可能会合算一些。"

沙当当说："哦，那长得漂亮不是白长得漂亮的，要值钱的。"

拉拉笑道："呐，别误导你了，这是民间说法。"

沙当当说："我知道，不能放到桌面上说的，不过我们也都知道啦，招个长得顺眼点的销售代表，客人见了也高兴啦，对生意是好事嘛。"

沙当当那副爽快乐观的德性这回算是给杜拉拉留下了深刻的印象。

年三十的晚上，叶陶给回成都的沙当当打电话，听她的声音有点含混，叶陶问她怎么了，她说牙疼，腮帮子肿了。

叶陶说："你八成是在广州待久了，身体已经不适应辣的食物了，喝点凉茶吧。"

沙当当含混地答应着，问叶陶："这些天你都在干啥？"

叶陶说："研究股票，还有，就是想你。"

女人最大的心愿就是叫人爱她，不管她是美女还是丑女，沙当当的心跳得快了起来，她低声说："真的吗？"

叶陶走到窗边，轻轻推开一条缝隙，风吹来的方向，仿佛有沙当当身体的冷香，叶陶的喉咙也哑了："真的。"

沙当当没有讲话，叶陶也沉默着，过一会儿，叶陶说："你定了初九的回程票吧，我去机场接你。"

沙当当轻轻"嗯"了一声。

叶陶体贴地说："你牙疼，咱们就别讲电话了，上Q聊吧。"

大年初八的晚上，叶家很热闹，叶美兰也带着小孩回娘家了。一家人高高兴兴围在一起吃饭，半当中，叶陶的手机响起来，他走到一边讲了两句就惊讶道："你提前一天回来了？怎么不告诉我一声，我都说了要去接你的嘛！"

别的人听到这句，都关心地竖起了耳朵，叶陶放下电话就说："当当在楼下，我下去接她上来！"

大家都兴奋起来，叶茂老婆连连催促叶陶道："赶紧接她上来，她肯定还没吃晚饭！"

沙当当一亮相，叶茂老婆带头爆出一声喝彩："哎呀，当当，过年漂亮了好多！"

沙当当质地柔软的长发新烫了外翻的大波浪，虽然没有梁诗洛那样漫山红遍层林尽染的风情，也正千树万树梨花开似的一层一层搭在她的背上，这使得她洋气了很多，换了个人似的；沙当当的衣服也下了血本，上着米色的CHABER紧身毛衣，下面是CHABER的绣花牛仔裤，腰间亮银色的皮带把她勾勒得既威武又妩媚，一条紫色的大围巾绕在脖子上，给她平添了一种北式风情。

叶陶在一旁没有说话，心里十分自豪，他以为今夜的奇迹纯粹是人靠衣装马靠鞍的缘故，如果老婆不但能挣钱，而且打扮得起来，做男人的还有什么好抱怨的呢？

沙当当对观众的反应既羞涩又兴奋，由于心虚，打进门起，她就没敢抬头，只觉得满屋子都是人。

叶茂老婆端详着沙当当的脸说："皮肤好了很多呀当当。"

叶茂说："看来还是平时太累了，过年一休息，气色就好多了。"

叶茂老婆只觉得沙当当一下漂亮了很多，但具体是哪里变漂亮了她有点说不上来，毕竟只见过两次，没记住原样，老太太继续研究着沙当当的脸道："脸小了嘛，怎么过年反而瘦了？"

沙当当被她研究得心里发毛，赶紧解释道："伯母好眼力，我减肥了，看来效果不错，您一眼就瞧出来了。"

叶茂老婆说："唉唷！我跟叶陶他姐姐都说了，你呀，不胖不瘦正正好，减什么肥呀！"

这时候才轮到叶美兰上前对沙当当表示友好："当当，我是叶陶的姐姐。早听我妈说起你，今天总算见到你了。当当是美女啊！"

叶茂老婆赶紧给介绍道："对对对，这是叶陶的姐姐美兰，那是他外甥小冬。他姐夫今晚有应酬没过来。"

沙当当马上塞给小朋友一个厚实的红包道："小冬，快长大啊。"

叶美兰很高兴，叫小朋友"谢谢姐姐"，一面对沙当当解释说："一开年都要宴请客户，所以建冬今晚没过来吃饭。"

叶茂卖弄道："孙建冬是大公司的销售经理，能挣钱的人，都是这么忙的。"

沙当当以前听叶陶提过一次，说他姐夫也是个销售经理，但她没往心里去，这会子冷不丁从叶家人口中冒出"孙建冬"三个字，沙当当立马就像她自己常说的，被"雷到了"。

沙当当还怀疑自己听错了，假装不在意地探寻道："姐夫在哪个公司高就？"

叶美兰自豪地介绍说："他在DB做大区经理。"

沙当当一下就傻眼了，连叶茂老婆都看出端倪来，试探道："你们认识？"

沙当当不知所云道："不是啦，是知道。我知道有这个人。"众人更加疑惑了，沙当当意识到大家都在看着她，马上镇定下来了，解释道："我在DB工作过，公司年会呀、市场部搞项目的时候见过孙经理，不过，那时候，他是市场经理，我就是个小销售兵，我记得他，他就未必记得我啦。"

工人阶级的豪情在叶茂心中油然而生，他大声道："太好了！这就叫有缘千里来相会，无缘对面也不识！来！大家干杯！"

叶美兰和她妈一起把桌上吃了一半的饭菜送回厨房重新加热，母女俩一面忙着添酒回灯重开宴，一面小声议论着沙当当的相貌，叶美兰说："你不是说她脸大吗？我怎么看着不算大呀？"

叶茂老婆道："上两次看到她脸是比现在大嘛。你没听她自己说减肥了吗？你别说，我看她减肥以后是漂亮了很多。"

叶美兰高兴地说："是挺漂亮的，又很会做人。我们叶陶合算了！"

挨着叶陶落座后，沙当当稳住了阵脚，为了满足自己的好奇心，她几次悄悄观察坐在对面的叶美兰，她正忙着照顾儿子的吃喝，虽然穿着新衣，依然遮不住从里到外的平坦无奇。沙当当心想，真奇怪，同样的爹妈生的，叶陶那么帅，他姐姐人虽不错，可模样就太普通了！她转头和叶陶喁喁私语起来。过了半个小时，看看大家都吃得差不多了，叶陶出面对大家解释说："当当今天一早就起床赶飞机，结果飞机又延误了大半天，她累了，我先送她回去休息。"

叶茂两口子都说好，一家老小一起把沙当当送到门边。

沙当当和叶陶回到沙当当的住处，趁着叶陶去洗澡的功夫，沙当当赶紧拨通了孙建冬的手机，孙建冬听到是沙当当，就不太高兴："这么晚有急事吗？"

沙当当说："嗯，有点急。今晚我到男朋友叶陶家吃晚饭，才知道你是他姐夫。"

电话那头一下没声音了，沙当当知道轮到孙建冬被"雷到了"，过了几秒，孙建冬才说："开什么玩笑！"

沙当当说："我现在不方便，明天跟你解释。只是想告诉你一声，我告诉他父母跟你太太，说我以前在DB工作过，年会和市场活动的时候见过你，我记得你，但我不知道你是否记得我，因为当时你是市场经理，而我只是一个小销售——需要我重复一下吗？"

孙建冬狼狈地"嗯"了一声道："不必了。"

第二天中午，两人约了在星巴克碰头。

一见面，孙建冬就忍不住抱怨道："你和他们家人说那么多有必要吗？"

沙当当没好气地说："我怎么知道你是他姐夫！我在DB工作了三年，日子长了，迟早会说出来这一点；他们昨晚当我面说了你叫孙建冬，是DB的大区经理，你让我怎么办？"

孙建冬没想到沙当当做了损人不利己的蠢事还如此理直气壮，他恼火地说："DB 差不多两千号人，你就非认识我不可吗？"

沙当当老实承认道："这我当时没想到。可我又不是啥事不干，时时刻刻准备好撒谎。现在说都说了，说出来的话泼出去的水，你再怪我也没有用。再说了，我觉得，就说认识也没啥大不了的，不用撒谎不是更好！"

孙建冬看看她不讲话。

沙当当有点抱歉地问："昨晚你太太回去肯定跟你提了吧？你是怎么回答她的？"

孙建冬简单地说："我跟她说光提名字一下想不起来，可能看到人会觉得面熟。"

沙当当觉得孙建冬的回答挺好，她关心地问："那她信吗？"

孙建冬淡淡地应了一句："有什么不信的！"

沙当当呼出一口气道："那就好。"

孙建冬克制着不快问道："你以后打算怎么办？"

沙当当不解地反问："问题不是都解决了吗？还有什么怎么办的？我们互不影响就是了。"

孙建冬对沙当当很窝火，广州那么大，沙当当为啥非要和他做亲戚呢？他估计沙当当是贪图叶陶长得帅，便劝说道："当当，你来广州多久了？我估计也就四个多月吧？我对叶陶的了解总比你多一点，他和你不是一样的人——叶陶长得帅，人挺聪明，会哄人，可是他玩心也很重，你们以后很难讲是否能走到一起。"

沙当当点点头说："这我知道。不能走到一起就分开呗，我也没说非和他结婚呀。房子是我自己一个人掏钱买的。"

孙建冬马上说："这就对了！就算你想和叶陶一起供房，他三天打鱼两天晒网，动不动换工作，恐怕连买家具的钱都拿不出来给你！你又何必和他一起浪费时间呢？女孩子最好的就是你现在这个年龄了。"

沙当当听了很不高兴，觉得孙建冬说到最后一句的时候，简直就像骗小红帽的大灰狼，但她还是好声好气地说："孙经理，我知道你是为我好。我也知道叶陶没什么钱，不过他还年轻，又聪明，将来他会怎么发展我们不必这么早就开始悲观。经济上，我认为自己的实力并不差，我对未来有信心——最重要的是，现在我和叶陶在一起很开心，以后的事情以后再说。”

过往，沙当当在孙建冬面前一直处于弱势的地位，孙建冬没想到不过几个月，她的态度就如此强悍起来。孙建冬一时适应不过来，不知道说什么好。

沙当当想了想又说：“你放心，将心比心，我肯定不会做任何影响你的事情。听叶陶说，其实你本来就和你太太的娘家往来不多，所以我们的相处应该不会有什么困难。”

话说到这个份上，孙建冬只得由衷地说：“行呀，当当，我看你进步不小，长江后浪推前浪，你挣钱的速度会越来越快的，也许要不了几年就超过我了。”

沙当当的思维模式向来简单干脆，她觉得该谈的都谈清楚了，便落落大方地冲孙建冬说了句“有空打电话”，以此结束了这场卓有成效的会谈，起身先走了。

孙建冬望着她的背影想：“女人果然是要打扮，沙当当一打扮跟换了个人似的，奇怪，春节前碰到她那次怎么没觉得呢？”

孙建冬前一天晚上被沙当当的电话给“雷到了”，弄得他既混乱又哭笑不得，这时候，那些混乱似乎不知不觉间接受了沙当当的简单而平复下来，他只剩下了恍如隔梦般的纳罕。

不知怎的，他竟又想起在成都和沙当当泡吧的那晚，摇滚歌手浑身散了架似的在台上摇晃，一面含着舌头，把所有清朗的发音尽量搅成一锅面糊：

和漂亮的女人握握手，
和深刻的女人谈谈心，
和成功的女人多交流，
和平凡的女人过一生！

43. 懂事是值钱的

童家明始终也没有为管理培训生项目额外搞到人头编制，TONY 林开头不敢太得罪曲络绎，渐渐的，发现就不理睬，曲络绎其实也奈何不得他。他牛起来，软磨硬扛的最后居然一个新人也不肯接，市场部的头有样学样，只有江波温和些，卖了个面子给曲络绎，勉强接了三个，不久，还跑了一个。这一来，这个计划基本就算泡汤，做不做都无所谓了。

事情到了这个地步，童家明和杜拉拉本来还担心曲络绎怪罪，结果还好，曲络绎似乎也接受了现实，他把童家明和拉拉叫到一起说："家明，拉拉，我是很 HONEST（诚实）的态度，我和齐浩天也坦率地沟通了，既然大家都认为管理培训生项目不适合 DB 中国，那么我们就不接着往下做了，我认为这次我们并没有浪费时间，至少我们试过了，也进了几个新人，然后我们知道这不合适我们，于是我们改正。"

曲络绎说的时候，心情自然不轻松，但他的神态和语调都很坦然，像一个虽败犹荣的战士，保持了风度和尊严。

倒是童家明的眼里闪过一丝寂寥。

拉拉开始感到自己像是参与演出了一出闹剧，后来觉得曲络绎说得对，谁都会错，错了就是错了，要有勇气认，何必硬撑到底。拉拉这一想，反而觉得曲络绎也不容易，他是那么强硬的一个人，现在当面给两个下属说出自己"错了"，虽然他是用"不合适"来表达"错了"。

孙建冬的大区接了一个新人叫周子瑜，分给了张凯。

本来孙建冬的意思，要分给梁诗洛的，梁诗洛不肯，她和孙建冬说："老板，你看我这边的区域，不是那么纯洁的，新人接触这些东西不好，我也没法教。"

孙建冬听了就命令张凯接收新人，也不管张凯和梁诗洛明明是同产品组的，梁诗洛那组要是不纯洁，张凯又能怎么个纯洁法呢？

张凯和拉拉诉苦道："拉拉！我的区域客人好色的多，我怕保护不好新人呀。"

过了不到一周，张凯看到拉拉，扭捏了半天说："拉拉，新人很难教呀。"

拉拉说："比如呢？"

张凯翻了翻眼睛："比如，我让大家这个月压点货，她死不理解什么叫压货，我和她解释了半天，解释完了，她问我为什么要压货，还说这不是没有长远眼光、破坏良性销售嘛——你说，这让我怎么和她说呀？她的心里，我们这种跨国公司是最专业的，压压货都能破坏她的理想，我还不敢和她明说，销售都是活在当下的，眼前就过不去了，还长远呢。”

拉拉说：“你就告诉她实话好了，她不至于那么脆弱，这就受不了吧？”

再过一周，张凯又眨巴着眼睛来问拉拉：“拉拉，这管理培训生要是带得不好，会不会影响你呀？”

拉拉说：“你别管影响不影响我，有啥情况你直说吧。”

张凯说：“我跟你说，这孩子和客户去卡拉 OK，唱歌喝酒大家 HIGH 了，大半夜她打电话给我，说有个客人拉着她的手不放。她和我说，老板，我是为公司工作，公司得对我的安全负责。”

拉拉说：“你怎么回答的？”

张凯说：“我能怎么说！我只能说，社会是很复杂的，你要学会自己保护自己。”

拉拉说：“不对呀，你给她的师兄到哪里去了？”

张凯说：“师兄又不是保镖，哪能时时刻刻都跟着她呀。”

拉拉说：“这么下去不行，我也看出来了，周子瑜要么转成普通销售，要么就得被你带成一个笑话。项目不项目我已经不管了，不过张凯，咱们得对新人负责点，你说要是你家里有一个刚毕业的孩子经历这些，你会怎么个感受？”

张凯投降道：“好好好，我再让她师兄多用点心。不过拉拉，我真求你们了，以后校园招聘别尽给新人说好的，一个个衣冠楚楚地扮专业，人家还以为这就是外企，我现在都没法给她讲真话，怕她受不了。”

拉拉说：“我上回就跟你说过了，你讲真话吧，我们的责任就是让她在真实中成长。我觉得周子瑜的 EQ 还行，不会像你说的那么脆弱。回头我和她聊聊。”

张凯冲拉拉抱了抱拳道：“你和她谈清楚最好了，我都不知道怎么和她开这个口。”

拉拉和周子瑜长谈了一次，等谈得差不多，周子瑜说：“拉拉，我想请你给我一个反馈，你对我有什么评价和建议。”

拉拉斟酌着说："你很聪明，EQ 也不错，同时，你对自己的期望很高，你有非常高的梦想。"

周子瑜很敏感，马上说："是不是太高，不切合实际？"

拉拉说："有点儿。你觉得自己在周围人的心中是怎样一个形象呢？"

周子瑜说："师兄和经理都对我挺好，不过并非所有的人都对我友好，人家也不欠我的。我知道自己太学生气，比如我对客户的影响力就不行，特别是和那些德高望重的重要客户在一起的时候，我找不到让客人感兴趣的话题。但是我也有我的优势，很多客户还是认可我的，经理也说我学东西快。"

拉拉说："你觉得自己喜欢销售这个职业吗？"

周子瑜坦率地说："能接受，可我进 DB 不是为了做销售而来的，我期待着明年转到市场部工作，否则我不会来的。"

拉拉心想，这个项目都做成这样了，谁知道明年还会不会提供轮岗的机会呀。又不好和周子瑜说实话，只得哼哼哈哈地点了点头。

周子瑜哪里知道拉拉的心事，她觉得应该珍惜 HR 和自己谈话的机会，便真诚地请教道："拉拉，大家都说你教人的能力很好，多理论性的东西，你都能给讲解得便于理解记忆，我做了两个月销售了，想占用你点时间，请你教教我一个优秀的销售应该具备哪些能力？"

拉拉看到周子瑜清澈如泉的眼睛热切地望着自己，觉得非得把这个问题给回答好了，否则就对不起人家了。

拉拉决定既要讲得专业，又要讲得现实，黑白两道都灌输一些，她咳嗽一声道："有不明白的地方，你随时打断我，一个好的销售：

"——首先要有准确判断目标客户的能力；

"——其次要有发现客户需求的能力；

"——第三，要有为客户增值（VALUE-ADDED）的能力；

"——第四，要有要求生意的能力；

"——第五，要是一个 TEAM PLAYER；

"——第六，要有很好的学习能力；

"什么个意思呢，一个好的销售，首先要能判断出谁能给你生意，这单位里谁说了算，或者一把手下去后，谁是可能的接班人？别早期你一直冷落人家，等人家升官了，大家都凑上去的时候你才想到，这就有点晚了。这叫发现潜在目标客户，这样你的投资方向才不会搞错。”

周子瑜举手插话道：“拉拉，要是有两个接班人选，我又真看不出来最后会上谁，该怎么办呢？”

拉拉说：“这你得让你老板帮你一起分析，实在判断不出来，要我说，就两边都保持一定的关系，谁也不得罪。大公司资源还是比较丰富的，如果你觉得自己一个人应付不过来，可以和老板商量，比如让区域市场经理帮着和 A 保持关系，让大客户经理着重保持和 B 的关系。碰到 A、B 都在的场合，要特别小心。另外，也提醒一下，就是不要走极端，别让人觉得你太势利，口碑很重要，就算人家暂时不得势，凡事也别做绝了，山不转水转，谁知道哪天你又撞到人家手里。这些事情没有什么太深奥的东西，自己多留心会做人就是了。”

周子瑜觉得拉拉这话很对，认真地点点头。

拉拉继续道：“知道谁能给你生意帮你赚钱后，显然要和人家搞好关系，关系不好很难拿到生意，这就是为什么都强调客户导向。可也不是你想和人家好，人家就和你好的，所以，发现对方的需求很重要。就算他再鄙视你，他也是有需求的，只要你发现了他真正的需求，你就找到了突破口。”

周子瑜插话道：“我也知道和客户搞好关系很重要，但是有时候和客户根本搭不上话，我想请人家吃饭，结果人家把我赶出来。拉拉你说要想搞好关系，首先要去发现客户的需求——问题是怎样才能发现客户的需求呢？”

拉拉犹豫了一下，笑道：“我是 HR，我能告诉你岗位需要的核心技能有哪些，你要我跟你说怎样才能发现客户需求，我回答不了这里的诀窍，销售培训部才是这方面的专家。”

周子瑜信任地点点头。

拉拉看了有点过意不去，就补充道：“客户需求和客人的个体特征联系在一起，你可以多多观察他的价值观。有的人就是爱钱，还有的人非常重视自己的专业地位。爱钱的你满足不了，你就得引导客户需求，需求是可以被引导和创造的。”

拉拉说到这里，忽然想起自己给张凯说的那个“我给你猪”，她自己笑了一下道：“关于如何引导和创造客户需求，你可以请教一下张凯，让他给你讲

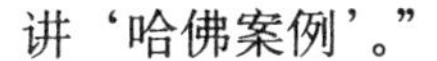

讲‘哈佛案例’。”

周子瑜说：“哪个哈佛案例？”

拉拉说：“你跟他一说，他就明白了——咱们言归正传，发现客户需求的功力是分级别的，初级阶段，是客户告诉你他的需求，然后你屁颠屁颠地赶紧照办；高级一点的，是客户没有说出来，但你能发现他潜在的需求，然后你积极主动地促使他参与制定或确认解决方案，这里引进一条互动原则，就是‘参与激发热情’，当客户有份参与的时候，他的主动性会高很多；再高一个级别，你能着眼于未来，预测趋势，去主动发现客户本身面临哪些机会，这下你就能肯定做到第三条核心技能‘为客户增值’，和客户共同成长，要做到这个级别，销售人员得有非常强的专业背景和行业知识。”

周子瑜忽闪着一对杏仁眼，连连点头称是。

拉拉问她：“内容会不会太多？”

周子瑜摆手说：“不多不多，很受用。”

拉拉看她是真听明白的样子，就继续道：

“第四条很容易理解，销售说到底就是要结果，你和客户关系好，最终目的就是要把这种好的关系转化为生意，要求生意是要有能力的，有的人和客户关系很好，可就是不敢向客户要生意，这方面的能力就不够了；

“第五条，外企文化都很强调这一点，TEAM PLAYER 转为咱们的大白话，其实就是‘会做人’，‘群众关系好’。如果不想永远做销售代表，希望继续往上升，这一条是一定不能太差的；

“最后一条不用多讲了，你学习能力很好，我主要强调一下，学习能力强的人，有三个特征，他善于观察、总结，积极主动地寻求反馈，且勇于实践，如果没有实践的机会，看书也是个好习惯，因为书是经过反复琢磨写出来的东西，往往饱含了作者的心智，相对而言，是垃圾信息最少的载体。”

拉拉讲完问周子瑜，“有问题吗？”

周子瑜磕巴也不打一个，嘎嘣脆地重复了一遍要点，脑子比别人的笔还管用。春天的太阳明晃晃地爬在办公室的玻璃上，拉拉一边听，一边额头冒出细细的汗来，这女孩的学习能力不服不行。

拉拉随即和张凯沟通了一下谈话的情况，张凯的喉咙一下就粗起来了：“拉拉，我们带新人是要花心思的！带一年，她刚刚有点感觉能发挥点作用，就要调到市场部去，那我们不是白干了？”

拉拉说：“你也不用着急，先好好带着吧，到时候怎么安排还难说。”

张凯哼哼着说：“我都跟你说了，这些新人就是心气高吧？她不是冲着做销售来的！这下你信了！现在怎么弄？我是教还是不教？别看她啥都不会，心可比谁都高，她要是一个不满足就不干了，我们不是抓瞎？”

拉拉说：“她现在就是因为太嫩才会这么想，等工作一年，她就明白了，钱没有那么好挣的。所以，你得对她讲真话，让她在现实中成长。你要是会教，一年后就能把她调教得不错，好好给你卖命了——我跟你说，这周子瑜的学习能力绝对是一流的，我今天是领教了，这样的要是都教不好，你教人的能力就真有问题了。”

张凯哀叹一声道：“唉！我真是倒霉呀！这还成了考验我的教人能力了！”

拉拉说：“你就改不了这个爱抱怨的德性，跟个怨妇似的，演祥林嫂顶合适了。我要是孙建冬就受不了你。周子瑜一年后千万别跟你似的。”

张凯闻言气得脸都拉长了。

拉拉笑道：“凯哥，别拉脸了，再拉你那小脸就不俊了——你别担心，一年后，周子瑜要是真想跳槽，你就让她出去面试三个月好了，她现在是不识货，等她出去货比货以后，就知道还是你这儿好了。要不怎么都说工作一年的和刚毕业的差别很大呢？到那时候，你干的那些好事儿，也不用对她遮遮掩掩了。”

张凯说：“我干什么好事了？”

拉拉一本正经地说：“反正，比压货之类好得多的好事你肯定少不了，压货算什么呀！”

张凯说：“气死人！我这么老实的人有几个！”

张凯想了想，不太放心地和拉拉说：“其实周子瑜现在并不值钱，什么都要教，但是一年后，等她真的懂事些了，她也值钱很多了，懂事是值钱的，那时候她找工作会比现在容易很多。”

拉拉说：“我知道，但是我们给她的钱是高于市场水平的呀，我们可以问心无愧地说，我们已经PAY FOR她的懂事和聪明了，咱们对她又这么关爱有加。对了，你找时间给周子瑜讲讲那个‘哈佛案例’，就是‘我给你猪’。”

44. 下属无性别

第一季度一结束，DB一年一度的小区经理会议在南京举行，会议安排在金陵饭店。

南区的航班到得比较早，大家5点多就登记入住了，吃完自助，7点还不到，众人按照各自的爱好自由组合，三三两两寻快活去了。

梁诗洛跟在孙建冬边上，两人情绪都很好，有说有笑地穿过酒店大堂，一转弯，迎面碰上江波正一个人走过来，孙建冬招呼道“老板”，梁诗洛更是恭恭敬敬地垂手立住，拿出最东方的温婉叫了声“江总”。不料江波板着脸，只对孙建冬冷漠地点了个头算是打过招呼，眼光望也不望梁诗洛，搭着架子径直走过去了，就像梁诗洛压根儿不存在一样。

两人没有一点思想准备，一下愣住了，梁诗洛敏感到江波是在针对自己，她有点委屈地问孙建冬：“老板，您看江总监刚才的样子，好像对我有意见，是我做错了什么吗？”

孙建冬其实也觉得刚才江波的态度不是个好信号，但他想不到有什么特别不好的事情发生，便宽慰梁诗洛说：“也许他最近压力大吧。老板嘛，总是有架子的。你有什么好让他针对的，就算真有事，他也该是先责备我。”

江波把大区经理挨个叫到自己房间里谈话。孙建冬把区域的情况大致地介绍了一遍，以为差不多了，不料江波让他把每个小区经理的指标和费用情况一个一个详细地过一遍，过到梁诗洛的时候，江波拧着眉头说：“她的增长率和张凯不相上下，为什么完成率明显比张凯这组高出一截？”

孙建冬解释说：“原先的大区经理在2005年销售费用的分配上对张凯这组有所倾斜，而且2005年张凯的增长率并没有比梁诗洛那组高，梁诗洛组去年是做了一定贡献的，今年我的指标分配方案也是想着让她这组适当把客户基础打好一点。”

江波不同意孙建冬的说法，他说：“从历史数据看，张凯这几年的增长都高于梁诗洛，尤其前年，差距很明显，这样造成他俩的盘子差距越来越大。而且，我们不要单在南区进行横向比较，更要在全国范围内进行纵向比较。你来看，梁诗洛负责的区域和江苏、浙江等地同级别的区域相比，增长率是不够漂亮的。同样的人均GDP，她的贡献率并没有比别人高。”

孙建冬皱眉望着电脑没有马上回答，江波也没打算听他的回答，他直接说：“你回去再看看这两组之间指标的分配是否需要再调一调？”

孙建冬答应着做了记录。

江波推开手提电脑，忽然转了话题道：“下属无性别。管他是男是女是美是丑，区别只在谁能干活，谁不能干活。”

孙建冬有点脸红，领带似乎打得紧了点，卡得他喉咙发干，他一面尴尬地点头称是，“老板您的意见很对，对我很有启发，我一定会再好好思考您的反馈。”一面下意识地松了松领带。

江波又道：“我建议你们几个大区经理，下班后少和下属喝酒泡吧卡拉OK，有事儿上班说，除非不得已，不要占用他们的私人时间。”

这话挺重，孙建冬忍不住辩解道：“老板，我很少和下面的人出去喝酒，就算偶尔一两回，也都是集体活动。”

江波不接他的茬，顺着自己的话题说：“咱们中国人，酒喝多了感情也容易跟着加深，就算感情能把持住，距离肯定得拉近，明儿她朝你叫指标高了，你是给减还是不给减呢？所以，上下级之间的这个距离还是要保持好，对你们自己是个保护。”

孙建冬沉默着，江波知道他心里不服，也不挑破，继续说：“有的人或许以为，大家本来私交就好，喝酒泡吧的事儿跟上下级关系不搭界——真是私交本来就好吗？你要是哪天不做这个大区经理了，看她还找不找你喝酒！”

孙建冬暗自琢磨着，听江波口气，八成是哪个混账东西背地里和他嚼舌头了。难道是张凯？

孙建冬还在琢磨，江波忽然提高声音加重语气道：“孙建冬，大家都知道王伟做生意是把好手，好端端一个少壮儒将，最后就是栽在漂亮下属手里，可惜了呀。这些都是教训。”

江波的语重心长，让孙建冬彻底憋不住了，他脸上挂着僵硬的笑容试探道：

“老板，您为啥忽然想到这些，是有谁说了什么吗？”

江波一听就知道孙建冬没有把注意力放在自己说话的内容上，尽琢磨到底是谁告状了，不由得有些失望，他告诫道：“总之你记住我的话，要珍惜自己来之不易的大好前程。这市场上，能有多少大区经理的位置？在我们这行的销售中，八十个人才出一个大区经理！要时刻提醒自己保持清醒的头脑。”

这场谈话唯一让孙建冬有点安慰的，就是江波虽然话说得很重，却没有一点打官腔，都是大实话，显然还是拿他当自己人待。他垂头丧气地离开了江波的房间，拿不准主意是否和梁诗洛透点风，她还在惴惴不安地等他的消息。

最终，孙建冬总算是对得住江波的教导，他打了个电话给梁诗洛，简单地告诉她不关她的事，是一些别的事情让老板心情不好。

梁诗洛说还等着他一起出去泡吧，孙建冬推说要完成江波给他的功课，不能出去了。梁诗洛本来就对孙建冬的话半信半疑，他这一推脱，她更觉得不对劲了，但她一时拿不准孙建冬不说实话，是为了让她少受点气，还是对她有了戒备之心。

45. 落袋为安

四月初的一天，叶陶上网的时候顺便看了一下股票，惊讶地发现万科上7块了！叶陶赶紧打沙当当的手机。

自从一月下旬花了3万来块钱买了7000股万科后，沙当当天天晚上都要拉着叶陶一起看陈丹虹主持的“谈股论金”，但是股票的价格似乎一直没有什么明显的变化，过不了两周，她的新鲜劲头就过去了，终于彻底不看了，这阵子沙当当挺忙，她几乎忘记自己买过那些股票了。

接到叶陶电话的时候，沙当当正在地铁上，她一听，吓了一跳，有点惊慌地向叶陶求证道：“我买的时候是4块5一股吧？”

叶陶很肯定地说：“你是4块5买入的，现在升到了7块，1股赚了2块5。”

沙当当说：“你帮我算算，7000股，我一共赚到了多少？”

叶陶说："一共赚了一万七千五，手续费没多少。"

沙当当听了，激动得人都抖起来了，她受不了这么强烈的刺激：买了股票就不动了，啥也没干，三万二的本钱，不过两个半月，账面上就变成四万九了！这种钱和每个月的销售奖金给人的感觉完全是两码事！沙当当有种不劳而获的惊慌与狂喜。

叶陶在电话里催促道："怎么样当当，卖不卖？"

沙当当这才镇定一点，抖着嗓子吩咐叶陶道："你赶紧给你姐夫打个电话，问问他的意见。然后马上打回来给我。"

沙当当自己马上打电话找到杨瑞："杨瑞！万科7块钱了，你说卖不卖？"

听到沙当当在电话里跟被人踩了尾巴的猫似的，声音都变调了，杨瑞吓了一跳，以为出了什么大事，听明白后，有点鄙视，不紧不慢地说："所有能在股市上赚到大钱的人，都是能拿得住股票的人。你急什么！"

沙当当说："那要是过两天跌下来怎么办呢？"

杨瑞一听，心说还有这么问的？跌下来就自己承受呀，总不能让我赔给你吧。他算是怕了沙当当了，就说："你自己看着办吧，这种事情我不好乱讲，免得讲错害了你就不好了，总之股市有风险投资须谨慎。"

沙当当听出人家懒得再和自己多说什么，有点惭愧地挂断电话，等了五分钟，还不见叶陶打回来，把她急得百爪挠心，忍不住打过去给叶陶。叶陶一接，沙当当就说："怎么样了嘛，你姐夫怎么说的？卖还是不卖？"

叶陶说孙建冬可能正不方便，一直没有接电话。

沙当当愣了一下，想起来杨瑞自己买的是云南铜业，一月份的价钱好像是4块3，不知道杨瑞是否也赚到钱了？她马上对叶陶说："你帮我查查云南铜业现在多少钱了？"

叶陶查了一下说："怎么这么巧！云南铜业现价也是7块钱！"

沙当当一听就没主意了，原来杨瑞也赚到这么多钱了，可听他意思，似乎压根儿没打算卖。沙当当把杨瑞的话告诉叶陶，又说："你看我们怎么办？"

叶陶犹豫了一下说："要是我，就先卖了再说，落袋为安，这都是白赚的！"

沙当当哆哆嗦嗦地回忆道："一月份我买入的时候，杨瑞好像说过，半年能翻两倍的，现在一倍都还没到，我怕卖了，以后买不回来。"

叶陶听沙当当这么说，就不敢出主意了，只说："你不是这个月就要开始还按揭了吗？"

沙当当一想对呀，每个月要还一万块钱给银行呢，先套现吧，反正已经是合算了。她一咬牙道："卖！"

同一天，还有一个人做了同样的动作，这个人就是杜拉拉，只不过她比沙当当早了四个多月以低了七毛钱的价位买入万科的，当然，她当时手上的现金也比沙当当富余一些，她买了三万多股，于是这一票她净赚了差不多十万元。

夏红的女儿满周岁的时候，拉拉太忙没顾得上去她家，在万科身上发了不算少的这一票横财后，拉拉觉得很爽，趁着周末，买了两套童装，得意洋洋地去看夏红的宝贝女儿。

夏红的性格还和当年差不多，豪气仗义。她看到拉拉很高兴，问拉拉："王伟还是没有消息吗？"

拉拉摇摇头。

夏红道："没有就没有。程辉不是挺好吗？我看他很喜欢你。程辉的国语可是纯正得不能再纯正了，那么醇厚的男中音，又是美男子，就是钱没有王伟多，怎么也算上品了吧？"

拉拉笑道："程辉是不错，挺有男性的性感的，人也稳重，我认为我还是喜欢他的。"

夏红说："那不得了，你就别再想着王伟了。"

拉拉解释说："你别误会，我不是想着王伟，我也不是在等着王伟回来找我。"

夏红说："那你干吗不和程辉好？"

拉拉笑道："从大学起，我和张东昱博士的八年同居生活你了如指掌，包括我们分手前他给我做的那个SWOT分析，而我和王总监的那点破事你又如数家珍，我要再和你的远房表哥好，那我下半辈子还活不活了？"

夏红说："我看你说喜欢程辉也是真话，你们不是老在QQ上聊天吗？显然彼此有话讲呀。我在书上看过，在一起有话讲的人，感情特好。"

拉拉摇摇头说："他的职业不行。"

夏红觉得有点奇怪，"记者怎么了？不是挺好的吗？"

拉拉长叹一声道："说真的，我还是觉得和一个博士或者一个销售在一起更有默契。"

夏红说："你那不叫默契，纯粹是习惯，你主要老和销售部的人厮混在一处，所以你觉得自己喜欢销售。其实你多看看报纸，就会觉得和记者在一起也很默契。"

拉拉说："实话跟你说吧，我这人太不乐观，又好强，所以我活得很累。王伟很乐观，我需要他那样的乐观，让我觉得特别踏实。程辉呢，看着会体贴人，说话也幽默，但那只是表象，本质上，他其实也不是轻松愉快的人，我和他一起，友谊两把还行，甚至弄个知己当当也胜任——过日子就不行了，两个心重的人，累上加累。"

夏红不以为然，"王伟乐观吗？没看出来。"

拉拉说："达观，开明，善良，天真。总之，我喜欢。"

夏红说："我靠！这都是些啥优点呀？那你说说他为啥一去不回呢？"

拉拉说："我心里是知道的。不过我不跟你说，说了你也不懂。"

夏红摇摇头说："你这些话太悬太幻了。我劝你，还是喜欢点实实在在的东西。"

拉拉说："我现在特别喜欢股票。"

夏红说："你买的啥股？"

拉拉说："万科。你呢？"

夏红说："你别生气，我买的是胡阿发公司的股票。"

拉拉说："生气干嘛，胡阿发现在挺上进的，都说民营企业倒得快，十多年了，人家阿发的公司不但没倒闭，还上市了。值得我们学习。"

赚到钱的现实大大激发了两人对股票的无比热爱，她们又神神道道地切磋了半天股经才罢休，连程辉来了也没兴致多搭理。

晚上，夏红的老公想和她亲热亲热，早早洗干净了恭候着，夏红却一直坐在电脑前研究股票不肯动窝，对夏先生的搔首弄姿置若罔闻。

夏先生白等了半天不高兴了，忍不住质问："这就是你对老公的态度吗？"

夏红说："别烦我，忙着呢！没见我在赚大钱吗！"

夏先生说："你要那么多钱干吗？我这可是正当壮年，你不上心，小心老

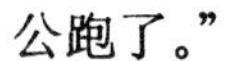

公跑了。”

夏红说：“跑了就跑了，我正好可以多感受一下不同的男人，成就完整的人生。”

夏先生说：“谁教你这个的？”

夏红说：“拉拉说的。”

夏先生说：“拉拉的话你也信？她那是吹牛，你看她自己，一个男人都搞不定，还不如你。”

夏红说：“你胡说！张东昱回国开公司了，是拉拉不愿意。程辉也喜欢拉拉，还是拉拉不愿意。”

夏先生说：“那拉拉是想和王伟好了？可王伟显然不愿意，这不白搭嘛。”

夏红说：“你是王伟呀？你知道他就不愿意？”

夏先生说：“这都什么年代了？一年时间，能发生多少事情呀？只怕王伟这会儿连儿子都有了。”

夏红撇撇嘴道：“看过《神雕侠侣》吗？知道小龙女跟杨过吧？”

夏先生老老实实回答：“看过，怎么？”

夏红说：“怎么？说明辈分不是问题！《断背山》看过吗？”

夏先生说：“不是李安拍的吗？讲同性恋的。”

夏红说：“是呀，说明性别也不是问题。看过《金刚》吗？”

夏先生说：“你要拿《金刚》说明什么呢？”

夏红一摊手道：“明显呀，说明物种不是问题。还有《人鬼情未了》，这个经典，你肯定知道。”

夏先生不耐烦夏红的层层递进了：“你到底想说明什么吧？”

夏红得意洋洋地完成推论道：“说明生死都不是问题！何况王伟只是可能有了儿子！”

夏先生说：“别嘴硬，你还是劝拉拉，要么张东昱，要么程辉，赶紧二者择其一吧，过这村就没那店了，这两人都不错的。估计拉拉做过不少好事，所以上帝老给她机会。”

夏红叹气道：“我今天又劝过她了，她说不喜欢程辉的职业。可我看，她还是因为喜欢王伟。”

过了两个月，万科又回到5块2，沙当当直拍胸口，庆幸自己跑得快。叶陶现在对股票很有兴趣，他做了一些研究，提醒沙当当道："要不要做波段，再买回来呢？"

沙当当拿不准，最后说："要么这样，我还是买7000股万科，不多买，生死有命富贵在天。"

她忽然想起杨瑞在1月的时候说，到7月，他的云南铜业要翻两倍，她嚷嚷着让叶陶马上查一查云南铜业。

叶陶说，云南铜业上10块了——你要买云南铜业还是万科？

沙当当喃喃地说："命运就是选择。我还是选万科吧，我不眼红云南铜业。"

云南铜业果然在当年如杨瑞预料，半年里给他两倍的利润，并且在之后让他走得更远更远，牛叉的云南铜业，从4块3毛，一路飙升到98块，令中国人民和世界各国人民目瞪口呆。

孔令仪并没有因此兑现请杨瑞到南海渔村吃饭的诺言，相反，她对他分外冷淡，甚至达到了厌恶的程度。林如成也对杨瑞十分愤恨，有碍于杨瑞的业绩一直好，他又不能拿杨瑞怎么样。到了后来，就连没心没肺的沙当当都烦杨瑞，因为有一阵子，他总不知趣地对大家说，这个月又赚了一辆宝马。

杨瑞倒是十分理解孔令仪：仇富之心，人皆有之。

而那时候，谁也不知道到了2008年，云南铜业会沦落为A股"最无耻的股票"，多少股民为它品尝了人生中的"绝望"。

话说杜拉拉在2005年秋天曾想买粤电力和万科两只股票，结果和陈丰吹嘘的时候，感到陈丰似乎不赞成。

在拉拉的追问之下，陈丰被逼不过简单表态道："要是我，就只买万科。"

拉拉问为什么？

陈丰说："地产和金融股不起来，大盘就没办法真的起来，而大盘总是要起来的，现在中国的实体经济形势这么好——万科是地产的龙头股，买万科肯定不会错，赚多赚少而已了。"

拉拉从陈丰的几句话里，受到了股市大局观的启蒙教育。她果断放弃了粤电力，全仓买入万科，时隔数月回身看看粤电力，走势实在不怎么地，她不由得很感激陈丰。

六月里看看万科回落，拉拉问陈丰："你对大盘怎么看。"

陈丰说："你看看2001年的K线，大盘现在还是底部，而且盘了四年，应该比较安全。"

拉拉说："这一轮，大盘会升到多高呢？"

陈丰解释说："理论上，横有多长，竖有多高。意思是，盘整了越久，升幅应该越高。"

拉拉小心地问："那万科呢？"

陈丰说："万科一直在温和放量，应该要涨。"

拉拉很想问"你买的是什么股？"终究没好意思问。

拉拉想，陈丰要是愿意告诉自己，他自然会说，他不说，就不该问人家这样的问题。

拉拉现在手上的钱已经完全够买一部宝来了，她仔细观察了几天股市，硬是忍住了心痒痒买车的念头，重新全仓买入了万科。

拉拉想，车什么时候都能买，而且只会越来越便宜，股票不是什么时候都是牛市，碰上了就要抓住。

陈丰听说后，提醒她说："现在比较安全，你买就买了——一般情况下，建仓最好分批，手上要留一点钱补仓。所有的判断都是倒回去看历史的时候很清晰，在当前的时候，谁知道未来到底会怎么样呢？手上留有现金，你操作的心态会好很多。"

拉拉感激涕零地连连点头。

46. 被嘲笑或者被怜悯

2006年6月中旬的上海。

天一日热似一日，上下班打的越来越难了，叫车的人光凭机智和耐心还不够，还得拿出勇气和信仰才成。

只有到了夜深人静的时候，人们静下心来，才会注意到街道两旁的花圃上，一簇簇纷繁的白色，给城市带来一星半点的清凉。

DB 中国完成了 BROAD BANDING（薪酬宽带制）项目，根据各岗位对企业利润的相对贡献度，也就是说谁是实现利润的关键环节、次关键环节等，依次排队，重新审视确定了各工作岗位的级别。

在 DB 中国新的宽带体系中，经理视其重要程度的不同被分为 4、5、6 共三个级别。拉拉被定为 4 级，在经理级别中，她得了个最低的级别，和重要职能的专员同处一个宽带内。

这个结果意味着新的薪酬体系并不认可或者忽略了杜拉拉这个岗位的职责中所涵盖的 HR 的部分，这个岗位被定义或被视同定义为一个“纯粹的”行政经理，从市场的角度讲，还是行政经理中比较 JUNIOR（初级）和 CHEAP（便宜）的那一个档次，因为市场上的行政经理，有处在 4 级的，也有处在 5 级的，视任职者工作内容的难度而定——关于这些专业内容，拉拉并不确切地具备完整的见识，因为王宏向来不曾给她任何接触市场薪酬报告的机会，而她毕竟做 HR 的时间偏短，比不上童家明基本功扎实，一个职位放在台面上，根据它的岗位职责，该什么级别你糊弄不了他。

但拉拉还是清楚地判断出自己的级别被定低了。这全靠了曲络绎的一个好处，就是他很注重团队内的经验分享，尤其是知识性的内容，比如每个项目的负责人都得在每月一次的部门经理会议上，介绍所负责项目的进展。拉拉因此得以在本部门的经理会上知道了所有岗位的级别，比如 HR 专员是 4 级，像王宏下属的专员雷恩就是 4 级，而所有“纯粹”的 HR 经理们，王宏和童家明他们都是 6 级，陈丰和孙建冬这些大区销售经理也都是 6 级，至于他们的下属，张凯、梁诗洛、黄海涛、施南生，甚至李坤，这些小区销售经理则都定为 5 级。

有了参照物，拉拉便判断出自己被定低了。这就叫不怕不识货，就怕货比货。拉拉马上意识到自己的工作难度和贡献度明显比雷恩大，因此好歹不该和王宏的下属雷恩处在同一个级别；就算她不在乎这一点，她在工作中可是时常要和大区销售经理共同工作的，有时候免不了还要挑战大区经理的决定，在南区，销售们有时候戏称拉拉是"杜政委",管自己的大区经理则叫"陈师长"和"孙师长"——都知道政委和师长是平级的,说明在南区的民间意识里,杜拉拉和大区经理陈丰、孙建冬在工作上是可以平等对话的,可现在自己的级别比大区经理下属的小区经理的级别还要低,只能算是"教导员",撑死了就一营级干部,这以后还怎么和"团长"、"师长"们工作?销售经理们都是很强势的,有朝一日知道了你杜拉拉的级别,他们表面上或许会和从前一样对待你,可你又怎么能不想到在他们的内心,你正在被嘲笑或者被怜悯呢?

除了自己的失落外,拉拉还面临着另一个痛苦:由于自己被定为4级,下属的级别只能依次再往下降,同样做着招聘,拉拉下属的两个主管周亮和周酒意明明分别带着三个下属,他们的级别却比童家明下面不带人的专员还要低。

拉拉感到很难向手下人交代:你要业绩的时候,把人家周亮和周酒意逼得要死,到了维护他们利益的关键时刻,你却连屁也放不响一个,以后谁还肯心甘情愿地跟着你卖命?

尤其拉拉几乎能想象出,到时候不知死活的海伦大黑眼珠子滴溜溜乱转着打听的样子:"拉拉,你的级别是几级?听人说你是4级?陈丰和孙建冬他们知道你的级别吗?"拉拉不由太阳穴突突地跳起来,一时有点喘不过气。

当天的部门经理会上,所有的HR经理,没有人提出杜拉拉的级别是否定低了。大部分HR经理认为,他们才是HR的正规军,使的是汉阳造钢枪,而杜拉拉只能算HR中的土八路,使的是自制牌红缨枪,在正规军管辖不到或者不屑于管辖到的三不靠边区地带混个地盘罢了。他们中不太善良的,心里就想着不妨狠狠打击一下杜拉拉的非分念头,让她知道HR不是那么好混进来的,比如就给她定个4级,让她和HR专员坐在同一排椅子上。

确实也有人内心觉得该给杜拉拉评个5级,因为无可否认,即使把杜拉拉的岗位定义为"纯粹的"行政经理,她也够得上是个比较高级的行政经理——但是最后谁也没有站出来说话,这可是朱启东和王宏一起做出来的项目,朱启东是组织战略发展经理,王宏是薪酬经理,他们谁敢说自己比这俩对BROAD BANDING(薪酬宽带制)更专业?何况挂牌领导这个项目的是曲络绎本人。

因此,当朱启东和王宏在会上做了BROAD BANDING项目的总结后,曲络绎循例问大家"ANY QUESTION? ANY SUGGESTION?(有问题吗?

有建议吗？)”的时候，这帮HR经理没有一个愿意或者勇于多嘴的。拉拉自己也没有当场跳起来，请大家重新审视自己的级别是否太低。

拉拉无法接受这个BAND 4(4级)。会后，她稳住烦恼的心神，试图集中思想，好FIGURE OUT(合计出)怎么做才能解决问题。

按常规出牌的话，她应该先和负责BROAD BANDING项目的朱启东和王宏沟通一下，但是拉拉心里明白，组织战略经理朱启东是从宏观上根本看不起她杜拉拉：一方面，朱启东是地道的上海人，上海人讲究的男孩穷养，女孩富养，女孩要会大方温婉地交际或者撒娇，要有善于花钱的见识，才算得体；就会像驴一样干死干活的，是要被鄙视的，何况杜拉拉是众所周知的“倔驴”，不但“驴”，而且“倔”。朱启东听说过公司里流传的一个笑话，说李斯特有一次被不屈不挠要求升职的杜拉拉纠缠得不胜烦恼，曾和当时的招聘经理李文华叫苦道：“比如路上有一个坑，一头驴走过来，掉下这个坑去了。第二次，这头驴又路过这里，它再次直接走过去，因此它第二次掉下坑去了。后来，驴第三次路过此地，这次驴终于绕过这个坑走了，因此它没有第三次掉进同一个坑。可是你知道要是换了拉拉会怎么样吗？让我来告诉你，她会第三次直接走过去，第三次掉进同一个坑，因为她认为那里就是不该有那个坑。因此，她不是一头普通的‘驴’，而是‘倔驴’。”

在朱启东看来，杜拉拉交际的STYLE（风格，类型）毫无ELEGANCE（优雅）可言，她既没有去过瑞士也没有去过埃及，这都罢了，身为一个年轻女性，LV（法国品牌，奢侈品）或者GUCCI（意大利品牌，奢侈品）之类的东西，明显是后天被硬灌输给她的，焊接的痕迹生硬得硌人，不像很多上海女孩，根本就是为这些优雅的奢侈品而生的。朱启东认为：自己是绅士，但杜拉拉这样的女性是无法博得一个绅士的好感的。

杜拉拉的英语程度也令英语几乎比中文还好的朱启东发自内心的不屑，据朱启东观察，杜拉拉那点英文水平也就够在外埠的那帮销售当中混个好排名，到了靠英文挣半碗饭吃的总部HR这儿，英文成了她的露怯之处。

尤其杜拉拉说起话来用词太大白话，比如好端端的INSIGHT（洞察力），到她嘴里她就敢跟你说成“有眼力劲儿”，让做过培训、十分注重用词专业度的朱启东，有时候实在是忍无可忍地觉得，有她这样的同事几乎是没面子的事情。朱启东不了解杜拉拉作为一个行政经理都有啥本事，但作为一个专业而资深的 HR 经理，他发自肺腑地无法认同她为一个 PEER（指同级别的同事），他是拍着自己还算诚实的良心把杜拉拉定在 4 级的。

至于薪酬经理王宏，他倒没有看不起拉拉，但是在微观上顺便给杜拉拉添点儿堵，对他而言，还是没什么不好意思的，何况这事儿又不是他的主意，他只不过按照朱启东的提议准备功课罢了，并没有主动落井下石的行为。既然曲络绎看了评级方案都没说话，何需他王宏再为个不相干的人多嘴？因此，王宏的心里虽然明白拉拉吃亏了，他的嘴巴反而闭得比任何时候都紧。

拉拉盘算过，觉得和这样两位同事去沟通要求修正自己的级别，不过是给自己找没意思。

要是一年前，这样的情况下，拉拉可以去找当时的 HR 总监李斯特提要求，不管他最终是否同意，他总不至于因为你有不同意见就给你脸色看，就是说，有意见你尽管提，准保不会有危害，属于不提白不提，当然，可能提了也白提，但起码向李斯特提出不同意见你是安全的。可如今李斯特退休回美国都一年了。

现任 HR 总监曲络绎是个心中装满宏图大略的主，他没有心思来纠正这样的小偏差，假如这称得上是个偏差的话。以他的强硬风格而言，如果有人来 ARGUE（争论）说自己的级别定低了，HR 就给他升级别，那项目不就乱套了吗？整个 DB 中国，行政经理就一个杜拉拉，就算把她的级别定得偏低了，也不过就定错了一个杜拉拉，影响的范围很小很小。你也别想着给他列工作清单来说明自己的重要性，那比直接向他提要求还糟，他不爱看，你真列，没准他直接让你走人，当他看不出你在耍小聪明逼他向你妥协么？行政经理的人选有什么难搞的，实在没好的，就找个凑合的，行政做得差点，对核心业务能有什么了不起的影响！至于区域 HR 这一部分工作内容，都是 HR 中非常简单的内容，任职者的可替代性很强，周酒意、周亮都不是不能考虑升起来。

曲络绎的关注点主要放在销售部的级别上了，至于 HR 这边，他看过 HR 经理都定在 6 级，这部分就算 PASS（过关）了。关于杜拉拉的 4 级，曲络绎眼睛确实看到了，但脑子压根儿没做出任何反应，甚至几乎没留下印象。对他而言，杜拉拉是个不错的下属，敬业，执行力强，但她的职能不重要，而她于 HR 上功夫也尚欠火候。

当年栽培拉拉的何好德早离开 DB 了，现任总裁是有贵族血统的齐浩天，齐浩天对杜拉拉虽然有些基本的好感，但只是说推翻就推翻的肤浅印象，靠不住。况且，为了这样的事情去找齐浩天，绝对不是曲络绎能容忍的“越级”，谁要是真想这么做，那简直比在 A 股里搏傻还搏傻。

拉拉无计可出，心里像填满了枯草一样，又慌又涩，连着两天，她下班回到家就在沙发上干坐着发愣，做什么都无精打采。

等到新的工资单出来，拉拉一看，嗬！原来的头衔“人事行政经理”，人家干脆在系统里给简化成了“行政经理”。

拉拉心说，我还跟这混什么大劲儿呀！

跳槽吧，就看有没有跳槽的资本了。

她决定试一试。

47. 求职的滋味

怀着恶劣的心情，在 2006 年的盛夏，杜拉拉冒着酷暑踏上了漫漫的求职之路。

虽然心情不好，但脑子没坏，她一再告诫自己，生气只是个导火线，绝不仅仅为了不满意现在的工作而跳槽，要因为更满意新工作而跳。

痛定思痛，拉拉决定，非得做 HR 中的 C&B(薪酬福利)经理不可，做了 C&B 经理就能搞清楚，干什么的值多少钱，什么值钱什么不值钱。

第一步是写简历。

拉拉闭上眼睛 REVIEW 自己每次为了招到合适的人，查阅那些堆成小山丘一样五花八门的简历的心情，她总是巴不得每份简历都只有一页内容，清晰准确简单，并且把要点用粗体字标示出来，好让她一眼看到，而最重要的要点，是应聘者在什么公司担任何种职务为期多长。能做到这几点的人，首先在第一阶段就胜出了，起码逻辑好，善于换位思考，让你能在三分钟之内完成简历扫描。

因此她就写了这样一份简历，真的只有一页内容，当然，是中文一页，英文一页，包括性别、教育程度、行业年资，简单明确到几乎是一份表格式描述，一目了然，何年至何年，某公司某职位，向谁报告，期间主要业绩。

写完后，拉拉自己看看也不像话，这种毫无个性成分只有数据的简历，要是个学数学的来求职倒也罢了，一个想做HR经理的，这么写会吓到人家的，让人感觉简历后面的那颗心对职业怀着漠然。

她吸口气，稳下心来，在电脑上敲下中规中矩的简历开篇：

Dear Sir,

I am Dulala, female. Bachelor degree, 3.5 years of working experience as an HR & Admin Manager in an US based fortune 500 company. Capable and mature, result oriented, a problem solver, I would like to apply for the position of C&B Manager from your esteemed company...

（尊敬的先生，我是杜拉拉，女，学士学位，3.5年美资五百强企业人事行政经理工作经验。我的特点是成熟干练、结果导向、善于解决问题，意欲向贵公司申请薪酬福利经理一职云云）

完成简历的文字部分后，拉拉想到每次自己看简历的时候，总是更容易记住那些附有照片的简历，她深谙带照片的简历显然要更合算的道理，便决定慷慨地附上一张一寸正面免冠无码免墨镜的大头照，照片上的杜拉拉显得职业而阳光，用聪明坦诚的眼神朝气蓬勃地望着每一个看简历的人。这并非她眼下的状态，是她装出来的，没办法，谁会喜欢一个带着怨妇情结的应聘者呢。

简历投出去后，面试通知很快就开始来了。

接下来的日子，拉拉和各种各样的猎头公司打了不少交道，她越和他们交道，就越觉得他们像放高利贷的。这感觉说来也正常，因为猎头其实不是HR，猎头是销售，而且是一种很有压力的销售，因为他们的工作和时间的关联特别密切，凡是和时间关联密切的工作总是压力大的，像新闻记者什么的。

猎头自己那么不容易，对主顾也难得总是好声气，何况杜拉拉不是主顾，而是“货色”。

有时候，猎头不看好拉拉和职位的匹配，他们就会变得咄咄逼人，另一些时候，猎头觉得杜拉拉马上要和雇主速配成功了，他们又会奉上非常 NICE 的 NICE。

总的说来，拉拉估计自己的际遇就算不错的了，因为她毕竟本身就在 HR，又占着招聘的一块地头，猎头们即使卖不成杜拉拉给别人，也期望以后有机会卖点什么人给杜拉拉。

雇主那头的面试一般分几关，HR 的招聘经理先见，见得合适了，就推给 HR 总监见，合适了，再推给 GM 和亚太区的 HRD 见。

拉拉本来就有总结情结，她的身上总是潜伏着强烈的总结愿望和冲动，于是，见来见去，每次面试问到的问题，十道里她倒能猜到九道。照这点来看，论说她该很快找到合适的工作才对，然而事实并非如此。

拉拉有一个硬伤，做 HR 的时间太短。通常，大公司要求一个 HR 经理要有五年以上的 HR 从业经验，然而拉拉是半路出家，仗着行政这一块的优势，扯上了 HR 的边，含含糊糊地叫个 HR&ADMIN MANAGER，说穿了，她也就做了三年多的 HR，而且，干的主要是招聘。她想做 C&B 经理，但她几乎可以说没有沾过 C&B 的边，全凭着当年李文华建议她去考人力资源师时，学了一点薪酬福利模块的理论知识。而 C&B 这个模块，是 HR 的几项职能中技术性最强的一块，充满了数字和符号，属于技术工种，会就是会，不会就是不会，不好捣糨糊的。

既是这么着，论说拉拉本该第一轮面试中就给人家刷下来，她还真有本事，老是走完全程，人家才怀着矛盾的心情决定不要她。想要她的，通常都是中华区的 GM（总经理），不想要她的，通常是亚太的 HRD(HR 总监)。

拉拉自己觉得这也很合理。

因为她曾受过总裁何好德的栽培，深受总裁式的思维模式影响，一个 GM 或者一个总裁，会比较容易接受她。

至于中华区的 HRD 看得上她也不难理解，杜拉拉的能干和聪明，是一个了解中国文化的人比较容易认识到的。

于是她过了中国这边的关口，给流到下一个关口——亚太区的HRD那里去了。

而亚太区的HRD不要她，是最最正常的。因为亚太区的HRD，通常都不太了解中国，而从HR的专业角度讲，杜拉拉根本没接触过C&B，怎么做C&B经理呀？

搞来搞去，猎头都不耐烦了，劝杜拉拉不如考虑做一个HR的招聘经理，难度就会小很多。

但是拉拉很坚持，她就要做C&B经理，猎头觉得八成是DB的薪酬宽带制给她留下了比较重的心理阴影。

杜拉拉有杜拉拉的道理，她做了三年的招聘，深谙各大公司用人之难，中国的经济正处在黄金十年，到处都需要人才，有些时候，大公司们招了半天招不到合乎岗位要求的人，最后只好退而求其次，录用经验不够但是有一定潜力的应聘者。

当年李文华离开后，李斯特就是找了六个月才招来童家明的。其实猎头第一次把童家明推荐给李斯特的时候，李斯特并不完全满意，把人家童家明给淘汰了，后来挑来挑去实在挑不到更合意的，才又回头招了童家明。这个过程，拉拉是非常了解的。

拉拉想，自己在DB的这个职位，怎么说也是个美资500强的经理，市场上多的是人眼红这个职位呢，如果不能达到一定的提升，何必舍了这么个有一定吸引力的职位去跳呢？因此，她咬死了非C&B经理不跳，就等着哪家大公司熬不住了，放宽要求。

策略虽说很明确，执行起来还是很艰难。面试是个体力活儿，很累人的。而拉拉几乎每个月都有两场面试。到后来，拉拉简直不想去面试了。但是她知道自己会坚持下去的，一直坚持到有人愿意招她做C&B经理为止。

不断出去面试的副作用是杜拉拉反复地向周亮和周酒意强调，要善待来面试的应聘者，不管人家合用还是不合用。“想想吧，就凭人家专门请了假出来面试，就不容易。”拉拉说。

48. 沉浸地赚钱

人的年纪越长，日子过得越快，要不怎么有白驹过隙的说法呢。转眼王伟离开 DB 也有一年了。

2006 年的秋天，拉拉到北京出差。

飞机上，一个叫李都的北京男人和拉拉搭讪。这李都的相貌和声音都跟王伟有几分相似，拉拉暗想，是否相貌类似的男子，对女人的喜好也类似。

黄昏时分，在建国门地铁口的小广场上，拉拉找了张长椅坐下，看着一群半大孩子嬉闹，几个老人在旁边闲聊。拉拉忽然意识到，就是这张长椅，当年自己曾和王伟一起在上面坐过……工作不顺，情感无着，年华空逝。低垂的暮色中，杜拉拉暗自神伤。

窗帘没拉严实，晨曦从帘缝中悄无声息地溜了进来，纤细的尘埃如单纯尚在的女子，乘机在这一束阳光中无邪地卖弄起它们的快活。

拉拉转了转头，枕边被眼泪浸湿了的一片有点儿凉，刺激了她的脸颊，她猛然惊醒，迟疑地半坐起身子，白色缎子面料儿的睡裙微微滑落，露出她的半边肩来，拉拉茫然地想：我这是在哪儿呀?

北京国际饭店的摆设是拉拉很熟悉的，房间里静谧无声，根本没有王伟，只有她自己一个人半拥着松软的大薄被子傻坐在床上。

原来李都虽是个真人，却不过是个路人甲，其“王伟表弟”的身份原是她日有所思夜有所梦的产物，至于跟王伟在酒店大堂的拥抱，更叫“白日做梦”了。

“弗洛伊德他老人家果然说得不错，梦表达了未能满足的愿望”，拉拉自嘲了一下，心有不甘地重又倒下，企图重续前梦，以期“未能满足的愿望”再被满足一会儿。

白折腾了几个来回，她终于承认这个愿望没有可行性，只得怏怏起身，拉开窗帘懒懒地往外望去，秋天的长安大街上树叶的颜色已经很漂亮了，街对面“恒基”外墙上的大玻璃在阳光下反射着光芒，她不由得眯起了眼睛。

拉拉返身走到玄关的大镜子前，望着镜中的自己发了一会儿愣，才在书桌前坐下开始收电子邮件，她看到有一封是李都发来的邮件，顺手点开粗粗游览了一遍，却提不起什么兴致。

在长期支持世上最现实的销售职能、备感生活压力的杜拉拉看来，现阶段的李都不论其物理年龄多大，就其化学年龄而言仍然是个毛头小伙子——以权威的口吻谈论并不十分了解的东西、刻意追求与众不同、不了解有效影响他人的方式、缺乏挫折和经历，以及容易受到引诱。

李都和王伟颇有几分相似的外貌，曾让拉拉在那一刻心里一颤，她甚至给李都发了那封“早日实现退休——你需要眼光和资格”的邮件来共勉 2007。但人总要回到现实，且不提男女结交的现实目标，单从听觉或者倾诉角度考虑，李都就很难满足拉拉，而疲惫忙碌的拉拉也没有多余的力气和李都社交。

程辉上线的时候，拉拉已经吃过早餐，正收拾行李。

拉拉一看这主来了，有兴致说话了：“Hi！猜我做了啥梦？”

男人最怕女人让他猜，但程辉 EQ 高，而且他喜欢跟拉拉说话，就一本正经地配合道：“不会是梦到我了吧？”

拉拉扫兴地说：“看来你也做梦了。”

程辉在那头咧嘴温和地笑了：“唉，我就喜欢你这样儿的，够刻薄。”

拉拉哼哼唧唧道：“不刻薄怎么着，我得养活我自己。”

程辉特理解地说：“这不怪你，换了我，也得这么刻薄，压力大呀——养活你可不是笔小数，要不我能被吓着吗？”

拉拉不说话了，继续收拾着行李。

程辉见她半天不发信息，怕她生气，哄她说：“其实是你看不上我。”

拉拉哼哼道：“那当然，我不是足够满意你，这才是关键。”

程辉启发道：“别太理想主义嘛，世上哪去找这么些个让人百分之百满意的好事儿呢？要不怎么说人生十之八九不如意。比如我吧，虽然不够理想，但是我很真实地存在着。”

拉拉看了看电脑屏幕上“真实地存在着”那几个字，她把睡衣放进旅行箱里，跟程辉说：“不聊了，我待会儿要去机场。”

程辉觉着气氛有点儿不对，赶紧说：“我错了。再聊会儿吧。”

拉拉不吭气儿。

程辉不逗她了，关心地问道："你梦到他啦？"

拉拉很茫然："唉！程辉，一年没有他的消息了，你说要是演电视连续剧，导演该怎么安排他，观众才满意？他死了？或者他出国了？不然这戏没法演下去了——他要是好端端的，我去和别人好了呢，这观众该不满意了，会嫌我太随便，不忠诚，电视剧也就不唯美了；他要是没死，他更不能和别的女人好了，否则大家会抵制的。可你说，总不能干耗着，就我一人儿在这儿见天地给大伙儿讲职场规则，我倒不在乎，反正这是我的强项——但那得多枯燥，累不累呀，收视率肯定还是不行。"

程辉安慰她说："他不会死的，也许他出国了。"

拉拉灰心道："我知道他不怪我，但是他觉得没有意思了。"

程辉听她这么说，不由生了怜惜，但是他也知道，杜拉拉在精神上比一般的男人更为剽悍，只要她不乐意，轮不到他来怜惜。

拉拉继续说："我也没有那么好，对我来说，和大部分人一样，失恋不是问题，只要有足够好的新爱人。"

程辉听出拉拉话中的那丝心灰意冷，他一时没有好的说法开解她，只得往自己身上揽责任说："你这话很对，一个令人满意的新爱人，是医治失恋的最佳良方。所以这事吧，主要还是怨我，我不是足够好。"

拉拉神气地说："那是。"

程辉见她情绪略有好转，挑了个她喜欢的话题巩固形势道："你的股票怎么样了？"

提起股票，拉拉立马眉飞色舞："继续拿着，打死都不卖。"

程辉向来不信股票这玩意儿能改变人生，只不过知道拉拉有兴趣，他就顺着她说说罢了："有才姐，看来您要发财了。"

拉拉摩拳擦掌道："该着我发一票了。我正想着把我的游戏ID改一改，不叫'有才'了，改叫'旺财'，给2007年图个好兆头。"

程辉不太喜欢这个主意，他劝说道："'有才'非常适合你，'旺财'呢，挺吉利，不过好像有条狗的名字也叫'旺财'。"

拉拉听不进去："那怎么了？你又怎么能保证这世上就没有狗叫'有才'？

只要能发财，我愿意叫‘旺财’。”

程辉感叹道：“女人真爱钱！”

拉拉微翘起右手，垂眼端详着中指上王伟送她的钻戒，它正在2006年秋天的阳光下熠熠生辉，衬得她的手指愈发的修长娇嫩。她沉吟道：“你还别说，他走后，赚钱在我生活中的意义就显现出来了。05年的秋天要不是他离开了，我还真不会那么恶狠狠地去买了一堆‘万科’的股票。过去，我在赚钱上也很努力，而现在，我在赚钱上的主要特点不再是努力，而是沉浸，我沉浸地赚钱——这没啥不好，人总得有追求，有个事情让你沉浸，你想到这事就会兴奋投入，寂寞也罢辛苦也罢就都可以忍受了。所以，如果连钱我都不喜欢了，那可就麻烦大了。”

这年的11月底，很少外出的齐浩天忽然到南区来看市场，这是他任DB中国总裁以来第三次到广州，至于进广州办，则是第一次。

曲络绎觉着齐浩天南巡完全是为了看市场，与HR无关，因此事先并没有通知拉拉。

结果齐浩天只由一个翻译陪着，早上九点进了广州办，拉拉才知道总裁来了。几个大区经理都不在办公室里，拉拉连忙接驾，领着齐浩天在广州办走了一圈。其实齐浩天没有太大的兴趣参观广州办，但是他也知道，已经来得够少了，再不走一圈实在不合适。拉拉对齐浩天的心理还是能把握到的，因此介绍得也很简单，只跟齐浩天说一些轻松得体的场面话。

齐浩天看了一圈下来问：“拉拉，广州办男女员工的比例是多少？”

拉拉笑道：“大概是一比一吧。上回美国地产部总监罗斯来中国的时候说过，在DB中国，女员工的比例特别高，而且女经理也不少，DB中国高管团队中就有好几位女性，这是世界上其他国家没有的情况，比如DB美国总部的管理层团队中就只有两位女性。”

齐浩天说：“是呀，我正这么想。”

拉拉解释说：“1949年后，中国女性的社会地位得到很大提高。在就业上表现得很明显，在家庭经济的掌控上，中国女性也比较强势。”

齐浩天笑道：“I CAN SEE THAT（看得出来）。”

齐浩天是个话很少的人，既然做了总裁，管你爱不爱讲话，对员工们挥手微笑说哈罗是应尽的职责，他全做到了。

但是广州办的员工表现得没有上海办的员工大方，大部分人没有对总裁表现出应有的热情，由于语言上的困难，有的人面对总裁的微笑甚至僵硬地退后了，因而显得有点没礼貌，而且南区的三个大区经理不知道是真忙还是假忙，TOTALLY 没见他们在办公室露头，只剩拉拉和齐浩天的翻译陪着。

齐浩天倒是表现得很有风度。他告诉拉拉，他的助理事先已经通知三位大区经理了，上午十点和广州办全体员工开一个见面会。

拉拉便给齐浩天安排了一间办公室以便他可以先收发电子邮件，又吩咐海伦赶紧准备好大会议室，并催促三位大区经理马上回公司。那三位倒是前后脚都回来了，拉拉责备陈丰道："明知道齐浩天今天进广州办，怎么不早一点回来。"

陈丰笑着辩解道："通知是十点开会，没想到他九点就进办公室了。"

十点的见面会，员工们大都没有主动参加的热情，连动员带命令，大家扭扭捏捏地进了大会议室，拉拉这才放心把齐浩天请来。

齐浩天其实长得很帅，跟克林顿有几分相似，尤其是眼睛。作为一个总裁，他发表了非常标准的演讲，并尽量让自己显得亲切。讲完后，他问大家"ANY QUESTION?"

翻译翻完后，没有人说话。连坐在最前面的三位大区经理，也只笑不提问。他们很为难，说中文吧，作为大区经理好像不合适，说英文吧，结结巴巴也不光荣。

会场上尴尬地沉默了几分钟，难为齐浩天一直很有风度地微笑着，独自站在会场前面。

拉拉觉得这么下去不合适，员工们什么话都没有也太不给总裁面子了。她站起来向大家建议道："要不这样，由我们南区的各位经理每人三句话，向总裁简单介绍一下自己和团队吧。"

这个主意马上得到员工们的响应，其实大家也对贵族出身、一直微笑的总裁有点过意不去。翻译翻给齐浩天，他也感到高兴。

于是从左到右，大家一圈轮下去自我介绍，有两个经理比较新，一时紧张站起来嗫嚅着不知道说什么好，拉拉就代为介绍了他们本人和他们的团队，会场上的气氛活跃起来，见面会在皆大欢喜中结束。

大区经理们见拉拉的英语陪齐浩天聊天没问题，就灵机一动，晚宴非拉上拉拉一起，并把她的位置安排在齐浩天边上。

拉拉是生了二心的人，已经没心思在总裁面前抢出位了，人一放松，反而自自然然地帮着把满桌子气氛调节得很好，结果这一顿饭吃得齐浩天和大区经理们都比较自在。

杜拉拉的得体和聪明博得了齐浩天的好感，他对她有了点具体的认识。

齐浩天回上海见到曲络绎，对他说起杜拉拉的表现，表扬了几句，大意是难得外围有这么个人。

曲络绎这时候才忽然想起，杜拉拉好像是4级，比别的HR经理都低两级。他研究了一下拉拉的职责，又做了一个横向对比，感到似乎定得低了一点，蛮好定成5级的，但是现在这么单给她调级显然不合适，况且杜拉拉本人并没有提过异议，也看不出有什么不满情绪。

曲络绎想，春节前年度加薪的时候先给她的工资加好一点，等来年五月参加欧美企业年度薪酬调查的时候，再看看是否给杜拉拉调高一级吧。

49. 我一直认为，你我会情长意久

夏往冬来，杜拉拉在漫漫的求职路上奔波着，一晃六个月过去了，2006年就要过去，她的新工作还是没有着落。

有一天，天气很冷，拉拉到一个位于开发区的公司面试，面试的时间安排在早上八点半，路远，又没有去过，她没好意思要求对方安排车来接，不得不七点来钟就出门了。拉拉向来睡眠比较娇气，越是第二天要早起，头一天晚上越是急得半天不能入睡。早上六点半她迷迷糊糊地挣扎起床，却一点胃口都没有，想着上午的面试又将是一场对体力和脑力的考验，拉拉勉强自己喝了一杯热牛奶。

因为头天晚上没睡好，肚子里又空，走出楼道的时候，她不禁打了个寒噤，甚至有点恶心。

这天是中华区的HRD面试拉拉，面试持续了三个小时。通常，都是一个小时左右，而这次时间特别长，对方问得很细。

面试过程中精神的高度集中，使得拉拉忘记了身体的不适。等走出人家公司的大门，人一放松，她忽然感觉头痛欲裂，大约是太冷的缘故，她的胃里很难受，一阵一阵地想吐。

开发区地旷人稀，拉拉在风中瑟瑟发抖，好不容易招到一辆的士，一上车，她顾不得身体的不适，赶紧掏出手机，发现手机上有好几个未接电话的来电显示，有上海总部的号码，也有广州办的号码，还有一个是曲络绎的手机号。

拉拉一看曲络绎的号码，头嗡的一声就大起来了，她想，别新工作没找成，倒得罪了现在的老板。她马上打电话给海伦，海伦说，曲络绎打电话到广州办找了你两次，我都说你走开了不在位置上。

"他可能有点怀疑我说假话，"海伦有点不安地叨咕着，马上又得意洋洋地卖弄道："幸好是他自己打电话过来的，我仗着英文不行，不管他问什么，我都结结巴巴地回答一句'不在位置上'，他只好说'OK'，叫你'CALL BACK'（回电）。"

拉拉对海伦觉得很抱歉，虽然她没有对海伦直说，但海伦知道既然拉拉上班不请假就外出，明显是需要替拉拉在曲络绎面前掩护一下的。拉拉说："知道了，我现在马上回他电话。"

跟李斯特不同，曲络绎很少直接打电话给拉拉，即使有事要谈，一般他都会让助理凯莉先接通拉拉。拉拉猜不透到底有什么急事他自己打电话过来了，她镇定了一下拨通了曲络绎办公室里的分机，结果曲络绎并没有什么URGENT或者称得上IMPORTANT的事情，他只是向拉拉要了一个数据。最后他才说："拉拉，这次公司的销售年会在兰卡威，你也和童家明一起去吧，参加年会能让你更好地了解公司明年的业务战略，我已经让凯莉给你订了酒店房间和机票。"

曲络绎言语之间很和蔼，几乎有点亲切的意思，而且完全没有问拉拉为什么一个上午都不接电话。

拉拉挂断电话，出了一身冷汗，她一时想不明白曲络绎为什么忽然给予自己和童家明同等的出国殊荣，童家明可是高了两个级别的。

出租车很旧，而且不太干净，车里弥漫着一股汽油味儿和空调散发出来的臭味儿，拉拉的背上一阵阵地发寒，她感到自己八成要生病了。

拉拉没有吃午饭，直接回了公司。她走进自己的办公室，刚把脱下的外套挂好，桌上的内线电话就响了，海伦问要不要帮她叫个外卖，想吃什么。拉拉说随便你做主吧。

阿姨敲了敲门聪明地送进来一杯热腾腾的立顿红茶，又轻轻地退了出去。拉拉把热茶捧在手里发愣，公司里的明亮整洁和外面的寒冷艰辛形成了鲜明的对照，办公室里的温暖让她的身体缓过劲来，软和的地毯，使得一种放松从拉拉的脚底升起，涌向她的四肢百骸。

拉拉呆呆地想：我干嘛非要折腾着跳槽呀，这儿多好呀。

这么一想，拉拉觉得浑身的劲道一泄，人都软了。

舒服了没几天，却又出来一件事情。原来，按公司规定，6级经理出差的时候才能住单间，拉拉是4级，得住双人房。曲络绎这次让助理凯莉和会务组打招呼，特意要求给拉拉留单间。

会务组的人觉得挺为难，说："我们安排没问题，就怕过后财务那里审单通不过，要不凯莉你先去和财务打个招呼。"

凯莉找财务一沟通，果然人家不肯，说要这样安排的话，得特批。

虽然最后曲络绎摆平了这事，故事还是传到拉拉耳朵里，本来出国开年会挺高兴一件事，搞得她很没意思，生怕被销售部的人知道。

拉拉一咬牙，还是得跳槽！

拉拉的面试在继续中，中信里的一家欧洲公司的HRD对她非常有兴趣。此外，开发区那家美国公司也安排亚太区HRD面试过她了。拉拉这次对这两家公司都抱有很高的期望，她想，要是这两家又都不中，就停止面试先在DB熬着了。

12月20号那天，拉拉用手机搜索了一下当天A股收市的行情，万科当天的收盘价是14块5毛3分。

小万同学最近四个月的走势一直很剽悍，基本是不歇气地涨，闹得拉拉卖也不敢买也不敢。拉拉想，受点折磨也挺好，这才更像“赚钱”，不像“捡钱”，免得有不劳而获的感觉，心里不踏实。

拉拉不由得回忆起当年六月，在薪酬宽带制的结果出来以前，自己强忍买车的欲望，把手上的22万现金一股脑以5块5买入了万科。

尽管陈丰明确建议“持股不动”，拉拉还是忍不住战战兢兢地想，快60万了，够我打三年工的！是落袋为安，还是抓稳不动？

随着万科的K线越来越陡，陈丰在拉拉心中的地位越来越高，同时，拉拉越来越惶恐了——她听了陈丰的主意买了万科，现在赚钱了，不过私下里嘻嘻地叫他一声“股神”而已，就这，他也不爱听，怕给人知道他玩股票，要说他不把心思放在工作上；假如她现在因为听他的持股不动，赚到的钱又亏回去的话，自然他也不赔的——还是那句话，盈亏自负。

卖还是不卖，拉拉是非常之患得患失了。

虽然陈丰有陈丰的见解，但是郎咸平有郎咸平的说法，谢国忠又有谢国忠的观点，而他们又都显得非常牛气。拉拉决定抓紧研究一下巴菲特和社保基金在干什么，她觉着自己如果要在股市中分享黄金十年的盛宴，总不能永远不自己拿主意。

从大学毕业起，杜拉拉就一直靠打工为生。她靠工资给自己买下了一套房子，靠升职坐进了经理办公室。

像杜拉拉这样的倔驴，当别人靠技术或者感觉炒股，她在靠理想和信仰打工，即使股票带给她丰厚的利润，她一时半会儿还是改不了自己的思维模式。

因此，股票导致的喜悦和惶恐，没能成为杜拉拉生活的主流情绪，当她接到猎头电话的时候，这一点就尤其清楚明白了。

猎头告诉拉拉，结果出来了，中信那家和开发区那家的面试，她都FAIL了。

欧洲佬不要她，美国佬也不要她。

陈丰处理完邮件，已经晚上八点多了，见拉拉的办公室还亮着灯。他踱过去，站在门边问：“吃饭了没有？”

拉拉从文件中抬起头来懒洋洋地摇摇头。陈丰说：“走吧，我请客。”拉拉恹恹地说：“没胃口。”陈丰又提议道：“那去喝一杯？”拉拉想了想说：“好吧。”

拉拉站在写字楼的正门前，不一会儿陈丰把车开过来，接了她上车。陈丰说："想去哪里？"拉拉信口道："就'1920'吧。"

两人走进"1920"，服务生引着他们上了二楼。由陈丰挑了一个靠墙的角落坐下。陈丰问拉拉喝什么，拉拉说百利甜酒，陈丰给自己要了喜力，因为两人都还没有吃晚饭，又点了几样吃食。

他们的座位离歌台不远，可以看清歌手是一个老年白人，六十开外的年纪，身形矮小，背也有点驼了。辨不清颜色的鸭舌帽下面，露出他已经灰白了的两鬓。看上去，这是个饱经风霜而生计艰难的老实人，露出老年人的无助和老态，全然没有李斯特们的腰直背挺红光满面。他自己弹奏着电子风琴，一面把嘴凑到麦克风边唱着，他唱的多为一些经典的英文老歌，瘦小的身躯随着音乐节拍慢慢地摇晃着，完全沉浸在音乐的世界里。

两人欣赏了一会儿，拉拉忽然说："这歌手很老实。"

陈丰笑道："何以见得？"

拉拉说："你看，他一首接一首地唱，一点都不偷懒。而且，每首都唱得很用心。"

陈丰赞同说："那倒是。这些人应该是真的喜欢音乐。"

拉拉说："你估计他是哪国人？"

陈丰观察了一下说："英语应该是他的母语，可是我听不出他的口音。欧洲人居多。"

拉拉点点头说："我也觉得不是美国人。他身上那种没落而源远流长的味道，不像美国人。美国是个几乎谈不上历史的国家。"

拉拉要求道："陈丰，咱们请他喝一杯吧？"

陈丰笑了，在广州这样平民化的实在的城市，只有拉拉才会有这样小资的想法，他说"好"，一面招过服务生。拉拉朝歌台努了努下巴，问服务生："老先生喜欢喝什么你知道吗？"

服务生诧异地朝歌台看了看，说："朗姆酒。"

拉拉叮嘱说："好，那就一杯朗姆酒，我们请客。请转告他，我很喜欢他的歌。"

想了想，又不放心地问服务生："你会说英文吗？"

服务生微笑道："他能听懂简单的中文。"

一曲终了，服务生送过去一杯朗姆酒，和老人说了一句什么，老人往拉拉他们这桌望过来，眼神对上的时候，他咧嘴展开笑颜，很有礼貌地举杯致谢。

过了一会儿，他开始唱那首经典的 *RIGHT HERE WAITING*

Oceans apart, day after day,
远隔重洋，日复一日
and I slowly go insane.
我慢慢地变得要失常
I hear your voice on the line,
电话里传来你的声音
But it doesn't stop the pain.
但这不能停止我的悲伤
If I see you next to never,
如果再也不能与你相见
How can we say forever?
又怎能说我们到永远

Wherever you go, whatever you do,
无论你在何地，无论你做何事
I will be right here waiting for you;
我就在这里等候你
Whatever it takes,
不管怎么样
Or how my heart breaks,
不管我多哀伤
I will be right here waiting for you.
我就在这里等候你

I took for granted all the times,
我一直认为
That I thought would last somehow.
你我会情长谊久
I hear the laughter,
我听见你的笑声
I taste the tear,
我品尝眼泪
But I can't get near you now.
但此刻不能接近你
Oh, can't you see it, baby,
哦，宝贝，难道你不懂
You've got me going crazy?
你已使我发疯?

Wherever you go, whatever you do,
无论你在何地，无论你做何事
I will be right here waiting for you;
我就在这里等候你
Whatever it takes,
不管怎么样
Or how my heart breaks,
不管我多哀伤
I will be right here waiting for you.
我就在这里等候你

I wonder,
我试问
How we can survive this romance,

我们如何熬过这浪漫情
But in the end,
但到最后
If I'm with you,
如果我与你同在
I'll take the chance.
我要抓住这个机会
Oh, can't you see, baby,
哦,宝贝,难道你不懂
You've got me going crazy?
你已使我发疯?

Wherever you go, whatever you do,
无论你在何地,无论你做何事
I will be right here waiting for you;
我就在这里等候你
Whatever it takes,
不管怎么样
Or how my heart breaks,
不管我多哀伤
I will be right here waiting for you.
我就在这里等候你
Waiting for you.
等候你

别看这歌手身形单薄,却是个男低音,他的音质有点嘶哑,很是性感,大约只有像他那样历经了人世沧桑的人,才能如此充分地理解和演绎歌中的一往情深与伤感。

陈丰几杯啤酒下肚,一抬头,猛然发现音乐声中,拉拉低垂着的眼中含着一丝泪光，她沉默地望着桌面，泪珠在她的睫毛边令人担心地颤动。

陈丰吃了一惊，连忙隔着桌子关切地轻声问道："你怎么了拉拉？"

他这一问，拉拉的眼泪差点滚落下来，她努力克制着自己，半晌才轻声说："我快崩溃了，陈丰。压力太大，我受不了了！"极度的软弱和疲惫从她控制不住颤抖的声音中泄露出来，雾气一样似有似无的飘忽在她的脸旁。

陈丰一听不对，慌忙起身挪到拉拉边上坐下，发现她的身子正像一片风中的落叶，在簌簌地颤抖着，陈丰犹豫了一下，伸出一只手轻轻拍着拉拉微微耸动的肩膀，一面宽慰说："拉拉，我能理解你，是不是觉得特别失落？特别茫然？其实我们每个人都会有这样的时候。你已经做得很好了，不要太苛求自己。"

拉拉忍着哽噎，慢慢地说："陈丰，我就是觉着吧，自己特别失败。我好想有个人能帮我一把，真的！我太累了！而且我没有人能说说心里话。"

拉拉泪眼迷蒙的样子，令陈丰心中大为不忍，他一边递过纸巾，一边说："拉拉，我明白。你如果想说，可以信任我，我随时都在。"

拉拉听他说"随时"，慢慢地摇了摇头，一个要好的同事而已，上哪里去给你提供"随时"的便利。

陈丰不知道她在针对什么摇头，就保证说："你知道的，我别的优点不敢说，嘴向来很严。"

拉拉轻轻地点了点头。陈丰感到拉拉身上那股认准目标就百折不挠直奔而去的劲头似乎给抽空了，剩下的只有她的无助和灰心。他鼓励说："别灰心，拉拉。我觉着你一定能行。你是个很有毅力的人，你要是想做成一件事情，就会不怕任何困难去做到底。而且，你有一颗追求公正的心，你帮助过很多人，至少在南区，大家都尊敬你。我们需要你。"

拉拉还是没有说话，她生怕自己一张嘴，就会忍不住失声痛哭。拉拉努力克制着自己，好不容易情绪平稳了一些，她幽幽地说："算了吧，我就是个笑话，一个笑话有什么值得尊敬的。地球离了谁还不照样转呀。"

陈丰开导她说："拉拉，你很聪明，可就是心思太重了——你要放松一些。你看我，我就很乐观，对吧？"

拉拉失神地"嗯"了一声。

两人沉默了一会儿，陈丰问拉拉："你的万科没有卖掉吧？我看万科这儿个月涨得挺好，K线很陡，都快要直立起来了。”

拉拉听了陈丰提到“万科”，虽然谈不上转悲为喜，情绪还是明显好了一些，她有点不好意思地低声道：“没动，一直留着。”

陈丰说：“就是呀，那不是挺好的。成功有很多途径，不见得非要不断升职。”

拉拉轻轻点了一下下巴，这个动作是那么的小，以至于陈丰都没有察觉。

陈丰观察了一下拉拉的反应，又建议说：“拉拉，依我看，你得先解决失眠的问题，最近你气色可是不太好。这人要是睡不好，记忆就会下降，反应也会慢几拍——只要睡好了，就有信心了。要不，你休几天年假吧？”

拉拉的眼泪已经收得差不多了，她的声音恢复了平静说：“没事了。来，喝酒。”

陈丰有些担心，告诫说：“你想啥呢？别想着跳槽呀！天下乌鸦一般黑！我跟你说，大公司都差不多的，跳来跳去没啥意思。你在DB都快八年了，放弃工龄的话太可惜了，补充养老金，房贴，工龄奖，那么多福利都是和工龄挂钩的。”

拉拉拍拍他的手背，笑道：“放心，我知道。”

但是陈丰能感觉到拉拉似乎铁了心要干点什么，他看着拉拉的眼睛忧心忡忡地说：“我有一种不好的感觉，似乎我又要被抛弃了。”

拉拉咧嘴一笑说：“没有的事，你别胡乱猜疑。”

陈丰叹气说：“好吧，你不想说，我就不会问的。”

拉拉突然说：“我知道，就像你不问关于王伟的事。”

陈丰无辜而镇定地反问道：“关于王伟的什么事？”

拉拉说：“陈丰，你什么都好，就是这点不好，不直率。但我确实非常感谢你一直什么都不问。”

陈丰犹豫了一下，还是说：“我真的不知道你指的是什么。”

拉拉笑道：“好吧，男人就是顽固，就算你‘真的不知道’吧。”

陈丰说：“哎，不是，什么叫‘就算’呀。”他的样子看上去有些发急。

拉拉不理会他，笑着低头看看手表说：“我们准备走吧，不早了。”

陈丰伸手做了个手势招呼人买单，一面对拉拉说：“回头我先去把车开过来，等我打你手机，你就下楼到门口上车。”

拉拉关心地问他："你喝了酒，还能开车吗？"

陈丰说："这么几杯啤酒不碍事儿，我心里有数。"

服务生过来说POST机联线不上，是否能现金买单，陈丰掏出钱包，点钱给人家。

服务生接过去一张一张地小心看过，然后抽出其中两张十元票还给陈丰，礼貌地要求道："先生，能否麻烦您给换一下？"

陈丰诧异地问："为什么？"

拉拉在一旁猜到几分，随手接过服务生手中的钞票察看，一边说："假钞吧？"

陈丰愣了一下，另外拿出两张十元给服务生。服务生接过去一摸，说："先生，麻烦您再给换两张吧。"

拉拉说："得，还是假的。"

陈丰不讲话，马上又给人家换了两张，期待地看着服务生的反应。服务生接过去摸了摸，彬彬有礼地说："先生，您怎么这么多假钞？"

拉拉哈哈笑了起来，一面从自己钱包里拿了两张十元递给服务生，一面对陈丰说："幸亏你是和我在一起，我一看就是好人。不然人家报警了。"

服务生很专业地微笑着说："这位先生一看就是好人。八成是让人给骗了。"

拉拉忍住笑，一本正经地问陈丰："说真的，你哪里搞来这么多假钞？"

陈丰不信，把几张假钞翻来覆去地研究着，他郁闷地说："TMD，前天晚上从上海回来，航班十一点多才到，我从机场打的回家，出租车司机找的。车费130多元，我给了司机两张一百的，他找了我六张十元，我觉着人家那么晚拉客挺不容易的，还自作多情地和他说零头不用找了，这个没良心的家伙！当时太晚了，出租车里的灯光又很昏暗，我就没有细看。"

拉拉点头说："嗯，主要你不坐出租已多年。"

陈丰说："出租还是坐的，不过确实坐得不多，一般也就机场来回的时候坐坐。"

拉拉说："一个人坐在这里等也无聊，我还是和你一起去取车吧。"

两人起身，拿上包和外套，一起下楼。他们走出"1920"不多远，迎面两个卖花的小孩围上来一迭声地胡乱纠缠道："先生，买把玫瑰花送给这位小姐吧，你看她多漂亮！”

两人不理睬，加快脚步朝前走，不料其中一个小孩用脏兮兮的手猛地抓住拉拉米白色的大羊毛围巾，另一个干脆蹲下身去抱住拉拉的腿，拉拉吓了一跳，尖叫了一声“陈丰！”一面自己挣了两下，没想到抓围巾那孩子的胳膊还有几分小蛮力，一时没挣脱。陈丰忙回身拨开小孩的手，护着拉拉快步走开。

说来也巧，邱杰克这晚恰好和王伟一起也在长堤附近一家酒吧应酬，他和王伟分手后，自己一个人沿着珠江边散步。本来，邱杰克在夜色中不曾留意周围，猛然听到前面拉拉叫陈丰那一嗓子，他愣了一下，一抬头，正看到陈丰拽开花童，然后一手护在拉拉背后，拥着拉拉快步走开。珠江上的夜风吹拂过邱杰克的脸颊，他若有所思地站住了。

王伟要回北京了，邱杰克去酒店送他。王伟把他引进房间，两人聊了几句，王伟很快就发现邱杰克今天有点心不在焉，似乎有心事的样子，就笑着问他：“你怎么了，干吗欲言又止呀？”

邱杰克摇摇头说：“没什么。”

王伟笑了笑说：“好吧，等你想讲的时候再讲好了。”

邱杰克犹豫了一下，终于还是把掂量了两天的话说了出来：“王伟，前天晚上和你分手后，我看到杜拉拉了。”

王伟正收拾文件，愣了一下，手上不由自主地就停住了，一年多了，没有人在他面前提起过“杜拉拉”这三个字，他背对着邱杰克平静地说：“哦，她还好吗？”

邱杰克谨慎地说：“隔着几步远，我没和她打招呼，她正跟陈丰在一起。”

王伟没再说什么。

邱杰克解释说：“估计他们当时刚从‘1920’喝了酒出来。几个小孩纠缠他们买花，后来陈丰陪着她走了。我只是瞧见了他们的背影。”

王伟“嗯”了一声不表态。

邱杰克提醒说：“王伟，大公司的人一般都还比较好，陈丰的人品我也信得过，可是他毕竟是有家有口的男人，拉拉和他走得太近乎不好吧。”

王伟不爱听了，他转过身来告诫说：“杰克，别乱讲人家是非呀，他俩在工作上一直合作得挺好的。亏你还是做销售的，人家不过一起喝一杯能让你想那么多。你就没请杜拉拉喝一杯的时候？”

邱杰克笑道：“你看，我一试就试出你来了。你还是护着她的。”

王伟笑笑，继续收拾行李。

邱杰克劝说道：“我看拉拉挺好。别人看不出来，我还不知道吗，你心里一直惦记着她。为什么到了广州也不和人家吃个饭呢？”

王伟不喜不怒地说：“我惦记谁呀？我不想再和 DB 的人打交道。你不也一样吗？”

邱杰克不以为然道：“我只是不想再和 DB 这家公司打交道，DB 的同事多半还是不错的人。再说，杜拉拉又不会永远是 DB 的人。”

王伟不说话，邱杰克很想追问他到底怎么想的，可王伟不是那种你能追问他私事的人，哪怕关系再密切也不行。他只好说：“你自己考虑吧，可是我看你这一年多就没有真正开心过。总让人觉得你丢了什么似的。”

王伟拍了拍他的肩膀诚恳地说：“谢谢你的关心。现在我只想着怎么把咱们这个公司办好，暂且没有精力考虑别的事情。人这一辈子，不是总有好运气等着你的。杰克，我们一定要抓住这个来之不易的机会。”

邱杰克叹了一口气道：“顺便告诉你一下，听张凯说，拉拉最近压力很大，DB 搞薪酬宽带制，拉拉现在的老板曲络绎不太重视她，她被定在经理级别的最低一级，比别的 HR 经理足足要低两个层级。这要是低一级还好说，低了两级，心里能是啥滋味？要不是南区的几位大区经理都和她关系不错，我看她会很尴尬的。”

王伟张了张嘴，欲言又止，不知道在想什么。邱杰克批评道：“王伟你这个沟通方式真的不行。拉拉也是头著名的倔驴。你俩 EQ 都太低了。‘爱’要说出来，你就不能说出来吗！”邱杰克是个急性子，他越说越替两人着急上火，双手不由得使劲在胸前比划着往外掏的动作。

王伟被他逗笑了：“什么爱不爱的，你好意思说，我还不好意思听。这鸡皮疙瘩都掉了人家一地毯了。当初你进检察院，难为拉拉窜上跳下地想捞你，她真是没白操心，看来她还是比我会做人。”

邱杰克不爽地转过身去看电视，不搭理王伟了，电视上正在播放汤姆斯杯羽毛球赛，王伟跟着看了一下说：“中国现在真是越来越像大国了。”

邱杰克奇怪地问：“怎么，你觉得中国以前不像大国吗？”

王伟解释说：“我的意思是中国越来越有大国风范了，因为中国越来越宽容了，你看体育比赛，输了就输了，不像以前，羽毛球这样的比赛要是丢了冠军，光检讨就够你做的。”

王伟回到北京的时候，圣诞就要到了。他一边开着车，一边老想着邱杰克的一句话，“杜拉拉又不会永远是 DB 的人”。

王伟把收音机的调频调到音乐台，蔡依林和陶喆正在对唱《今天你要嫁给我》：

每一首情歌都会勾起回忆，想当年我是怎么认识你。
冬天的忧伤结束秋天的孤单，微风吹来苦辣的思念。
鸟儿的高歌唱着不要别离，此刻我多么想要拥抱你……
听我说，手牵手，我们一起走，过着安定的生活……

王伟决定，如果拉拉真的下决心离开 DB 了，他就去看看她。

“看看总可以吧”，他在心里轻轻地说。

（《杜拉拉 2 华年似水》完）

锦瑟无端五十弦，一弦一柱思华年。
庄生晓梦迷蝴蝶，望帝春心托杜鹃。
沧海月明珠有泪，蓝田日暖玉生烟。
此情可待成追忆，只是当时已惘然。

——李商隐《锦瑟》

▶ 华年：青春年华，指青年时代、美好的年华的意思

《杜拉拉升职记》大事记

- 2007 年 9 月，《杜拉拉升职记》出版；
- 2007 年 11 月，更换封面，第二版面世；
- 2007 年 12 月初，《中国图书商报》统计显示《杜杜拉拉升职记》位列“当当网”小说类销量第三名，“卓越网”小说类销量第二名；
- 2007 年 12 月中旬，销量突破十万册；
- 2007 年 12 月，豆瓣网最受读者关注图书，豆瓣新书榜第一名，并被豆瓣网友评为大学生毕业前必读的 10 本书；
- 2007 年 12 月底，当当网每日更新的“24 小时小说畅销榜”第一名；
- 2008 年 1 月，卓越网图书排行榜小说类第一名；
- 2008 年 2 月，上海文广高价竞得《杜拉拉升职记》电视剧改编权；
- 2008 年 4 月 2 日 ~ 2008 年 5 月 2 日，中央人民广播电台倾情制作同名广播剧；
- 2008 年 5 月 29 日本第二大报《产经新闻》报道，世界发行量最大的报纸《参考消息》全文转载；
- 2008 年 6 月 23 日 8 点，当选为当当网终身五星书；
- 2008 年 7 月 4 日，《杜拉拉升职记》做客中央人民广播电台经济之声频道《财富人生》节目；

- 2008 年 7 月 18 日，售出繁体版权韩文版权；
- 2008 年 7 月，上海地区话剧改编权售出；
- 2008 年 8 月，开卷数据社科类图书销售榜第一名；
- 2008 年 10 月，繁体版在台湾出版，一出版便登上金石堂文学类图书排行榜第一名，在台湾刮起杜拉拉热；
- 2008 年 11 月，销量突破 60 万；
- 2008 年 12 月底，《杜拉拉升职记》第二部《杜拉拉 2 华年似水》出版……

读者眼中的《杜拉拉2华年似水》

编者的话：以下内容是我们在众多精彩读者评论中遴选出的很小的一部分，在这里与大家一起分享。希望以下评论的作者跟我们联系，我们将会支付一定的稿费或赠送“杜拉拉”系列书。

请发送邮件至：cmf@booky.com.cn

I Hate HR。I LOVE 杜拉拉。

2008-12-26 17:07:31

来自: 曾小成 (北京)杜拉拉2华年似水的评论★★★★☆

http://www.douban.com/review/1597400/

作为一个在充满快速消费品读物的世界中生存的中国人类来说，我认为“杜拉拉”系列是一部跨时代的经管题材读物。

对于“会思考”的年轻人来说，这本书更像是一场前所未有的职场RPG游戏。重点不是你学会了“如何进行战略性人力资源规划”这样的问题，而是你将拥有一种从未见识过的职场体验，在脑力激荡中获得纵横职场的原动力。李可是用心的，无招胜有招地把一种叫做职场逻辑和青春激励的东西带到了大家的身旁。

而对于混迹外企多年的“小白”来说，《杜拉拉2华年似水》恰是一本职场人士的青春纪念册，杜拉拉就是每一个曾经在外企中起早贪黑的工作狂们的缩影。于是，在爱因斯坦已死，时光机还未出现的时代，这本书至少可以陪一些职场人士回顾那段再也回不去的青春了。

作为一个HR学生，I HATE HR。除了中国教育产业化导致的HR师资变态化之外，还在于全球HR普遍的不着调（中国HR算是里面比较严重的）。

还好有了杜拉拉，一个很长时间以来一直在我头脑中勾勒的HR理想工作者——一个热爱生活，乐观低调，识大体，会思考，有抱负的气质女。虽然看起来杜拉拉在HR实践领域的知识和思路都还需要提高，但这并不妨碍她成为所有HR学生心目中的理想行为实践人。

所以这也是我为什么喜欢杜拉拉的原因。

至于大多数网友问的这本书值不值得读，该不该读，我想那关键在于你看书是否动脑子并且乐此一读了。

I HATE HR。I LOVE 杜拉拉。

Anyway，希望所有人都能和杜拉拉一样在青春中努力，找到自己想要的生活。

没心没肺是种美德

转载自《青年周末》

http://www.yweekend.com/webnews/090122/A36/090122A3601.shtml

如果是林妹妹那样天生七窍玲珑心的，那准保活着要多累有多累，害人又害己。

著名的“外企生存教科书”《杜拉拉升职记》出到第二本时，更厚实了。姿色中上的南方女子杜拉拉终于修炼成了刀枪不入的“白骨精”，即“高级白领+业务骨干+行业精英”的简缩词。

按理说，主人公本领见长，读者应该欢欣鼓舞。这就好比你看一部武侠片，男主角突然学会了盖世武功，可以拳起脚落，把前半部看得让人窝心的坏蛋全部打趴下，顺带抱得美人归。可惜，铁马金戈的江湖和西装革履的世界迥然不同，杜拉拉的世界却复杂曲折得多。常常是一句简单的话、一个简单的动作，背后就有十来句的潜台词。让人不由心生感慨：外企勾心斗角起来，半点儿不逊国企。在“斗争中成长起来”的杜拉拉，因为熟谙斗争之道，成熟了，却不再那么可爱。

这时候，第二本里却突然新出来个“异类”——跟杜拉拉一个公司的销售员沙当当。这姑娘简直是个“没心没肺”的80后典型。先是为了爱情“没皮没脸”地献身帅哥经理未遂；而后连薪酬多少都没问，一听有猎头找自己，就觉得特有面子，被“挖”到一家小公司，后果是遇上了一个“后现代山大王”式的老总，天天被逼着早上去公司做广播体操。饶是如此，这姐儿们倒跟野草一样，靠着一股没心没肺的傻大胆劲头，打出一番别样天空。

其实，真追究起来，没心没肺，有时候也算种美德，而且是种利人利己的美德。现代人的生活太累了，职场如战场，在格子间里，要端着小心做人，仔细揣摩老板和同事的话中话，回到家里，单身贵族还行，若是拖家带口的，还要揣摩看老婆或老公的眼色行事，没准还捎上跟配偶家人的“心理战”、“口水战”。

如果是林妹妹那样天生七窍玲珑心的，那准保活着要多累有多累，害人又害己。可要是天生没心没肺，神经粗大，那横竖别人冷嘲热讽，他也听不出弦外之音。更妙的是，他既然不懂别人在算计自己，自然也不会去算计别人。

所以，要听见有人说你“没心没肺”，别着急，没准，这点个性还让你活得特滋润呢。

年华似水，匆匆一瞥；多少岁月，轻描淡写

2009-01-17 19:03:43

来自:lauren杜拉拉2华年似水的评论★★★★★

http://www.douban.com/review/1622716/

杜拉拉是我很崇拜的女性形象，作为《杜拉拉升职记》的忠实拥趸，在《杜拉拉2华年似水》刚露面的时候，我就迫不及待地开始拜读了。很多作品的续集都难免落入狗尾续貂的俗套，庆幸的是，杜拉拉2 并没有让我这个拉拉迷失望。诚如作者李可所说的：“希望这本小说，能够对人们的生活有一些超越职场规则的现实意义，使我能回报市场和读者的知遇与万一。”

我认为杜拉拉2 在人物塑造上有好几个亮点：

一、 加入对沙当当等典型的八十后的描写，更加增添了现实职场的小说意味。沙当当是典型的富有进取心、上进心和冒险精神的乐观新一代。她和游刃于职场的“老油条”不同，虽然年纪轻轻就闯荡社会，但是对新事物也还处于认识的萌芽阶段。比如炒股、买楼，这些都是现代疲于奔命的职场人为之奋斗的目标。

二、 陈丰作为重要的一位“男主角”，增添了讲解职场法则的筹码。陈丰是商业客户部南区大区经理，作为睿智而富有经验的销售老手，陈丰在几次员工离职、跳槽以及新官上任的小区经理的风波中，保持了他一贯的沉稳和淡定。其实我认为他是属于内敛型的人，有时候很深沉，看不懂猜不透，尤其是他对拉拉微妙的情感。他于拉拉是事业上彼此信任的合作伙伴，也是亲密无间的同事。我觉得他对拉拉即使未有情也是有意吧，但是这个已有家室的男人心里是怎样的想法真的无从考究。

三、做销售的代表性人物贯穿小说的始终。李可就曾经说过：“90%的President（总裁）都是靠做销售起家的。”当然不排除另外10%的例外，但是从销售所占的比例就可见一斑。销售是实打实的部门，公司的业绩和利润的提高的表现也是最直观的，所以在“以最大限度获取最大利益”的典型欧美企业里面，销售的一把手往往就是核心人物。老实而风度翩翩的孙建冬，埋头苦干而又锱铢必较的李坤，还有聪明敏捷而又不愿分享的姚杨等等，都是销售圈子里面典型的人物写照。

杜拉拉2 除了在塑造人物上带来几点亮色外，也教会了我DB外企里面的职场规则：

首先，我明白了什么是BROAD BANDING（薪酬宽带制）。

其次，不是所有的外企都看中“管理培训生制度”。

最后，也是我读这部小说感受最深的，就是“女强人”苦苦支撑起来的坚强其实背后是无奈。当最后读到拉拉对陈丰的倾诉：“我快要崩溃了，陈丰。压力太大，我受不了了！”此时，我的心为之动容。

想到黄磊的一首同名歌曲《年华似水》：

谁让瞬间像永远 /谁让未来像从前 /视而不见别的美 /生命的画面停在你的

脸 /不曾迷得那么醉 /不曾寻得那么累 /如果这爱是误会 /今生别的事 /我不想再了解 /年华似水匆匆一瞥 /多少岁月轻描淡写 /想你的心百转千回 /莫忘那天你我之间

（因篇幅有限，本篇评论略有删节）– 编者

中国的职业经理人在成长

个人评分：★★★★★心情指数：过瘾 阅读场所：床上 办公室

发表于 2009-2-17 14:34:31

http://comm.dangdang.com/member/5081412215878/reviewdetail/1966756/

杜拉拉成熟了。在第一部中她还是个初涉职场的小女孩，还在争取不要被“边缘化”。在第二部中已经是成熟的职业经理人了，已经经常教导别人、主导别人了。和第一部相比，第二部离小说远了，离教科书近了，但比去年看过的《摧龙六式》更接近于小说，所以收获蛮大的。90年代自己也曾在三个外企工作过，其中还有大名鼎鼎的SHELL，自以为有相当的积累，可和杜拉拉一比差远了，21世纪外企的HR管理那叫一个专业哪。可见从90年代到现在，中国企业的HR管理变化有多大！相比之下，我集团的HR管理那叫一个原始哪！简直连ABC都不懂，还装样子来吓唬人。我作为总经理，以经营管理为主，对HR管理差一些尚可原谅，但也感到汗颜，集团那些专职的HR们，真该找个地缝钻进去。案例教学法很好，不妨记录在案：

1.高潜力人才的第一条标准是判断力——能先于他人识别机会和风险，并采取行动把握先机和规避风险（拿这一条衡量集团的高管，几乎全军覆没）；在复杂的情况下，能快速抓住问题的关键（一个快速又把很多人淘汰）；正确读解对方的动机和欲望（这帮小子狡猾地基本过关）；

2.驱动力强的标志——积极主动推进目标，永不满足现状。完了，一些人原形毕露，永远不能提拔。

3.对员工的过错和缺点千万不要回避，要直截了当指出，否则遗患无穷；

4.一句似是而非的回答“无论你作出怎样的决定，我都支持你”，这个堪称经典的官僚句式，它的真实含义是“我将不提供任何支持”。我之前的一个助手不是经常喜欢说这句话吗？不知他若是看到此处会怎样？今后若再有人这样讲话，我就直接建议他读读这本书；

5.面试时的STAR——对应聘者自报的成功事例，要有数字、时间、地点这样明确可衡量的概念，而不是模糊的文字描述。这一招太有效，之前总是找不到有效办法，困惑于怎样快速判断自报家门的真实性；

6.一个优秀的职业经理人，最辉煌的职业周期就是三十岁到四十岁的黄金十年。我应该找机会转达给我的下属，他们多数处在这个年龄段，要珍惜。反思自己，我38岁才到深圳，再刨去两年的困惑期，基本上是40岁才开始职业经理人生涯，比多数人整整晚了10年，难怪早就感觉自己成熟比别人晚，记得50岁时常常感到天下无难事，什么都骗不了我（仅指企业经营管理），可见“10年功夫论”多么正确。现在年纪大了，激情又开始减退，时不我待；在老三届中我是幸运的，和年轻人比我是老了。忽然又想起40岁的时候真不懂事，很多人当时以成熟人的眼光看待我，我却以30岁的热情对待人家，不少机会因此溜掉了。这是真话；

7.子云：成事不说，遂事不谏，既往不咎。这是第二次看到这句话，真理也。还曾对直接上级讲过，其实这句话最大的作用是：安慰自己，心理平衡；

8.那场集体谈话会的主持堪称经典——开场白、澄清观点、展开讨论、达成一致、总结，五个环节，环环相扣，可谓成功主持会议的不二法门，牢记在胸。这小踣子做任何事都是按经典教材？

9.领导者不要管得太细——由于上级管得太细，下属中70%的人考虑过跳槽，其中一半的人采取了行动。这说明管得太细让很多人难以忍受，而不是仅仅有意见。如果没有那么多的人跳槽，那说明你的队伍中蠢才的比例较大；

10.给自己的下属排排队，哪些人是一定要保留的，哪些人的离开是你可以承受的。关键队员要用关键方法，及时沟通、了解动向、知其需求、获其不满。这个观点与我之前在《新华文摘》上所读一样，如果你认为某些人是企业的关键岗位的关键员工，就必须对他们采取特殊的管理方法，不能把他们混同于一般性职工。所以当一些人对我说“你是集团稀缺的人才”时，我按捺不住心中的冷笑。其他的HR方法就不一一记录了，实在是好。估计我周围的HR们不读此书。看得出来，在外企HR地位的重要性，几乎事事相关，不可或缺。而在我们企业，称为“干部管理”更贴切。这本书其实可以放在案头时时备查，但要认真、系统地进行一次HR 培训，对我没有必要了。这倒不是激情的问题。HR是一门实践性很强的课程，如果费了半天劲，只是停留在理论上，或者成为教训别人的武器，不如不学更安全。小说的结尾离开教科书，走向文学。看后欣慰，因为我看到，中国的职业经理人在成长！我不相信，我不相信那些蝇营狗苟之辈能永远猖狂，中国有希望。

与杜拉拉共襄盛举

2009-01-18 20:18:10

来自：小菌（上海）杜拉拉2华年似水的评论 ★★★★☆

http://www.douban.com/review/1623872/

锦瑟无端五十弦，一弦一柱思华年。

——《锦瑟》

看完杜拉拉2的时候，心里并不是很好过。

个人认为序言更合适做后记。提到一份理想的工作要具备四个方面：自己喜欢的；自己擅长的；赖以谋取想要的生活质量；合法合情。暂且把这几点排一下顺序，合法合情，赖以谋取想要的生活质量，自己擅长的，自己喜欢的。老妈在旁边插嘴说，那小胡同里打扮得跟些小妖精的怎么算呢。呃，看来按照国情，谋取生活质量为第一位，合法合情边边排。

中国不是福利国，房子教育医疗养老……话说到这就有点悲哀了，“正当行业”，22岁左右大学毕业，十分迷茫；25岁找到正业，欣喜若狂；28到30岁轻车熟路，蒸蒸日上；35岁升职买房，卷入股市大浪。40岁要么赔光输光，重新竞争上岗，要么荣载满归，考虑提前退养。既不做HR，也不做TOP

SALES，更不做C&B，可是这样的生活从未因为远离这些职位而远离你。不屑于是因为做不到而自己没信心。我们回过头去再看这些事情，场面拉得开来，做得漂亮的人，大都无外乎是everything提前了三到五年，而不是开创别样天地。

25岁的杜拉拉和35岁的杜拉拉身为一头“倔驴”，从来未变的就是高绩效的驱动能力，让我们见证和感慨的，是她的判断力和影响力的羽翼日趋丰盈。我在钦羡之余伴随而来的是兴奋和恐慌。有人说，女人不要被自己的性别，缠住了冒险的脚步。我认为在某些时刻，女人不把自己当女人看，就像是男人不把自己当人看。杜拉拉点燃了身为狮子座的我的英雄主义情节，从跟随陈丰学习HR一路摸爬滚打，到最后因薪酬宽带制逼迫背水一战另谋出路，杜拉拉无处展现的不是大将风范，巾帼情操。结尾却被一首歌搞得丢盔卸甲的杜拉拉真的是拥有无与伦比的寂寞。即便是精神上比一般的男人更为彪悍，杜拉拉也终究是个小女人。

原先以为会是皆大欢喜的收场，却变成戛然而止类似闹剧。结尾以李商隐的《锦瑟》点题，说白了，给心里头添堵。

期盼第三部，经济危机，裁员热潮，股市跳水，房价飞涨，时代的序幕已经拉开，让我们与已炼成护体神功的杜拉拉共襄盛举。

图书在版编目(CIP)数据

杜拉拉2华年似水/李可著.—西安:陕西师范大学出版社,2008.12
ISBN 978-7-5613-4542-9

Ⅰ.杜… Ⅱ.李… Ⅲ.长篇小说—中国—当代 Ⅳ.I247.5

中国版本图书馆CIP数据核字(2008)第194899号

图书代号:SK8N1268

杜拉拉2华年似水(《杜拉拉升职记》第二部)

著　　者:李　可
责任编辑:周　宏
特约编辑:蔡明菲
封面设计:熊　琼
版式设计:利　锐
出版发行:陕西师范大学出版社
(西安市陕西师大120信箱　邮编:710062)
印　　刷:北京嘉业印刷厂
开　　本:787×1092　1/16
印　　张:18
字　　数:240千字
版　　次:2009年1月第1版
印　　次:2009年6月第5次印刷
ISBN 978-7-5613-4542-9
定　　价:28.00元